BUZZ

© 2022, Buzz Editora
© 2022, Blanka Lipińska

Título original: *Kolejne 365 dni*

Publisher ANDERSON CAVALCANTE
Editora TAMIRES VON ATZINGEN
Assistente editorial JOÃO LUCAS Z. KOSCE
Estagiária editorial LETÍCIA SARACINI
Tradução ENEIDA FAVRE
Preparação CRISTIANE MARUYAMA
Revisão LIGIA ALVES, GABRIELA ZEOTI
Projeto gráfico ESTÚDIO GRIFO
Capa SHUTTERSTOCK | SHIRYUTATTOO

Nesta edição, respeitou-se o novo Acordo Ortográfico da Língua Portuguesa.

Dados Internacionais de Catalogação na Publicação (CIP)
de acordo com ISBD

L7640
  Lipińska, Blanka
  Outros 365 dias / Blanka Lipińska.
  Traduzido por Eneida Favre.
  São Paulo: Buzz Editora, 2022.
  336 pp.

ISBN 978-65-86077-97-1

1. Literatura polonesa. 2.Romance. I. Favre, Eneida. II.Título.

2022-1572   CDD 891.85
                                       CDU 821.438

Elaborado por Odilio Hilario Moreira Junior CRB 8/9949

Índice para catálogo sistemático:
Literatura polonesa: Romance 891.85
Literatura polonesa: Romance 821.438

Todos os direitos reservados à:
Buzz Editora Ltda.
Av. Paulista, 726 – mezanino
CEP: 01310-100 — São Paulo, SP

[55 11] 4171 2317 | 4171 2318
contato@buzzeditora.com.br
www.buzzeditora.com.br

Outros 365 dias

BLANKA LIPIŃSKA

Sumário

9	CAPÍTULO 1
13	CAPÍTULO 2
27	CAPÍTULO 3
43	CAPÍTULO 4
59	CAPÍTULO 5
73	CAPÍTULO 6
93	CAPÍTULO 7
113	CAPÍTULO 8
131	CAPÍTULO 9
147	CAPÍTULO 10
165	CAPÍTULO 11

181	CAPÍTULO 12
195	CAPÍTULO 13
207	CAPÍTULO 14
233	CAPÍTULO 15
247	CAPÍTULO 16
267	CAPÍTULO 17
287	CAPÍTULO 18
305	CAPÍTULO 19
319	CAPÍTULO 20
329	EPÍLOGO

*O câncer de colo de útero não causa dor
— ELE CAUSA A SUA MORTE!
Faça o exame preventivo para que você
possa viver mais e desfrutar do sexo!*

Capítulo 1

Eu sentia o vento quente em meus cabelos enquanto corria com meu conversível ao longo da costa da praia. Os alto-falantes tocavam *Break Free*, de Ariana Grande, que caía como uma luva à minha situação como nenhuma outra música no mundo. *If you want it, take it*[1] — ela cantava —, e eu balançava a cabeça para cima e para baixo a cada palavra, então aumentei o volume ainda mais. Hoje era meu aniversário. Hoje, teoricamente, estava um ano mais velha do que ontem. Hoje eu deveria estar deprimida, mas a verdade é que nunca me senti tão viva. Quando parei no semáforo, o refrão estava começando. Os baixos explodiam ao meu redor e meu ótimo humor me fazia cantar junto com ela. *This is... the part... when I say I don't want ya... I'm stronger than I've been before...*[2] — gritei junto com Ariana, agitando os braços para tudo quanto é lado. Um rapaz cujo carro parou ao lado sorriu sedutoramente e, se divertindo com meu comportamento, batucou no volante no ritmo da música. Provavelmente, além da música e do comportamento incomum, minha roupa também chamou a atenção dele, já que não estava vestindo muita coisa. O biquíni preto combinava perfeitamente com meu carro Plymouth Prowler violeta. Aliás, tudo combinava com esse meu lindo, incomum e sensacional carro — presente de aniversário do meu homem, que, obviamente, não me presentearia só com um carro, embora eu já imaginasse que seria o último da lista.

Tudo tinha começado um mês antes: todos os dias, por causa do meu aniversário, eu recebia um presente. Trigésimo aniversário, portanto trinta dias de presentes — essa era a ideia dele. Revirei os olhos pensando nisso

---

1 Se você quer isso, pegue. (Esta e todas as notas deste livro são da editora.)
2 Esta é... a parte... em que digo... que eu não quero você... Eu sou mais forte do que era antes.

e arranquei com o carro quando o sinal ficou verde. Estacionei, peguei minha bolsa e segui para a praia. O dia estava muito quente, era verão, e eu realmente queria conferir quanto sol eu seria capaz de suportar e quanto conseguiria me bronzear. Beberiquei meu chá gelado e caminhei, enfiando os pés na areia quente.

"Feliz aniversário, senhorinha!", meu homem gritou, e, quando me virei para vê-lo, fui surpreendida com uma garrafa de champanhe sendo aberta.

"Nacho, você ficou louco?!", gritei, rindo, enquanto tentava escapar daquela surpresa, infelizmente sem sucesso. Ele me encharcou todinha e só parou quando a garrafa já estava vazia, então se lançou sobre mim e me jogou na areia.

"Tudo de melhor para você", ele sussurrou. "Eu te amo."

Naquele momento, sua língua deslizou sem pressa em minha boca enquanto ele me envolvia em seus braços fortes e tatuados. Eu gemia, me agarrando a ele, abrindo as pernas e deixando que ele ficasse no meio delas.

Suas mãos agarraram as minhas e me mantiveram no chão. Nacho se afastou o suficiente para me olhar nos olhos.

"Tenho uma coisa para você." Ele moveu as sobrancelhas, alegre, e se levantou, me arrastando com ele.

"Jura?", murmurei, revirando ironicamente os olhos por trás dos óculos escuros. Ele estendeu a mão para mim, e seu rosto ficou sério.

"Eu queria...", ele gaguejou, e eu o encarei, achando graça. Então ele respirou fundo, ficou de joelhos e disse, estendendo uma caixinha para mim: "Case comigo". Nacho sorria, e seu sorriso reluzia tanto quanto seus olhos. "Eu queria dizer alguma coisa inteligente, romântica, mas na verdade gostaria mesmo era de dizer uma coisa que te convencesse."

Respirei fundo e ele levantou a mão para me silenciar.

"Antes de dizer qualquer coisa, Laura, pense duas vezes. Uma proposta de casamento ainda não é um casamento, e um casamento não é a eternidade." Ele cutucou levemente minha barriga com a caixinha. "Lembre-se de que eu não quero te forçar a nada, não vou te obrigar a nada. Você diz 'sim' se quiser."

Ele ficou em silêncio por um momento, esperando uma resposta, e, quando não a recebeu, balançou a cabeça e continuou: "Se você não aceitar, vou mandar Amelia falar com você e ela vai te atormentar até o dia da sua morte".

Olhei para ele animada, apavorada e feliz ao mesmo tempo.

Se alguém me dissesse, na véspera do Ano-Novo, que, alguns meses depois eu estaria onde estou agora, eu responderia que é loucura, pensei, e ri em silêncio. E se nessa época, um ano atrás, quando Massimo me sequestrou, alguém sugerisse que eu aterrissaria em Tenerife no ano seguinte e estaria com um homem cheio de tatuagens aos meus pés me pedindo em casamento, teria perdido a aposta, porque isso seria impossível. Pois bem, hoje eu estaria com uma mão na frente e outra atrás... Pensar no que tinha acontecido oito meses antes ainda me dava calafrios, mas graças a Deus, ou melhor, ao dr. Mendoza, estava dormindo melhor. Se bem que, depois de tanto tempo e com essa companhia na cama, dificilmente seria de outra forma...

Capítulo 2

Quando abri os olhos pela primeira vez, depois de tê-los fechado na mansão de Fernando Matos, vi que estava enredada em infinitos tubos enfiados no meu corpo e cercada por dezenas de telas mostrando minhas funções vitais. Tudo apitava e zumbia. Eu queria engolir a saliva, mas um tubo na garganta não permitia. Temia que logo iria vomitar. Meus olhos embaçaram e eu senti que estava entrando em pânico. Então uma das máquinas começou a apitar, a porta se abriu e Massimo, como uma flecha, entrou no quarto ofegando. Ele se sentou ao meu lado e segurou minha mão.

"Querida." Seu olhar estava fixo em mim. "Graças a Deus!"

O rosto do Homem de Negro mostrava cansaço e eu achei, pelo que me lembrava, que ele tinha perdido metade do peso. Massimo respirou fundo e começou a acariciar meu rosto. Seu toque me fez esquecer completamente do tubo que me sufocava. As lágrimas começaram a escorrer e ele as enxugou enquanto beijava uma de minhas mãos. De repente as enfermeiras entraram no quarto e silenciaram os alarmes. Atrás delas, logo apareceram os médicos.

"Senhor Torricelli, se retire, por favor. Nós vamos cuidar da sua esposa", disse um senhorzinho de jaleco branco, e, quando o *don* não respondeu, ele tornou a repetir com mais ênfase.

Massimo se endireitou e, ficando bem mais alto do que o médico, sua expressão mudou para a mais fria possível, e ele falou com os dentes cerrados:

"É a primeira vez que a minha esposa abre os olhos em duas semanas. Se o senhor acha que eu vou sair, está completamente enganado", rosnou em inglês, e o médico assentiu com a mão.

Depois que retiraram aquele tubo gigante da minha garganta, pensei que, realmente, teria sido melhor se o Homem de Negro não tivesse visto isso. Mas o que fazer? Aconteceu. Logo depois, médicos das mais diversas especialidades começaram a visitar meu quarto. E depois foram os exames... intermináveis exames.

Massimo não saiu dali nem por um segundo e não largou minha mão. Em várias ocasiões eu preferiria que ele não estivesse ali, mas eu nem tinha condições de expulsá-lo ou convencê-lo a se afastar um centímetro para dar lugar aos médicos. Por fim, todos eles foram embora e eu, mesmo ainda tendo dificuldade para falar, quis perguntar a Massimo o que realmente havia acontecido. Tentei puxar o ar e balbuciei algo incompreensível.

"Não fale", murmurou o Homem de Negro, colocando novamente minha mão em seus lindos lábios. "Antes que você comece a perguntar...", ele suspirou e começou a piscar nervosamente, como se estivesse segurando as lágrimas. "Você me salvou, Laura", ele murmurou, e eu me senti emocionada. "É exatamente como eu penso: você me salvou, meu amor."

Seu olhar se fixou na minha mão. Não entendi aonde ele queria chegar.

"Mas..."

Ele tentava dizer alguma coisa, porém não conseguia. Então me dei conta sobre o que ele poderia estar falando. Com as mãos trêmulas, comecei a empurrar os lençóis. O Homem de Negro tentou segurar minhas mãos, mas algo o impedia de lutar comigo. Por fim, ele simplesmente soltou meus pulsos.

"Luca", sussurrei, vendo as bandagens no meu corpo. "Onde está o nosso filho?"

Eu mal conseguia falar; cada palavra doía. Eu queria gritar, pular da cama e bradar *aquela* pergunta para fazer o Homem de Negro finalmente me dizer a verdade.

Ele se levantou, pegou os lençóis com calma e cobriu meu corpo dilacerado. Seus olhos tinham perdido o brilho, e, quando o encarei, além do terror, vi desespero.

"Ele morreu." Massimo se levantou, ofegante, virando-se para a janela. "A bala acertou muito de perto... Ele era muito pequeno... Não teve nenhuma chance." A voz do meu marido falhava, e eu não sabia dizer o que sentia. Desespero era pouco. Parecia que alguém tinha acabado de arrancar meu coração. As ondas de choro que me inundavam a cada segundo me deixavam sem conseguir respirar. Fechei os olhos, tentando engolir o nó que se formou em minha garganta. Meu filho, a felicidade que deveria ser parte de mim e do meu amado. Tinha ido embora. De repente, o mundo inteiro parou.

Massimo estava imóvel como uma estátua, até que discretamente secou os olhos e se virou para mim.

"Por sorte você está viva." Ele tentou sorrir, mas não conseguiu. "Durma um pouco. Os médicos disseram que agora você precisa descansar muito." Acariciou minha cabeça e enxugou minhas lágrimas. "Vamos ter um monte de filhos, eu te prometo."

Quando ouvi isso, comecei a chorar ainda mais.

Ele ficou ali sem conseguir esconder seu desânimo, respirando rapidamente, e eu podia sentir a impotência que o dominava. Cerrou os punhos e, sem olhar para mim, saiu. Um pouco depois, voltou na companhia de um médico.

"Dona Laura, vou lhe dar um sedativo."

Eu não conseguia falar, então balancei negativamente a cabeça.

"Sim, sim. A senhora deve se recuperar aos poucos. Chega por hoje." E lançou um olhar crítico para o Homem de Negro.

Ele injetou o líquido no acesso do soro e eu comecei a me sentir estranhamente pesada.

"Vou ficar aqui." Massimo sentou-se ao lado da cama e segurou minha mão. Comecei a apagar. "Prometo que vou estar aqui quando você acordar." E ele estava lá quando abri os olhos depois. E nas vezes seguidas, quando adormecia e acordava. Não se afastou nem um passo. Lia para mim, levou filmes para vermos juntos, penteava meu cabelo, me dava banho. Para meu horror, descobri que ele fazia essa última atividade também quando eu estava inconsciente, mantendo as enfermeiras longe de mim. Eu me perguntava como ele havia suportado o fato de que os médicos que me operaram eram homens.

Com base em suas declarações lacônicas, consegui deduzir que levei um tiro no rim e não puderam salvá-lo. Por sorte o ser humano tem dois, e a vida com um só não é tão terrível assim — desde que esteja saudável. Durante a cirurgia, meu coração não cooperou muito e isso não me surpreendeu. O que me surpreendeu foi o fato de que os médicos conseguiram dar um jeito nele. Desbloquearam e costuraram alguma coisa, cortaram outra e deu certo. O médico que fez o procedimento conversou comigo durante uma hora, mostrando fotos e gráficos na tela de um tablet. Infelizmente seu inglês não era bom o suficiente para eu entender os detalhes da sua explicação. Além disso, no meu estado de espírito, tudo aquilo era indiferente. O que me importava era sair logo do hospital, já que me sentia melhor dia após dia. Meu corpo estava se recuperando rapidamente. O corpo... porque a alma ainda estava morta. A palavra "filho" foi retirada do nosso dicionário, e o nome "Luca" de repente deixou de existir. Bastava ouvir a menção a uma criança — nem precisava ser numa conversa, podia ser na televisão ou na internet — e eu começava a chorar.

Eu conversava com Massimo a respeito de tudo; ele nunca tinha sido tão franco comigo. Ele só não queria falar sobre a véspera do Ano-Novo. Isso me deixava cada vez mais nervosa. Dois dias antes da data em que a alta aconteceria, não me segurei.

O Homem de Negro tinha acabado de colocar uma bandeja de comida na minha frente e um guardanapo de linho no meu colo.

"Não vou comer nem um grão de arroz", rosnei, cruzando as mãos sobre a colcha. "Não vou deixar você escapar da conversa sobre aquele assunto. Você não pode mais usar a minha saúde como desculpa. Estou me sentindo ótima." Eu o encarei, séria. "Massimo, que merda! Eu tenho o direito de saber o que aconteceu na casa do Fernando Matos!"

O *don* largou a colher no prato, respirou fundo e se levantou, irritado.

"Por que você é tão teimosa?" Ele olhou para mim com raiva. "Meu Deus, Laura!" Ele cobriu o rosto com as mãos e se inclinou um pouco para trás. "Está bem. Até que momento você se lembra do que aconteceu?" Havia resignação em sua voz.

Vasculhei todas as minhas lembranças e, quando Nacho apareceu diante dos meus olhos, meu coração quase parou. Engoli em seco e suspirei lentamente, dizendo:

"Eu me lembro que aquele filho da puta do Flavio me espancou." A mandíbula de Massimo começou a se apertar ritmicamente. "Então você apareceu." Fechei os olhos, pensando que isso me ajudaria a recuperar minhas lembranças. "Depois começou uma confusão e todo mundo foi embora; ficamos só nós." Fiz uma pausa, sem saber bem o que havia acontecido a seguir. "Eu estava indo na sua direção... Lembro que a minha cabeça estava doendo muito...

Depois não me lembro de mais nada." Encolhi os ombros me desculpando e olhei para ele. Vi que estava fervendo por dentro. Toda aquela situação e as lembranças provavelmente o fizeram se sentir muito culpado, e ele não conseguia lidar com isso. Caminhava pelo quarto, apertando os punhos enquanto a respiração ofegante transparecia em seu peito, que arfava em um ritmo frenético.

"Aquele Flavio... Ele atirou no Fernando, depois atirou no Marcelo."

Ao ouvir essas palavras, senti minha respiração bloqueada.

"Ele errou", acrescentou ele, e eu gemi de alívio. Quando o olhar surpreso de Massimo pousou em mim, fingi que algo doía no meu peito. Coloquei a mão ali e fiz sinal para que Massimo continuasse.

"Aquele bastardo careca acertou nele. Pelo menos ele pensou assim quando viu o outro caindo atrás da mesa, inundando tudo de sangue. Então você se sentiu tonta."

Massimo parou novamente, seu punho cerrado com força.

"Eu queria te segurar e então ele atirou novamente."

Meus olhos se arregalaram, e a respiração presa na garganta tornou impossível pronunciar uma palavra. Eu devia parecer péssima, porque o Homem de Negro veio até mim e começou a acariciar minha cabeça, verificando os indicadores nos monitores. Eu estava chocada. Como Nacho pôde atirar em mim?! Eu não conseguia compreender.

"E era por isso que eu não queria ter esta conversa", o Homem de Negro rosnou, e uma das máquinas apitou. Um momento depois uma enfermeira entrou correndo no quarto, seguida pelos médicos. Houve uma agitação ao meu redor, mas logo outra injeção resolveu o caso. Dessa vez, porém, não adormeci, só me acalmei.

Eu me sentia leve. Tinha conseguido ver e entender tudo, mas estava estranhamente feliz. *Sou uma flor de lótus na superfície de um lago* — essa foi a imagem que passou pela minha mente enquanto estava deitada ali na cama, observando pacificamente Massimo explicar o que tinha acontecido para o médico, que, por sua vez, balançava a mão bem na frente do nariz de Massimo. *Ei, doutorzinho, se você soubesse quem é o meu marido, nunca o encararia tão de perto*, pensei, sorrindo um pouco. Os homens discutiram até que, finalmente, o Homem de Negro desistiu e meneou a cabeça, abaixando-a. Algum tempo depois estávamos novamente sozinhos.

"E o que aconteceu depois?", perguntei, arrastando um pouco as palavras, embora tivesse certeza de que estava falando normalmente.

Ele pensou por um momento e, enquanto me analisava, sorri para ele, grogue. Massimo balançou a cabeça:

"Infelizmente, Flavio acordou e atirou em você".

Flavio, repeti depois dele na minha mente, e uma alegria incontrolável apareceu no meu rosto. O *don* provavelmente presumiu que era efeito das drogas e continuou.

"Marcelo atirou nele, ou melhor, o massacrou, porque descarregou um pente inteiro." O Homem de Negro bufou ao lembrar da situação. "Nessa hora eu estava cuidando de você. Domenico foi buscar ajuda, pois infelizmente o quarto era à prova de som, então ninguém ouviu nada. Matos trouxe um kit de primeiros socorros. Mais tarde uma ambulância chegou. Você perdeu muito sangue." Ele se levantou de novo. "Isso é tudo."

"E agora? O que vai acontecer agora?", perguntei, tentando fixar o olhar nele.

"Vamos voltar para casa." Pela primeira vez naquele dia um sorriso sincero apareceu em seu rosto.

"Estou perguntando pelos espanhóis, seus negócios", murmurei.

Massimo me olhou com desconfiança e eu preparei mentalmente uma boa justificativa para minha pergunta. Quando ele demorou a responder, encarei-o.

"Estou segura ou alguém vai me sequestrar de novo?", soltei, com exasperação fingida.

"Digamos que eu entrei em acordo com Marcelo. Este lugar inteiro e a nossa casa estão abarrotados de aparelhos eletrônicos: temos câmeras e um sistema de gravação." Ele fechou os olhos e baixou a cabeça. "Assisti ao vídeo e ouvi o que Flavio falou. Eu sei que a família Matos foi envolvida nisso. Fernando não tinha ideia das verdadeiras intenções de Flavio. Marcelo cometeu um grande erro ao sequestrar você." Seus olhos escuros queimavam de raiva. "Mas eu sei que ele salvou a sua vida e cuidou de você." Ele começou a tremer e um grunhido escapou de sua garganta. "Eu não posso suportar a ideia de..." Ele parou e eu o encarei, um tanto entorpecida. "Nunca vai haver paz!" Ele se levantou da cadeira e a jogou contra a parede. "Esse homem matou meu filho, minha mulher quase perdeu a vida." Massimo arfava intensamente. "Quando eu assisti ao vídeo em que aquele filho da puta estava te torturando, eu juro que se eu pudesse teria matado ele mais de um milhão de vezes ainda!" Massimo caiu de joelhos no meio do quarto. "Não posso suportar a ideia de que não te protegi, de que deixei aquele bastardo careca te sequestrar e te levar para o lugar onde esse degenerado te pegou."

"Ele não sabia", sussurrei em meio às lágrimas. "Nacho não tinha ideia do motivo de eu ter sido sequestrada."

Repleto de ódio, Massimo me encarou firmemente.

"Você está defendendo ele?" Massimo se levantou num pulo, deu três passos e ficou do meu lado. "Você o defende depois de tudo que passou por causa dele?"

Ele pairava sobre mim, ofegante, e suas pupilas se dilataram a ponto de seus olhos ficarem completamente pretos.

Olhei para ele e fiquei surpresa ao perceber que não sentia nada: raiva, nervosismo, não sentia nem mesmo fraqueza. Estranho. As drogas que me deram arruinaram completamente minhas emoções, e a única coisa que indicava o que eu estava sentindo eram as lágrimas escorrendo pelo meu rosto.

"Só não quero que você tenha inimigos, porque isso tem consequências para mim", eu disse, e imediatamente me arrependi de minhas palavras. Essa declaração era uma acusação — não diretamente, mas era mesmo assim. Sem querer, dei a entender que ele era o responsável pelo meu estado.

O Homem de Negro suspirou e mergulhou em seus próprios pensamentos. Mordia tanto os lábios que parecia que iam sangrar a qualquer momento. Ele se levantou e caminhou lentamente em direção à porta.

"Vou providenciar a sua alta", ele sussurrou, e silenciosamente saiu do quarto.

Eu queria chamá-lo e pedir que ficasse, me desculpar e explicar que não quis dizer nada de errado, mas as palavras ficaram presas na minha garganta. Quando a porta se fechou, fiquei deitada com o olhar cravado nela por um tempo e por fim adormeci.

Acordei com vontade de ir ao banheiro. Havia pouco tempo tinha passado a apreciar muito aquela sensação e o fato de poder fazer xixi sozinha. Eu realmente me extasiava a cada visita ao banheiro. Finalmente o cateter tinha sido removido e o médico dissera que eu deveria começar a andar, então fazia alguns dias que vinha fazendo pequenas caminhadas — com o inseparável suporte para o soro comigo.

No banheiro senti um pouco de dor, pois conviver com um acesso para soro não é das tarefas mais fáceis e exige uma destreza incomum. Especialmente porque tive de lidar com tudo sozinha, já que ao acordar me surpreendi ao ver que Massimo havia desaparecido do quarto. Desde o primeiro dia da minha estadia no hospital ele havia ordenado que pusessem uma segunda cama no quarto para dormir ao meu lado. O dinheiro faz maravilhas. Se ele quisesse móveis antigos e uma fonte ali, também se poderia dar um jeitinho. Seus lençóis estavam intactos, o que significava que, naquela noite, ele tinha coisas mais importantes para fazer do que me velar.

Eu estava sem sono porque tinha dormido o dia todo, então decidi me aventurar e sair sozinha para o corredor.

Cruzando a soleira da porta, me apoiei contra a parede e, nesse mesmo momento, achei graça ao ver os dois guarda-costas enormes saltarem do lugar. Acenei para eles, para que se sentassem, e, arrastando o suporte de soro atrás de mim, comecei a andar pelo corredor. Infelizmente os dois me seguiram. Quando percebi como parecíamos ridículos, tive vontade de rir. Eu, com um roupão claro e pantufas cor-de-rosa nos pés, o cabelo loiro despenteado, apoiada em um suporte de metal, e, logo atrás de mim, dois armários usando ternos pretos e com cabelos penteados com gel. Eu andava muito devagar, então nosso cortejo passava com certa dignidade.

Tive que me sentar um pouco, porque meu corpo ainda não estava preparado para longos percursos. Meus companheiros estavam poucos metros atrás de mim. Eles olhavam em volta buscando perigos, mas não encontraram nada, então começaram a conversar. Era noite, mas havia muito movimento no corredor do hospital. Uma enfermeira veio até mim e perguntou se estava tudo bem. Eu a tranquilizei, explicando que só estava descansando, então ela se foi.

Finalmente me levantei e estava prestes a voltar para meu quarto quando de repente, no fim do corredor, vi uma figura familiar. Estava ao lado de um grande painel de vidro.

"Não é possível!", sussurrei e, me agarrando ao suporte de soro, caminhei em direção à mulher. "Amelia?!"

A garota se virou para mim e um leve sorriso apareceu em seu rosto.

"O que você está fazendo aqui?", perguntei, surpresa pela sua presença.

"Estou esperando", respondeu ela, acenando com a cabeça para algo atrás do vidro.

Olhei para a esquerda e vi uma sala com bebês deitados em incubadoras. Eles eram minúsculos, pareciam bonecos nos quais inseriram tubos e cabos. Aquela visão me deixou fraca. *Luca*, pensei. *Ele era tão pequeno*. Lágrimas brotaram em meus olhos e um nó ficou entalado na minha garganta. Fechei os olhos com força e, antes de abri-los, virei a cabeça em direção à garota. Olhei para ela de novo, dessa vez a observando melhor. Ela usava um roupão, então também era uma paciente.

"Pablo nasceu antes da hora", disse, enxugando o nariz com a manga. Havia traços de lágrimas em seu rosto. "Quando eu descobri o que tinha acontecido com o pai e..."

A voz dela falhou e eu sabia o que ela queria me dizer. Estendi a mão e pus o braço em volta dela, mas não sabia a quem queria animar: se a ela ou a mim mesma. Então meus guarda-costas, parados ao meu lado, deram alguns passos para trás, dando-nos um pouco de privacidade. Amelia recostou a cabeça no meu ombro. Ela soluçava. Eu não tinha ideia do que ela sabia; provavelmente seu irmão a poupara dos detalhes desnecessários.

"Sinto muito pelo seu marido" — mal consegui dizer essas palavras. Eu não tinha ficado nem um pouco triste, na verdade tinha ficado muito feliz que Nacho o tivesse fuzilado.

"Ele não era realmente meu marido", ela sussurrou. "Mas era assim que eu o chamava. Eu queria que fosse."

Ela fungou e se endireitou.

"E você? Como se sente?" Seus olhos cheios de preocupação miravam a minha barriga.

"Laura!" O rosnado atrás de mim não prenunciava nada de bom.

Eu me virei e vi Massimo, furioso, andando de um lado para o outro no corredor.

"Tenho que ir, te encontro depois", sussurrei. Virei-me de costas para ela e comecei a andar em direção ao meu marido.

"O que você está fazendo?", perguntou ele, irritado, e me sentou numa cadeira de rodas encostada à parede. Depois, com os dentes cerrados, repreendeu os dois ogros em italiano e lentamente empurrou a cadeira em direção ao meu quarto.

Caminhamos para dentro — eu, na verdade, fui levada — e ele me pôs na cama e me enrolou com a coberta. Claro que não seria mesmo Massimo se por todo o caminho não tivesse recitado um sermão sobre minha irresponsabilidade e comportamento imprudente.

"Quem é aquela moça?", perguntou, pendurando seu paletó na cadeira.

"É a mãe de um bebê prematuro", sussurrei, me virando de costas para ele. "Não sabe se o filho dela vai sobreviver", minha voz falhou. Eu sabia que o Homem de Negro não insistiria nesse tema da criança.

"Não entendo por que você foi para aquela enfermaria", disse ele, em tom de censura. Houve um silêncio constrangedor, no qual eu só podia ouvir a respiração profunda do meu marido. "Você deveria descansar", disse, mudando de assunto. "Amanhã vamos voltar para casa."

Foi uma noite difícil. De vez em quando eu acordava de sonhos em que havia crianças, incubadoras e gestantes. Eu esperava que em casa pudesse me afastar de todos aqueles pensamentos que me atormentavam. De manhã cedo, mal podia esperar que Massimo me deixasse sozinha e fosse importunar o conselho médico que estava reunido para discutir minha alta. Os médicos não estavam muito satisfeitos com o fato de meu marido me levar embora do hospital. Na opinião deles, o tratamento não havia sido concluído. Eles só concordaram mediante a condição de receberem uma descrição detalhada do meu tratamento posterior e do cumprimento de suas recomendações. O *don* trouxe médicos da Sicília para Tenerife com essa finalidade, e todos juntos se sentaram para conversar.

Decidi aproveitar a ocasião para ver Amelia. Coloquei um agasalho que conseguiram para mim e calcei sapatos. Pus a cabeça cuidadosamente para fora do quarto e fiquei surpresa e aliviada ao descobrir que não havia ninguém lá fora. Num primeiro momento, senti medo. Estava convencida de que alguém havia liberado meus guarda-costas e logo viria atrás de mim, mas imediatamente me lembrei de que nada me ameaçava. Comecei a andar pelo corredor.

"Estou procurando minha irmã", disse na recepção da enfermaria de recém-nascidos. A enfermeira idosa, que estava sentada na cadeira giratória, respondeu com algumas palavras em espanhol, olhou de soslaio e se foi.

Algum tempo depois, seu lugar foi ocupado por uma jovem sorridente.

"Como posso ajudá-la?", perguntou em inglês fluente.

"Procuro minha irmã, Amelia Matos. Ela está na sua ala, teve o bebê antes do tempo."

A mulher olhou para o monitor por um momento, depois me deu o número do quarto e indicou a direção.

Fiquei petrificada na frente da porta, com a mão pronta para bater. *Que diabos estou fazendo?*, pensei. Vou visitar a irmã do assassino de aluguel que me sequestrou e quero perguntar a ela como se sente depois da morte do cara que me torturou e quis me matar. Era tudo tão surreal que eu mesma não conseguia acreditar no que estava fazendo.

"Laura?", ouvi às minhas costas. Eu me virei. Ao meu lado, com uma garrafa de água debaixo do braço, estava Amelia.

"Vim ver como você está passando." Engasguei e respirei fundo.

Ela abriu a porta e, ao entrar, me puxou pela mão. O quarto era ainda maior do que o meu, algo como uma sala de estar e um quarto extra. Havia centenas de lírios, e seu aroma tomava conta do ambiente.

"Meu irmão me traz um buquê novo todos os dias", suspirou, sentando-se, e o que ela tinha dito me deixou paralisada. Em pânico, comecei a olhar de um lado para o outro e recuei em direção à saída.

"Não se preocupe, ele viajou; não vai vir hoje." Ela olhou para mim como se estivesse lendo minha mente. "Ele me contou tudo."

"O que exatamente?", perguntei, sentando-me na cadeira ao lado dela.

Amelia baixou a cabeça e começou a mordiscar as unhas. Parecia a sombra de um ser humano, não havia nem vestígios daquela linda garota.

"Eu sei que vocês não eram um casal e que meu pai mandou sequestrar você, e que o Marcelo deveria te oferecer conforto e cuidar de você." Ela se aproximou de mim. "Laura, eu não sou burra. Eu sei o que o Fernando Matos fazia e em que família eu nasci", ela suspirou. "Mas que o Flavio estava envolvido nisso tudo..." Sua voz falhou quando ela olhou para minha barriga. "Como está o seu..." Ela parou de falar, vendo que balancei a cabeça suavemente e que as lágrimas vieram aos meus olhos.

Ela baixou o olhar e depois de alguns segundos as primeiras lágrimas começaram a escorrer pelo seu rosto. "Me perdoe", ela sussurrou. "Minha família fez você perder seu bebê."

"Amelia, não foi por sua causa. Não é você quem deveria se desculpar", eu disse, com a voz mais segura que pude arrancar de dentro de mim. "Nós devemos isso tudo aos homens com quem convivemos. Você, pelo fato de o Pablo estar lutando por sua vida, e eu, por ter vindo parar nesta ilha." Pela primeira vez, disse isso em voz alta, e o som das palavras até me fez sentir o peito queimando. Pela primeira vez articulei abertamente meu pesar em relação a Massimo. Eu não estava sendo completamente honesta com Amelia, porque o único culpado pelo incidente tinha sido Flavio... Mas eu não queria deixá-la mais abatida.

"Como está seu filho?", perguntei, segurando o choro.

Embora eu desejasse o melhor ao pequeno e sua mãe, as palavras não saíram com facilidade da minha boca.

"Acho que está melhor." Ela sorriu. "Como você pode ver, meu irmão cuidou de tudo." Indicou o quarto com a mão. "Ou subornou ou aterrorizou os médicos, então eles me trataram como uma rainha. Pablo tem o melhor atendimento e a cada dia está mais forte."

Nós conversamos por mais alguns minutos até que percebi que, se o Homem de Negro não me encontrasse no quarto, eu teria problemas.

"Amelia, tenho de ir. Estou voltando hoje para a Sicília." Me levantei com um leve gemido, apoiando-me na poltrona.

"Laura, espere. Tem mais uma coisa..." Olhei interrogativamente para ela. "Marcelo... Eu gostaria de falar sobre o meu irmão."

Ouvindo isso, meus olhos se arregalaram e ela começou a falar com um ligeiro constrangimento.

"Eu não queria que você o odiasse, especialmente porque parece que ele..."

"Não tenho nada contra ele", eu a interrompi, temendo o que ela queria dizer. "Sério, mande um abraço para ele. Eu tenho de ir." Comecei a andar e quase saí correndo do quarto. Me despedi com um beijo e um abraço delicado.

Saí para o corredor e me encostei contra a parede, tentando recuperar o fôlego. Eu me sentia um pouco enjoada e com o peito queimando, mas — estranhamente — não ouvia meu coração batendo. Sentia aqueles sons terríveis na minha cabeça, que acompanhavam os ataques de pânico que eu tinha. Por um momento eu quis voltar para Amelia e pedir a ela para terminar a frase, mas caí na real e fui para meu quarto.

Capítulo 3

"Puta que pariu!", Olga gritou quando entrou correndo no meu quarto e viu que eu ainda estava enterrada nos lençóis. "Quanto tempo você acha que eu posso ficar te esperando, sua vadia?"

Ela queria me abraçar, mas, no meio do caminho, lembrou que eu estava toda machucada e acabou desistindo. Se ajoelhou na cama e um rio de lágrimas inundou seus olhos.

"Eu estava com tanto medo, Laura", Olga berrou, e me senti triste por isso. "Quando eles sequestraram você, eu queria... eu não sabia...", ela gaguejava num misto de choro e raiva.

Segurei sua mão e comecei a acariciá-la delicadamente, mas ela, com a cabeça no meu pescoço, ainda fungava como uma criança.

"Era eu quem deveria estar te consolando agora, e não o contrário."

Olga enxugou o nariz e me fitou.

"Você está tão magra!", ela gemeu. "Está se sentindo bem?"

"Exceto pela dor das cirurgias, pelo fato de ter ficado longe daqui por quase um mês e por ter perdido o meu bebê... Estou divina!", suspirei. Olga deve ter sentido o sarcasmo na minha voz, porque ficou em silêncio e abaixou a cabeça. Ficou pensativa por algum tempo e, por fim, respirou fundo.

"Massimo não contou nada aos seus pais." E fez uma careta. "Sua mãe está ficando maluca e ele a fica enganando. Primeiro, quando eles quiseram se despedir de você no dia de irem embora, ele me mandou dizer... Imagine só, ele me mandou falar com eles e inventar uma historinha", Olga berrou. "Eu disse que Massimo tinha preparado uma viagem surpresa para você e tinha organizado um sequestro." Ela ergueu as sobrancelhas, divertida. "Grotesco, hein? Eu disse a eles que Massimo tinha sequestrado você para te levar para a República Dominicana como presente de Natal. Você sabe, fica longe e o alcance da internet é fraco. Contei essa mesma mentira para sua mãe por três semanas. Toda vez que ela ligava. Às vezes ela não acreditava, então eu escrevia para ela no Facebook — como se fosse você, é claro." Olga deu de ombros. "Mas infelizmente Klara não é burra."

Ela se deitou ao meu lado e levou as duas mãos à cabeça.

"Você sabe o que eu passei? Cada mentira deu origem a outra, cada nova historinha tinha menos lógica que a anterior."

"Qual foi a última historinha?", perguntei o mais calmamente possível.

"Falei que vocês estavam resolvendo uns negócios em Tenerife e que o seu celular caiu no mar."

Eu me virei para ela e a encarei. *Então, por causa disso tudo, eu teria que mentir de novo*, pensei.

"Me passe seu celular. Massimo não me devolveu o meu."

"Estava comigo." Ela tirou o aparelho da gaveta ao lado da cama. "Quando te sequestraram, eu o encontrei no corredor do hotel."

Ela se levantou e se ajoelhou ao meu lado.

"Sabe de uma coisa, Laura? Vou te deixar sozinha."

Concordei com ela e peguei o celular. Procurei "mamãe" na lista de contatos. Não sabia se deveria contar a verdade ou mentir para ela. Se fosse mentir, o que deveria dizer? Passado um tempo, percebi que a honestidade nesse caso seria uma crueldade. Especialmente agora que tudo se encaixara e que ela quase começara a gostar do meu marido. Respirei fundo e toquei em seu número. Pus o celular na orelha.

"Laura!" O grito estridente de minha mãe quase me deixou surda. "Por que diabos você ficou tanto tempo sem ligar? Você sabe o que eu passei? Seu pai estava superpreocupado..."

"Eu estou bem." Fechei os olhos e senti as lágrimas querendo sair. "Voltei hoje, estava sem celular. Ele caiu no mar."

"Não estou entendendo nada. O que está acontecendo, filha?"

Eu sabia que ela enxergava através de mim. Eu também sabia que essa conversa estava me esperando.

"Quando estávamos nas Canárias, sofri um acidente..."

Suspirei. Fez-se silêncio.

"O carro em que eu estava bateu em outro e..." Minha voz não saía e eu comecei a chorar compulsivamente.

"E..." tentei falar de novo, estava soluçando e não conseguia. "Perdi meu bebê, mamãe!"

Um silêncio terrível do outro lado. Mas senti que ela também estava chorando.

"Minha querida", ela sussurrou, e eu sabia que não havia mais nada que ela pudesse me dizer naquele momento.

"Mãe, eu..."

Nenhuma de nós conseguia falar, então ficamos em silêncio e nós duas choramos. E, mesmo estando separadas por muitos milhares de quilômetros, eu sabia que ela estava comigo.

"Eu vou já para aí", ela disse, depois de uns minutos. "Vou cuidar de você, filha."

"Mãe, não faz sentido, eu tenho que... nós temos que lidar com isso sozinhos. Massimo precisa de mim agora mais do que nunca. E eu dele. Então, eu vou para a sua casa quando estiver me sentindo melhor."

Levei muito tempo para convencê-la de que, afinal, sou adulta e tenho um marido com quem devia ficar nesse momento difícil. Uns quinze minutos depois, ela finalmente se deu por vencida.

Falar com minha mãe foi como uma catarse, e me exauriu tanto que adormeci. Fui acordada por um barulho vindo lá de baixo. Vendo o brilho das chamas na lareira, me levantei e me dirigi para a escada. Quando desci, vi o Homem de Negro jogando lenha na lareira. Segurei o corrimão e lentamente fui descendo em direção a ele. Estava vestido com a calça do terno e uma camisa preta desabotoada. Quando eu estava no último degrau, ele olhou para mim.

"Por que você se levantou?", ele murmurou e caiu no sofá, com seu olhar vazio na direção do fogo. "Você não deve se esforçar demais, volte para a cama."

"Sem você não faz sentido", eu disse, me sentando ao lado dele.

"Não posso dormir com você." Ele agarrou a garrafa quase vazia e despejou o líquido âmbar no copo. "Eu poderia fazer alguma coisa com você sem querer, e você já teve o suficiente por minha culpa."

Suspirei pesadamente e levantei seu braço para me aninhar sob ele, mas ele puxou o braço de volta.

"O que aconteceu em Tenerife?"

Havia um tom de acusação em sua voz que eu nunca tinha ouvido antes.

"Você está bêbado?" Segurei seu rosto e o virei para mim.

Massimo me olhava com uma expressão sem paixão, e a raiva ardia em seus olhos.

"Você não me respondeu!", ele ergueu a voz.

Mil pensamentos por segundo passaram pela minha cabeça, um em particular: *ele sabe*. Eu queria ter certeza se ele sabia o que tinha acontecido na casa da praia e se, de alguma forma, sabia da minha fraqueza por Nacho.

"Você também não me respondeu."

Eu me levantei um pouco rápido demais. Senti dor e me agarrei ao sofá.

"Não precisa dizer mais nada. Você está bêbado, não dá para conversarmos."

"Vamos conversar sim!", gritou, se levantando atrás de mim. "Você é minha mulher, merda, e vai me responder quando eu pergunto!"

Massimo jogou o copo no chão e o vidro se espatifou por todo lado.

Eu estava descalça, encolhida, enquanto ele pairava sobre mim. Sua mandíbula se movia no ritmo de seus dentes cerrados. Suas mãos, dois punhos cerrados. Fiquei em silêncio, apavorada com o que via. Ele esperou um pouco e, quando não obteve resposta, se virou e saiu.

Eu estava com medo de me machucar com os cacos de vidro, então me sentei no sofá e coloquei os pés numa almofada macia. Não queria, mas na hora veio a lembrança de Nacho limpando os cacos dos pratos para que eu não me machucasse. Lembrei dele me carregando, me deixando em um lugar seguro, para poder limpar tudo perfeitamente.

"Meu Deus", sussurrei, horrorizada com o que minha mente me trazia.

Me encolhi no sofá e peguei o cobertor que estava ali. Me enrolei nele e, olhando fixamente para o fogo, adormeci.

Os dias seguintes, ou talvez as semanas, se passaram do mesmo jeito. Eu ficava deitada na cama, chorava, pensava, relembrava certas coisas, depois chorava de novo. Massimo estava trabalhando, embora na verdade eu não soubesse o que ele estava fazendo, pois o via muito esporadicamente. Era comum vê-lo quando os médicos apareciam, nos exames ou na reabilitação. Ele não dormia comigo, e eu nem sabia onde ele dormia, porque a mansão era muito grande e tinha tantos quartos que, mesmo que tentasse, não o encontraria.

"Laura, isso não pode continuar", disse Olga, sentando-se ao meu lado no banco do jardim. "Você está bem agora, não tem nada, mas age como se fosse uma doente que precisa ficar de cama."

Ela ergueu as mãos, cobrindo o rosto.

"Já estou cheia disso! Massimo fica puto e sempre leva Domenico com ele. Você chora ou fica deitada sem fazer nada. E eu?"

Eu me virei e olhei para ela. Olga estava sentada com os olhos cheios de expectativa cravados em mim.

"Me deixe em paz, Olguinha", murmurei.

"Nada disso." Ela pulou da cadeira e me esticou a mão. "Vá se vestir, nós vamos sair."

"Vou dizer da forma mais educada possível: vá se foder!" E voltei a observar o mar calmo.

Olga estava fervendo de raiva. O calor que emanava do seu corpo quase me queimava.

"Sua egoísta de merda!" Ela se levantou e bloqueou minha visão. Começou a gritar comigo. "Você me trouxe para este país, você permitiu que eu me apaixonasse. E não só isso: fiquei noiva. E agora você me deixa sozinha."

Seu tom era pungente, estridente e me deixava com muito peso na consciência.

Não sei como Olga fez isso, mas conseguiu me arrastar lá para cima e me enfiar em um conjunto de moletom. Depois me carregou para o carro.

Paramos em frente a uma pequena casa siciliana em Taormina. Quando Olga saiu do carro, simplesmente fiquei olhando para ela, sem me mover.

"Mexa essa bunda. Tá parecendo um saco de batata!", ela rosnou ao ver que não tinha movido um músculo. Mas não havia raiva em sua voz; era mais preocupação.

"Você pode me explicar o que nós estamos fazendo aqui?", perguntei enquanto o segurança fechava a porta do carro.

"Vamos cuidar de nós." Ela indicou o prédio com as mãos. "Aqui eles curam cacholas doentes. Marco Garbi é considerado o melhor terapeuta da área."

Ouvindo isso, agarrei a maçaneta da porta para me esconder no carro, mas Olga me puxou de volta.

"Podemos fazer isso sozinhas aqui ou você prefere que o seu marido déspota te obrigue a ir à porra de um médico que vai relatar para ele tudo o que acontecer depois de cada consulta?"

Ela ergueu as sobrancelhas e esperou.

Resignada, encostei-me no carro. Eu não tinha ideia do que queria, de como me ajudar e se havia alguma razão para ajudar a mim mesma. Além disso, eu me sentia bem.

"Pra que eu acordei hoje?", suspirei, mas finalmente comecei a subir a escada.

O médico acabou sendo um cara bem fora do comum. Eu esperava um siciliano de cem anos, de cabelo grisalho penteado com brilhantina e óculos, que mandaria eu me deitar em um divã freudiano. Marco, no entanto, tinha só uns dez anos a mais do que eu, e toda a conversa aconteceu no balcão da cozinha. Ele não parecia um terapeuta típico. Usava jeans rasgado, camiseta de banda de rock e tênis. Tinha cabelo comprido e cacheado amarrado em um rabo de cavalo e começou me perguntando se íamos beber alguma coisa. Isso me parecia pouco profissional, mas ele era o especialista, não eu.

Quando ele finalmente se sentou, enfatizou que sabia com quem eu era casada. E acrescentou que isso não importava para ele. E me garantiu que Massimo não tinha poder na casa dele e que nunca saberia sobre nossas conversas.

Depois me pediu para contar em detalhes sobre o último ano da minha vida, mas, quando cheguei ao acidente, ele me interrompeu. Marco viu que eu chorava compulsivamente. No fim da consulta, me perguntou: quais eram meus desejos, os meus planos antes da chegada do Ano-Novo, o que me deixaria feliz?

Na verdade, essa consulta foi apenas uma conversa normal com um estranho. Não me senti nem melhor nem pior.

"E aí?" Olga saltou de sua poltrona quando me viu. "Como foi?"

"E eu sei?..." Dei de ombros. "Não sei como ele pode me ajudar só falando." Entramos no carro.

"Além disso, ele me disse que eu não estou doente, mas que preciso de terapia para entender tudo", continuei, com desdém. "Ele acha que eu ainda posso continuar deitada se quiser." Mostrei a língua para Olga. "Só não sei se quero isso." Fiquei pensando. "Porque, depois dessa visita, concluí que estou entediada e esse é o meu maior problema. Acho que ele sugeriu, embora eu não tenha certeza, que eu deveria começar a procurar alguma coisa para fazer. Alguma coisa além de ficar esperando que a antiga vida volte." Encostei a cabeça no vidro.

"Bom, e isso vem a calhar." Olga ficou empolgada, batendo palmas. "Começamos os trabalhos a partir de hoje. Vou te recuperar, você vai ver."

Ela se jogou no meu pescoço e depois deu um tapinha no ombro do motorista.

"Vamos para casa."

Olhei para Olga surpresa, com cara de boba, e me perguntei o que ela queria dizer com aquilo.

Quando paramos na entrada da garagem, vi um monte de carros estacionados ali. *Será que tínhamos convidados e eu não sabia?*, pensei e olhei para minha roupa. O agasalho bege da Victoria's Secret era lindo, na verdade, mas não era apropriado para eu aparecer diante daquelas pessoas. Diante de pessoas normais, sim, mas não diante dos clientes do meu marido, ou seja, gângsteres do mundo todo. Por um lado eu estava cagando para isso, mas por outro eu não queria que ninguém me visse vestida daquele jeito.

Caminhamos pelo labirinto de corredores, rezando para que ninguém saísse por nenhuma porta. Felizmente isso não aconteceu. Ao chegar ao quarto, me joguei na cama, aliviada, e, quando estava prestes a me enrolar embaixo da coberta novamente, a mão de Olga me puxou para a realidade, jogando o cobertor no chão.

"Acho que você tem merda na cabeça se pensa que, depois de te esperar por quase uma hora no consultório daquele roqueiro, vou permitir que você continue mofando debaixo da coberta. Mexa essa bunda! Você precisa se vestir e se arrumar."

Olga me encarava, séria, enquanto agarrava minha perna, me puxando em sua direção.

Com as duas mãos, me segurei à cabeceira da cama. Com todas as minhas forças tentei não me entregar. Gritava que tinha sido operada e que me sentia mal, mas de nada adiantou. Quando nada mais estava funcionando, Olga finalmente me soltou. Me enganei achando que tinha acabado, porque logo em seguida ela me agarrou pelos pés novamente e dessa vez começou a fazer cócegas. Isso era golpe baixo, e ela sabia muito bem. Assim que relaxei as mãos, Olga me puxou para o tapete e começou a me arrastar para o closet.

"Você é cruel, traiçoeira e desprezível!", gritei.

"Sim, sim, eu também te amo", ela disse, rindo e ofegando ao mesmo tempo por causa do esforço. "Ok, agora vamos agir!", ela falou quando chegamos ao closet.

Eu estava deitada no tapete com uma expressão descontente no rosto e a observava com os braços cruzados sobre o peito. Por um lado eu não queria me vestir de jeito nenhum, especialmente porque o pijama tinha sido meu companheiro por muitas semanas, mas por outro percebi que Olga não ia desistir.

"Por favor", ela sussurrou, caindo de joelhos ao meu lado. "Eu sinto sua falta."

Isso foi o suficiente para me deixar com lágrimas nos olhos. Eu a abracei com força e a aconcheguei junto de mim.

"Tudo bem. Vou tentar."

Enquanto ela pulava de alegria, levantei o indicador.

"Mas com uma condição: não espere muito entusiasmo."

Olga pulava e dançava, gritando algumas bobagens, depois foi até as prateleiras de sapatos.

"Botas Givenchy", ela disse, me mostrando umas botas bege. "Já que ainda não começou o calorão, vou pegar estas para você usar e você escolhe o resto."

Eu me limitei a concordar enquanto me levantava e caminhava até as centenas de cabides no closet. Não estava inspirada, mas, pensando bem, aqueles eram meus sapatos amados. Eu sabia que não poderia escolher uma coisa qualquer para combinar com eles.

"Vamos pelo caminho mais fácil", eu disse, pegando um vestido trapézio curto de manga comprida na mesma cor das botas. Tirei a lingerie da gaveta e fui para o banheiro.

Fiquei em frente ao espelho. Era a primeira vez que me encarava em semanas. E eu estava horrível: pálida, terrivelmente magra e com uma raiz escura gigante no cabelo. Estremeci com aquela visão e rapidamente me afastei do espelho.

Abri o chuveiro, lavei o cabelo e fiz uma depilação completa. Depois, enrolada na toalha, fui me maquiar. Fiz tudo com calma, sem pressa. Quase duas horas depois, finalmente estava pronta. Embora seja demais dizer isso, pois a imagem de miséria e desespero ainda não tinha sumido; tudo estava apenas ligeiramente camuflado.

Quando entrei no quarto, Olga estava deitada na cama assistindo televisão.

"Puta que pariu, como você está bonita!", afirmou, colocando o controle remoto de lado. "Já tinha quase me esquecido da gata que você é! Mas use um chapéu, por favor, porque ninguém mais precisa saber que você tem que retocar a raiz."

Fiz cara de desdém e voltei ao closet para procurar um chapéu. Depois de dez minutos e de escolher uma bolsa Prada clara, estávamos prontas. Pus meus óculos Valentino redondos e fomos para a saída. Eu queria que me entregassem o carro, mas parece que Massimo proibiu que eu saísse sozinha da mansão. Portanto, tínhamos que nos contentar com um SUV preto e a companhia constante de dois guarda-costas.

"Para onde estamos indo?", perguntei quando o carro começou a andar.

"Você vai ver", disse Olga, toda empolgada.

Uns quinze minutos depois, paramos no hotel para onde Massimo e eu fomos depois da nossa lua de mel. O mesmo hotel no qual eu tinha realizado um malabarismo para fugir dos guarda-costas e fazer uma surpresa para meu marido para, no fim, acabar encontrando seu irmão gêmeo comendo Anna em cima da mesa da biblioteca (na época eu nem sonhava que ele tinha um irmão gêmeo). Não pensava que, algum dia, eu iria me lembrar disso com uma pontada de saudade e um sorriso no rosto, mas foi assim. Em algum lugar dentro de mim, eu preferiria viver de novo aquilo a sentir o que sentia agora — vazio.

Tudo que aconteceu na sequência foi digno de um filme de ficção quando descobrem um homem das cavernas congelado. Esse homem ganha vida e logo em seguida é preciso saber o que fazer para inseri-lo no novo mundo onde ele se encontra. Primeiro uma consulta com um cirurgião plástico para apagar as cicatrizes. Meu corpo não era mais perfeito como antes, e isso também não facilitava as coisas para mim. O médico disse que era muito cedo para medidas radicais, mas que iríamos começar com uns procedimentos cosméticos suaves e, com o tempo, removeríamos todos os defeitos com laser.

A cada nova etapa foi ficando mais agradável e gostoso: tratamentos corporais, esfoliação, máscaras, loções, massagens. Depois as unhas e então a parte assustadora. Meu cabeleireiro passou longos minutos acariciando a palha que os meus cabelos tinham se tornado enquanto murmurava algo em italiano. Então, balançando a cabeça com extrema desaprovação, me perguntou, espalhafatosamente, em inglês:

"O que aconteceu com você, pequena? Por tantos meses nós cuidamos juntos desse cabelo loiro e lisinho e agora... Onde você esteve? Em alguma ilha deserta? Porque provavelmente só lá as pessoas não poderiam fugir vendo essa raiz escura."

Ele segurou uma mecha com os dedos e a soltou com nojo.

"Eu estive fora, sim", concordei. "A última vez que nos vimos foi na véspera do Natal, não é?"

Ele assentiu.

"Pois é. Veja como cresceu nesses três meses!"

Ele não apreciou minha tentativa de ser engraçada. Me encarou e caiu sentado na cadeira giratória.

"Então, vamos clarear e cortar?"

Neguei com a cabeça.

"Ai! Vou ter um ataque!"

Pôs as duas mãos no peito e recostou-se no assento, fingindo ter um ataque cardíaco. Mas eu estava pensando na minha conversa com o terapeuta e no que ele me disse: mudar é bom.

"Quero meu cabelo escuro e comprido. Você pode me fazer um mega hair?"

Ele ficou pensativo, balançou a cabeça, murmurou algo e deu um pulo como se tivesse sido atingido por um raio.

"Claro!", ele exclamou. "Comprido, escuro e com franja."

Deu outro pulo cheio de animação. Batendo palmas, ordenou: "Elena, vamos lavar!"

Olhei para o lado e vi que Olga estava sentada com a boca aberta, ou melhor, deitada em uma poltrona encostada na parede.

"Você quer me matar, Laura?"

E tomou um gole de água.

"Só vou ficar esperando o dia em que você vai sentar nessa cadeira e dizer que quer raspar tudo e ficar careca."

Nem sei quantas horas depois, com dor no couro cabeludo e no pescoço, cansada da maratona, me levantei da cadeira. Olga mais uma vez teve de admitir que eu estava certa. Eu estava incrível! Fiquei de pé, hipnotizada, olhando para meus maravilhosos cabelos compridos e para a maquiagem perfeita logo abaixo abaixo da franja cortada reta acima das sobrancelhas. Eu não conseguia acreditar que estava tão bonita. Especialmente depois de ter parecido um lixo por várias semanas.

Saímos. Desta vez o chapéu estava em minhas mãos; não precisava mais dele.

"Eu tenho uma proposta, e, como é fim de semana, vai ser uma oferta irrecusável." Olga me ameaçou: "Se você não aceitar, vai encontrar uma barata morta em cima da cama".

"Acho que já sei o que você vai dizer..."

"Uma festa!", ela gritou, me arrastando para dentro do carro. "Veja bem: nós estamos lindas, depiladas, arrumadas. Seria uma pena desperdiçar isso... Você está maravilhosa, magrinha..."

"... E sem beber há meses", suspirei.

"Exatamente, Laurinha. Era mesmo para acontecer: aquele dia, o terapeuta, as mudanças, tudo tem sentido." Ela foi me conduzindo de volta ao carro. Os guarda-costas não me reconheceram de cara. Encolhi os ombros enquanto permaneceram estáticos, olhando para mim. Passei por eles e entrei. Me sentia bem. Atraente, sexy e muito feminina. A última vez que tinha me sentido assim... foi com Nacho.

Essa lembrança me atingiu como um soco no estômago. Engoli em seco, mas o nó na garganta não sumiu. Um rapaz cheio de tatuagens surgiu diante de mim e com um sorriso imenso. Fiquei atordoada.

"Laura, o que foi? Está se sentindo mal?"

Olga puxava meu braço e eu ainda estava paralisada pela visão, afundada no banco do carro.

"Estou bem", confirmei, sem conseguir disfarçar muito meu nervosismo. Estava me sentindo tonta.

"Vamos adiar a festa de hoje."

"Agora? Que estou linda e pronta? Vamos agitar!"

Tirei uma com a cara de Olga. Eu não queria que ela soubesse. Não estava pronta para contar a ninguém como me sentia. *Eu tenho um marido que amo*, me repreendi em pensamento quando minha mente me atacou novamente com a imagem indesejada.

"Quando vocês planejam se casar?", perguntei a Olga para mudar de assunto e me concentrar em outra coisa.

"Ih! Sei lá. Pensamos em maio, mas também pode ser junho. Você sabe, não é tão simples assim..."

Uma torrente de palavras começou a sair da boca de Olga. Aliviada, deixei-a falando e compartilhando sua felicidade.

Quando saímos do carro, na frente da mansão ainda havia carros suspeitos. Desta vez, no entanto, eu não tinha a intenção de me esconder de ninguém. Que maravilha! Eu me sentia cada vez melhor. Entramos na casa e imediatamente a ausência total do pessoal de serviço chamou minha atenção. Normalmente, quando caminhávamos pelo corredor, encontrávamos logo alguém, mas hoje a casa parecia deserta.

"Vou para meu quarto", disse minha amiga. "Nos vemos em meia hora e vamos jantar. Bem, a não ser que tenha uma pane no armário; nesse caso eu venho pedir ajuda a você."

"Pode vir", respondi com uma risada, já planejando o que iria vestir.

Eu seguia pelo corredor, balançando a bolsa em uma mão e o chapéu na outra. Quando passei pela porta da biblioteca, ela se abriu de repente e Massimo surgiu. Parei. Ele estava de costas para mim, falando alguma coisa para as pessoas lá dentro, e então se virou.

Meu coração disparou! Com indisfarçável surpresa, ele me viu e fechou a porta devagar atrás de si. Seus olhos me percorreram desde a ponta dos pés.

Tinha passado bastante tempo desde a última vez que percebi Massimo me olhando como mulher. Como *sua* mulher. Apesar de o corredor estar escuro, eu podia ver claramente suas pupilas dilatadas e ouvir sua respiração rápida. Ficamos assim parados durante alguns segundos, olhando um para o outro, até que voltei para a realidade.

"Você tem um compromisso, desculpe", disse, num sussurro completamente sem sentido, mas eu não tinha ideia do que poderia dizer. *Foi ele que saiu dali de dentro, sua cretina, então para que se desculpar?*, gritei em pensamento. Dei um passo à frente, mas ele bloqueou meu caminho. A luz pálida das lanternas ao redor da casa atravessando as frestas das janelas iluminou seu rosto.

Ele estava sério, concentrado e... com tesão. Me agarrou e me beijou. Invadiu minha boca com brutalidade. Gemi, surpresa, quando ele me jogou contra a parede, sem parar de me beijar, me deixando totalmente sem fôlego. Massimo passou as mãos pelo meu corpo até chegar à barra do vestido. Sem interromper o beijo, ele a puxou para cima e agarrou minha bunda. De sua boca escapou alguma coisa parecida com um rosnado quando começou a apertá-la lentamente, tirando minha calcinha. Seus dedos habilidosos massagearam a pele delicada da minha bunda, e senti seu pau duro encostando em mim. Estava muito absorta enquanto era dominada por ele, mas retomei o controle de minhas mãos e agarrei seus cabelos. O Homem de Negro amava essa brutalidade sutil, então, quando ele sentiu o puxão, cerrou os dentes em meus lábios. Gemi de dor e abri os olhos. Ele estava sorrindo com malícia, os dentes ainda correndo sobre meus lábios.

Então senti minha calcinha deslizar pelas coxas e joelhos até cair em meus tornozelos. Massimo me arrancou do chão, me apoiou em seus quadris e foi em direção à outra porta. Passamos por ela e Massimo a fechou com um chute, me encostando contra a parede. Ele ofegava ruidosamente e seus movimentos eram nervosos; estava claramente com pressa. Me segurando com uma das mãos, ele abriu o zíper e, quando libertou seu pau duro, meteu em mim sem aviso. Senti o pau grosso do meu marido me invadir. Eu gritava alto, encostando minha testa na dele, e nossos corpos se uniram em um ritmo agressivo. Os movimentos do *don* eram fortes, ao mesmo tempo muito lentos, como se ele estivesse saboreando o momento e se embriagando com as sensações. Ele mordeu meus lábios, lambeu-os, indo cada vez mais fundo em mim. No meu baixo-ventre, sentia um orgasmo poderoso chegando como um tornado. Havia muito tempo não sentia Massimo dentro de mim e, sobretudo, tão perto de mim. Meu homem me fodia loucamente, me levando a todos os limites do prazer. Em certo momento, senti o orgasmo poderoso varrer todo o meu corpo, me deixando sem fôlego. Tentei gritar, mas Massimo abafou o som com um beijo e logo gozou depois de mim. Ele estava suado, suas mãos e pernas tremiam. Massimo ainda manteve seu pau dentro de mim por um momento. Depois de alguns segundos, ele me colocou no chão e se recostou à parede.

"Você parece...", ele sussurrou, tentando recuperar o fôlego. "Laura, você é..." Seu peito arfava em um ritmo frenético, e sua boca ofegava.

"Eu também senti falta disso", respondi suavemente, e vi que ele sorria.

Seus lábios novamente encontraram os meus e sua língua invadiu minha boca antes que eu pudesse continuar falando. Dessa vez suas carícias foram suaves e ele fazia tudo lenta e sensualmente. Enfim ouvimos vozes. O *don* se deteve. Pôs o dedo em frente à boca, sinalizando para que eu ficasse em silêncio. Depois voltou para o que estava fazendo antes. As vozes no corredor não se calavam, e ele continuava a acariciar meus lábios com paixão. Seus longos dedos escorregaram para meu clitóris ainda pulsante. Fiquei imobilizada. Depois de tanto tempo, cada toque dele era como um choque elétrico, me enlouquecia completamente. Eu gemia sem querer, e ele me sugava a boca com ainda mais avidez para abafar os sons. Escutamos a porta se fechando no corredor, a conversa cessou e eu suspirei aliviada, me entregando ao que o Homem de Negro estava fazendo. Ele meteu dois dedos, percebendo que eu ainda queria mais, e com outro dedo massageava meu clitóris ao mesmo tempo, me mandando mais uma vez para as nuvens.

"Puta merda", ele reclamou quando seu bolso começou a vibrar.

Ele puxou o celular, olhou para o visor e suspirou pesadamente. "Tenho que atender."

Pôs o celular no ouvido e, sem parar o que estava fazendo com os dedos, conversou por um momento.

"Tenho que ir", ele sussurrou, conformado, quando o interlocutor desligou. "Ainda não terminei com você", acrescentou.

Essa ameaça era ao mesmo tempo uma promessa que despertava calor no meu baixo-ventre. Pela última vez ele passou a língua pela minha boca e depois fechou o zíper.

Saímos do quarto e Massimo se inclinou e pegou do chão minha calcinha, que estava no canto, escondida na escuridão do corredor. Olhando em meus olhos, cheirou-a algumas vezes antes de guardar no bolso, depois abriu a porta e saiu. Ouviam-se vozes na biblioteca.

A porta se fechou e eu ainda estava encostada na parede, sem compreender totalmente o que tinha acabado de acontecer. Quer dizer, não era nada de extraordinário, afinal sexo com o marido faz parte, mas, depois de tantas semanas, ou melhor, meses, senti como se tivesse voltado até meados de agosto, quando ele me sequestrou, me prendeu e eu finalmente me rendi e me apaixonei por ele. O pensamento a seguir me deixou petrificada. Afinal, eu não estava mais grávida e a qualquer momento poderia engravidar. O horror que se apoderou do meu corpo me paralisou completamente. Fluxos de pensamentos e cenas transbordavam da minha cabeça e faziam minha respiração falhar e as lágrimas brotarem dos olhos. Eu não poderia deixar isso acontecer, não de novo, não quando o destino tinha escolhido algo diferente para mim. Eu estava nervosa, cambaleava, mas sabia que ficar ali não resolveria nada. Então fui para o quarto.

Liguei o computador e digitei rapidamente, procurando um conselho no velho e bom Google. Tantas páginas surgiram que fiquei surpresa com quantos medicamentos desse tipo existiam no mercado. Li um pouco sobre como agiam e como obtê-los, e depois, tranquila pela facilidade com que eu poderia adquiri-los, caí na cama.

"Olhe só, estou vendo que você está prontinha, prontinha", disse Olga, subindo a escada. "Estou sem a bolsa, mas você está sem nada, então, tudo bem."

Ela passou ao meu lado enquanto eu a observava.

Parecia bem gostosa, usando um vestido branco supercurtinho, ajustado apenas sob o busto. Eu diria mesmo que parecia uma menininha e que a renda, de que era feita a parte de cima, lhe conferia certa inocência. Olhei para baixo e dei um suspiro de alívio: nada mudara; em suas pernas estavam as botas pretas de couro até o meio da coxa. Ela toda parecia estar dizendo: sou boazinha, mas me dê um chicote e você vai ver só. Fechei o notebook e a segui.

Olga foi trocar de bolsa, então comecei a fuçar os trajes que poderiam me interessar. Eu olhava os cabides, mas tinha uma estranha sensação de ansiedade, então puxei Olga e a encarei. Ela estava com uma sobrancelha levantada e as mãos cruzadas sobre o peito.

"Você trepou", ela disse, com ar divertido. "Quando foi que você teve tempo para isso?"

Fiz cara de desaprovação e voltei para os cabides.

"De onde você tirou essa ideia?", perguntei, pegando algumas peças e vendo o que não combinava comigo.

"Talvez da falta da calcinha..."

Ouvindo isso, congelei. Olhei para o espelho pendurado na parede oposta. Caramba! Quando eu levantava os braços, o vestido curto não cobria minha bunda.

Fingindo embaraço, abaixei as mãos e ajeitei o vestido.

"A calcinha não é seu único problema." Ela se sentou na poltrona, cruzando as pernas. "Seu cabelo também te traiu... e os lábios inchados de beijar. Ou de chupar. Vamos lá, me conte."

"Ei, não tem nada demais. Nos encontramos no corredor e uma coisa levou a outra." Joguei o cabide nela. "Pare com isso e me ajude. Daqui a pouco vai escurecer."

Capítulo 4

Enquanto descíamos a encosta em direção a Giardini Naxos, percebi que tinha esquecido de avisar meu marido que eu estava saindo. Porém, quando peguei meu celular, lembrei que ele também não me explicava tudo que fazia. Então, coloquei o celular de volta na bolsa microscópica. Além disso, eu tinha certeza de que, tão logo o Homem de Negro se separasse de suas companhias, começaria a me rastrear e saberia que eu havia sumido. Motivada por esse pensamento, dei uma nítida revirada nos olhos, o que não escapou da atenção de Olga.

"Que foi?", perguntou, virando-se para me encarar.

"Quero fazer um pedido", e abaixei a voz, como se estivesse conspirando, como se qualquer um ali entendesse polonês além de nós duas. "Eu quero que amanhã você consulte seu médico e peça uma receita para mim."

Sua testa franzida e a careta me disseram que Olga não tinha ideia do que eu estava falando.

"Eu preciso de uma pílula do dia seguinte."

Naquele momento, sua cara e seus olhos arregalados pareciam ainda mais surpresos do que antes.

"O que você disse?" Olga olhou de um lado para o outro, para checar se alguém estava escutando. "Laurinha, você tem marido."

"Mas eu não quero ter um filho com ele novamente." Abaixei a cabeça. "Pelo menos não agora."

Olhei para ela suplicando.

"Sabe, eu prefiro não utilizar o princípio do 'aquilo que te envenena também te cura'. Além disso, depois de todas essas cirurgias, eu ainda não deveria engravidar." Fiquei torcendo para isso ser verdade, porque ainda não tinha discutido esse assunto com os médicos.

Olga ficou me estudando por um momento, até que finalmente respirou fundo e disse:

"Eu compreendo e claro que faço isso por você. Mas pense no que você vai fazer depois. Você não pode tomar esses medicamentos toda vez que transar. Talvez eu traga uma receita de anticoncepcional também."

"Essa era a segunda coisa que eu queria te pedir", gaguejei. "E não quero que o Massimo saiba. Além do mais, não pretendo tocar no assunto filhos com ele tão cedo..."

Ela assentiu e se recostou no assento. Depois de alguns minutos, o carro parou em frente ao restaurante.

"É sério?" Olhei irritada para Olga.

"Porra, Laura, para onde nós iríamos? Todos os melhores restaurantes pertencem aos Torricelli. Além disso, eu acho que Massimo sabe que você saiu, não é?"

Ela olhou para mim e eu, para o lado.

"Ele não sabe?!", Olga gritou, mas logo depois desatou a rir. "Então estamos fodidas até não poder mais. Vamos."

Olga saiu do carro, atravessou a calçada e se dirigiu à entrada. A ideia de que meu marido ficaria furioso me divertia. Também senti uma estranha satisfação.

"Me espere", gritei, balançando meus sapatinhos de cristal.

Logo depois de entrar no restaurante, pedimos uma garrafa de champanhe. Aparentemente não havia nada para comemorar, mas o fato de não haver um motivo acabou sendo o motivo. O gerente do restaurante, assim que nos viu, só faltou mandar que nos carregassem no colo até nosso lugar. Depois disso, ele nos serviu mais do que o necessário. Pôs um garçom ao lado da mesa, que Olga educadamente dispensou, explicando que não precisávamos de nenhum tratamento especial. Apenas comeríamos e daríamos o fora.

Quando a garrafa finalmente apareceu na mesa, senti uma excitação doentia. Pela primeira vez em muitos meses eu sentiria o gosto de álcool na boca.

"A nós!", disse Olga, com a taça na mão. "Às compras, às viagens, à vida, ao que temos e ao que nos espera!"

Ela piscou para mim e tomou um gole. Já eu, assim que senti o gosto amado na boca, esvaziei o copo de um só gole, uma verdadeira casca-grossa.

Minha amiga perspicaz balançou a cabeça e pegou a garrafa para encher a taça. Infelizmente a mão dela nem chegou perto do cooler, porque o gerente excessivamente zeloso já estava por perto. *Que beleza! Temos uma babá*, pensei, lançando a ele um olhar do tipo "cai fora daqui".

Eu estava justamente comendo mexilhões ao vinho branco quando minha bolsa microscópica começou a vibrar. Eu só podia esperar que duas pessoas ligassem: mamãe ou Massimo.

Atendi à ligação sem olhar para a tela. Do outro lado, escutei: "Está se sentindo melhor?". Derrubei o garfo que estava segurando. Assustada, me levantei da mesa e, em pânico, olhei para Olga, que me lançou um olhar interrogativo.

"Como você conseguiu este número?", rosnei, correndo para fora do restaurante.

"Você está me perguntando isso depois que eu te sequestrei de uma festa onde dezenas de guarda-costas estavam te protegendo?"

A risada de Nacho invadiu meu ouvido como uma explosão nuclear. Senti o álcool subindo à cabeça e as pernas se recusando a obedecer.

"Então, como você está?", repetiu.

Sentei-me em um banco e um dos meus guarda-costas saltou do carro estacionado a alguns metros de distância. Ao vê-lo, levantei a mão e acenei para que ele soubesse que eu estava bem.

"Por que você está ligando?"

Eu estava muito confusa e procurava controlar minha respiração.

"Está muito difícil saber notícias suas."

Nacho suspirou quando ignorei sua pergunta pela segunda vez.

"Deveríamos ser amigos, e amigos às vezes se telefonam e dizem como estão", continuou ele. "E então?"

"Pintei o cabelo", disparei.

"Você fica bem de cabelo escuro. Mas que milagre é esse de estar assim tão comprido, afinal..."

Ele fez uma pausa e murmurou algumas palavras em espanhol um momento depois.

"Onde você...", ouvi-o dizer antes que desligasse.

Olhei para o celular ainda na minha mão e analisei o que tinha acontecido. O sangue fervia na minha cabeça, e eu estava com medo de levantar os olhos e ver Nacho à minha frente um instante depois. Fiquei assim inclinada até ter coragem de erguer os olhos. Me endireitei lentamente e olhei de um lado para o outro. Pessoas passeando, carros, meus seguranças — nada de especial.

Por dentro, fiquei meio decepcionada. E então olhei para a frente. Olga estava parada na porta do restaurante, fazendo beicinho, batendo o dedo no relógio para mim.

Me levantei e fui em sua direção, mesmo um pouco cambaleante — meus sapatos de salto eram extravagantes e não muito confortáveis. Voltamos para dentro para terminar de comer os mexilhões frios.

Sentei e imediatamente bebi uma taça de champanhe ligeiramente gaseificado.

"Quem ligou?"

As mãos entrelaçadas de Olga batiam os dedos em um ritmo nervoso.

"O Homem de Negro", respondi sem olhar para ela.

"Por que você está mentindo?"

"Porque a verdade é difícil demais", suspirei. "Além do mais, não saberia o que te dizer."

Peguei um garfo e comecei a encher a boca com mexilhões para não ter de responder a mais perguntas.

"O que aconteceu nas Canárias?", Olga quis saber, enchendo nossas taças e sinalizando ao garçom para trazer outra garrafa.

Meu Deus, como eu odiava aquela pergunta. Cada vez que a ouvia, me sentia culpada e pensava ter feito algo errado lá. Além disso, era difícil para mim dizer às pessoas que ficaram morrendo de medo por mim que, na verdade, eu tinha me divertido muito. Sem levar em conta, é claro, a tentativa de assassinato e tudo o que aconteceu depois...

Já um pouco irritada, olhei bem para Olga.

"Ainda não vou contar", murmurei, tomando outro gole enorme. "E não hoje. Estou só começando a me recuperar e você me faz as piores perguntas possíveis."

"E para quem você quer contar isso, se não for para mim?" Ela se inclinou sobre a mesa, aproximando seu rosto do meu. "É pouco provável que você confie na sua mãe e, a julgar pelo seu comportamento, Massimo nunca deveria descobrir o que aconteceu lá. Mas, quando vejo como você se debate com isso, tenho certeza de que a melhor coisa seria uma confissão. Sabe, não estou pressionando. Se não quiser, não fale."

Olga se recostou na cadeira e eu fiquei em silêncio por um momento, analisando o que tinha acabado de ouvir. Eu podia sentir o choro crescendo dentro de mim.

"Ele era tão diferente", suspirei, girando a haste da minha taça. "O cara que me sequestrou. Marcelo Nacho Matos."

Um sorriso incontrolável apareceu no meu rosto.

Olga empalideceu.

"Vou me esquecer dele", tentei acalmá-la, "sei disso. Mas ainda não consigo."

"Ai que merda!", Olga finalmente soltou. "Você e ele..."

"Nada disso. Só que não foi tão ruim para mim estar lá como todo mundo pensa."

Fechei os olhos enquanto repassava cada uma das lembranças de Tenerife. "Eu me sentia livre, quase... E ele tomou conta de mim, cuidou de mim, me ensinou, me protegeu..."

Eu sabia que meu ar sonhador era muito inapropriado. Mas não podia evitar.

"Puta que pariu, você se apaixonou!", Olga me interrompeu, arregalando os olhos.

Parei por um momento. Não fui capaz de negar na hora.

Eu tinha mesmo me apaixonado? Não fazia ideia. Será que não havia sido só uma quedinha por ele, um crush? Afinal, eu tinha marido, eu o amava, ele era maravilhoso. O melhor cara com quem eu poderia sonhar... Mas será que era mesmo?

"Ah, vá se danar!", disse, olhando para Olga com um sorriso. Balancei a cabeça. "É só um cara. Além do mais, por causa dele aconteceu muita coisa ruim..." Comecei a contar. "Primeiro, perdi meu bebê. Isso para começar.

Segundo, fiquei várias semanas no hospital, e mais ainda em casa, me recuperando." E, indicando o número três para Olga, finalizei: "Fora isso, meu marido se afastou de mim e me trata mais como uma inimiga do que como sua esposa".

Ergui as sobrancelhas com expectativa, rezando para Olga acreditar no que eu acabara de dizer. Eu mesma queria realmente acreditar naquilo.

"Ah, Laurinha", Olga suspirou. "Ele não consegue se perdoar por tudo isso que aconteceu. Está fugindo de você porque se sente culpado por você ter perdido o bebê. E mais ainda por você ter passado por tudo isso." Ela abaixou a cabeça. "Você sabia que ele queria te mandar de volta para a Polônia só para que ninguém jamais te machucasse de novo por causa dele? Massimo estava pronto para desistir do que mais ama. Ele queria que você ficasse segura."

Olga balançou a cabeça, bebericando do copo.

"Uma vez eu entrei de noite escondida na biblioteca e o ouvi conversando com Domenico. Estou aprendendo essa porra de italiano, mas não entendo nada. Só que não precisei entender para saber o que estava se passando."

Ela olhou para cima. Seus olhos estavam cheios de lágrimas.

"Laura, eu vi Massimo chorando! Parecia um animal abatido, lutando para sobreviver!"

"Quando foi isso?", perguntei, respirando fundo.

"Uma noite, logo depois que você voltou para a Sicília", ela disse, depois de pensar bastante. "Bom, mas agora chega desses assuntos. Vamos beber."

Juntei as lembranças daquela noite na minha cabeça. Foi quando Massimo quebrou o copo e a solidão entre nós dois começou. Aquela noite mudou tudo e meu marido se afastou de mim.

Terminamos a segunda garrafa e, ligeiramente bêbadas, saímos do restaurante, que, àquela altura, estava lotado. Mesmo assim, o gerente abriu pessoalmente a porta do carro para mim.

Os seguranças tinham estacionado o SUV quase na entrada, chamando a atenção de todos os clientes que aguardavam. Parecíamos estrelas de cinema, eu diria damas, mas, cambaleando e dando risadinhas divertidas, certamente não tinha nada elegante ali.

Nós nos sentamos com uma dificuldade imensa. Olga deu as instruções ao motorista e o carro começou a andar.

Já passava da meia-noite e algumas dezenas de pessoas se aglomeravam na entrada da casa noturna, que, obviamente, era propriedade dos Torricelli também, então não esperamos nem um minuto para que nos deixassem entrar. Praticamente corremos ao longo do tapete preto que nos indicava o caminho para dentro, protegendo uma à outra para não cairmos. Lá dentro, nossos guarda-costas abriram caminho para nós. Depois de passar pela multidão, nos sentamos em nosso camarote. Eu já estava bem bêbada quando passei os olhos pelo lugar aonde tínhamos chegado. Infelizmente, por trás das costas dos quatro homens que nos protegiam, eu não conseguia ver muito. Quando Olga anunciou a Domenico que íamos para a balada, ele preparou tudo. Inclusive que não tivéssemos a menor chance de falar com qualquer pessoa ali.

Trouxeram champanhe para nossa mesa. Olga pegou uma taça e começou a se contorcer ritmicamente numa plataforma ao lado do sofá. Estávamos no mezanino, então, quando ela dançava perto da grade, as pessoas lá embaixo tinham uma boa visão de sua calcinha. Peguei o copo e parei ao lado dela. Eu estava tão chumbada que, se tentasse dançar, provavelmente acabaria caindo lá embaixo, em cima da multidão. Fiquei olhando as pessoas que se divertiam na casa até que, em determinado momento, senti que alguém me observava.

Eu não conseguia ver com clareza, porque o álcool me subia à cabeça cada vez mais rápido e com mais intensidade, então fechei um olho para focar melhor e aí...

No final do longo balcão do bar, Marcelo Nacho Matos estava de pé, com os braços cruzados, olhando para mim. Quase cuspi o champanhe que tinha acabado de beber. Fechei os olhos e os abri novamente um pouco depois. O lugar agora estava vazio. Comecei a piscar nervosamente para ter certeza. Procurava um homem careca, mas ele havia desaparecido. Abalada, sentei-me no sofá e terminei minha bebida. Foi provavelmente a primeira vez que tive alucinações por bebida alcoólica. Ou talvez fosse o resultado de um longo tempo sem beber. Ao verter, de repente, tamanha quantidade de álcool, meu cérebro sofreu um curto-circuito...

"Vou ao banheiro", gritei para Olga, que se contorcia ao ritmo da música, quase pendurada do outro lado da grade. Ela respondeu acenando com a mão para mim, antes de se agarrar à grade.

Falei ao segurança para onde estava indo, e ele começou a abrir caminho para mim. Então, no escuro, junto à parede ao lado da qual ficava uma escultura gigantesca, eu o vi novamente. Estava com os braços cruzados sobre o peito, sorrindo com seus dentes brancos para mim. Senti um aperto no estômago e prendi a respiração. Se meu coração ainda estivesse doente, com certeza eu teria desmaiado. Mas agora eu estava firme, de pé, só não conseguia respirar.

"Desde quando você sai sem minha permissão?!", ouvi de repente. A voz de Massimo me invadiu, abafando a música, e então a enorme silhueta do meu marido me bloqueou o mundo. Olhei para cima para encará-lo e vi sua mandíbula cerrada com força. Eu queria dizer alguma coisa, mas tudo que pude fazer foi me jogar em seu pescoço para poder olhar para o espaço atrás dele. O cara tatuado se foi e eu fiquei ainda mais assustada. Talvez a combinação dos medicamentos, que ainda estava tomando, com o álcool não tenha sido mesmo uma ideia feliz.

Fiquei pendurada no pescoço do *don,* me perguntando o que aconteceria a seguir. Receberia a maior bronca do ano? Ou talvez ele me puxasse pelo meu novo cabelo e me arrastasse para o carro? Perturbada com o fato de que nada acontecia, me afastei e fiquei surpresa ao descobrir que ele sorria de leve.

"Fico feliz de você ter saído da cama", disse, encostando os lábios na minha orelha. "Venha."

Ele me segurou pelo pulso e me puxou de volta para onde eu tinha acabado de sair. Me virei mais uma vez para olhar para trás, mas não havia ninguém no canto do salão.

Quando cheguei ao camarote, vi Domenico e Olga entrelaçados numa luta amorosa, ou melhor, sexual. Ele estava sentado e recostado num sofá e ela, montada nele, e suas línguas eram mais rápidas do que a batida da música que saía dos alto-falantes. Ainda bem que o lugar onde eles estavam não podia ser visto por ninguém. Os convidados da balada poderiam pensar que estávamos filmando um vídeo pornô ali.

Assim que o Homem de Negro se sentou no sofá, do nada surgiu uma jovem garçonete trazendo uma garrafa com um líquido âmbar, além de uma bandeja de prata tampada. Ela colocou tudo na mesa à sua frente, fez uma gracinha para ele e caminhou em direção à saída do camarote. Eu estava bêbada, vendo o *don* levar o copo à boca e dar o primeiro gole. Ele parecia à vontade e sensual, todo vestido de preto, com os braços apoiados no encosto do sofá. Olhava para mim, ou melhor, me penetrava com o olhar, esvaziando o copo. Um momento depois, encheu o copo e bebeu até a metade, o que me surpreendeu um pouco. Nunca tinha visto Massimo beber tanto, muito menos naquele ritmo. Eu o cutuquei para que se afastasse um pouco e me sentei ao seu lado. Peguei meu copo. A música ecoava ao nosso redor enquanto Domenico e Olga, ocupados um com o outro, praticamente transavam.

Massimo se inclinou e tirou a tampa da bandeja de prata.

Lamentei em voz alta ao ver as fileiras brancas dispostas ordenadamente na superfície do espelho. O *don* tirou uma nota de dinheiro do bolso, enrolou-a, cheirou uma carreira inteira e suspirou de alívio. Não fiquei particularmente feliz com o que vi, mas meu marido não se importava. Ele tomava um gole do copo e olhava para mim, de vez em quando estreitando os olhos. Meu ótimo humor foi embora. Eu me perguntei se ele estava fazendo isso de propósito ou se era apenas um viciado.

Muito tempo se passou. Massimo, Olga e Domenico esvaziavam a bandeja, rindo e bebendo. A certa altura eu não aguentei mais. Peguei a nota da mesa, me inclinei e aspirei. O Homem de Negro agarrou minhas mãos e me puxou para ele. Olhou com raiva.

"Se vocês todos podem ficar aí cheirando essa merda, então eu também posso!", gritei.

Momentos depois, senti um gosto nauseante e amargo escorrendo pelo fundo da minha garganta. Minha língua parecia de pedra e minha saliva estava estranhamente espessa.

"Você não está respeitando seu novo coração, Laura", Massimo rosnou entredentes.

Eu não estava interessada no que ele tinha a me dizer, estava muito ocupada deixando-o puto. Fiz uma careta teatral e me levantei, cambaleando para o lado. Fiquei ali me perguntando o que fazer e, como não consegui pensar em nada inteligente, mostrei o dedo do meio para ele e comecei a andar em direção à saída do camarote. O brutamontes parado na minha frente olhou para meu marido e, para minha surpresa, se afastou para que eu passasse. Avancei com ânimo combativo. Então senti alguém agarrar meu cotovelo e me puxar para uma sala escondida na escuridão do corredor. Eu me soltei e me virei, quase esbarrando no Homem de Negro, que bloqueava minha passagem.

"Me solte!", exigi, quase sussurrando.

Massimo negou com a cabeça e se inclinou para mim. Seus olhos estavam completamente estranhos, parecia que ele estava completamente ausente. Ele me agarrou pelo pescoço e ficou de costas para a porta fechada. Fiquei apavorada com aquela visão, então comecei a olhar em volta da sala. Era totalmente preta, forrada com material acolchoado e no centro havia uma pequena plataforma e um mastro. Em frente havia uma poltrona, ao lado da qual havia uma mesinha com copos e garrafas de bebida. O Homem de Negro pressionou um botão no painel montado na parede. As luzes se acenderam e dos alto-falantes começou a sair música.

"O que aconteceu em Tenerife?"

A mandíbula cerrada do *don* lhe dava uma expressão ainda mais dura.

Fiquei calada. Estava tão bêbada que não tinha forças para discutir. Mas ele continuava parado e esperava, apertando meu pescoço de vez em quando. Quando o silêncio se estendeu, ele simplesmente me soltou. Tirou o paletó e foi até a poltrona. Segurei a maçaneta, mas a porta estava trancada. Resignada, encostei a testa na parede.

"Você vai dançar para mim", ele disse. Eu o ouvi jogar gelo no copo. "E depois vai me chupar."

Eu me virei e vi que ele estava sentado na poltrona, desabotoando a camisa.

"E, depois que eu gozar na sua boca, vou te comer", ele terminou, tomando um gole.

Fiquei olhando para ele, e foi quando percebi que estava começando a ficar sóbria. Eu respirava fundo e, dentro de mim, um sentimento que eu não conhecia despertava. Não compreendia por quê, mas me sentia bem. Estava relaxada, contente e até feliz. Era um sentimento ligeiramente diferente de estar loucamente apaixonada. *É isso que a cocaína faz?*, pensei. Então deixou de ser um mistério para mim por que o Homem de Negro gostava tanto dela.

Tirei minha jaqueta e caminhei lentamente até o mastro. No entanto, depois da cirurgia, quase não me movimentava, então dançar estava fora de questão. Apoiei as costas no mastro e comecei a deslizar lentamente por ele, nunca tirando os olhos do meu homem. Rebolei os quadris e esfreguei a bunda contra o metal frio. Envolvi minha perna no mastro. Dei uma volta, lambendo os lábios e lançando ao Homem de Negro um olhar provocador. Peguei minha blusa e tirei-a lentamente. Joguei-a na direção de onde ele estava sentado. Quando o *don* viu o sutiã de renda, deixou o copo na mesinha e abriu o zíper, liberando sua ereção gigantesca. Ele pegou seu pau e com a mão direita começou a se masturbar na minha frente. Gemi quando vi o que estava fazendo, a excitação revolvendo meu ventre. Desabotoei um botão do meu jeans, depois o outro e, finalmente, pude abri-lo para revelar minha calcinha fio-dental. Massimo mordeu o lábio inferior e seus movimentos tornaram-se mais rápidos e mais fortes. Ele inclinou a cabeça para trás e, com os olhos semicerrados, observou o que eu estava fazendo.

Me virei de costas para ele e deixei a calça cair pelos joelhos até os tornozelos. Ainda bem que podia esticar meu corpo. Graças a isso, meu marido podia ter uma visão impressionante. Agarrei o mastro e graciosamente passei os sapatos pelas pernas da calça. Fiquei na frente dele só de calcinha e salto alto. Gotas de suor escorriam por sua testa, e a cabeça de seu pênis ficava mais intumescida e escura a cada segundo. Desci lentamente do palco e me aproximei dele. Me inclinei e deslizei a língua em sua boca. Estava amarga e tinha gosto de álcool, mas isso não me incomodava nem um pouco. Me ajoelhei acima dele e, sem desviar o olhar de seus olhos negros, afastei minha calcinha. Em seguida, lentamente me sentei em seu pau duro. Um grito de prazer saiu de sua garganta e suas pálpebras se estreitaram, como se ele não pudesse suportar o que estava sentindo. Ele segurou meus quadris com suas mãos enormes e começou a me levantar e abaixar nele. Eu gemia, e minha bunda involuntariamente começou a balançar ao ritmo da música que saía dos alto-falantes. O Homem de Negro respirava rápido e seu corpo estava completamente molhado. Fiquei imóvel. Meus dedos foram para os botões de sua camisa e eu desabotoei todos eles, sentindo sua impaciência. Quando terminei, me levantei, me afastei dele e me ajoelhei na sua frente.

"Eu gosto de sentir o meu gosto", disse antes de enfiar seu pau todo até o fundo da garganta.

Foi demais para ele. O copo que ele havia pegado alguns segundos antes bateu no tapete macio e ele pôs as mãos na parte de trás da minha cabeça. Ele golpeava minha garganta em um ritmo insano, com seu pau gigante em minha boca. Gritava e ofegava, e seu corpo encharcado de suor começou a tremer. Então eu senti as primeiras gotas de sua porra, até que ele explodiu, quase me sufocando. Seu gozo desceu pela minha garganta e ele berrava e se contorcia quase como se estivesse lutando contra si mesmo. Apesar de ter terminado, ainda manteve seu pau dentro da minha boca por algum tempo. Ficou imóvel mirando meus olhos lacrimejantes. Quando comecei a engasgar, ele esperou mais alguns segundos, depois me soltou e eu caí no tapete.

"Com esse cabelo, você está uma verdadeira puta." Ele se levantou e fechou a calça. "A minha puta." Vestiu a camisa, sem tirar os olhos de mim.

"Acho que você esqueceu de uma coisa!", provoquei, colocando a mão dentro da calcinha de renda. "Era para eu dançar." Comecei a mexer meus dedos lentamente.

"Chupar." Puxei um pouco o tecido para que ele pudesse ver o que eu estava fazendo.

"E depois era para você me comer." Tirei a calcinha fio-dental e o joguei para o lado, então rolei de bruços e fiquei de quatro empinando a bunda. "Tudo aqui é seu."

Ele não foi capaz de ignorar a provocação. Agarrou meus quadris e, antes que eu pudesse inalar um pouco de ar, senti-o afundar em mim. Ele não foi delicado, fez tudo com brutalidade e velocidade, puxando meu cabelo escuro. O primeiro orgasmo veio logo, mas Massimo, bêbado e sob o efeito da droga, parecia uma metralhadora. Eu gozava de novo e de novo, e ele continuava a meter em mim sem diminuir o ritmo. Depois de uma hora e mais de dez posições diferentes, ele finalmente gozou de novo, esporrando em mim.

Apesar de muitas tentativas, eu não conseguia me recuperar daquela maratona. Amaldiçoei o fato de termos saído de casa e não estar deitada no tapete perto da lareira agora.

"Ponha a roupa, vamos para casa", disse o Homem de Negro, abotoando o paletó.

Estremeci com seu tom indiferente, mas não tive forças para retrucar. Peguei minhas coisas e alguns minutos depois voltamos ao clube barulhento e movimentado.

Acontece que Domenico e Olga não aguentaram nos esperar, e já estavam em casa fazia muito tempo. Eu os invejei.

O esforço físico me deixou de ressaca, e minha cabeça doía tanto que parecia que ia explodir a qualquer momento.

A saída da sala escura foi a última coisa de que me lembro daquela noite.

"Você é perfeita", sussurrou Nacho, acariciando minha face. Suas mãos delicadas com cheiro de oceano acariciavam minha pele nua com ternura. Ele me olhou por um momento com seus olhos verdes alegres e depois trouxe sua boca para mais perto de mim.

Primeiro ele beijou meu nariz, depois minhas bochechas, queixo e pescoço, e por fim envolveu meus lábios. Ele os acariciou lentamente, sem usar a língua, e alguns segundos depois ela invadiu minha boca. Eu estava deitada, movendo suavemente meus quadris no ritmo da sua bunda durinha. Ele gemeu suavemente, sentindo meus dedos, e eu saboreava o calor de seu corpo. Ele era calmo, não tinha pressa, cada movimento seu, cada gesto era repleto de paixão e ternura.

"Eu quero entrar em você", ele sussurrou, olhando nos meus olhos. "Quero sentir você, menina."

Seus lábios descansaram sobre a minha testa enquanto ele movia seus quadris para ficar bem de frente para minha buceta.

Eu respirava ruidosamente enquanto esperava pelo ataque, mas ele apenas olhava, como se quisesse minha permissão.

"Faça amor comigo", implorei, apressando-o, e ele ao mesmo tempo entrou em mim e enfiou sua língua profundamente em minha garganta...

"Você está tão molhadinha", ouvi um sotaque britânico familiar e fiquei paralisada. "Tinha me esquecido de como você fica promíscua depois de beber álcool."

Abri os olhos com dificuldade, sentindo milhões de agulhas sob minhas pálpebras. A dor de cabeça latejante tirava meu desejo de acordar, mas eu estava tão confusa que precisava tomar conhecimento da situação. Olhei para baixo e vi Massimo se acomodar entre minhas pernas, sua língua contra meu clitóris latejante.

"Você está tão no ponto!", ele sussurrou, mergulhando em mim.

Gemi quando ele começou a me lamber e me chupar. Só depois de um tempo me ocorreu por que eu estava tão excitada.

Tinha sido um sonho...

Fiquei ligeiramente desapontada e entorpecida enquanto meu homem tentava me agradar oralmente. Eu não conseguia me concentrar no que ele estava fazendo, porque, toda vez que fechava minhas pálpebras, um surfista de olhos verdes aparecia na minha frente. Era uma tortura. Normalmente eu esperava que o Homem de Negro me tocasse, mas agora rezava para que o orgasmo viesse rapidamente e ele me desse um tempo. No entanto, os minutos seguintes se passaram e, apesar de meus melhores esforços, não consegui nem mesmo chegar perto de gozar.

"O que está acontecendo?", ele perguntou, levantando-se e franzindo a testa ligeiramente.

Fiquei olhando para ele em busca de uma boa explicação na minha cabeça, mas Massimo não era uma pessoa paciente.

Ele esperou mais alguns segundos, levantou-se e foi até o closet.

"Estou com uma ressaca terrível", murmurei quando ele estava saindo.

Era verdade mesmo. Minha cabeça latejava ao ritmo da música mais dançante da face da Terra. Eu poderia ir atrás dele e pedir desculpas, mas qual era o sentido disso? Além do mais, conhecendo sua teimosia, não teria ajudado em nada.

Enquanto ele desaparecia escada abaixo, senti como se tivesse sido apunhalada. Lembrei-me do que ele disse na noite anterior.

"Massimo", gritei, e ele parou e se virou. "Você disse ontem que eu não respeito o meu novo coração. O que você quis dizer com isso?"

Ele ficou me olhando friamente, e logo depois disparou sem qualquer emoção:

"Você fez um transplante, Laura."

Ele disse isso como se estivesse pedindo um sanduíche e depois desapareceu.

Virei de lado e me enterrei nos lençóis, tentando digerir o que acabara de ouvir. Lutei contra a vontade excruciante de vomitar, mas finalmente adormeci.

"Você está viva?", Olga perguntou, sentando-se na beira da cama e colocando uma xícara de chá com leite em minhas mãos.

"Estou cem por cento morta e vou vomitar daqui a pouco", respondi, tirando a cabeça de baixo das cobertas. "Ai, que porre...", gemi. "O Homem de Negro me deu uma superbronca." Bebi um gole.

"Ele saiu com Domenico há mais ou menos uma hora, mas não me pergunte para onde. Não tenho ideia."

Quando ouvi isso, fiquei chateada. Tudo tinha começado a se encaixar no dia anterior e eu tive de estragar tudo com um surto inútil.

"Por que ele se chateou?", Olga indagou, enfiando as pernas sob as cobertas e usando o controle remoto para fechar as cortinas.

"Porque eu não gozei."

Sacudi a cabeça, sem acreditar no que eu mesma tinha dito.

"Estou com dor de cabeça, com vontade de vomitar e ele resolveu ficar cheio de amor pra dar. Ele tentou, tentou, e, como não conseguiu, fez cara feia e saiu."

"Ah!", retrucou Olga, ligando a televisão.

A vantagem da ressaca quando você mora em uma casa com empregados é que a única coisa que você precisa fazer é se levantar para ir ao banheiro. E nem isso, porque, se quisermos um penico, alguém vai trazer para nós. Então, apodrecemos na cama o dia todo, pedindo comida no quarto e assistindo a filmes. Se não fosse por meu marido estar muito ofendido e não atender ao celular, eu diria que o dia foi legal.

Capítulo 5

No dia seguinte, acordei antes do meio-dia e fiquei aliviada ao descobrir que não tinha absolutamente nada para fazer e que poderia voltar ao meu ritual de autopiedade usando pijama. Fiquei deitada, enterrada nos lençóis, assistindo televisão, até que me dei conta de que não tinha nenhum motivo para estar deprimida. Praticamente já tinha aceitado a perda do meu bebê; é claro que ainda doía quando pensava no meu filho, mas ele estava ficando cada vez mais distante, como um eco. Minha saúde estava cada vez melhor e quase não sentia mais os efeitos da cirurgia. A primavera estava começando na Sicília. Fazia calor e o sol brilhava, mas eu ainda era a esposa podre de rica e entediada do meu marido. Com uma excitação doentia, pulei da cama e corri para o banheiro. Tomei um banho, penteei meu cabelo comprido falso e me maquiei. Depois, fiquei parada diante do closet por bastante tempo, vasculhando quilômetros de cabides.

Já fazia muito tempo que não ia às compras e não tinha pressa para isso, porque setenta por cento do meu guarda-roupa ainda estava com a etiqueta. Mais de quinze minutos depois de vasculhar tudo, desenterrei uma legging de couro e um suéter solto da Dolce & Gabbana, que cobria minha bunda. Peguei minhas amadas botas Givenchy e assenti em aprovação. Vestida totalmente de preto, parecia morena e sensual, exatamente como deveria ser a criadora de uma nova marca de moda.

Esse pensamento me levou a agir enquanto bebia meu chá. Lembrei do presente maravilhoso que Massimo havia me dado no Natal: minha própria empresa. Agora era preciso colocá-la de pé, então pus minhas coisas na bolsa Phantom preta da Céline, coloquei um poncho curto com gola alta La Mania da mesma cor e fui procurar minha parceira para colocar em prática meu plano maligno.

"Por que você ainda está na cama?", perguntei a Olga ao entrar em seu quarto. Sua aparência naquele momento era impagável. Ela me encarava, seus olhos eram como imensos satélites orbitando a Terra. Ela ainda estava de boca aberta e eu, apoiada contra o batente da porta, esperava que se recuperasse.

"Caralho!", ela começou, cheia de graça. "Você está parecendo uma puta. Aonde nós vamos?"

"Bem, esse é o problema, porque eu tenho que me encontrar com Emi." Tirei meus óculos escuros. "Queria perguntar se está a fim de ir comigo."

Normalmente eu apresentaria à Olga a decisão já tomada, mas, como eu sabia que Emi era a ex-namorada de Domenico, não queria pressioná-la. Ela se sentou na cama fazendo caretas e suspirando, mas, acabou se levantando e dizendo, sem emoção:

"Claro que vou. Não sei por que passou pela sua cabeça que eu deixaria você ir sozinha."

Tive tempo para suar, tirar a roupa e me trocar algumas vezes antes que minha amiga finalmente estivesse pronta. Era evidente que ela não estava se arrumando para uma saída comum, mas para uma guerra da moda. Fiquei ainda mais surpresa com sua escolha. Ela parecia... normal. Jeans boyfriend Versace, camiseta branca e sapatos de salto alto Louboutin cor-de-rosa. Pôs um casaco de pele altamente chamativo sobre os ombros e um cordão de ouro em volta do pescoço.

"Vamos?", perguntou ao passar por mim, e eu comecei a rir.

Com seus óculos Prada de aros escuros, ela parecia um pouco com Jennifer Lopez no clipe de "Love Don't Cost a Thing". Peguei minha bolsa e fui atrás dela.

Claro que eu tinha marcado um horário, para que Emi não ficasse surpresa em me ver. Também tinha explicado brevemente do que se tratava. Não era novidade para ela. Massimo já conversara com ela no inverno sobre como me ajudar a iniciar meu negócio.

Entramos no lindo ateliê, e Olga disse um "olá" exagerado. No entanto, ninguém respondeu. Dei umas batidinhas em seu ombro. Achei que uma saudação tão alegre não cabia à situação. Então a porta no fundo da sala se abriu e um deus passou pela soleira. Nós duas parecíamos hipnotizadas pelo homem de calça preta larga que, descalço e com uma caneca na mão, caminhava em direção ao enorme espelho. De boca aberta e em silêncio absoluto, ficamos lá, olhando para aquela figura musculosa. Seu cabelo preto comprido caía casualmente sobre seu corpo musculoso e moreno.

Ele passou a mão pelo cabelo e se virou, e então seu olhar pousou em nós. Ficou lá parado, bebendo na caneca e sorrindo todo feliz.

E nós, como estacas, estávamos cravadas no chão com nossos sapatos caros.

"Oi", ouvi a voz feliz de Emi e me sacudi toda, voltando à realidade. "Vejo que já conheceu o Marco." O Adônis seminu acenou para nós.

"Meu novo brinquedinho", disse Emi, dando um tapinha em sua bunda. "Sentem-se, comam alguma coisa. Vamos beber um vinho? Pode ser que a reunião demore um pouco."

Fiquei surpresa com seu ótimo humor, e ainda mais com sua relação com Olga, que era absolutamente nenhuma.

Ela não se importava mesmo que Domenico tivesse escolhido minha amiga, mas, olhando para o deus de cabelos compridos que de vez em quando andava pela sala, eu podia adivinhar o motivo.

Muitas horas de conversa, almoço e três garrafas de vinho espumante depois, Emi recostou-se em uma cadeira de pelúcia e começou a massagear as têmporas.

"Você escolheu os designers da Faculdade de Belas Artes para trabalhar com você", ela disse, "mas ainda tem a questão do *casting*. Você sabe que nem todos eles vão mandar bem. Acho que a melhor tarefa para eles seria projetar alguma coisa que simbolize a sua marca."

Ela escreveu alguma coisa na folha de papel rabiscada.

"Os próximos da lista são os caras dos sapatos. Mas eu sei que você já tem uma ideia sobre como testá-los."

Emi sorriu e assentiu. Ela conhecia bem o tamanho do meu amor por sapatos.

"Vamos ter uma reunião com as confecções esta semana e eu vou começar a te ensinar sobre o que acontece lá, como avaliar as costuras e tal. Você também precisa voar para o continente, para se encontrar com os fabricantes de tecidos."

Ela pegou a taça.

"Você percebe quanto trabalho nos espera?", perguntou com um sorriso. "E percebe quão rica você vai ser, se tiver sucesso?"

"E é justamente porque eu quero comprar uma ilha para mim algum dia que estou pronta para me dedicar ao trabalho."

Ela estendeu a mão e nos cumprimentamos, satisfeitas.

As semanas seguintes foram as mais intensas da minha vida. Na verdade, meu terapeuta estava certo ao dizer que antes eu estava entediada. Embora não houvesse mais nenhum sinal de depressão, ainda assim eu o procurava duas vezes por semana. Só para ter certeza, só para bater um papo.

Me dediquei ao trabalho. Não imaginava que um setor com o qual eu não estava quase nada familiarizada pudesse me dar tanta satisfação. Moda era uma coisa, mas construir um negócio que deveria ser lucrativo era outra. A grande vantagem de toda a situação era o fato de que, graças às atividades do meu marido, eu era podre de rica. Por isso consegui desenvolver tudo muito rapidamente, contratar mais gente e não pensar nos custos.

Para Massimo tudo também se encaixava. Especialmente porque ele odiava meus resmungos quando mais fileiras de cocaína se infiltravam em seu organismo. Ele nem tentava mais esconder. Bebia, se drogava e me satisfazia esporadicamente. Eu não conhecia esse lado dele, embora, pelas histórias que tinha ouvido, parecesse que ele simplesmente havia voltado aos velhos hábitos.

Houve uma noite em que voltei do meu estúdio bem tarde. Eu estava certa de que o Homem de Negro tinha viajado. De manhã cedo, eu tinha ouvido uma conversa dele com Mario, que insistia que o *don* fosse a uma reunião. Já fazia algum tempo que eu me acostumara ao fato de vivermos separados. Conversei com o terapeuta sobre isso. Ele disse que ia passar. E que Massimo estava digerindo a dor de ter perdido um filho, e que eu deveria respeitar seu luto. Além disso, ele achava que o Homem de Negro ainda lutava com seus pensamentos — ponderando se viver com ele não seria perigoso demais para mim. O que significava que Massimo estava lutando com seu próprio egoísmo. A mensagem do dr. Garbi era curta: se você o quer de volta, deixe-o livre. Só então ele vai voltar para você como era antes.

Graças ao trabalho, em que fugia dos pensamentos idiotas, eu não tinha problemas com o meu tempo livre, porque simplesmente não tinha tempo livre. Naquela noite também tinha um compromisso, uma reunião de negócios, mas, para minha infelicidade, era em Palermo.

Entrei em casa como um furacão, praticamente voando pelos corredores e atropelando as pessoas que encontrava. Eu tinha um voo dali a uma hora e meia. Fiz o cabelo no estúdio, graças ao fato de meu amado cabeleireiro atender a todos os meus chamados, e o vestido — bem, eu era dona de uma marca de roupas.

Uma de minhas designers, Elena, era extremamente talentosa. Eu favorecia muito os projetos dela, mas eles realmente mereciam. Eram simples, clássicos, delicados e muito femininos. Ela não exagerava em nada. Preferia complementar as criações com acessórios em vez de sobrecarregar o modelo. Eu adorava tudo o que saía de sua tela, desde as camisetas comuns até os vestidos com cauda. E eu deveria usar justamente um desses vestidos hoje.

Um vestido simples, tomara que caia, com a parte de cima em preto e abrindo a partir da cintura até o chão em listras pretas e brancas, recortado em uma espetacular forma ampla e circular e que, apesar do tamanho, era leve e ondulava enquanto eu caminhava. Naquele momento eu estava correndo com ele no cabide, sabendo que tinha meia hora para tomar banho e fazer a maquiagem.

Foi bom meu cabeleireiro ter prendido meu cabelo bem alto; se ele tivesse feito cachos leves, eu não teria como arrumá-lo a tempo.

Tirei minha túnica fininha e, de lingerie, quase caindo, invadi meu closet.

Arranquei a calcinha e o sutiã e depois, correndo o tempo todo, quebrei o recorde mundial de velocidade de banho. Parecia uma maluca.

Não havia tempo para me enxugar, então pensei em passar creme no corpo molhado mesmo e tudo seria absorvido enquanto eu me maquiava. Pensei e assim fiz. Enquanto tentava me maquiar, com a precisão de um franco-atirador quase arranquei o olho com o lápis preto.

Mas que piada de merda é essa, resmunguei, colando os cílios e olhando para o relógio. *Eu sou Laura Torricelli; eles deveriam esperar por mim. Mas eu é que estou me apressando.* Balancei a cabeça. *Isso não tem sentido!*

Coloquei o vestido e fiquei de frente para o espelho. Era exatamente assim que eu queria estar. Já estava mais bronzeada e voltara a fazer exercícios, então meu corpo parecia saudável de novo e quase não havia vestígios da cicatriz. O laser pode não ter sido o procedimento mais agradável, mas sua eficácia não poderia ser negada. O mais importante, porém, é que era eu mesma novamente. Mais ainda: era a minha melhor versão.

Peguei minha carteira preta adornada com pedras de cristal e guardei numa bolsa. Eu sabia que ia passar a noite em Palermo. Escutei a porta se abrindo e fechando lá embaixo.

Meu tempo tinha acabado.

"Estou aqui em cima", avisei. "Por favor, pegue a sacola que está no quarto." Gritei para o motorista, embora ainda não pudesse vê-lo, e corri para o banheiro para passar um litro de perfume. "Espero que dê tempo, porque eu não posso..."

Silenciei e parei abruptamente. Massimo estava na minha frente. Usando um smoking cinza, ficou parado diante de mim sem dizer uma palavra. Sua mandíbula contraía enquanto ele examinava cada centímetro do meu corpo. Eu conhecia bem aquele olhar e sabia o que ele queria, mas não estava nem com vontade nem com tempo.

"Achei que fosse o motorista", disse, tentando passar por ele. "Tenho um voo em uma hora", reclamei, irritada.

"É um voo particular", ele respondeu com a voz calma e não se moveu um centímetro para o lado.

"Tenho uma reunião muito importante com o senhor..."

Nesse momento o Homem de Negro me segurou com um movimento hábil e me prendeu contra a parede. Sua língua invadiu minha boca. Ele me lambeu e chupou, envolvendo minha boca em seus lábios, e eu senti minha força de vontade e o desejo de participar de uma reunião de negócios enfraquecerem.

"Se eu quiser, ele vai ficar esperando por você até o ano que vem", ele falou enquanto me beijava.

Seduzida por essa sensação incomum, que tinha sido tão normal alguns meses antes, cedi.

As mãos habilidosas do *don* abriram o zíper, libertando meu corpo do vestido apertado, que caiu no chão. Ele me levantou um pouco, me libertou do traje e, apenas com a calcinha e de saltos altos, me carregou para o terraço. Era início da primavera, lá fora não estava quente, mas também não estava frio. O mar estava calmo, soprava um vento fresco da costa e eu senti estar voltando no tempo. Não havia mais reunião, empresa e negociações que fossem importantes.

Massimo estava parado na minha frente, as pupilas inundando seus olhos, e nada mais importava. Suas mãos seguravam meu rosto e ele se aproximou de mim com um beijo apaixonado. Trancei os dedos em seu cabelo macio e me deliciei com o gosto daquele homem extraordinário. Passei as mãos pelo seu pescoço até chegar ao primeiro botão da camisa. Com as mãos trêmulas, comecei a abri-la, mas ele agarrou minhas mãos e as imobilizou. Segurando meu pescoço com uma das mãos e minha bunda com a outra, ficamos agarrados enquanto ele me levava em direção ao sofá. Me colocou no chão e, olhando no fundo dos meus olhos, lambeu dois dedos e logo, sem qualquer aviso, os enfiou bem dentro de mim. Gemi, surpresa com a sensação dolorosa, mas agradável, e ele apenas sorriu levemente. Devagar, Massimo estabeleceu um ritmo, sem tirar os olhos frios de mim. Ele estava possuído e não havia um pingo de ternura em seu olhar. Lambia meus lábios de vez em quando e podia ver em meu olhar que seus dedos causavam dor e prazer ao mesmo tempo. Saboreava meu sabor quando os puxava e depois os colocava de volta, dando à sua mão um ritmo implacável. Eu ofegava e me contorcia ao seu toque, e, quando sentiu que eu estava pronta, me virou de bruços e meteu em mim. Seu pau duro e grosso era como uma droga pela qual eu ansiava. Com ele dentro de mim, gozei imediatamente. Gritei alto e por muito tempo e Massimo mordeu meu ombro, fazendo uma pressão cada vez mais forte com os quadris. Levantou minha bunda mais alto e finalmente se endireitou, ajoelhando-se atrás de mim. Deu um primeiro tapa na minha bunda, que ecoou pelo jardim. Não importava que as pessoas pudessem nos ouvir. Eu finalmente podia senti-lo novamente, e ele me comia com sua selvageria desenfreada. Passado um tempo, senti sua mão me masturbando. Quando gritei mais alto, ele abafou o som enfiando os dedos na minha boca. Em seguida, tirou os dedos, se inclinou e voltou a me dedar com força.

"Mais forte", rosnei, sentindo outro orgasmo vindo logo ali. "Me fode com mais força."

Os dentes de Massimo começaram a ranger bem atrás da minha orelha, e ele passou a meter com força e rapidez. Deslizou as mãos sobre o meu peito e começou a apertar meus mamilos entumescidos. A dor se misturou com a excitação, e um suor frio inundou meu corpo. Eu tremia toda e sentia o gozo chegando. Em seguida ele explodiu, e eu gozei com ele. No entanto, Massimo não diminuiu a velocidade; gritava e metia com mais força ainda até suas pernas bambearem. Então ele caiu sobre mim, e seu hálito quente no meu pescoço me fez ter mais um orgasmo.

Ficamos ali deitados por alguns minutos até que Massimo saiu de dentro de mim sem avisar, deixando um vazio atrás de mim. Fechou o zíper e fiquei esperando o que ele faria, mas ele simplesmente ficou lá parado e me olhando.

Ele saboreava a visão do meu corpo profanado pelo prazer.

"Você é tão frágil", sussurrou. "Tão linda... eu não mereço você."

Senti um aperto na garganta ao ouvir isso. Escondi o rosto por um momento. Tive medo de começar a chorar. Quando levantei o olhar para vê-lo, estava sozinha.

Sentei-me na espreguiçadeira, furiosa e toda dolorida. Massimo tinha ido embora. Sem mais nem menos, se afastou de mim.

Senti vontade de chorar de novo, mas só por um momento, porque então tive uma estranha sensação de paz. Me enrolei no cobertor que estava pendurado nas costas da cadeira e fui até a grade da sacada. O mar negro sussurrava convidativamente e o vento tinha o cheiro mais maravilhoso do mundo.

Fechei os olhos. Vi diante de mim o que menos desejava — achava que fosse uma imagem já esquecida: Nacho fazendo churrasco só de jeans. Queria abrir os olhos para que aquela cena desaparecesse.. Mas aquilo era tão bom...

Eu não conseguia explicar o que acontecia dentro de mim, mas a paz e a alegria que aquela lembrança me trazia fizeram minhas lágrimas desaparecerem. Suspirei, baixando a cabeça.

"Laura". Meu guarda-costas estava na entrada do terraço. "O carro está esperando, e o avião também."

Balancei a cabeça e fui para o closet. Precisava achar meu vestido.

Esse tinha sido apenas mais um entretenimento que meu marido me proporcionava, mas não importava mais. O sexo se tornara secundário para mim. Minha nova paixão, a minha marca, estava agora em primeiro lugar.

"É melhor você ler este e-mail, Laura", Olga disse, abanando-se com um pedaço de papel.

Maio havia chegado e já fazia muito calor na Sicília. Bom ou ruim, eu não tinha tempo de aproveitar o clima, porque quase não saía do escritório. Me aproximei de Olga, encostei na cadeira em que ela estava sentada e olhei para a tela do notebook.

"O que é tão importante assim?", perguntei, lendo as primeiras frases. "Caramba!", gritei, empurrando-a e me sentando em seu lugar. Era um convite para um desfile em Lagos, Portugal. *Que maravilha!*, pensei.

O e-mail explicava resumidamente como seria o evento. Designers europeus, novas marcas de moda e produtores de tecidos se apresentariam lá. *Festa perfeita para mim*, pensei, batendo palmas e dando pulinhos.

"Olguinha!", me virei para ela, "vamos para Portugal."

"Você talvez", Olga resmungou, batendo com a mão na cabeça. "Meu casamento é daqui a dois meses, esqueceu?"

"E daí?" Fiz uma careta, parodiando sua expressão. "Está preocupada com os preparativos ou com o noivo?"

Olga ia dizer alguma coisa, mas levantei o dedo para que silenciasse.

"Ou com o vestido, quem sabe?" Apontei para a espetacular criação em tecido branco que era exibida por um manequim no canto. "Tem mais alguma desculpa?"

"Se eu não trepar regularmente, não vou conseguir ser fiel ao meu marido, porque os portugueses são um tesão." Ela riu, como quem tinha acabado de ter uma revelação. "Então, até viajar, vou transar com ele várias vezes por dia. Talvez assim eu consiga me controlar."

"Ah, pare! É só um fim de semana. Além disso, olhe para mim. Meu marido mete só de vez em quando, e só quando *ele* está com vontade." Encolhi os ombros. "Mas você sabe, né? Quando ele mete..." Balancei a cabeça, com cara de aprovação.

"Vou adivinhar: vocês estavam falando de sexo", disse Emi ao entrar no cômodo.

"Sim e não. Recebemos um convite para a feira de Lagos."

Comecei a dançar de alegria.

"Eu sei; eu vi. Não posso ir."

Ela fez uma careta e se deixou cair na poltrona.

"Ah, que peninha!", murmurou Olga, em polonês.

Eu a repreendi com o olhar.

"Fique quieta", rosnei em polonês também e me virei para Emi. "Você não vem com a gente?"

"Infelizmente já tenho esse fim de semana planejado. Um encontro de família."

Virei os olhos exageradamente.

"Divirtam-se!", disse Emi, saindo outra vez.

"Ba-la-da!", Olga repetia, cantarolando. "Ba-la-da!"

Dei umas pancadinhas na cabeça e me sentei na frente do monitor, lendo o restante dos e-mails.

Os dois dias seguintes passaram voando. Estava ocupada com o trabalho e os preparativos para a viagem. Em tempo recorde, Elena fez um vestido perfeito para eu usar no banquete de sábado e alguns casuais para os três dias restantes. Eu queria tudo em tons terrosos, neutros, sem estampas e adornos desnecessários. Mas a jovem estilista se opôs a isso, me oferecendo um lindo vestido vermelho sangue com cauda e as costas nuas, com um profundo decote franzido na frente.

"Peito", eu disse enquanto ela vestia a roupa pronta em mim. "Tem que ter peito para usar isto."

"Bobagem", ela riu, prendendo o último alfinete. "Vou te mostrar uma coisa", ela disse, tirando umas bandagens transparentes da gaveta. "Vamos colar isso em você. Primeiro vai manter tudo no lugar e, segundo, os seios vão subir e parecer maiores. Ilusão de ótica, certo? Ponha os braços para os lados."

De fato, depois que ela colou os estranhos suportes no meu corpo, meus seios de repente começaram a parecer extragrandes.

Encantada, observei como o vestido se moldava perfeitamente ao meu corpo, e todas as suas dobras se ajustavam à minha silhueta. A cor, embora a princípio eu não estivesse convencida, combinava perfeitamente com meu cabelo, olhos e bronzeado. Eu parecia uma rainha.

"Todo mundo vai ficar de queixo caído", disse Elena, com orgulho. "E essa é a ideia. Mas não entre em pânico: fiz as outras peças do jeito que você queria."

"Você é abusada." Eu me virei, incapaz de acreditar em como estava perfeita. "Eu sou sua chefe e você tem que me ouvir", disse, engasgando com uma risada enquanto ela colocava outro alfinete.

"Sim, sim, vou tentar, se isso te deixa feliz." Ela tirou o último alfinete da boca. "Agora tire o vestido. Ainda tenho de trabalhar nos detalhes."

Uma hora depois, com trinta sacolas, eu estava pronta para viajar. Meu primeiro instinto foi tentar levá-las sozinha até o carro, mas, depois de infinitas tentativas malsucedidas, desisti e chamei o motorista para me ajudar. Vendo as sacolas amassadas e meio rasgadas, ele olhou para mim, bateu com a mão na cabeça e pegou os pacotes. Dei de ombros e, me sentindo derrotada, fui atrás dele.

O voo estava marcado para a noite, porque o evento começaria na manhã de sexta-feira e eu não queria perder nada. Estava planejando dormir bastante, me transformar numa deusa e começar a conquistar o coração dos empresários europeus.

É claro que, como era de esperar, Olga e eu também planejávamos beber muito. Como o tempo em Lagos estava bom para festas, decidi que iria aproveitar para relaxar. Eu merecia um pouco de descanso, então reservei o quarto do hotel por uma semana. Até pensei em avisar Massimo, mas ele não estava em casa na hora. *Que exagero*, pensei enquanto colocava outro biquíni na mala. Durante minha aventura pelo mundo da moda, tinha descoberto que eu também poderia criar coisas. Mas nem pensar em costurar. Eu me saía melhor com roupas íntimas e, melhor ainda, com trajes de banho. Equipada com várias dezenas de conjuntos, fechei a última sacola.

"A gente vai de mudança?" Olga estava encostada na porta do closet, comendo uma maçã. "Ou será que algum país pequenininho está precisando de roupas para todos os seus habitantes?" Ela ergueu as sobrancelhas, se divertindo e mordendo outro pedaço. "Porra, pra que você precisa disso tudo?"

Sentei-me cruzando as pernas e depois os braços e olhei para ela.

"Ah, é? E quantos pares de sapatos você vai levar?"

Olga ficou pensando na resposta, olhando para o teto.

"Dezessete. Não, vinte e dois. E você, quantos?"

"Incluindo os chinelos?", perguntei.

"Ih, se incluir os chinelos, peguei trinta e um", Olga disse e caiu na gargalhada.

"Viu só, sua hipócrita?!", exclamei e mostrei a ela o dedo do meio. "Estou levando tantas coisas porque, em primeiro lugar, nós temos uma festa..."

"Pelo menos uma", Olga riu.

"Pelo menos uma", confirmei. "E, em segundo lugar, existe a chance de nós ficarmos lá por uma semana, talvez mais. Em terceiro, não vou ficar carregando tudo o tempo todo. Eu quero ter escolha; é tão terrível assim?"

"A tragédia é que eu acho que tenho mais bagagem ainda que você." Olga mostrava preocupação. "Esse nosso jato tem limite de peso?"

"Provavelmente sim, mas acho que caberemos nele com facilidade." Balancei a mão. "Venha aqui e empurre, porque minha mala não quer fechar."

Como já me conheço, virei algumas taças de vinho e fiquei meio alta antes de entrar no avião. Ainda nem tinha me acomodado direito na poltrona quando um sono embriagante me atingiu. Apaguei.

Dormindo em pé e com uma ressaca daquelas, entrei no carro estacionado e me estirei no banco. Olga estava em condição semelhante, então nós duas imediatamente pegamos a água mineral que estava no descanso de braço e começamos a beber. Ainda era noite e nós, infelizmente, não estávamos mais bêbadas.

"Minha bunda está doendo", murmurou Olga entre um gole e outro.

"De ficar sentada no avião?", me surpreendi. "Faz parte."

"De foder. Acho que Domenico queria que eu tivesse o bastante para a semana toda."

Essa informação eliminou qualquer resquício de álcool no meu sangue. Me levantei como se alguém tivesse me arrancado da poltrona.

"Então eles estavam na mansão?"

"Sim, ficaram lá o dia todo. Mas depois saíram."

Meus olhos se arregalaram.

Olga fez uma careta. "O quê? Ele não te procurou?"

"Não." Balancei a cabeça. "Já estou cheia disso! Durante metade do nosso casamento ele vem agindo como se me odiasse. Ele desaparece por muitos dias, não sei o que anda fazendo, às vezes atende o celular, às vezes não." Olhei para ela. "Quer saber? Acho que não tem mais jeito", sussurrei.

Meus olhos se encheram de lágrimas.

"Podemos conversar sobre isso enquanto tomamos uns drinques na praia?"

Assenti enquanto enxugava uma lágrima que teimava em escorrer.

Capítulo 6

Me estiquei para pegar o controle remoto da cortina. Não queria ofuscar meus olhos com a luz do sol, então tratei logo de apertar o botão, só para entrar um pouquinho de luz. Um estreito feixe luminoso invadiu o quarto e isso permitiu que eu me acostumasse com o fato de já ser dia. Olhei ao redor do apartamento, para afugentar qualquer resquício de sono. O lugar era moderno e elegante; tudo parecia estéril, branco e incrivelmente frio.

Apenas as flores vermelhas espalhadas por quase todos os cantos davam um pouco de calor ao interior.

De repente bateram na porta.

"Vou abrir."

O grito de Olga me acordou completamente.

"Tá na hora do café da manhã. Mexa essa bunda. Já é tarde."

Resmungando xingamentos e ameaças de morte para minha amiga excessivamente agitada, fui para o banheiro.

"Chocolate quente." Ela colocou uma caneca na minha frente.

"Socorro!", disse, e bebi. "Nossa, que delícia! Que horas é o cabeleireiro?"

"Agora!"

Nesse momento, novamente alguém bateu à porta. Resmunguei, porque não gostava de pressa, mas ultimamente "pressa" era meu nome do meio. Pedi a Olga que me desse dois minutos e corri para baixo da ducha.

Duas horas e dez litros de chá gelado depois, estávamos prontas. Meu cabelo comprido e escuro estava preso em um coque despojado, do qual caíam mechas rebeldes.

Parecia que eu tinha acabado de sair da cama depois de fazer um sexo realmente bom. Estava usando uma calça de linho branco de cintura alta e um cropped combinando que mostrava delicadamente minha barriga musculosa. Calcei sapatos altos prateados Tom Ford e peguei uma bolsinha que um dos meus designers tinha feito para mim. Era quadrada, linda e extremamente estilosa. Coloquei meus óculos e parei na porta do quarto de Olga.

"O carro já está esperando", disse, toda sedutora, e ela assobiou em aprovação.

"Ok, vamos conquistar o mercado!" Olga rebolou e me segurou pela mão.

Eu esperava que fôssemos as pessoas mais bem-vestidas da feira, mas calculei mal. Quase todas as mulheres tinham feito exatamente o que nós fizemos aquela manhã.

E todas pareciam ter saído da *Vogue*. Cabelos sofisticados, looks e maquiagem superextraordinários. A garota que me convidou para o evento nos mostrou o lugar e nos apresentou a outras pessoas, com quem conversei brevemente e troquei cartões. Especialmente entre os italianos, meu sobrenome causava enorme frisson. Mas isso foi difícil para mim, porque percebi que seus sorrisos idiotas queriam dizer: essa é a puta daquele mafioso. Eu os irritava. Não podia negar que tinha dado a largada graças ao meu marido, mas agora estava subindo unicamente graças à minha determinação. Esse pensamento me dava um pouco de força.

Assistimos a algumas mostras, anotei os nomes de três designers e já era quase meio-dia. Um pouco cansadas dos ares brilhosos do mundo esnobe da moda, decidimos tomar um pouco de ar. O dia estava maravilhosamente quente, e o longo calçadão seguindo pela orla encorajava a caminhada.

"Vamos dar uma volta." Dei um tapinha nas costas de Olga. Ela encolheu os ombros, mas por fim me seguiu.

É claro que Massimo não seria ele mesmo se não tivesse enviado seguranças para me vigiar, então os trogloditas com brilhantina na cabeça vinham no carro a dez por hora para nos acompanhar. Caminhamos, falamos bobagens e observamos os sedutores portugueses.

Lembramos os bons tempos de liberdade, e Olga, quase chorando, examinava minuciosamente cada um daqueles gostosões.

Finalmente chegamos a um lugar onde havia uma multidão na praia. Interessadas, ficamos encostadas num murinho. Parecia que havia uma espécie de festa ou competição de natação à beira-mar. Tirei os sapatos e me sentei no murinho de pedra que nos separava da areia. Então vi as cabeças que estavam fora da água. Alguns surfistas estavam sentados esperando as ondas. Outros nadavam ou relaxavam na praia. Era uma competição de surfe. Na mesma hora senti uma pontada no estômago e o coração disparou ao me lembrar de Tenerife. Eu sorria enquanto descansava o queixo nos joelhos e balançava a cabeça suavemente.

Então, uma voz em inglês no megafone me fez parar de respirar.

"Vamos dar as boas-vindas ao atual campeão Marcelo Matos."

Congelei. Tentei engolir em seco, mas não consegui, então, por um momento, parecia que iria vomitar.

Achando que ia entrar em pânico, esmiucei a multidão parada a vários metros de mim. E de repente lá estava ele. O cara todo tatuado correu para a água com uma prancha, sua calça reflexivas brilhando ao sol como um farol à noite.

Fiquei tonta. Meus dedos começaram a formigar. Eu sabia que Olga tagarelava comigo, mas tudo que eu podia ouvir era silêncio e tudo que eu conseguia era vê-lo. O corpo tatuado se deitou na prancha. Marcelo começou a remar na direção das ondas. Eu queria fugir, realmente queria, mas meus músculos não me atendiam, então simplesmente fiquei sentada ali olhando para ele.

Quando ele pulou na primeira onda, foi inacreditável. Era tão perfeito. Seus movimentos confiantes e ágeis obrigavam a prancha a executar o que ele queria.

Era como se todo o oceano pertencesse a ele e a água obedecesse a todos os seus comandos. *Meu Deus,* eu rezava em silêncio, *tomara que seja só um sonho e que daqui a pouco eu abra os olhos para outra realidade.* Mas, infelizmente, tudo que estava acontecendo era de verdade. Felizmente para mim, tudo acabou depois de alguns minutos. Aplausos estrondosos romperam na praia.

"Vamos embora", gritei, trançando as pernas, o que me fez cair de costas igual a uma fruta podre.

Olga estava olhando para mim com uma expressão incrédula no rosto e então caiu na gargalhada.

"O que está fazendo, sua idiota?"

Ela ficou ao meu lado enquanto eu me sentava na calçada, de costas para o murinho, tentando me esconder.

"O cara com a calça brilhante já saiu da água?"

Olga olhou para o mar.

"Está saindo agora." Olga riu algumas vezes. "Que mercadoria!"

"Ai, meu bom Deus, estou fodida", murmurei, incapaz de me mover.

"O que você tem?", ela perguntou de novo, já um pouco assustada, e se ajoelhou ao meu lado.

"É... é...", gaguejei. "Aquele é o Nacho."

Seus olhos pareciam os de uma águia captando cada detalhe.

"Aquele é o cara que sequestrou você?" Olga apontou o dedo na direção dele, mas na mesma hora eu abaixei sua mão.

"Só falta você começar a agitar uma bandeira para que ele nos veja."

Cobri o rosto com as mãos.

"O que ele está fazendo?", sussurrei muito baixinho, como se tivesse medo de que ele me ouvisse.

"Ah, está cumprimentando uma garota lá. Está abraçando e beijando. Ai, Deus, sinto muito."

Ouvi muito bem o sarcasmo em sua voz.

"Uma garota?"

Senti como se alguém tivesse me chutado o estômago. *Meu Deus, o que está acontecendo comigo?* Com minhas últimas forças, me esforcei para me erguer um pouco e espiar por cima do murinho. Na verdade Nacho estava abraçando uma loira bem torneada que pulava toda feliz. De repente a garota se virou um pouco e eu dei um suspiro de alívio.

"É Amelia, a irmã dele."

Caí de volta na calçada de pedra. Olga se sentou ao meu lado e fez cara de pensadora.

"Você conhece a irmã dele?" Ela fez uma careta. "Será que conhece outros membros da família?"

"Temos que sair daqui", cochichei.

Olhei para meus guarda-costas, que não sabiam muito bem o que fazer, e me perguntei por que raios esse encontro teria acontecido.

Minha amiga querida me encarava com ar acusador, e eu não tinha nada inteligente para dizer a ela. Olga então estreitou o olhar e começou a cavucar com um galho nas frestas entre as pedras em que estávamos sentadas.

"Você dormiu com ele", disse Olga, com voz segura.

"Não!", gritei, indignada.

"Mas você queria."

Olhei para ela.

"Talvez... Por um momento...", grunhi e encostei a testa em nosso abrigo. "Não pode ser, Olga. Ele está aqui!"

Cobri o rosto com as mãos de novo.

"Não dá para se esconder." Olga pensou um pouco. Então disse: "Vamos agora. Ele não vai mais nos notar. Na verdade ele nem tem ideia de que você está aqui".

Rezei para ela estar certa. Calcei os sapatos e me levantei um pouco, olhando para a praia. Ele tinha ido embora.

Minha amiga segurou minha mão e, me escondendo atrás dela, me levou para o carro.

Só quando me sentei me senti segura. Respirei fundo, sentindo um fio de suor escorrer pelas costas. Devia estar parecendo muito fraca, porque o segurança perguntou se eu estava me sentindo bem.

Culpei o estresse e o clima e acenei para eles irem. Então virei a cabeça em direção à janela. Estava procurando Nacho em meio à multidão na praia, queria vê-lo novamente.

Então, numa fração de segundo, escutei a buzina. O carro freou e eu quase bati o rosto no banco. O motorista estava gritando algo para o cara do táxi que tinha lhe dado uma fechada. E o cara saiu do carro, agitando os braços. E então eu vi Nacho pelo vidro. Foi quando meu mundo parou.

Mordi o lábio enquanto o observava caminhar até seu carro. Ele se inclinou e puxou o celular do porta-luvas.

Nacho olhou alguma coisa no celular, depois se mostrou mais interessado na discussão. Foi quando ergueu o olhar. Nossos olhares se encontraram e eu congelei. Ele ficou parado me olhando como se não pudesse acreditar no que estava vendo. Sua respiração ficou nitidamente mais rápida.

E eu? Eu não conseguia me mexer e apenas olhava para ele. Nacho começou a andar em nossa direção, mas naquele momento meu carro arrancou e ele ficou parado no meio do caminho.

Com os lábios entreabertos, observei-o se afastar, e, quando ele desapareceu, me virei e olhei pelo vidro traseiro. Nacho estava lá atrás, parado olhando para mim. Logo depois, outro carro ficou entre nós, cortando minha visão.

"Ele me viu", sussurrei, mas Olga não ouviu. *Deus, ele sabe que estou aqui.*

Deus agiu como um garoto travesso me trazendo para cá, agora que minha vida está finalmente começando a parecer normal. A presença de Nacho fez tudo perder a razão de ser. Nada mais tinha importância, e os demônios do passado abriram as comportas da minha mente.

"Muito bom!", disse Olga enquanto o garçom colocava uma garrafa de champanhe na nossa mesa. "Vamos nos embebedar e depois quero ouvir a história toda, não apenas uma lenga-lenga lacônica."

"Ok, vamos nos embebedar."

Estendi a mão para pegar o copo.

Depois de duas horas e muita bebida, contei tudo em detalhes. Sobre o prato que quebrei, sobre como ele me salvou, sobre a casa na praia, as aulas de natação, sobre o beijo e como ele atirou em Flavio. Contei tudo, confessando meus sentimentos e pensamentos, e ela ouvia com um terror evidente.

"Vou dizer uma coisa", ela murmurou, dando um tapinha no meu ombro. "Eu estou fodida, mas você está megafodida, Laura."

Ela assentiu. E percebeu que o nível de álcool já estava bem alto.

"Você vai de mal a pior. Se não é um amante siciliano, é um espanhol tatuado."

"Um canarino."

Entornei minha taça, balançando um pouco na cadeira.

"Um caralho", Olga disse, acenando com a mão, o que o garçom entendeu como um chamado. Quando ele se aproximou, ela o encarou, surpresa.

"O que você quer?", ela gaguejou em polonês, e uma risada estúpida tomou conta de mim.

"Senhora."

Eu não conseguia nem respirar de tanto rir.

"A gente se diverte como damas; se não somos damas, então não nos divertimos." Olga, achando graça, olhava para o garçom, e, quando descobriu que ele não compartilhava de seu estado de espírito, disse em inglês: "Outra garrafa e antiácidos."

Olga o mandou embora com um aceno de cabeça.

"Laura", ela começou quando ele saiu. "Amanhã temos um banquete importante, mas posso te garantir que só por hoje vamos parecer um cocô hidratado. Sabe? Aquele do tipo que flutua na água quando uma criança faz cocô na piscina."

Eu ria como uma maluca e ela ergueu o dedo indicador.

"Essa é a primeira coisa. A segunda é que eu fico fácil depois de beber, então não penso em nada mais inteligente do que sexo."

Ela desabou sobre a mesa e a taça quase foi parar no chão.

Disfarçadamente, olhei ao redor e descobri que todos estavam olhando para nós. Não fiquei surpresa com isso, porque realmente estávamos fazendo uma zona daquelas. Então, tentei me sentar direito, mas, quanto mais eu me empurrava na poltrona, mais escorregava.

"Temos que ir para o quarto", sussurrei, me inclinando para ela. "Mas estou sem condições. Você pode me carregar?"

"Sim!", ela exclamou, alegre. "Logo depois de você me carregar."

Nesse momento, o jovem garçom se aproximou da mesa e abriu outra garrafa. Ele nem mesmo teve tempo de servir, porque Olga a agarrou e, levantando-se de sua cadeira, começou a caminhar em direção à saída. Embora "caminhar" talvez seja um exagero, porque ela mais recuava do que avançava. Depois de muitos minutos de vergonha e lutando para nos mantermos em pé, finalmente chegamos ao elevador. Apesar de estar muito bêbada, em um lampejo de consciência, percebi quanto sofrimento me esperava no dia seguinte. Ao pensar nisso, resmunguei baixinho.

Entramos no apartamento, ou melhor, caímos para dentro, nos esborrachando no carpete do hall de entrada. *Parece que ainda não foi o suficiente para eu quebrar a cabeça*, pensei, batendo a mão na mesa com flores no meio da sala. Olga estava histérica e rolou no chão até encontrar a porta do quarto.

Engatinhou para dentro e acenou feliz para mim, se contorcendo como um verme. Olhei para ela com um olho só, segurando a garrafa de champanhe milagrosamente resgatada. Quando abri o segundo olho, vi três Olgas, então preferi perceber a realidade com um olho só.

"Nós vamos morrer", murmurei. "E vamos começar a apodrecer nesta suíte luxuosa."

Andei me arrastando, os pés descalços. Tinha tirado os sapatos no restaurante.

"Vão nos encontrar quando começarmos a feder", murmurei. Desabei na cama e rastejei sob as cobertas.

Suspirei satisfeita quando finalmente me acomodei sob os lençóis.

"Nacho, meu amor, apague a luz", disse, olhando para a figura sentada na poltrona.

"Oi, menina."

Ele se levantou e veio até a cama.

"Estou tendo umas alucinações alcoólicas fodas", falei, achando graça. "Como eu ainda estou dormindo e sonhando com você, isso significa que logo vamos fazer amor." Me contorci feliz na cama, e ele ficou parado perto de mim, se divertindo, sorrindo para mim com seus dentes brancos.

"Quer fazer amor comigo?", perguntou, deitando-se ao meu lado. Abri espaço para ele.

Humm...", murmurei sem abrir os olhos. "Eu sonho com isso e faço amor com você nos meus sonhos há quase seis meses."

Tentei tirar a calça que me apertava, sem sucesso.

Com delicadeza, Nacho puxou as cobertas de cima de mim e abriu o botão com o qual eu estivera lutando. Em seguida ele retirou suavemente minha calça e a dobrou num quadrado perfeito. Coloquei os braços para cima, sinalizando para ele que agora era a hora da blusa. Ele encontrou o zíper nas costas e tirou meu top apertado. Eu me contorcia e esfregava a bunda no colchão, convidando-o para brincar comigo, mas Nacho apenas colocou as roupas dobradas na cômoda.

"Vai ser do jeito de sempre", sussurrei. "Hoje preciso da sua delicadeza. Estava com saudade dela."

Seus lábios tocaram primeiro meu ombro, depois minha clavícula. Era só uma leve carícia, mas o calor do toque de Nacho me fez sentir um formigamento por todo o corpo.

Ele pegou a coberta e a puxou sobre mim.

"Hoje ainda não, menina." Ele beijou minha testa. "Mas em breve."

Suspirei de decepção e enfiei a cabeça entre os travesseiros macios. Eu adorava esses sonhos.

A ressaca matinal trincava meu crânio, e, assim que abri os olhos, vomitei quatro vezes. A julgar pelos barulhos que vinham do banheiro do outro lado do apartamento, Olga estava fazendo o mesmo. Tomei banho e, na esperança de obter alívio, engoli uns comprimidos de paracetamol que encontrei na bagagem.

Fiquei na frente do espelho e gemi ao ver minha imagem.

Você está mal mesmo! Isso era um elogio naquele dia. Parecia que alguém tinha me moído, batido, comido e vomitado. Às vezes esquecia que não tinha mais dezoito anos e que álcool não é água, da qual você precisa beber pelo menos três litros por dia.

Com as pernas bambas, voltei para a cama e me deitei, esperando os comprimidos fazerem efeito. Tentei me lembrar dos eventos da noite anterior, mas minha mente parou no restaurante, onde estávamos agindo como umas maloqueiras. Vasculhei minha memória para encontrar algo reconfortante, como a excursão bem-sucedida para o quarto, mas sem sucesso.

Frustrada com minha própria irresponsabilidade, peguei o celular para remarcar o cabeleireiro para uma hora mais tarde. Uma mensagem de um número desconhecido apareceu na tela desbloqueada: "Espero que você tenha sonhado com o que queria".

Fiz uma careta e olhei para a tela enquanto analisava o significado da mensagem. E, de repente, como quando a peça que faltava para resolver um enigma se encaixa, a imagem do canarino sentado na poltrona se formou na minha mente. Aterrorizada, olhei para a esquerda: a poltrona havia sido empurrada para perto da cama. A dor de cabeça se intensificou, olhei para a cômoda onde minhas coisas estavam dobradas em quadrados. Senti a água que havia bebido um pouco antes subir para a garganta. Dei um pulo e corri para o banheiro. Depois de vomitar mais uma vez, voltei para o quarto apavorada. Vi que havia um pequeno chaveiro com uma prancha de surfe em cima da minha calça branca.

"Não foi um sonho", sussurrei.

Minhas pernas vacilaram e eu caí de joelhos entre a cama e a cômoda.

"Ele esteve aqui."

Fiquei em pânico. Eu me senti ainda pior do que quinze minutos antes. Tentei lembrar exatamente o que disse e fiz, mas meu cérebro parecia estar me protegendo dessa imagem e não deixava a gaveta da memória se abrir. Fiquei deitada no chão, olhando para o teto.

"Você morreu?" Olga se inclinou sobre mim. "Não faça isso comigo, Massimo vai me matar se você morrer de intoxicação alcoólica."

"Com certeza eu quero morrer", murmurei e fechei os olhos com força.

"Eu sei, eu também. Mas, em vez de agonia, sugiro gordura."

Olga se deitou ao meu lado para que nossas cabeças se tocassem.

"Temos de comer muita coisa gordurosa, aí vamos ficar sóbrias."

"Vou vomitar em você."

"Bobagem, você nem tem mais o que vomitar." Ela se voltou para mim.

"Pedi o café da manhã e muito chá gelado."

Ficamos ali deitadas, incapazes de nos movermos, e eu absorta em meus pensamentos sobre se ela deveria saber o que tinha acontecido de noite.

Uma batida na porta me tirou das minhas divagações, mas nenhuma de nós sequer se mexeu.

"Mas que merda!", Olga explodiu.

"Exatamente", assenti, com a cabeça doendo. "Não vou sair daqui. Além do mais, é você quem quer comer, então vá em frente."

Nós literalmente nos arrastamos, com muita dificuldade, só para poder comer, especialmente porque Olga pediu salsichas, bacon, ovos fritos e panquecas. Uma bomba repleta de gordura e carboidratos. Fiquei grata ao destino pelo fato de as reuniões começarem num banquete à noite, caso contrário, o dia teria sido completamente improdutivo. Só tínhamos condições de ficar deitadas no terraço, tomar sol nuas e beber grandes quantidades de chá gelado. Essa era uma das vantagens indiscutíveis do nosso apartamento:

um terraço com vista para o mar e surfistas. É verdade que, do andar onde estávamos, pareciam pontinhos feitos a caneta num papel, mas saber que ele poderia estar ali era muito estimulante para mim.

Eu me perguntava como ele tinha me encontrado, como ele entrara ali e, acima de tudo, por que diabos não tinha feito nada. Não havia como negar que eu estava fácil demais aquela noite. Bastava tirar minha calcinha. Lembrei da nossa discussão na casa da praia quando ele disse que, comigo, ele só queria mesmo era transar. Naquela época, eu esperava que ele estivesse mentindo. Hoje eu tinha absoluta certeza disso.

Não pude evitar o pensamento de estar tão bêbada. E o que mais me irritou foi ele finalmente estar tão perto e eu não fazer nada a respeito. Embora tivesse feito — eu o deixei tirar minha roupa e me ver quase nua.

"No que está pensando?", Olga perguntou, protegendo os olhos do sol. "Você está rebolando a bunda no colchão como se quisesse fodê-lo."

"Porque estou fodendo", disse, com indiferença.

Às sete da noite a equipe deixou o quarto e nós, hidratadas e recuperadas depois de um combo de medicamentos, estávamos na sala. Olhamos uma para a outra com aprovação; estávamos prontas. Eu com o vestido vermelho-sangue deslumbrante e Olga com um modelo creme tomara que caia. Os dois desenhados pelos meus designers — caso contrário, não faria sentido algum. O evento de hoje seria o último em que poderia deslumbrar um grupo maior de figuras influentes do setor com o talento do meu pessoal.

Meu celular vibrou na bolsinha e a voz no receptor disse que o carro estava esperando. Desliguei e olhei para a tela novamente, porque vi uma notificação. Minha bateria estava acabando e eu não tinha um carregador. Amaldiçoei em silêncio e coloquei o celular de volta na bolsa.

Descemos para o carro e colocamos nossas bundas elegantes na limusine que nos levaria ao local do banquete.

"Quero beber toda a cerveja do mundo", Olga murmurou enquanto eu entregava o convite para o homem na entrada. "Gelada e com espuma", ela continuou, olhando de um lado para o outro.

"Uma caneca vai combinar perfeitamente com o seu vestido", disse, olhando-a de cima abaixo. Em resposta, Olga mostrou o dedo médio para mim e correu para o bar.

Minha assistente portuguesa se atirou para o meu lado como uma leoa faminta sobre um antílope. Pegou minha mão e me puxou pela multidão. Fiquei um pouco surpresa com suas ações, porque ela cuidava de mim como ninguém. E ainda convidou mais algumas pessoas para eu conhecer. Afastei o pensamento, mas em algum lugar no fundo da cabeça tive a impressão de que meu marido tinha seus dedos mafiosos naquilo.

Duas horas depois eu provavelmente já conhecia todo mundo que valia a pena conhecer. Fabricantes de tecidos, proprietários de oficinas de costura, designers, algumas estrelas de Karl Lagerfeld, que assentiu em aprovação quando viu meu vestido. Achei que fosse desmaiar ou pular, gritando como uma adolescente, mas guardei um restinho de classe e apenas meneei a cabeça.

Enquanto eu tentava construir meu império, minha amiga não parava de se servir de mais cervejas, conversando animadamente com o adorável bartender português que a servia. Na verdade o rapaz era encantador e quem o colocou atrás do balcão fez uma excelente jogada de marketing.

Infelizmente a permanência constante perto do "bebedouro" fez Olga ficar de porre mais rápido que o previsto.

"Laura, este é o Nuno." Ela apontou na direção do homem, que acenou com a cabeça educadamente e sorriu para mim, mostrando as adoráveis covinhas em suas bochechas. "E, se você não me levar daqui, vai ser o Nuno que vai me levar, quando ele terminar o turno. E vai me comer na praia", ela murmurou em polonês, e eu sabia que era assim mesmo que tudo ia acabar.

Sorri encantadoramente para o português, que parecia desapontado com a situação, enquanto eu puxava o corpo bêbado da minha amiga para a saída. Quando meus seguranças viram o que estava acontecendo, imediatamente tentaram me ajudar a arrastar Olga para dentro do carro com a maior discrição possível. Infelizmente, na porta, ela se lembrou de alguma coisa e queria voltar para dentro.

"Acho que vou beber mais um pouco", Olga murmurou, cambaleando e se embolando no vestido.

"Entre no carro, sua doente!", ordenei, empurrando-a pela porta aberta.

Mas Olga não tinha a menor intenção de pôr sua bunda gigante dentro do carro. Meu guarda-costas a agarrou e, imobilizando seus braços, olhou para mim com expectativa. Olga se comportava como uma criança mimada. Balancei a cabeça, resignada.

"Sente com ela atrás e segure firme, senão ela vai pular para fora no meio do caminho", suspirei. "Ainda tenho que falar com algumas pessoas."

"O *don* não permite que a senhora fique desprotegida."

"Pare com isso! Aqui nada me ameaça."

Abri os braços mostrando os arredores: praia, coqueiros, mar calmo.

"Levem Olga e depois voltem para me pegar."

Virei e voltei para o salão. Várias pessoas atônitas tinham assistido ao show que tínhamos dado do lado de fora.

Continuei a brilhar entre os convidados que me abordavam de vez em quando e bebericava champanhe como se nada tivesse acontecido. Na verdade eu não estava com vontade de beber Moët Rose naquela noite, mas, apesar da ressaca, o gosto dele me acalmava.

"Laura?", ouvi de repente uma voz familiar. Eu me virei e vi Amelia correndo pelo salão em minha direção.

Senti uma pontada no meio do peito e o champanhe que havia bebido um segundo antes subiu para a cabeça. Tropecei. A garota me agarrou pelos braços e me abraçou.

"Eu a estava observando por uma boa hora, mas foi só quando vi seus seguranças que tive certeza de que era você." Ela sorriu radiante. "Você está incrível."

"Está mesmo...", escutei outra voz responder ao meu lado.

O som dessa voz me fez subir aos céus e eu parei de respirar.

"Você está deslumbrante", disse Nacho, saindo de trás da irmã como um fantasma.

Ele também estava divino em um terno cinza-claro, camisa branca e gravata da mesma cor do paletó. Sua cabeça careca brilhava ligeiramente e a pele bronzeada fazia seus olhos verdes se iluminarem como luzes de Natal. Nacho estava sério e abraçava Amelia pela cintura, e ela não parava de falar. Não tenho ideia do que dizia, porque o mundo inteiro desapareceu quando ele ficou na minha frente fingindo ser um mafioso durão. Já tinha visto aquela pose antes: no dia em que fui baleada. E agora Amelia ainda estava tagarelando como uma doida, e nós estávamos fascinados um com o outro.

"Bela gravata", foi a bobagem que falei, interrompendo Amelia.

A garota se calou, de boca aberta, depois a fechou, estremecendo ao perceber que era absolutamente desnecessária ali.

"Me deem licença por um momento", Amelia disse, e se encaminhou ao bar.

Ficamos ali parados olhando um para o outro, mas mantendo uma distância segura. Não queríamos chamar a atenção de ninguém. Abri os lábios para respirar fundo.

Nacho engoliu em seco.

"Conseguiu dormir o suficiente?", ele perguntou quando, finalmente, outro minuto de silêncio se passou. A alegria brilhava em seus olhos, mas ele tentou manter o rosto sério. A lembrança do que tinha acontecido na noite anterior me deixou tonta.

"Estou zonza", cochichei, me virando para a porta que dava para o terraço. Segurei a barra do meu vestido e quase corri para a saída. Andei depressa até a balaustrada e me apoiei nela. Alguns segundos depois ele estava ao meu lado. Nacho pegou a bolsa da minha mão e colocou os dedos no meu pulso para medir minha frequência cardíaca.

"Não tenho mais um coração doente", ofeguei. "Essa foi uma das vantagens de ter me hospedado em Tenerife. Ganhei um novo."

"Eu sei", disse ele rapidamente, olhando para o relógio.

"Sabe como?"

Fiquei realmente surpresa. Puxei sua mão, mas ele me segurou novamente e me repreendeu com o olhar.

"Você já conversou com seu marido sobre isso?", Nacho perguntou, me soltando. Depois ele também se apoiou na balaustrada.

Eu não queria contar a Nacho sobre meus problemas conjugais, especialmente porque não era da conta dele o fato de há várias semanas eu raramente ver Massimo. Por isso não tinha como acontecer qualquer conversa entre nós.

"Agora estou falando com você e quero saber sua versão."

Ele suspirou e baixou a cabeça.

"Eu sei, porque... fui eu que consegui o coração para você."

Nacho olhou para mim e meus olhos se arregalaram de surpresa.

"A julgar pela sua expressão, você não tinha ideia disso. Meus médicos não acreditavam que você tinha uma boa chance de sobreviver sem um novo coração, então..."

Nacho baixou a voz como se quisesse esconder algo de mim.

"É por isso que você tem um novo agora", ele finalizou, ainda sem sorrir.

"Devo saber de que modo esse coração chegou até mim?", perguntei, hesitante, levantando o queixo para que ele olhasse diretamente nos meus olhos. Seus olhos verdes deslizaram pelo meu rosto e sua língua umedeceu levemente os lábios secos. *Será possível que ele faz isso de propósito?*, pensei e esqueci a pergunta que fizera um momento antes. O cheiro de chiclete de menta e seu perfume fresco me enebriavam. Nacho estava com uma mão no bolso e a outra acariciando minha bolsa e olhando para mim. O mundo parou, tudo parou. Éramos só eu e ele.

"Estava com saudade."

Essas palavras me fizeram ficar ainda mais ofegante e encheram meus olhos de lágrimas.

"Você esteve na Sicília", sussurrei, me lembrando de todas as minhas alucinações.

"Estive", ele confirmou, sério. "Algumas vezes."

"Por quê?", perguntei, mas inconscientemente já sabia a resposta.

"Você quer saber se eu estava com saudade, se estava viajando ou se queria te ver?"

"Por que você está fazendo isso?"

Meus olhos estavam cheios de lágrimas. Eu queria fugir antes de Nacho responder.

"Eu quero mais."

Naquele momento, o belo rosto de Nacho abriu um largo sorriso, que tinha guardado desde o momento em que se aproximara de mim. Ele levantou as sobrancelhas, alegre, e seu corpo relaxou.

"Quero mais de você. Quero te ensinar a surfar e te mostrar como se pescam polvos. Quero andar de moto com você e mostrar as encostas cobertas de neve do Teide. Quero..."

Levantei a mão para interrompê-lo.

"Preciso ir." Eu me virei, segurando as laterais do meu vestido.

"Eu levo você", ele gritou, me seguindo.

"Meus seguranças vão fazer isso."

"Seus seguranças estão correndo atrás da Olga pelo hotel, então eles provavelmente não vão fazer isso."

Eu me virei energicamente e estava prestes a perguntar a ele como sabia disso quando me lembrei de que Nacho sabia de tudo. Ele até sabia o tamanho do meu sutiã.

"Obrigada, vou chamar um táxi", afirmei, e naquele momento olhei para a mão direita, que além de segurar minha minúscula bolsa, acenava para mim.

Ele ficou ali parado, brincando. O fato é que Nacho é muito mais alto do que eu, apesar dos saltos exorbitantes que eu usava. Tentei alcançar minha bolsa, mas ele a ergueu mais alto ainda, dando beijos no ar e balançando a cabeça de um lado para o outro.

"Meu carro está aqui na frente, venha", disse, e passou por mim enquanto caminhava para a saída.

Se não fosse pelo fato de meu celular estar na bolsa, provavelmente sem bateria, eu o descartaria. Mas infelizmente não consegui. Eu era viciada em celular. Eu segui Nacho a a uma distância segura até que finalmente saímos. Então ele me segurou pelo pulso e me puxou para um canto escuro. Um arrepio percorreu meu corpo quando seus dedos tocaram minha pele. Ele deve ter sentido o mesmo, porque parou e me olhou surpreso.

"Não faça isso", sussurrei, na escuridão da noite. Então, ele soltou meu pulso e com um das mãos me puxou pela cintura e com a outra me segurou levemente pelo pescoço.

Estávamos tão próximos, e eu involuntariamente inclinei meu pescoço para facilitar seu acesso à minha boca. Nossas respirações ofegantes tinham se tornado uma só e Nacho olhava para mim. Ele não se movia, não fazia nada — apenas me olhava. Eu sabia que era má ideia, sabia que deveria fugir, deixar o celular para lá e correr para o hotel a pé. Mas não conseguia. Nacho estava ali, finalmente, de verdade, parado pertinho de mim, o calor do seu corpo me invadindo.

"Eu estava mentindo", ele sussurrou, "quando disse que só queria transar com você."

"Eu sei."

"E também menti quando disse que queria ser seu amigo."

Suspirei profundamente, com medo do que ele diria em seguida, mas Nacho ficou em silêncio e me soltou.

Ele apertou o botão do alarme e as luzes do carro piscaram.

Nacho abriu a porta do passageiro e esperou. Puxei meu vestido e me sentei, esperando que ele se juntasse a mim. Mais uma vez estava eu sentada naquele carro estranho, bonito e antigo. Pelo que deu para notar, era azul e tinha duas listras brancas desenhadas no capô. Observei o interior, assentindo em aprovação. *Este é um carro normal*, pensei, *não uma nave espacial*. Tinha talvez três indicadores no painel e quatro interruptores, e não havia botões no volante de madeira. Genial. A única desvantagem e uma possível limitação era o fato de não ter um teto.

"Este com certeza não é o carro em que nós andamos em Tenerife", comentei quando ele se sentou ao meu lado e colocou a bolsa no meu colo.

"Sua percepção me surpreende", Nacho respondeu com o sorriso largo. "Em Tenerife fica o Corvette Stingray e aqui o Cobra Shelby. Mas aposto que você não consegue diferençar as Ferraris frescas."

Nacho riu com ironia e deu a partida.

"Um carro deve ter alma, não apenas custo."

Quando estávamos em movimento, Guano Apes começou a cantar "Lords of the Boards" pelos alto-falantes. A música inesperada me fez pular no assento. Nacho riu.

"Vou criar um clima para nós", ele disse feliz, erguendo as sobrancelhas e pressionando um botão no modesto painel. Em seguida, os sons sutis de "My Immortal", da banda Evanescence, preencheram o espaço. Primeiro o piano, depois a voz suave e profunda da vocalista, que cantava sobre estar cansada de viver ali, sufocada por todos os medos infantis... Cada palavra naquela música, cada pedacinho dela era como se eu mesma a estivesse cantando. Nacho tinha escolhido aquela canção de propósito ou era completamente aleatória?

Seu rosto assombra meus sonhos outrora agradáveis, sua voz expulsou de mim toda a razão — a vocalista cantava com voz cada vez mais forte. Lágrimas de pânico encheram meus olhos enquanto lentamente seguíamos calados pelas ruas quase vazias da cidade, nos afastando cada vez mais da praia. *Tentei muito me convencer de que você tinha ido embora. E, embora você ainda esteja comigo, estou sozinha o tempo todo...*

Eu não aguentava mais.

"Pare o carro!", gritei quando senti que estava prestes a explodir. "Pare esse maldito carro!", rugi. Nacho encostou perto do meio-fio e olhou para mim com olhos aterrorizados. "Como você pôde?!"

Abri a porta e saí correndo do carro.

"Como você pôde fazer isso comigo? Eu estava feliz, tudo estava em ordem. Ele era perfeito até você aparecer..."

Naquele momento, Nacho me pegou pelos braços e me colocou contra o muro de uma casa. Não lutei com ele; não podia. Nem mesmo me defendi quando lentamente, como se pedisse permissão, trouxe seus lábios para mais perto de mim. Mas ele ainda esperava. E eu não podia esperar mais.

Segurei sua cabeça com força e colei meus lábios nos dele. As mãos do canarino se moveram lentamente para cima, pelos meus quadris e cintura, pelos meus ombros, e finalmente seguraram meu rosto. Nacho mordeu suavemente meus lábios, acariciou-os, lambeu-os até abri-los com a língua e me beijou profundamente, com calma.

A música em *loop* recomeçou enquanto nos mantínhamos imobilizados e unidos naquilo que era inevitável. Nacho era caloroso, gentil e extremamente sensual. Seus lábios macios não conseguiam se separar dos meus, e sua língua me penetrava até tirar meu fôlego. Era tão gostoso que me esqueci de tudo.

E então veio o silêncio que nos deixou sóbrios. A música parou e o mundo inteiro desabou sobre nossos corpos unidos. Nós dois sentimos aquilo. Fechei a boca, sinalizando para ele recuar. Nacho se afastou um pouco e encostou sua testa na minha, fechando os olhos com força.

"Comprei uma casa na Sicília para ficar mais perto de você", ele sussurrou. "O tempo todo te observo, porque percebo o que está acontecendo, menina."

Nacho ergueu um pouco a cabeça e beijou minha testa.

"Quando te liguei da primeira vez, estava no mesmo restaurante que você. No clube, também não tirei os olhos de você, especialmente porque você estava num porre terrível."

Os lábios de Nacho desceram pela minha face. "Eu sei quando você pede o almoço na empresa e sei quão pouco você come. Sei quando você vai ao terapeuta e que você não está se entendendo com o Torricelli há semanas".

"Pare", sussurrei enquanto seus lábios se aproximavam dos meus mais uma vez. "Por que está fazendo isso?"

Olhei para cima e o empurrei ligeiramente para longe de mim. Agora Nacho precisava se endireitar. Eu o encarei. A luz das lâmpadas me fez notar que seus olhos verdes estavam alegres e concentrados ao mesmo tempo, e seu lindo rosto se suavizou quando um sorriso vagou por ele.

"Acho que me apaixonei por você", ele disse casualmente, virando-se e caminhando em direção ao carro. "Vamos."

Ele parou junto à porta do passageiro aberta e esperou. Eu, por outro lado, me encostei nas pedras afiadas do muro ao redor da propriedade. Eu também esperava. Esperava para recuperar a força nas pernas, que havia perdido depois do que Nacho acabara de dizer. Em algum lugar na minha mente isso era óbvio para mim, ou melhor, eu esperava ouvir aquilo — especialmente depois do que ele tentou me dizer quando paramos para admirar Los Gigantes no caminho até a mansão de seu pai. Estávamos olhando um para o outro, e passaram-se segundos, talvez minutos. Por fim, o som do celular na minha bolsa me trouxe de volta à Terra. Nacho me entregou a bolsa e eu parei de respirar quando vi as letras dispostas no visor com o nome "Massimo". Engoli em seco e, quando estava prestes a atender, meu celular soltou o último som e ficou completamente mudo.

"Puta merda", rosnei entredentes. "Estou fodida."

"Não posso dizer que fico tranquilo ao saber que *don* Torricelli está um pouco irritado."

Nacho parecia se divertir enquanto me observava olhar para a tela preta.

"Trate de me ajudar a carregar este celular agora."

Ele me deu a mão e me ajudou a entrar no carro.

Capítulo 7

Paramos no portão de uma mansão e Nacho apertou o botão do controle remoto para abri-lo. Com tudo o que acontecera nos últimos trinta minutos, eu tinha me esquecido completamente de que ele deveria me levar de volta ao hotel.

"Eu não moro aqui", disse, olhando ao redor do lindíssimo jardim. "Isso é um grande erro."

Os cantos de sua boca se curvaram num sorriso, mostrando seus belos dentes brancos.

"Tenho um carregador para o seu celular", respondeu, desligando o motor. "Também tenho vinho, champanhe, vodca, uma lareira e marshmallows. Não necessariamente nessa ordem."

Nacho esperou que eu saísse, mas eu ainda estava grudada no carro.

"São mais ou menos sete quilômetros até a casa mais próxima", ele riu. "Sequestrei você de novo, minha querida, então, por favor."

E me deixou sozinha.

Eu não me sentia sequestrada; sabia que Nacho estava brincando e que, se eu insistisse, ele me levaria para o hotel. Mas será que eu não preferiria ficar? Pensando no que poderia acontecer naquela noite, senti uma comichão na barriga. Era medo misturado com alívio e um desejo que há meses fazia meu corpo arder.

Me dê forças, meu Deus, sussurrei enquanto saía do carro e me dirigia para a entrada.

Lá dentro estava tudo quase completamente escuro. Um estreito corredor dava em um grande e lindo salão. Estava iluminado por várias lâmpadas nas paredes. Então vi uma cozinha aberta, integrada com a sala de estar, com um enorme balcão central e uma quantidade imensa de facas, frigideiras e panelas penduradas. Era um verdadeiro playground. Continuei andando. Vi um escritório estiloso, todo em madeira, com certa temática marinha. Era mobiliado com modéstia, mas tinha uma janela enorme que ocupava toda a parede. Diante dela ficavam apenas uma mesa retangular escura e uma poltrona de couro gigantesca.

"Às vezes tenho que trabalhar", sussurrou Nacho, e senti o calor de sua respiração no meu pescoço. "Infelizmente, depois que meu pai morreu, eu me tornei o chefe."

Uma taça de vinho tinto surgiu diante de mim.

"Eu gosto, ou melhor, gostava do meu trabalho", ele afirmou. Ainda estava parado atrás de mim, e eu me deliciei com sua proximidade e o som suave de sua voz. "A gente se acostuma com tudo, principalmente quando você trata tudo como um esporte."

"Sequestrar e matar as pessoas é um esporte para você?", perguntei, ainda de pé na porta e olhando para a grande mesa preta.

"Adoro quando as pessoas tremem ao som do meu nome."

Sua voz suave e as palavras ditas causaram arrepios na minha pele.

"E agora, em vez de me deitar no telhado com um fuzil ou de atirar na cabeça de alguém, ficando cara a cara com ele, eu sento à minha mesa e administro o império do meu pai."

Ele suspirou e me abraçou pela cintura.

"Mas você nunca teve medo de mim..."

Surpresa, me vi envolta em seus braços fortes e tatuados. Percebi que Nacho havia tirado a roupa, porque estava de terno quando saiu do carro. Tive medo de me virar, convencida de que ele estava nu atrás de mim, e não poderia deixar de ver seu corpo esguio.

"Infelizmente você não me assusta." Tomei um gole do meu vinho. "Embora saiba que você tentou me assustar algumas vezes."

Eu me virei e me desvencilhei do seu abraço.

Vi que Nacho estava só de calça. Tinha tirado também o sapato e sua respiração acelerou ao ver meus olhos fixos nele.

"Estou colocando o mundo aos seus pés, menina."

Ele começou a acariciar meu ombro nu, seguindo o movimento de seus dedos com os olhos.

"Vou te mostrar lugares com os quais você nunca sonhou."

Ele se inclinou e beijou o meu ombro.

"Quero que você veja o nascer do sol na Birmânia quando estivermos voando de balão."

Seus lábios deslizaram pelo meu pescoço.

"Que fique embriagada em Tóquio à noite observando as luzes coloridas da cidade."

Fechei os olhos enquanto os lábios de Nacho acariciavam minha orelha.

"Você vai fazer amor comigo em cima de uma prancha na costa da Austrália. Vou te mostrar o mundo inteiro."

Eu me afastei dele. Sentia minha força de vontade diminuir.

Sem dizer uma palavra, passei pela porta aberta na parte de trás do monumental salão e me vi no terraço, que praticamente ficava na praia. Tirei os sapatos e pisei na areia ainda morna. Meu vestido se arrastando atrás de mim deixava uma marca nela. Eu não tinha ideia do que estava fazendo. Estava traindo meu marido com seu pior inimigo e pior pesadelo. Eu poderia muito bem enfiar uma faca nas suas costas e torcê-la enquanto o via sofrer. Sentei-me e, ouvindo o ritmo das ondas, tomei um longo gole.

"Você pode fugir de mim", ele disse, sentando-se ao meu lado. "Mas nós dois sabemos que você não pode fugir do que está em sua mente."

Eu não sabia o que dizer. Por um lado Nacho estava certo; por outro, eu não queria mudanças. Não agora, não quando minha vida finalmente estava tomando um rumo.

Pensei em Massimo e fui atingida por um súbito pensamento trágico.

"Meu Deus, o celular!", gemi, horrorizada. "Os capangas dele logo vão chegar aqui. Eu tenho um localizador embutido e mesmo com o celular descarregado ele sabe onde estou."

"Não aqui", Nacho respondeu, calmamente. "A casa tem sistemas para bloquear todos os dispositivos de rastreamento, grampos e toda essa merda."

Ele me olhou com carinho.

"Neste exato momento, menina, você está desaparecida e pode ficar invisível pelo tempo que quiser."

Sentei-me na areia de novo, mas por dentro meus pensamentos e emoções ainda se atropelavam desesperadamente. Uma parte de mim queria voltar para o hotel a todo custo. A outra sonhava com Nacho me levando para a areia úmida. Tinha calafrios com sua proximidade, meu coração disparava e minhas mãos tremiam ao pensar em seu calor.

"Eu preciso ir", sussurrei, fechando os olhos com força.

"Tem certeza?", Nacho perguntou, deitado de costas e se espreguiçando.

"Meu Deus... Você está fazendo isso de propósito."

Pus o copo de lado e me apoiei com as mãos para poder me firmar e me levantar.

Nesse momento, Nacho pegou minhas mãos e me puxou para si. Meu corpo estava sobre o dele e Nacho sorria feliz, me segurando como se tivesse medo de que eu logo fugisse. Quando sentiu que eu não iria resistir, cruzou as mãos atrás da cabeça.

"Eu quero te levar a um lugar", Nacho disse, e vi seu rosto se iluminar como o de uma criança numa loja de doces. "Meu amigo tem uma pista de corrida não muito longe daqui e algumas motos."

Ao som dessas palavras, meus olhos se arregalaram.

"Que eu saiba, você sabe pilotar uma moto, ou pelo menos tem essa habilitação."

Balancei a cabeça, concordando.

"Perfeito, então!"

Ele rolou na areia, me segurando, parando comigo agora deitada embaixo dele.

"Convido você para uma corrida amanhã. Pode levar a Olga e eu vou levar a Amelia. Vamos passar algum tempo juntos, almoçar e talvez dar um mergulho mais tarde."

"Está falando sério?"

"Claro. Além do mais, que eu saiba você alugou um apartamento por uma semana, então nós temos tempo mais do que suficiente."

Eu não conseguia acreditar no que estava ouvindo. Por um lado, a perspectiva era tentadora; por outro, eu não fugiria de novo dos meus seguranças, que provavelmente estavam vivendo um pesadelo desde que Massimo se dera conta de que não conseguia me localizar.

"Nacho, preciso de tempo", sussurrei. E ele sorriu mais ainda.

"Vou te dizer agora a que conclusões você vai chegar. Basta apertar as pernas com força em volta de mim."

Fiquei surpresa, mas acatei seu pedido. Sem me soltar, ele se ergueu o suficiente para se sentar, meu lugar mais sensível bem em cima de sua flagrante ereção.

"Em algum momento você vai perceber que seu marido não é mais o homem que você conheceu, mas uma imitação do cara que você queria ver nele. Quando enfim se tornar independente dele, você vai deixá-lo, porque na minha opinião ele não atende às suas necessidades básicas."

"Ah, é?!"

Cruzei os braços sobre o peito para criar uma distância entre nós. Nesse momento Nacho ergueu ligeiramente os quadris. Gemi baixinho quando ele roçou seu volume duro no meu clitóris.

"É sim!", ele confirmou, sorrindo.

Mais uma vez Nacho segurou minha cintura com uma mão e agarrou meu pescoço com a outra. Pressionou meu corpo contra o dele e levantou os quadris ainda mais para me deixar sentir mais de perto o que estava acontecendo entre suas pernas.

"Você me deseja, menina, mas não porque eu tenho tatuagens coloridas e sou rico."

Ele avançou novamente e eu involuntariamente inclinei a cabeça para trás.

"Você me deseja porque está apaixonada por mim, assim como eu estou apaixonado por você." Os quadris de Nacho eram implacáveis. Um momento depois, minhas mãos começaram a acariciar a aspereza de sua barba curta.

"Eu não quero te *foder*, como seu marido faz. Eu não quero *possuir* seu corpo."

Seus lábios começaram a acariciar os meus delicadamente.

"Quero que venha por si mesma ficar perto de mim. Eu quero que você queira me sentir dentro de você, porque não há outro modo de ficarmos mais próximos e mais juntos."

Nacho me deu um beijo suave e eu o deixei fazer o que queria.

"Eu vou te adorar. Cada pedaço da sua alma vai ser sagrado para mim. Vou te libertar de tudo que tira a sua paz."

Sua língua deslizou pela minha boca mais uma vez e ele começou a brincar com a minha língua.

Se alguém estivesse assistindo a essa cena ali ao lado, teria certeza de que estávamos fazendo amor. Meus quadris o pressionavam e os dele a mim. Nossas mãos guiavam nossos rostos para tornar mais fácil nossas línguas chegarem ao lugar certo. Um momento depois, senti uma onda poderosa de orgasmo crescendo no baixo-ventre. Nacho também sentiu; tentei fugir dele, mas ele me segurou.

"Não lute comigo, meu amor."

Sua mão deslizou sob meu cabelo e a outra se moveu para minha bunda para que ele pudesse me pressionar com mais força contra ele.

"Quero te dar prazer. Quero te dar tudo que você deseja."

Depois de ouvir essas palavras, cheguei ao orgasmo. Com um gemido alto, me esfregava cada vez mais rápido contra o volume em sua calça enquanto gozava. A doce língua de Nacho ditou o ritmo dos beijos com serenidade, e os olhos verdes abertos e alegres fixos em mim revelaram plena felicidade. Não sei se foi toda a situação que me afetou daquele jeito, ou o fato de eu não fazer sexo com meu marido por algumas semanas, ou talvez o fato de que Nacho estava comigo e eu realizava uma de minhas fantasias. No entanto, naquela hora não era importante saber o que me fez gozar com tanta intensidade.

"O que estamos fazendo?", perguntei, recuperando a razão. Seus quadris pararam de se mover e seus lábios deixaram os meus.

"Estamos destruindo seu vestido."

Seu senso de humor era contagiante.

"Estou com um grande problema agora, porque minha calça também precisa ir para a lavanderia."

Saí de cima dele e olhei para a mancha molhada em sua calça de cor clara. Ele também tinha gozado. Foi inacreditável... até místico... Ele tinha gozado junto comigo, apesar de nem termos feito amor propriamente.

"A última vez que não consegui controlar uma ejaculação foi no ensino fundamental." Nacho riu e caiu na areia.

"Vou para o hotel", anunciei, sorrindo feito boba, e me levantei.

"Eu vou te levar." Ele deu um pulo e ficou ao meu lado sacudindo a areia.

"Nada disso, Marcelo. Vou pegar um táxi."

"Nem pensar." Seu tom era sério, mas no fundo ele tentava esconder um sorriso. "Além disso, você está com uma mancha enorme no vestido."

Olhei para baixo e descobri que ele tinha razão. Eu não tinha certeza se era uma mancha de porra ou se era eu que estava muito molhada. Suspirei resignada e me dirigi para a entrada da mansão.

"Me dê um secador de cabelo", pedi, esfregando a mancha com um pano úmido que encontrei no balcão da cozinha.

"Secador de cabelo é uma coisa de que eu não preciso de jeito nenhum." Nacho passou a mão por sua cabeça careca e riu com malícia. "Vou te dar alguma coisa da Amelia, para você trocar de roupa", disse, e desapareceu na sala de estar.

Enquanto Nacho ia até a escada, eu o segui e o vi tirando a calça suja, sob a qual não havia cueca. A visão da sua bunda tatuada me fez gemer baixinho.

"Eu ouvi, hein?", ele disse, antes de desaparecer escada acima.

Vesti uma calça de agasalho cinza, uma camiseta branca de alcinhas e tênis Air Max cor-de-rosa e parei na frente da casa esperando por Nacho. Ele não se convenceu com nenhum argumento, embora eu tentasse implorar para não me levar, porque não sabíamos se havia alguém vigiando o lugar onde eu estava hospedada. Ele acabou concordando em parar a algumas dezenas de metros do hotel e depois eu seguiria a pé.

"Minha menina já está pronta?", perguntou, dando um tapinha na minha bunda.

Ele era atrevido de um jeito encantador, infantil e masculino ao mesmo tempo. Eu ainda estava encostada na porta da frente, mas meu olhar seguia Nacho. Meu sequestrador vestindo um agasalho esportivo preto fechado com zíper parecia muito atraente.

Quando se aproximou do carro e se inclinou, vi o coldre da arma.

"Alguma coisa nos ameaça?", perguntei, animadamente, acenando com a cabeça para os suspensórios de couro.

"Não."

Ele me encarou surpreso e depois deu uma olhada para o que eu estava mirando com tanta intensidade.

"Ah, você está falando disso... Eu sempre carrego uma arma. É um hábito. Eu gosto."

Nacho se encostou no carro e olhou ligeiramente para minha camiseta, os olhos semicerrados.

"Às vezes sou tão genial que invejo meu próprio intelecto", ele comentou, fazendo graça. "Seus mamilos salientes vão tornar a nossa viagem muito agradável."

Ele ergueu as sobrancelhas e sorriu com seus dentes que brilhavam no escuro.

Olhei para baixo e vi que meus mamilos inchados estavam bem protuberantes na camiseta que ele pegara para mim. A última vez que estive daquele jeito na frente dele, ele me atacou com a boca. A diferença era que naquele dia eu estava toda encharcada por causa do mar, e agora a umidade se encontrava apenas entre as pernas.

"Me dê o agasalho", rosnei, tentando não rir e cobrindo os seios com os braços.

Fomos devagar, olhando um para o outro de vez em quando. Mas não trocamos uma palavra. Eu estava pensando no que iria acontecer agora, no que deveria fazer e se seria capaz de me concentrar em alguma coisa além do que tinha acontecido entre nós. Ponderei sobre sua proposta para o encontro do dia seguinte. Por um lado, sonhava passar o dia com ele; por outro, sabia que Massimo descobriria tudo rapidíssimo e mataria nós dois. Quando Olga ficasse sabendo sobre o dia planejado com Nacho, teria um ataque cardíaco e eu teria outro cadáver na minha consciência. O turbilhão de pensamentos correndo pela minha mente causava uma pressão insuportável. Virei o rosto para a esquerda e olhei para Nacho. Ele estava dirigindo sem camisa e com duas pistolas enormes penduradas no peito colorido. Com um cotovelo apoiado, descansava a cabeça na mão esquerda enquanto dirigia com a outra; de vez em quando cantarolando a música que ecoava nos alto-falantes.

"Quer que eu te sequestre?", perguntou enquanto nos dirigíamos para a parte da cidade que eu conheço. Algum tempo depois, parou.

"Estive pensando sobre isso", gemi, me virando para ele e tirando meu agasalho. "Você facilitaria minha decisão."

"Melhor dizendo, eu tomaria a decisão por você", ele riu.

"O problema é que", continuei, "eu nunca superaria o passado nem fecharia a porta que ainda está aberta agora", suspirei, cobrindo o rosto com as mãos. "Tenho que pensar muito bem em tudo, resolver."

"Tenho esperado por você há meses e por toda a minha vida antes disso. Posso esperar anos e anos se for necessário."

"Não posso te ver amanhã nem depois de amanhã... Por enquanto quero que você vá embora."

"Tudo bem, menina." Ele suspirou e beijou minha testa. "Estarei por perto."

Quando saí do carro e comecei a andar pela calçada, senti uma dor terrível no meu novo coração.

Ele pulsava e as lágrimas brotaram dos meus olhos. Eu queria me virar, mas sabia que iria vê-lo e voltar, me jogar no seu pescoço e deixá-lo me sequestrar. Engasguei com o nó que cresceu na minha garganta e orei para Deus pedindo forças para tudo o que iria acontecer comigo.

Passei pela entrada do hotel e peguei o elevador. Com tudo o que aconteceu, esqueci de tirar minha bolsinha e a sacola com o vestido do carro de Nacho. *Porra*, resmunguei e voltei para a recepção para pedir uma cópia da chave do meu quarto. No elevador, ainda podia sentir o cheiro irresistível do surfista canarino em mim. Estava em todos os lugares: no meu cabelo preso em um coque meio solto e despojado, nos meus lábios, no meu pescoço. Odiava sentir falta dele, embora o tivesse deixado quinze minutos antes. *O que estou fazendo?*, gemi enquanto entrava na sala.

Fui até a cômoda, tirei meu celular do bolso e o conectei ao carregador.

"Onde você estava?", a voz familiar rosnou e uma pequena lâmpada de cabeceira se acendeu. "Me responda, droga!", Massimo gritou, levantando-se da cadeira. "Que porra..."

Meu marido se aproximou de mim, sua expressão grave significando problemas.

"Não grite. Você vai acordar a Olga."

"Ela está tão bêbada que nem uma explosão nuclear poderia acordá-la. Além disso, Olga está com Domenico."

Massimo agarrou meus ombros.

"Onde você estava, Laura?"

Seus olhos brilhavam de raiva, as pupilas dilatadas, a mandíbula se apertando ritmicamente, assim como as veias saltavam em seu rosto. Ele estava furioso; eu nunca o havia visto desse jeito.

"Eu precisava pensar", disse, olhando em seus olhos. "Além do mais, desde quando você se interessa tanto assim pelo que eu faço?"

Me libertei de seu aperto.

"Eu fico te perguntando com quem e para onde você vai quando desaparece por dias? A última vez que te vi foi há umas duas semanas, na noite em que você decidiu enfiar sua pica dentro de mim."

Eu me afastei e senti uma onda de fúria crescer e tomar conta de mim em um minuto.

"Estou de saco cheio de você e do que você tem sido há quase seis meses! Fui eu que perdi o bebê e fui eu que tive de me recuperar das cirurgias."

Eu o acertei no rosto.

"E você me deixou, seu egoísta de merda!"

Massimo ficou lá com os lábios cerrados, e eu quase podia ouvir seu coração martelando forte.

"Se você acha que vai me deixar, está enganada!"

Ele agarrou minha camiseta e a rasgou ao meio, enfiando os dentes no meu mamilo. Gritei e tentei repelir o ataque, mas ele me agarrou e me jogou na cama.

"Daqui a pouco vou te lembrar do principal motivo de você me amar", rosnou, puxando o cinto. Eu queria fugir, mas ele agarrou minha perna e a puxou para baixo, então montou em mim, me imobilizando. Com habilidade e da maneira que só ele sabia, amarrou o cinto em volta dos meus pulsos e em seguida me prendeu na estrutura da cama. Eu me torcia e gritava quando ele se levantou e lentamente começou a me despir. Lágrimas de raiva corriam pelo meu rosto e minhas mãos queimavam pela força com que foram amarradas. Meu marido olhava para mim com satisfação, a fúria espreitando em seu olhar.

"Massimo, por favor", sussurrei.

"Onde você estava?", repetiu a pergunta, desabotoando a camisa.

"Fui dar uma volta. Eu tinha de pensar."

"Você está mentindo."

Seu tom era calmo e baixo. Eu estava apavorada.

Ele pendurou a camisa nas costas da cadeira e com um movimento tirou a calça, que caiu no chão, revelando o pau evidente; ele estava pronto. Seu corpo musculoso estava maior do que eu me lembrava e mais esculpido, e sua ereção era realmente impressionante. Em circunstâncias normais eu estaria fervendo de tesão, e antes que ele me tocasse eu explodiria como fogos de artifício de Ano-Novo. Mas não hoje. Meus pensamentos estavam no corpo tatuado do canarino, que provavelmente ainda estava lá parado onde eu o tinha deixado. A janela estava aberta e o ar do oceano entrava no quarto. Se eu tivesse gritado seu nome, ele teria me ouvido e teria vindo em meu socorro. Uma torrente de lágrimas inundou meu rosto, acalmando meus pensamentos, e meu corpo ficou tenso quando Massimo, completamente nu, se inclinou sobre mim.

"Abra a boca", disse, ajoelhando-se sobre minha cabeça, e eu a sacudi, negando.

"Ah, pequena", ele riu com deboche, acariciando minha face. "Vou fazer isso quer você queira quer não, então seja boazinha."

Eu fechava meus lábios com força.

"Estou vendo que hoje você quer uma foda bem violenta."

Ele apertou meu nariz e esperou meus pulmões ficarem sem ar.

Quando comecei a ficar tonta, separei os lábios e ele pressionou os quadris na minha garganta com toda a força.

"É isso aí, pequena", ele sussurrou, metendo na minha boca com brutalidade. "Assim mesmo."

Embora eu tentasse não fazer nada, o interior da minha boca estava todo preenchido pelo pau grosso do meu marido. Depois de alguns minutos ele se levantou, se inclinou sobre mim e me beijou profundamente.

Senti o cheiro de álcool e o gosto amargo das drogas. Massimo estava completamente chapado e imprevisível. Nesse momento fiquei ainda mais assustada, e o terror se misturou com a confiança que sempre senti por ele. Afinal, ele era o meu marido querido, meu protetor, um homem que me idolatrava, que me fantasiara para si. Mas agora eu estava completamente vulnerável na frente dele, me perguntando até onde ele seria capaz de ir para me machucar.

Seus lábios se moveram para baixo, lambendo meu pescoço até chegar ao meu seio. Ele pegou um mamilo em sua boca e começou a chupar com força. Mordeu-o e apertou o outro. Eu me contorcia, implorando que parasse, mas ele ignorou meus soluços. Deslizou mais para baixo até chegar às coxas fortemente cerradas, que ele separou com força e sem aviso para começar a lamber, morder e comer minha boceta com os dedos.

"Onde está o seu vibrador?", perguntou, olhando para mim.

"Não está aqui", eu engasgava, chorando.

"Você está mentindo para mim de novo, Laura."

"Não estou. Está em casa, numa gaveta ao lado da *nossa* cama."

De propósito, enfatizei a palavra "nossa", acreditando que funcionaria. Mas seus olhos ficaram ainda mais cheios de raiva e um urro saiu de sua boca.

Ele se ajoelhou na minha frente, levantou minhas duas pernas e as colocou em seus ombros, então meteu em mim o mais fundo possível. Gritei com a dor aguda no meu ventre.

"Então... como isso... é possível? ...", ele falou lentamente com os dentes cerrados e me fodendo como um louco. "...Você teve um orgasmo?"

Seus quadris me golpeavam e eu gritava, abafando o barulho dos golpes.

"Ou talvez eu deva perguntar quem te ajudou com isso..."

O ritmo frenético e a dor se misturavam na minha cabeça. Abri meus olhos marejados e olhei para ele. Nesse momento eu o odiei com toda a minha força por tudo o que estava fazendo comigo. Mesmo assim, senti que estava começando a gozar. Eu não queria, mas não conseguia controlar o prazer que aquele homem descontrolado me proporcionava. Um momento depois, o orgasmo tomou conta de mim e eu, tensionando o corpo, arranquei um grito poderoso da minha garganta.

"Isso mesmo!", o Homem de Negro rosnou, e eu senti seu esperma se derramar em mim. "Você é minha!" Ele gozou com os dedos agarrados firmemente em meus tornozelos, mas eu não sentia mais dor, apenas a onda de um poderoso tsunami se espalhando dentro de mim.

Os beijos suaves na nuca me acordaram e interromperam o sonho em que Nacho estava comigo novamente e todos os acontecimentos da noite anterior tinham sido apenas um pesadelo.

Suspirei e, abrindo os olhos sonolentos, olhei para trás. Encontrei os olhos do meu marido.

"Bom dia", ele disse, sorrindo, e eu tive vontade de vomitar.

"Quanto você bebeu ontem?", resmunguei, e a alegria desapareceu de seus olhos. "E com que merda você se drogou?"

Levantei e me sentei. Seu olhar ficou imóvel, vendo meu corpo nu e cheio de hematomas. Os pulsos estavam roxos por conta do cinto com o qual ele me deixou amarrada até de manhã, e minhas pernas e barriga apresentavam as marcas de seus dedos.

"Meu Deus!", ele sussurrou, e olhou para mim nervoso.

Fiquei petrificada com seu toque, e ele percebeu perfeitamente meu medo, então se moveu para o outro lado da cama e enterrou o rosto nas mãos.

"Laura... meu amor."

Quando o *don* viu minha pele roxa, seus olhos se encheram de lágrimas. Eu sabia que Massimo estivera fora de si na noite anterior, mas sua reação me convenceu de que ele não sabia o que estava fazendo. Suspirei pesadamente e me cobri para que ele não visse o quanto tinha me machucado.

"Como você pode ver, você tem mais em comum com o seu irmão gêmeo do que pensa", argumentei com desprezo.

"Vou parar de beber e nunca mais vou me drogar", ele afirmou, estendendo a mão para mim.

"Mentira", bufei, com raiva. "Se você me encontrar e estiver no estado em que estava ontem, vai fazer de novo."

Ele saltou da cama, deu a volta e caiu de joelhos na minha frente, levando minha mão à boca e beijando-a.

"Me desculpe", sussurrou. "Me desculpe..."

"Tenho de ir para a Polônia", avisei entredentes, e Massimo olhou para mim apavorado. "Ou você me dá espaço para pensar ou eu me afasto de você."

Ele abriu a boca para dizer alguma coisa, mas eu levantei a mão.

"Massimo, estou a um passo de pedir o divórcio. Nosso relacionamento morreu junto com nosso filho. Eu tento resolver tudo e você só piora as coisas. Seu luto também tem que acabar."

Saí da cama, passei por ele e peguei meu roupão.

"Ou você faz terapia, para de beber e volta para mim como te conheci há quase um ano, ou vai ser o fim para nós."

Fui até ele e apontei o dedo em riste, ameaçando-o.

"E, se na Polônia você quiser me controlar, ou mandar seus gorilas atrás de mim, ou, pior, chegar lá sozinho, juro que peço o divórcio na mesma hora e você nunca mais vai me ver."

Eu me virei e desapareci no banheiro. Parei na frente do espelho e fiquei olhando para meu rosto, incapaz de acreditar que eu tinha dito aquilo tudo. Minha força me apavorou e minha firmeza, que achei que não tivesse mais, me surpreendeu. No fundo eu sabia quais eram os motivos e o que me impulsionava, mas esse ponto era muito doloroso para eu considerar naquele momento. Ainda mais depois do que tinha acontecido à noite.

"Você não vai me deixar. Eu não vou permitir."

Levantei os olhos e vi Massimo parado atrás de mim no espelho. Sua voz era firme e intolerante a objeções, e seus olhos fingiam indiferença.

Abri meu robe, deixei-o cair no chão e fiquei na frente dele, encarando-o. Massimo me analisou rapidamente, engoliu em seco e suspirou profundamente. Baixou a cabeça, olhando para os pés.

"Olhe para mim", exigi, e ele não reagiu. "Que merda, Massimo, olhe! Você pode me prender e me estuprar, você pode mudar minha vida de novo, mas sabe de uma coisa? ... Você não vai ter meu coração nem meus pensamentos."

Dei um passo diante dele e Massimo recuou.

"Não vou te deixar; só quero resolver as coisas."

Houve um longo silêncio, e ele me olhou impassível, evitando meus olhos.

"O avião está à sua disposição, e eu prometo que não vou aparecer no seu país."

Massimo se virou e saiu do banheiro. Caí nos ladrilhos frios e comecei a chorar compulsivamente. Eu não tinha ideia do que fazer, mas as lágrimas me acalmavam.

Já era de tarde quando saí do quarto. Por muito tempo ignorei o humor de Olga, que tentou me tirar da cama a todo custo. Não queria explicar a ela o que havia acontecido ou mostrar o que meu marido tinha feito, porque ela o estriparia com as próprias mãos. Mas fiquei com a impressão de que Domenico sabia de tudo, porque ele a levou para a cidade inventando coisas divertidas para fazer, para que Olga me deixasse em paz.

Então, vesti uma túnica leve e fina de manga comprida, um chapéu enorme, óculos escuros e meus adorados tênis Isabel Marant e saí do quarto. Fui andando pelo calçadão, olhando distraída para o mar, milhares de pensamentos passando pela minha cabeça. O que fazer, como me comportar, deixo o Massimo ou conserto as coisas com ele?

Cada uma das perguntas permanecia sem resposta, e cada uma delas sugeria novas questões. E se Nacho acabasse sendo um monstro também? Meu marido também nunca tinha sido, mas seu comportamento no dia anterior tinha me tirado a fé em qualquer coisa.

Vi uma linda taberna portuguesa na esquina e resolvi comer alguma coisa, beber um pouco de vinho e descontrair. Um senhor simpático anotou meu pedido e peguei o celular para ligar para minha mãe e avisar que estava indo para lá. Quando desbloqueei a tela, vi uma mensagem: "Olhe para a direita." Virei a cabeça e senti uma onda de lágrimas inundar meus olhos escondidos atrás dos óculos escuros. Nacho estava sentado na mesa ao lado e me observava. Estava usando um boné de beisebol, óculos e uma blusa de manga comprida que escondia completamente suas tatuagens.

"Sente-se de costas para a rua", ele disse, sem se levantar. "Tem pelo menos um carro te seguindo."

Me levantei devagar e mudei de lugar, fingindo estar incomodada com o sol. Olhava para a frente, mas com o canto do olho vi um carro à esquerda.

"Massimo está em Lagos", sussurrei, sem tirar os olhos da tela do celular.

"Eu sei. Descobri isso uma hora depois de te deixar no hotel."

"Nacho, você me fez uma promessa", suspirei e senti as lágrimas escorrendo pelo rosto.

"O que aconteceu, menina?"

Sua voz demonstrava preocupação, mas continuei em silêncio.

O garçom se aproximou da mesa e colocou uma taça de vinho à minha frente. Quando a peguei, as mangas compridas da minha túnica subiram um pouco, revelando um vergão azulado.

"O que é isso no seu braço?" O tom de voz Nacho se transformou em um rosnado. "O que aquele puto fez com você?"

Virei a cabeça para ele e vi seu olhar assassino fixo em mim. Ele esmagou de uma vez os óculos que trazia nas mãos e suas lentes se espalharam no chão.

"Daqui a pouco vou me levantar e matar seus seguranças", anunciou, "e depois vou pegar aquele filho da puta e matá-lo também."

Levantou-se da cadeira.

"Eu imploro, não faça isso!", murmurei, tomando um longo gole.

"Então se levante, pague a sua conta e me encontre a duas quadras daqui. Vire à esquerda, depois desça a segunda ruazinha à direita." Nacho chamou o garçom. "Mas primeiro termine o seu vinho."

Fiz o que ele disse. E, agindo da maneira mais natural possível, segui caminhando de acordo com as instruções dadas por Nacho. De repente senti alguém me agarrar e me puxar por uma pequena porta. Nacho subiu minha túnica num só movimento e examinou meu corpo machucado enquanto eu mantinha a cabeça baixa. Ele tirou meus óculos escuros e viu minhas pálpebras inchadas.

"O que aconteceu, Laura?", perguntou, me encarando enquanto eu tentava esconder meus olhos dele. "Olhe para mim, por favor."

Havia desespero e raiva em sua voz, que Nacho tentava mascarar com um sentimento de ternura.

"Ele queria transar... Eu... Ele perguntou aonde eu tinha ido..."

Comecei a soluçar de novo e ele me segurou com uma das mãos e me aconchegou.

"Vou para a Polônia amanhã cedo", disse. "Preciso refletir sobre tudo o que está acontecendo longe de vocês dois."

Ele ficou em silêncio e me abraçou, seu coração batendo tão rápido que parecia que ia sair do peito. Olhei para ele. Estava concentrado, frio, sério e completamente distante.

"Tudo bem", disse, me beijando na testa. "Entre em contato comigo quando estiver tudo resolvido."

Nacho me soltou e eu senti um vazio. Passou pela porta sem olhar para trás e desapareceu. Fiquei ali por mais alguns minutos, sufocando em lágrimas. Por fim, voltei para o hotel.

Estava arrumando minha última mala quando Olga entrou toda desgrenhada no quarto.

"Teve briga de novo?", ela perguntou, sentando-se no tapete.

"Por que você acha isso?" Olhei para ela o mais distraidamente possível.

"Porque o Massimo alugou um apartamento abaixo do nosso em vez de ficar com você. E Domenico e eu estamos dormindo aqui ao lado." Ela me fuzilava com seu olhar questionador. "Laurinha, o que está acontecendo?"

"Vou para a Polônia", murmurei enquanto fechava o zíper. "Tenho que me afastar de toda esta merda aqui."

"Ah, entendi. Mas se afastar de Massimo, de Nacho ou de mim?" Olga se encostou na parede e cruzou os braços sobre o peito. "E a empresa? E tudo o que você vem construindo com tanta dedicação nos últimos meses?"

"Não tem problema. Eu também tenho internet lá. Além disso, você pode lidar sozinha com a Emi por alguns dias", suspirei. "Olga, eu preciso viajar. A situação está me deprimindo, preciso falar com minha mãe, ela não me vê desde o Natal... Há muitos motivos."

"Pode ir", disse ela, se levantando. "Só não se esqueça do meu casamento."

Fiquei na frente da porta do quarto de Massimo e lutei com meus pensamentos: bato ou não? No fim, o bom senso e o amor venceram. Ouvi o clique da fechadura e vi Domenico, que ao me ver suspirou e, sorrindo de leve, me deixou entrar.

"Onde ele está?", perguntei, cruzando os braços sobre o peito.

"Na academia." Ele apontou a direção com a cabeça.

"Pensei que eu que tinha um quarto grande, mas os melhores são reservados para o *don*, como sempre."

Bufei com ironia e passei pelos outros cômodos, descobrindo, para minha surpresa, que o apartamento do meu marido ocupava metade do andar.

Lá do fundo vinham os gritos e ruídos estranhos que eu conhecia bem. Passei pela porta e vi Massimo socando um dos guarda-costas. Desta vez, porém, não havia gaiola nem luta. Um italiano enorme segurava dois sacos de boxe nas mãos e o Homem de Negro batia furiosamente neles com as pernas e as mãos. O outro lhe dava alguns comandos e Massimo os executava com mais força.

Eles não tinham me notado, então tossi de leve para ser notada.

Massimo parou e disse alguma coisa para o homem, que se afastou e saiu. O *don* pegou uma garrafa de água, bebeu quase tudo e se aproximou de mim.

Se não fosse pelo que havia acontecido na noite passada, eu teria pensado que seu corpo naquele momento era a visão mais sexy da Terra. As pernas musculosas com as veias saltadas, o suor e as ondulações do peito pelo esforço me fizeram engolir em seco. Massimo sabia muito bem disso. Tirou as luvas e passou as mãos pelo cabelo ensopado.

"Ei", ele disse, avançando com seus olhos negros e sensuais. "Então você já está indo?"

"Eu queria..." Ao olhar para ele, eu esquecera completamente o que queria.

"Sim?"

Massimo se aproximou de mim perigosamente e eu inalei seu perfume maravilhoso. Fechei os olhos e me senti exatamente como alguns meses antes, quando o desejava acima de tudo.

"O que você queria, pequena?", ele perguntou mais uma vez, e eu provavelmente parecia que tinha adormecido em pé.

"Queria me despedir", gaguejei, abrindo os olhos.

Ele se inclinou sobre mim.

"Não, por favor...", sussurrei quando sua boca se deteve a um centímetro da minha, e até me encolhi.

"Você está com medo de mim!" Ele jogou a garrafa na parede. "Porra, Laura, como você pode..."

Nesse momento, levantei a manga que cobria as marcas roxas e ele ficou em silêncio.

"Não é o fato de você transar comigo", comecei, com calma. "Mas o fato de você ter transado comigo contra a minha vontade."

"Nossa! Fiz isso centenas de vezes contra a sua vontade. O gostoso era isso."

Ele segurou meu rosto.

"Quantas vezes eu te comi enquanto você me dizia para parar, porque você não tinha tomado banho, porque eu ia amassar seu vestido ou estragar seu cabelo... Mas depois você me implorava para eu não parar."

"E quantas vezes eu te disse ontem para *não* parar?"

O Homem de Negro mordeu seu lábio inferior e se afastou um pouco.

"Exatamente! Você nem lembra do que fez, não lembra das lágrimas de dor escorrendo pelo meu rosto, não lembra de como eu estava implorando para você parar." Senti a raiva explodindo dentro de mim. "Você me estuprou."

Finalmente consegui dizer isso, e ouvir essas palavras me fez mal.

Massimo ficou parado como uma estaca, ofegante, furioso, resignado e desesperado.

"Eu não tenho como me justificar", ele disse com dificuldade, parando na minha frente. "Quero que você saiba que eu falei com um terapeuta hoje."

Acho que nesse momento meu rosto assumiu uma expressão estranha.

"Assim que eu voltar para a Sicília, vou começar a terapia", o *don* continuou. "Vou me aquietar e nunca mais vou tocar naquela bosta branca, você vai ver. Vou fazer de tudo para que você não tenha mais medo de eu te tocar."

Peguei sua mão. Queria animá-lo e mostrar que o apoiava em sua decisão.

"E aí nós vamos fazer uma filha para eu perder a cabeça de vez", acrescentou, rindo, e eu lhe dei um tapinha de leve, amistoso.

Massimo estava tão maravilhoso, sorrindo e quase relaxado, embora eu soubesse que era tudo encenação.

"O que vai acontecer depois nós vamos ver", respondi, me afastando.

Ele segurou minha mão, mas o fez com mais delicadeza do que o normal e com mais carinho. Me encostou contra a parede e ficou com o rosto bem pertinho do meu, como se esperasse permissão.

"Quero enfiar minha língua na sua boca e provar meu sabor favorito", ele sussurrou, e o som de sua voz vibrante me deixou excitada. "Me deixe te beijar, Laura, e prometo que não vou à Polônia e que vou te dar toda a liberdade de que você precisa."

Engoli em seco e respirei fundo. O maior problema naquele momento era que meu marido parecia um deus a quem era difícil resistir.

"Seja...", gemi, e ele invadiu minha boca sem esperar pelo fim da frase.

Mas ele foi surpreendentemente delicado e afetuoso, me tratou como se eu fosse de vidro, e qualquer toque pudesse me quebrar. Passava sua língua lentamente sobre a minha, examinando cada milímetro da minha boca.

"Eu te amo", sussurrou no final, e beijou minha testa.

Capítulo 8

Eu não queria segurança, motoristas e toda aquela parafernália que me acompanhava havia muitos meses. No entanto, embora Massimo tivesse prometido que ninguém me seguiria, eu sabia que isso não seria inteiramente possível. Passei pelo terminal VIP e vi Damian todo sorridente encostado no carro.

"Não acredito", gritei, me pendurando em seu pescoço.

"Oi, Laura." Ele levantou os óculos escuros.

"Não sei o que aconteceu lá com vocês durante esses meses, mas seu marido ligou para o Karol e me pediu para cuidar de você pessoalmente."

Ri por dentro quando ele abriu a porta do Mercedes para mim. Eu sabia muito bem por que o *don* agira assim.

Em primeiro lugar, ele queria me mostrar que tinha total confiança em mim; em segundo, ele sabia que não poderia quebrar a palavra dada, e só assim ele poderia me proteger sem os seguranças.

"Aonde nós vamos?", perguntou o lutador, se virando para mim de seu assento. "Vamos deixar uma coisa bem clara: não vou usar chapéu de chofer."

"Me leve para casa", respondi com uma risada.

O caminho não era muito longo, então em alguns minutos estacionamos na garagem. Sugeri que pedíssemos algo para comer e conversássemos, e ele concordou, feliz com minha sugestão.

"Fiquei sabendo do que aconteceu", ele disse, colocando um pedaço de KFC não comido em seu prato. "Quer falar sobre isso ou vamos fingir que nada aconteceu?"

"Quão leal você tem de ser ao meu marido e ao Karol?"

"Menos do que para você", ele respondeu sem nem pensar. "Se você quer saber se estou aqui para arrancar informações de você, então a resposta é absolutamente não. Seu marido me paga um salário absurdo, mas não pode comprar minha lealdade." Ele se recostou no sofá. "Mas você a tem de papel passado."

"Lembra da última vez que nos falamos por videochamada?"

Ele assentiu.

"Sim, claro."

"Naquele mesmo dia, logo após a nossa conversa, conheci um homem que me sequestrou e mudou toda a minha vida."

Levei quase duas horas para contar a história.

Eu falava e ele ouvia, ora rindo, ora balançando a cabeça em desaprovação. Até que cheguei às últimas 48 horas. Claro que o poupei dos detalhes do encontro com Nacho em Lagos e do fato de ter sentado no colo dele. Também não contei que meu marido tinha me pegado à força.

"Sabe, tem alguma coisa errada com a sua história", ele disse, me servindo mais uma taça de vinho e outra de água. "Aquele cara da Espanha."

"Das Ilhas Canárias", eu o corrigi.

"Exatamente, estou falando dele. Você parece estranhamente preocupada com ele e quando fala dele seus olhos brilham."

Não consegui disfarçar meu pavor com suas palavras.

"Viu? Agora que eu descobri, você está com uma cara de quem vai ter um ataque cardíaco. Então me conte o que você escondeu de mim."

Comecei a coçar a cabeça de nervoso e procurei uma boa explicação para meu comportamento, mas, depois da caixa de calmantes que me mantiveram tranquila durante o voo e de meia garrafa de vinho, eu não estava muito inteligente.

"É por causa dele que estou aqui, sem Olga e sem Massimo", suspirei. "Ele confundiu minha cabeça, provavelmente porque eu deixei."

"Você não acha que ele bagunçou sua cabeça porque você não estava tão feliz quanto pensava?"

Ele parou de falar, mas continuou olhando para mim.

"Veja bem: se você tem certeza de alguma coisa, nada vai te dissuadir e nada vai destruir a sólida estrutura dos seus sentimentos." Ele ergueu um pouco o dedo num gesto professoral. "Agora, se você tiver uma sombra de dúvida e os alicerces que sustentam tudo isso não forem sólidos, basta uma leve ventania e tudo desaba."

"Você diz isso porque não gosta do meu marido."

"Estou cagando para o seu marido. Isso tem a ver com você."

Ele coçou a barba que estava por fazer havia alguns dias.

"Veja só o nosso exemplo. Eu e você, anos atrás. Eu fui um idiota e não arrisquei, mas quer saber? Esse é um exemplo imbecil."

"Exatamente", acrescentei, rindo. "Mas acho que sei o que você quer me dizer."

Na manhã seguinte eu deveria visitar meus pais, mas assim que abri os olhos uma ideia diabólica me passou pela cabeça. Me levantei e corri para o banheiro e uma hora depois estava vasculhando a gaveta atrás das chaves. Era Maio e o clima na Polônia estava maravilhoso, tudo florescia e ganhava vida — assim como eu. O interfone tocou, informei a Damian que desceria em um momento e peguei minha bolsa. Estava sensualmente vestida com meus tênis Louis Vuitton creme de cano alto, short quase branco rasgado e uma blusa fina que revelava quase toda a minha barriga. Um pouco adolescente, mas minha impulsividade tomou essa decisão.

"Olá, Brutamontes", cumprimentei, me acomodando em no passageiro.

"Que gata!", comentou Damian, se virando para me encarar. "Para a casa dos seus pais?"

Balancei a cabeça.

"Para a concessionária da Suzuki."

Dei um sorriso e ele ficou sem graça.

"Proteger você significa que você não pode se machucar", ressaltou.

"Para a concessionária da Suzuki", repeti, balançando a cabeça.

Apontei o dedo para um modelo GSX-R 750 e o vendedor assentiu, agradecido.

"Esta aqui", afirmei, me sentando na moto e observando Damian soltar fumaça de preocupação

"Laura, eu não posso te proibir, mas lembre-se que daqui a pouco vou ligar para o Karol e ele para o Massimo", ele disse, com tristeza.

"Pode ligar!", respondi brevemente, deitada sobre a moto.

"Potência máxima de 150 cavalos a mais de 13 mil RPM", começou o jovem vendedor. "Velocidade máxima..."

"Estou vendo que está escrito no manual." E acabei com seu tormento. "E vocês têm dessa, mas toda preta?"

Os olhos do cara se arregalaram e eu continuei a falar, me divertindo. "E um macacão também preto, de preferência um Dainese. Eu vi um que me agradou. Botas Sidi, daquelas com estrelas vermelhas nas laterais. Estão ali." Saí da moto. "Vou te mostrar quais são. O capacete vai ser o mais difícil."

O pobre garoto estava feito barata tonta à minha volta, olhando de vez em quando para Damian, e provavelmente se perguntava o tempo todo se eu estava falando sério e se ele faria a melhor venda da temporada em apenas um minuto.

Depois que tudo foi escolhido, saí do provador embrulhada em um macacão de couro justo, luvas e botas. Segurava o capacete nas mãos.

"Perfeito", disse, olhando para os dois homens em estado de perplexidade pura. "Vou levar tudo. Por favor, coloque a moto na entrada."

"Dona Laura, só temos um problema", disse o vendedor, constrangido. "Para a senhora sair daqui com a moto, ela precisa estar registrada. E a moto que a senhora escolheu é nova..."

"O que isso significa?" Eu me virei para ele, estreitando um pouco os olhos.

"Isso significa que, se a senhora estiver com pressa e quiser levar logo a moto, não vai poder ser a toda preta." Ele se encaminhou para a porta.

"Nós temos uma versão demo com os mesmos parâmetros, mas preta e vermelha. E já tem algumas centenas de quilômetros rodados em teste drives."

Pensei por um momento, mordendo o lábio inferior, e a alegria inundou o rosto de Damian ao pensar que meu plano maligno falharia.

"O vermelho vai combinar com as estrelas das botas. Vou levar."

Entreguei ao vendedor meu cartão de crédito e Damian bateu com a mão na testa.

"Por favor, prepare os documentos."

Liguei o motor e meus 150 cavalos relincharam. Sorri e puxei meu capacete na cabeça, descendo a viseira.

"Ele vai me despedir", Damian gemeu ao meu lado.

"Que nada, não existe essa opção. Além do mais, ele vai ficar com tanta raiva que vai querer me matar, e não matar você." Engatei a primeira marcha e avancei.

Fazia tanto tempo que não sentia aquela força sob mim que a princípio fui dominada por uma excitação doentia misturada com medo. Eu sabia que não andava de moto havia muito tempo e precisava me acostumar com esse monstro antes de sair feito louca.

Dirigi por Varsóvia com calma, sentindo a respiração do meu guarda-costas atrás de mim e as vibrações no bolso do meu macacão. *Ah, o Massimo já sabe da minha compra*, pensei enquanto soltava o acelerador. O trânsito estava intenso, mas depois de uns quinze minutos me lembrei do motivo pelo qual amava aquele esporte. A estrada reta e larga na rota me incentivou a testar a moto, então, sempre que surgia a oportunidade, eu avançava rápido.

"Esta máquina é incrível!", comemorei, dando-lhe um tapinha agradecido enquanto estacionava na frente da casa dos meus pais.

Momentos depois, um Mercedes S apareceu vindo da esquina e o pálido Damian saiu do carro.

"Porra, como ele berra!", disse, batendo a porta do carro. "Você tem ideia do que eu passei?"

"Meu marido ligou?", perguntei, rindo.

"Ligou? Eu estava o tempo todo em videochamada com ele e o cara berrava em pelo menos três idiomas."

"Olha ele de novo!", avisei quando meu bolso começou a vibrar novamente e Massimo apareceu no visor.

"Bom dia, marido", comecei, alegre, em inglês.

"Isso é jeito de se comportar?! Vou para a Polônia!", ele gritou tão alto que tive que afastar o celular da orelha.

"Lembre-se do nosso acordo", respondi. "Se você vier, eu peço o divórcio."

Sua voz silenciou e eu continuei.

"Antes de te conhecer eu andava de moto, e pretendo continuar fazendo isso. E não há nada que me impeça", suspirei. "Às vezes o meu relacionamento com você parece mais perigoso para mim do que andar nisso que eu tenho entre as pernas agora."

"Laura!", o Homem de Negro rosnou.

"Estou errada, *don* Torricelli? Durante 29 anos nada me aconteceu, e nos últimos meses um tiro, uma gravidez perdida, sequestros..."

"Isso é golpe baixo, pequena", ele grunhiu.

"É a mais pura verdade, e pare de descontar no Damian, porque ele estava do seu lado." Pisquei para o meu ex. "Agora me desculpe, mas estou suando neste macacão."

Fez-se silêncio.

"E pare de se preocupar. Vou voltar sã e salva."

"Se acontecer alguma coisa com você, eu mato..."

"Quem desta vez?", eu o interrompi, irada.

"A mim mesmo... Porque minha vida não tem sentido sem você."

Ele ficou em silêncio e desligou algum tempo depois.

Olhei para o celular, admirada em reconhecer meu autocontrole e minha arte de negociar.

"Tudo resolvido." Olhei para Damian, que estava encostado no carro. "E agora você pode voltar para a capital, porque vou ficar aqui alguns dias."

"Vou ficar por perto. Reservei um quarto no hotel a dois quarteirões daqui. E não fique zangada por eu ficar de olho. Você sabe como é o Massimo."

Ele encolheu os ombros. Eu fiz um joia com a mão, concordando, e fui subindo pela entrada da garagem.

Damian deixou minhas malas na varanda e desapareceu.

Liguei o motor e acelerei ao máximo, sem engatar a marcha. O ronco do motor foi tão alto que depois de alguns segundos meu pai, apavorado, saltou para fora de casa.

"Agora pode me invejar", disse, descendo da moto e me jogando em volta do pescoço dele.

"Meu bebê!" Ele me abraçou com força, mas logo se concentrou na máquina. "Você comprou uma moto? Está passando por alguma crise? Porque, você sabe, sua mãe ainda acha que alguém só compra um brinquedinho assim quando quer provar alguma coisa..."

"Laura!"

Falando no diabo... A voz de Klara Biel ecoou com tanta força na minha cabeça que tive vontade de colocar o capacete de volta.

"Filhinha, você enlouqueceu de vez?"

"Oi, mamãe."

Abri o zíper do macacão e me aconcheguei em seu pescoço.

"Antes que você comece a gritar, eu queria dizer que meu marido já me passou um sermão, mas eu o acalmei, então não preciso de outro."

"Filha", ela falou, pesarosa. "Já basta o seu pai me causando vários ataques cardíacos todo mês. E agora você também?"

Papai ergueu as sobrancelhas, sorrindo.

"Além disso, o que aconteceu com seu cabelo?"

Passei a mãos nele e lembrei que da última vez que meus pais me viram eu estava loira.

"Eu precisava mudar alguma coisa depois que..." Engoli em seco. "Foram meses difíceis, mãe."

Sua expressão se suavizou, como se ela tivesse acabado de se lembrar do que havia acontecido durante aquele período em minha vida.

"Tomasz, pegue o vinho na geladeira." Mamãe deu uma olhada em papai, que ainda dava risadinhas atrás dela. "E você, tire esse macacão, porque logo vai ficar suada."

"Já estou suada."

Meu pai, como sempre, arranjou rapidamente uma taça e eu, depois de tomar um banho e vestir um agasalho, sentei-me no sofá macio do jardim.

"Está quente. Por que você está usando manga comprida?", perguntou minha mãe, apontando para minha roupa.

Virei os olhos pensando no que ela diria quando visse meus pulsos roxos e mudei de assunto.

"Faz parte da nova coleção. Gostou?"

Olhei para ela com alegria no rosto.

"Já usou as coisas que te enviei por último?"

Ela assentiu.

"E então?"

"São incríveis! Estou orgulhosa de você. Mas, querida, estou mais interessada em como você está se sentindo."

"Acho que estou apaixonada." Joguei para fora o enorme peso de dentro de mim, e minha mãe quase se engasgou com o vinho.

"O quê?!", exclamou.

"Então, veja..."

Comecei a falar e ela acendeu um cigarro com as mãos trêmulas.

"Quando estivemos em Tenerife, conheci um homem que é um dos maiores concorrentes de Massimo."

Minha consciência estava me martirizando, porque lá eu estava costurando outra mentira.

"Bem, meu marido não tinha muito tempo para mim, e Nacho tinha todo o tempo do mundo. Ele me ensinou a surfar, me levou para passear."

Meu Deus, que delírio é esse?, pensei, tomando um gole.

"Ele me apresentou a sua família, e, no geral, me impressionou muito e... me beijou."

Nesse ponto, mamãe começou a engasgar com a fumaça do cigarro.

"Na verdade, seria irrelevante se não fosse o fato de o Massimo ter mudado muito depois de perder o filho. Ele se afastou de mim e se enterrou no trabalho. Tenho a impressão de que nunca mais vamos voltar ao ponto em que estávamos", suspirei. "Eu estou sofrendo, ele está sofrendo..."

"Minha filha", minha mãe começou, apagando o cigarro. "Não vou dizer *eu te avisei*, mas no ano passado tentei fazer você perceber que tudo tinha acontecido um pouco rápido demais." Ela colocou o resto do vinho na própria taça. "Na minha opinião, o bebê foi o motivo do casamento."

Como você se engana, pensei.

"E a perda do filho, ao mesmo tempo, fez o casamento perder o sentido." Klara encolheu os ombros. "Portanto, não me surpreende que você tenha se interessado por alguém fascinante que apareceu no seu caminho nesse momento. O que você faria na mesma situação se Massimo não fosse seu marido, mas seu namorado? Você estaria na Polônia e não na Sicília?"

"Eu o teria deixado", respondi depois de pensar por um momento. "Não suportaria o fato de meu homem me ignorar e muitas vezes me tratar como uma inimiga."

"Simples assim? Você faria isso?"

"Simples assim?!", me indignei. "Mãe, estou lutando por esse relacionamento há meses, com resultado zero. Quanto tempo ainda tenho que perder? Daqui a alguns anos vou acordar ao lado de um homem que não sei mais quem é."

Um sorriso sincero, mas ligeiramente triste, apareceu no rosto da minha mãe e ela assentiu.

"Então, está vendo? Você mesma respondeu à pergunta que a trouxe aqui."

Isso me surpreendeu. Só quando alguém me forçou a dizer o que eu queria, esperava e precisava é que percebi que tinha direito a tudo o que sentia.

Eu tinha o direito de errar, tinha o direito de me enganar, mas acima de tudo tinha o direito de fazer o que me traria felicidade.

"Querida, vou te dar um conselho de ouro graças ao qual, acredito, meu casamento com seu pai está durando quase 35 anos."

Eu me inclinei na direção dela.

"Você precisa ser egoísta."

Poxa, isso é pegar pesado!, pensei em silêncio.

"Se você colocar sua felicidade em primeiro lugar, vai fazer de tudo para que ela dure. Então, você também vai cuidar do relacionamento, mas daquele relacionamento que não te destrói. Lembre-se, uma mulher que pertence a um homem sempre vai ser infeliz, vai se sentir oprimida, e o resultado é que ela vai ficar choramingando pelos cantos. E os homens não gostam de mulheres que choramingam."

"E nem daquelas que não se maquiam." Balancei a cabeça.

"Ah, Deus me livre. Mesmo que não tenha namorado, você tem que se cuidar para si mesma", ela assentiu.

Bem, minha mãe era uma especialista indiscutível nesse assunto. Seu cabelo e maquiagem estavam sempre impecáveis a qualquer hora do dia e pareciam gritar: eu nasci para ser linda.

Ficamos de porre naquela tarde. Eu gostava de ficar naquele estado quando estava com minha mãe. Ela ficava engraçada e, como consequência, um pouco mais descontraída.

Os dias seguintes foram todos parecidos. Passeei com meu pai, bebi vinho com minha mãe, e à noite tentava descobrir como o telescópio funcionava. O pobre Damian me seguia passo a passo, e Olga tentava cuidar da empresa na minha ausência. A gente se comunicava pelo Skype para escolher os cortes e discutir os projetos. E Massimo... estava em silêncio.

Ele levou minhas proibições tão a sério que, nos quase dez dias que passei na Polônia, só ligou aquela vez para me dar a bronca por ter comprado a moto. Eu sentia falta dele, mas também sentia falta de Nacho. Minha mente doentia já estava mergulhada na insanidade, sonhando alternadamente com o *don* e o mafioso das Canárias. Eu estava dividida, partida ao meio, sem conseguir encontrar uma solução.

Então decidi ligar para meu terapeuta.

"Oi", disse Marco quando entrei em contato com ele pelo FaceTime.

"Quase fui para a cama com o Nacho", soltei, e ele assobiou de admiração. "Mas acabei não fazendo isso."

"Por quê?"

"Porque... não queria trair meu marido?"

"Por quê?", ele repetiu a pergunta.

"Porque eu acho que o amo."

"Por que e para qual deles foi essa resposta?"

Todas as conversas com Marco eram parecidas. Eu falava alguma coisa e ele pegava os pontos mais interessantes na sua opinião, me levando a conclusões que eu já conhecia. Eu me livrava das dúvidas de um jeito muito natural, chegando a minhas conclusões por conta própria.

Decidi deixar a vida seguir seu caminho e pretendia apenas observar seu fluxo. Não queria influenciar minhas decisões ou julgamentos; precisava que toda a situação se desenrolasse além de mim. Eu estava pronta para aceitar humildemente cada desfecho. Porque — pelo menos em teoria — qualquer um dos dois teria algo de bom para me dar.

Propus ao meu pai um passeio no fim de semana. Extremamente feliz, ele tirou sua moto Chopper da garagem e se arrumou todo com uma roupa de couro com franjas. Passamos por caminhos muito conhecidos, cumprimentando outros motoqueiros e curtindo o clima maravilhoso. Eu estava calma, feliz e ainda sem respostas sobre o que fazer.

Paramos na praça em Kazimierz e eu tirei meu capacete, balançando a cabeça de um jeito sexy. Os cabelos compridos caíram sobre os ombros. Bem como nos filmes, as únicas coisas que faltaram foram a câmera lenta e ter apenas um sutiã por baixo do macacão e seios extremamente enormes. Mas, infelizmente, nada de seios ou sutiã tentador; só uma camiseta preta lisa.

A praça do mercado naquela pequena localidade era o ponto de encontro favorito dos motoqueiros. As máquinas enfileiradas faziam os turistas desviarem a cabeça dos prédios históricos e darem uma espiada em nós.

"Como nos velhos tempos", disse papai, levemente emocionado, abraçando minha cintura. "Limonada?"

Ele acenou com a cabeça para nossa lanchonete favorita ao lado e, quando assenti, me abraçou.

Quem nos visse por fora chamaria nossa relação de *sugar daddy*, mas eu não dava a mínima para os olhares engraçadinhos dos homens enquanto ia para a mesa, abraçada com meu pai.

"Como você dá conta da mamãe?", perguntei, tomando meu primeiro gole. "Ela me deixa maluca em dois dias, e você lida com isso a vida inteira."

"Minha criança", ele começou, sorrindo com ternura. "Eu amo sua mãe, então, se eu a aguentei quando estava grávida, posso aguentá-la ainda mais na menopausa."

Comecei a rir com a ideia de minha mãe grávida repreendendo-o sem motivo num acesso de fúria, e ele trazendo coisas e mais coisas. Eu gostava da companhia do meu pai. Ele era discreto e, além de saber ouvir, também gostava de falar — o que nesse caso era uma vantagem para mim.

Depois de uma hora, cobrimos todos os assuntos, desde potência de motores até bebidas alcoólicas e investimentos imobiliários. Papai falava, eu escutava, depois eu falava, e ele me provava que eu não tinha razão. Ele me deu conselhos relacionados à empresa e me falou sobre como lidar com as pessoas.

"Sabe, querida, a principal premissa de qualquer negócio é o lucro..."

O ronco de um motor a cerca de três metros o interrompeu e nós dois viramos a cabeça. Uma bela Hayabusa amarela entrou na praça pavimentada. Não consegui evitar um gemido ao ver aquela moto maravilhosa. Eu sonhava com uma, mas infelizmente nunca havia tido a oportunidade de subir num monstro daqueles. O piloto desligou o motor e saltou da máquina com habilidade. Como se estivesse enfeitiçada, com a boca meio aberta, fiquei olhando para aquela maravilha amarela parada bem na frente do meu nariz. Então o homem de macacão preto tirou o capacete, pendurou-o no guidão e se virou para nós. Meu coração começou a galopar e meu corpo inteiro ficou tenso. Parei de respirar quando Nacho, dando três passos, parou na minha frente.

"Laura." Ele sorriu e manteve os olhos verdes em mim, ignorando completamente meu pai.

"Meu Deus!", sussurrei em polonês, e Tomasz Biel ficou ainda mais com cara de interrogação.

"Nacho Matos", ele disse, virando-se para meu pai e estendendo a mão já sem a luva. "Sua filha vai precisar de um tempo para se recuperar, então acho que vou me sentar."

Quase desmaiei ao descobrir que ele sabia falar polonês!

"Tomasz Biel. Vocês se conhecem, não é?", papai respondeu, apontando um lugar para ele.

"Meu Deus!", repeti mais uma vez, e o canarino se sentou, colocando os óculos escuros.

"Somos amigos, mas moramos bem longe, então sua filha deve ter ficado um pouco surpresa em me ver."

Nacho deu uma espiada em mim e nesse instante achei que desmaiaria de verdade mesmo.

Confuso, papai olhava para mim e para o intruso, que já havia pedido um chá gelado e tinha se acomodado.

"Bela máquina", disse Tomasz, virando um pouco a cabeça. "Esse modelo é do ano passado?"

"Sim, é a versão mais nova..."

Eles conversavam e eu só pensava em fugir e enfiar a cabeça num buraco. Ele estava lá, sentado na minha frente outra vez, e eu olhava em volta, nervosa. Então vi um Mercedes preto e mais uma vez fiquei sem fôlego.

"Já volto", falei secamente, indo em direção a Damian.

Eu não tinha ideia se ele sabia como era a aparência de Nacho ou se meu marido havia dado alguma orientação a respeito dos homens que se aproximassem de mim. Então decidi blefar.

"Brutamontes lutador", chamei enquanto ele abaixava o vidro. "Você não está com sede? Posso pegar uma bebida para você?"

"Tenho tudo." Ele acenou com sua garrafa de água para mim e riu charmosamente. "Quem é aquele cara?"

Eu me virei e olhei para a mesa onde os cavalheiros falavam veementemente sobre, eu acho, o monstro amarelo.

"Um amigo do meu pai." Dei de ombros e suspirei de alívio quando sua pergunta revelou que Damian não tinha ideia de quem estava sentado ali conosco.

"Ele tem uma máquina incrível." Balançou a cabeça com admiração.

"Eu também gosto", gemi e me virei para voltar para a mesa. "Se precisar de alguma coisa, me avise."

Quando eu estava me aproximando da cadeira, meu pai se levantou de repente e, beijando minha cabeça, disse:

"Querida, sua mãe pirou. Ela acha que já nos tornamos doadores de órgãos, então vou voltar para tranquilizá-la."

Ele se virou e estendeu a mão para Nacho.

"Foi bom te conhecer. E não se esqueça da lubrificação."

"Obrigado, Tomasz. Esse é um conselho valioso. Até mais."

Papai desapareceu e eu afundei na poltrona, encarando Nacho.

"Que diabos você está fazendo aqui, e que conversa informal é essa, chamando meu pai de você?!"

Nacho se encostou na cadeira e tirou os óculos. Colocou-os sobre a mesa.

"Estou testando a condição das estradas polonesas e tenho algumas observações."

Seu sorriso derrubava quaisquer barreiras que eu tentasse colocar entre nós.

"E seu pai é um cara legal. Foi ele quem sugeriu que a gente se tratasse com informalidade."

"Eu pedi um tempo. Massimo entendeu, mas você..."

"Justamente porque ele entendeu é que eu pude aparecer aqui. Você não tem um guarda-costas, menina, exceto por aquele lutador no Mercedes."

Ele ergueu as sobrancelhas de brincadeira.

"Há bem pouco tempo você me deixou e simplesmente foi embora."

Lágrimas brotaram dos meus olhos quando me lembrei dele indo embora e me deixando no portão.

Nacho suspirou e abaixou a cabeça com os punhos cerrados.

"Eu estava com medo de que ele fosse te punir novamente por desobediência, e nesse caso eu teria que matá-lo." Nacho olhou para mim com frieza. "E então eu te perderia..."

"Por que você está falando comigo em inglês agora?" Mudei de assunto porque não queria mais falar dele, de Massimo e de mim. "Desde quando você sabe polonês?", indaguei.

Ele se recostou na cadeira e cruzou as mãos atrás da cabeça, um sorriso no rosto. Como eu amava aquele sorriso.

"Eu sei muitos idiomas, lembra?"

Seus olhos vagaram pelo meu rosto. "Você fica linda nesse macacão." Ele umedeceu os lábios e, mais uma vez, um sentimento indistinto e arrebatador quase me faz desmaiar.

"Não mude de assunto. Desde quando você sabe polonês?"

"Saber é um pouco de exagero." Ele se inclinou e pegou o copo. "Estou estudando há dois anos, mas há seis meses passei a me esforçar mais." Ele levou o copo próximo a sua boca e me deu uma olhadinha sacana. Eu sabia que ele estava zombando de mim.

"Você é insuportável."

Não aguentei e um sorriso apareceu no meu rosto.

"O que veio fazer aqui?", perguntei, um pouco alegre e com menos agressividade.

"Não sei." Ele encolheu os ombros. "Talvez tenha vindo assistir você irritar seu marido." Seu olhar era doce e divertido. "Ou ver como você começa a viver sua própria vida. Estou orgulhoso de você, menina." Ele se inclinou para mim. "Você está se realizando, fazendo o que quer de novo e está explodindo de alegria." Ele voltou à posição em que estava sentado antes e colocou os óculos. "Vamos apostar uma corrida?", ele perguntou, e eu comecei a rir e balancei a cabeça.

"Você está de brincadeira, né? Você provavelmente tem uns setenta cavalos a mais do que eu. Além disso, se você não tiver limitadores de velocidade, pode ir quase duas vezes mais rápido. Sem mencionar o fato de que você provavelmente pilota centenas de vezes melhor do que eu."

Nacho sorriu estranhamente e balançou a cabeça enquanto me ouvia.

"Você me impressiona", ele afirmou quase em um sussurro. "Que mulher sabe o que é potência de motor?!"

"Você está tirando sarro da minha capacidade intelectual", rosnei, fingindo raiva. "Não brinque comigo só porque você tem o que eu mais desejo no meio das pernas."

"Nossa! Você admite assim tão fácil que sente tesão por mim?!"

Seus olhos estavam fixos em mim e, sua boca, ligeiramente entreaberta.

Então percebi o duplo sentido do que acabara de dizer e senti uma pontada no baixo-ventre. Levantei o rosto, penetrando seu olhar verde enquanto um desfile de desejos animais passava pela minha cabeça. Queria que ele me levasse em sua moto amarela, ou que pelo menos saltasse da cadeira e me beijasse. Mas o que eu desejava realmente era que ele me sequestrasse mais uma vez e me escondesse do mundo na casinha da praia.

"Laura", ele me chamou baixinho quando não respondi. "Vamos." Estendeu a mão, e, quando a segurei involuntariamente, ele me puxou com suavidade. "Ponha o capacete", disse enquanto ele vestia o seu, que era todo preto e com a viseira completamente escura protegendo seus olhos. Ele passou uma perna por cima da moto e segurou meu pulso mais uma vez para me ajudar a sentar.

Olhei para o Mercedes. Confuso, Damian ligou o motor e tentou fazer o retorno. Então meu traseiro sentiu a potência do motor de quatro cilindros despertando para a vida. As mãos do canarino pegaram as minhas, colocando-as em volta de sua cintura, e, quando trancei as mãos, a moto avançou. Senti um frio na barriga enquanto ele corria pelas ruazinhas estreitas e, algum tempo depois, emergiu em uma estrada lisa. Olhei para trás e vi Damian ultrapassando outros carros. Infelizmente o classe S não foi capaz de alcançar a moto e, depois de alguns minutos, percebi que estávamos sozinhos. Aninhei a cabeça nos ombros largos de Nacho e me deleitei com cada quilômetro rodado. Quando diminuía a velocidade, ele segurava minhas mãos e apertava com força, como se estivesse dando um sinal de que me sentia e que estava feliz por eu estar ali.

Depois de dezenas de quilômetros, ele virou em uma estrada na floresta e parou, e eu senti que a Hayabusa definitivamente não tinha sido feita para motocross. *Como ele conhecia esses lugares?*, pensei, olhando para uma casa à beira do lago escondida entre as árvores. Ele desligou o motor e tirou o capacete sem descer.

"Você está com seu celular?", perguntou, sério, enquanto eu tirava o capacete.

"Não, ficou no bagageiro da moto do meu pai."

"Você acha que está usando outros rastreadores?"

Ele virou a cabeça para mim. Fiz um gesto negando.

"Bom, então temos a noite toda para nós."

Ao som dessas palavras, respirei fundo, o medo misturado com uma excitação doentia.

Me apoiei em seus ombros fortes e pulei, desabotoando minhas luvas.

Nacho pôs a moto no descanso e saiu dela, pendurando o capacete no guidão. Sensualmente, abriu o zíper do macacão, revelando seu peito nu tatuado. Engoli em seco e fiquei observando o que fazia.

Ele tirou toda a parte de cima e se virou para mim. Depois, sem dizer uma palavra e sem olhar nos meus olhos, puxou o zíper do meu macacão e, colocando as mãos por dentro, me livrou do couro grudado no meu corpo. Eu podia sentir seu hálito de menta no meu ombro, e o toque de sua mão me fazia sentir um choque a cada instante.

"Como é isso, menina? Toda vez que nos tocamos, sinto como se alguém fosse atirar em mim."

Ergui o rosto e encontrei seu olhar verde; ele esperava.

Sua pele bronzeada estava ligeiramente suada e seus lábios que brilhavam era um convite provocativo para eu beijá-lo.

"Eu também sinto isso", sussurrei enquanto permanecíamos imóveis a alguns milímetros de distância. "Estou com medo..." Baixei a cabeça.

"Estou aqui", Nacho sussurrou, levantando minha cabeça pelo queixo.

"E é disso que tenho mais medo."

Os dedos do canarino se moviam no meu rosto, e seu polegar segurou meu queixo, levantando-o. Eu estava inevitavelmente chegando perto de seus lábios. Não tinha a intenção de lutar, correr ou resistir. As palavras de minha mãe sobre ser egoísta e fazer o que eu queria soavam como um mantra na minha mente.

Os lábios de Nacho evitaram os meus e beijaram meu ombro, depois o pescoço e a orelha. Eu estava ofegante e meu corpo exigia mais. Ele tocou a face e o nariz, e, quando eu tinha certeza de que tocaria meus lábios, ele parou.

"Eu quero te alimentar", ele sussurrou e entrelaçou seus dedos nos meus. Fomos para a casa.

Meu Deus, eu gemia por dentro, *comida era a última coisa que eu desejo agora*. Meu corpo inteiro estava preso ao dele, e cada célula do meu cérebro queria que ele me possuísse. Ele meteu a chave na fechadura, abriu a porta e me deixou passar na frente. Olhei em volta e, quando ouvi o clique da fechadura, fiquei tensa.

"Por favor", disse, entregando-me seu celular. "Ligue para seus pais e diga que você não vai voltar esta noite." Ele me deixou e foi pelo corredor no final do qual ficava a cozinha.

Fiquei atordoada, pensando no que fazer. Acima de tudo, como explicar para Klara Biel que não ia jantar em casa? Eu me virei e atravessei a primeira porta, que dava para a sala de estar. As paredes verde-oliva e os sofás marrons estavam em perfeita harmonia com os chifres de veado pendurados sobre a lareira. Mais adiante havia uma mesa para cerca de oito pessoas, em torno da qual estavam dispostas pesadas cadeiras de madeira com assentos marrons macios. Tudo parecia um alojamento exclusivo para silvicultores.

Depois de uma curta conversa com minha mãe e mais um milhão de mentiras, coloquei o celular em um balcão de pedra e me sentei em um banquinho alto.

"Minha putinha ficou na praça."

Nacho se virou. Ele estava segurando uma frigideira e me olhou sem entender.

"Minha moto", expliquei, "ainda está estacionada onde a deixei."

"Engano seu", respondeu, sorrindo para mim. "Eu também não viajo sozinho, menina. Posso não ser tão ostentoso quanto Torricelli, mas, onde quer que esteja, meu pessoal também está. A 'sua putinha'", ele bufou, "está no estacionamento a algumas centenas de metros da casa da sua família."

Ele colocou os dois pratos um de frente para o outro e serviu camarões deliciosamente perfumados. Abriu o forno e, pouco depois, havia torradas, queijo, azeitonas e uma garrafa de vinho na minha frente.

"Coma", ordenou, enfiando o garfo na comida.

"Como você sabe que eu vou ficar?", perguntei, saboreando minha primeira garfada daquela comida deliciosa.

"Não sei", respondeu sem olhar para mim. "Eu só espero que sim." Ele me encarou, seu olhar mostrando um medo semelhante ao meu.

"O que você vai fazer comigo se eu ficar?", continuei o assunto em um tom brincalhão. Ele percebeu isso perfeitamente.

"Vou te dar prazer."

Ele parou com o garfo levantado, olhou para mim sem sorrir e eu digeri o significado de suas palavras.

"Ah", gemi em choque e fiquei em silêncio.

Até terminarmos a refeição, optei por não falar. Era suficiente olharmos um para o outro e havia uma tensão sexual intensa no ar.

Quando terminei a refeição, Nacho colocou os pratos na lava-louças e bebeu um gole de cerveja da garrafa.

"Lá em cima, no primeiro quarto à esquerda", ele começou, olhando para mim com calma. "Lá tem uma bolsa em cima da cama, você pode tomar banho e se trocar. Eu tenho que telefonar para Amelia porque ela está me ligando faz uma hora."

Enquanto caminhava pela cozinha, ele beijou minha testa e saiu pela porta para o terraço. Mais uma vez fiquei atônita. Ele era tão gentil e ao mesmo tempo firme e masculino.

Escondi a cabeça nas mãos, pensando no que fazer e se eu não deveria sair agora, subir na moto e correr. Mas eu não tinha ideia de onde estava, de como chegar em casa, e, acima de tudo, nenhuma parte do meu corpo queria fugir de Nacho novamente. Me levantei sem pressa e caminhei na direção que ele me mostrou.

Como ele dissera, no primeiro quarto à esquerda havia uma bolsa na cama com roupas que eu conhecia do armário de seu apartamento em Tenerife. Roupas de marca estavam fora de questão. Então peguei uma calcinha boxer de algodão cor-de-rosa, uma blusa branca e fui para o chuveiro.

Capítulo 9

"Você encontrou aquilo que veio buscar aqui?", Damian perguntou em nossa última noite juntos. Estávamos jantando no restaurante de Karol.

"Não", respondi, seca, enquanto continuava a degustar um suculento bife.

"E vai embora assim mesmo?", ele se surpreendeu.

"Sim. Tomei a decisão egoísta de não fazer nada e deixar todos os meus problemas se resolverem sozinhos."

"Lembre-se, Laurinha. Quando precisar de ajuda, estou sempre aqui."

"Eu sei." Me aconcheguei no seu ombro musculoso e, a distância, Karol me fez uma ameaça com o dedo.

Eram onze horas quando entrei naquela cápsula que chamam de avião e, ligeiramente tonta com os calmantes, mergulhei na poltrona. Olhei pela janela. Estava calma, calada e extremamente apaixonada. Depois de passar a noite com Nacho, eu tinha muito em que pensar, então nem percebi quando decolamos. Dessa vez não adormeci; fiquei relembrando, de olhos fechados, os momentos extraordinários a dois.

Saí do chuveiro e desci a escada vestida com algo mais parecido com um pijama do que com um traje formal.

Um agasalho com o cheiro dele estava pendurado em um cabide ao lado da escada, então o vesti, inalando profundamente o odor maravilhoso. Saí lentamente de trás da parede e observei Nacho assistindo televisão sentado no sofá, suas pernas descansando em um banquinho. Fiquei por um momento escondida atrás dele olhando para seus ombros coloridos que emergiam do encosto.

"Estou sentindo você", ele sussurrou, colocando a televisão no mudo. "Minha pele formiga toda vez que você se aproxima de mim." Ele moveu a cabeça como se estivesse relaxando o pescoço. "Eu sinto o mar da mesma forma. Cada vez que uma grande onda começa a se formar, mesmo que ainda não consiga vê-la, sinto esse tipo de excitação."

Ele tirou as pernas do banco, se levantou e se virou para mim.

Eu estava encostada na parede, com um pé atrás do joelho da outra perna, meu cabelo preso descuidadamente em um coque e a ponta dos dedos saindo de dentro das mangas do agasalho largo.

"Você nunca vai ser mais bonita do que está agora", ele disse, respirando fundo.

Ele se aproximou lentamente e eu senti um terror avassalador tomar conta de mim. Ele tinha o peito nu e usava uma calça esportiva larga feita de um tecido fino. Seus pés descalços quase tocaram os meus quando ele parou alguns centímetros à minha frente. Ficamos olhando um para o outro, mas nenhum dos dois tinha certeza do que deveria fazer nesse momento.

"Venha cá", ele disse suavemente, e deslizou as mãos pela minha bunda. Depois me ergueu para junto dele.

Envolvi as coxas em torno de seus quadris e o deixei me carregar por alguns passos até o balcão da cozinha. Seus dedos delicadamente correram pelos meus ombros e braços, tirando o agasalho. Ele não se apressava e observava minhas reações o tempo todo. Como se ele não quisesse cometer um erro. Cada gesto seu parecia dizer: vou esperar, basta você me pedir para parar. Mas eu não queria que ele parasse. Quando minha roupa caiu no chão, ele me puxou ainda mais para perto dele.

"Quero te sentir." Seus lábios estavam quase colados nos meus. "Só te sentir, menina."

Desse jeito vou acabar gozando, pensei enquanto sua voz baixa escorregava pela minha cabeça.

Com os polegares, ele tirou minha camiseta puxando-a para cima, expondo minha barriga e meus peitos. Eu estava ofegando um pouco, em pânico, mas seus olhos verdes alegres percorriam meu rosto, trazendo calma. Tirei minhas mãos do balcão frio e as levantei, indicando que ele poderia me despir completamente. Quando a camiseta caiu no chão, ele estava tão perto que quase grudou seus desenhos coloridos em mim. Ele não olhava para baixo, não queria ver a mulher indefesa sentada à sua frente. Precisava me sentir. Mais uma vez, pôs as mãos embaixo da minha bunda e me levantou, e eu fiquei colada nele.

"Meu Deus", ele gemeu e seus dedos aconchegaram minha cabeça na curva do seu pescoço. "Estou te sentindo."

Ele cruzou a sala, subiu a escada comigo, virou mais uma vez e entrou em um lindo quarto escuro.

Na enorme cama havia cobertores e travesseiros coloridos. Ele se ajoelhou e, gentilmente, sem se afastar de mim, me colocou em cima deles e me cobriu com seu corpo. Meu coração acelerou mais ainda; eu mal conseguia respirar. *Ah, era isso mesmo que eu queria que ele fizesse.*

Ele abriu meus braços para os lados e entrelaçou seus dedos nos meus. Seus olhos verdes estavam fixos em mim, e ele umedecia seus lábios carnudos. Não aguentei e, me erguendo um pouco, alcancei sua boca com a minha. Soltei minhas mãos e, segurando-o pela cabeça, puxei-o para mim. Eu o desejava avidamente, mas ele me beijou devagar, chupando meu lábio inferior de vez em quando.

"Não vou te dar esse prazer esta noite, Laura", ele ofegou, se afastando de mim. E eu fiquei completamente abobalhada.

"Eu quero que você se comprometa comigo, pensando só em mim, sem ter por trás de você o juramento que fez diante de Deus."

Quando ele disse isso, eu quis dar um tiro na cabeça dele e ir embora, mas depois de alguns segundos entendi o que ele quis dizer. Ele não queria ser amante. Ele queria ser amado. Coloquei a cabeça com força no travesseiro e o encarei, resignada.

Ele pegou o cobertor e nos cobriu bem, em seguida tirou a calça e se acomodou entre minhas pernas.

Meu rosto mostrava minha perturbação, porque o que ele estava fazendo era completamente o oposto do que tinha dito.

"Não vou fazer amor com você hoje; vou te conhecer."

Deslizei as mãos por suas costas e, segurando sua bunda, fiquei surpresa ao descobrir que ele estava usando uma boxer.

"Eu não vou tirar a cueca e você não vai tirar a calcinha." E um sorriso radiante dançou em seu rosto. "Vou conhecer seus desejos, mas a hora de satisfazê-los vai ser mais tarde."

Ele se inclinou e começou a me beijar novamente, mas dessa vez acelerou um pouco o ritmo. Gemi de surpresa com essa mudança de tática e cravei os dedos com força em suas costas. Esculpi nelas os riscos das minhas unhas.

"Sinto que você gosta de viagens alucinantes, menina", ele sussurrou e mordeu meus lábios enquanto eu, inconscientemente, esfregava os quadris na sua ereção exuberante.

"Alucinantes ou muito alucinantes?", ele perguntou, pressionando seu pau com força contra meu clitóris inchado.

"*Muito* alucinantes!", gritei e joguei a cabeça para trás, sentindo seu movimento intenso.

Nossos corpos ondulavam entrelaçados, e as mãos de Nacho me apertavam de um jeito que só a pele nos separava. Nós dois ofegávamos toda vez que nossos lábios se encontravam e depois se afastavam para beijar nossos ombros, pescoço e rosto. As esfregadas em seu quadril ficaram cada vez mais implacáveis e fortes, e eu tinha a sensação de que estava prestes a explodir.

"Nacho", sussurrei, e ele diminuiu a velocidade e olhou para mim como se estivesse verificando se estava tudo bem.

"E do que você gosta?", perguntei, lambendo meus lábios um pouco vulgarmente para provocá-lo. "Você gosta forte?" Agarrei seus quadris e pressionei minhas pernas abertas firmemente. "Bem fundo?"

Esfreguei-o em mim novamente e seus olhos verdes ficaram turvos.

Nunca vi tanto autocontrole em um homem antes. Isso me excitava e, ao mesmo tempo, me fazia encarar toda a situação como um desafio. Soltei minha mão direita da sua bunda e a enfiei na minha calcinha de algodão. Uau, eu estava tão molhada que o tecido na certa deveria estar transparente. Brinquei com meus dedos por um momento, meus olhos ardentes nele, e então tirei meus dedos molhados e os coloquei em sua boca.

"Sinta o que está perdendo."

O canarino fechou as pálpebras e chupou, mordendo levemente, até que um gemido alto escapou de seu interior.

Ele pressionou seus lábios contra os meus e seus quadris começaram a se esfregar contra os meus novamente com força total. Ele fez amor comigo, profunda e intensamente, mas sem estar dentro de mim.

Se bem que não precisava, porque eu quase podia sentir seu pau explodindo dentro de mim.

"Caramba", ele sussurrou, e fez uma pausa, descansando o rosto no meu ombro. "Eu sonho em lamber você toda e acariciar cada centímetro da sua bocetinha doce. Nossa, como ela cheira bem!", ele gemeu, e um estremecimento sacudiu seu corpo. "Amo e ao mesmo tempo odeio o poder que você exerce sobre mim."

Nacho se levantou e me encarou com um olhar sacana.

"Preciso de um banho."

"Mas você acabou de tomar." Apertei os olhos, surpresa.

"Eu gozei por sua causa." Ele beijou meu nariz enquanto se levantava. "Daqui a pouco vamos acabar grudados um no outro."

Eu o segurei enquanto ele tentava correr para o banheiro.

"Então vamos ficar grudados." Levantei as sobrancelhas, brincando, e pressionei minhas coxas ao redor de seus quadris para mantê-lo imobilizado. "Vamos ficar nojentos, vamos."

Eu sorri e ele parou. Fez uma careta igual à minha.

"Nada disso, menina."

Dei um grito quando ele me arrastou consigo enquanto se levantava e caminhava até o banheiro. Ficou embaixo do chuveiro e abriu a água gelada.

Eu gritei, dando um pulo para longe dele. Tentei fugir, mas ele me segurou, rindo alto, e eu batia nele com os punhos.

"Me solta, seu psicopata", gritei, mas sem conseguir deixar de rir, embora a água fria estivesse tirando meu fôlego.

"Vai ser bom para nós dois esfriarmos um pouco."

Na verdade, não foi uma má ideia. Só que, para dar certo, nós nos lavamos de costas um para o outro. Eu saí primeiro e me enrolei no roupão, depois baixei o olhar para sua bunda tatuada.

"Eu não vou me virar enquanto você estiver aí", ele disse, inclinando a cabeça ligeiramente para mim.

"Não precisa. Essa vista é melhor do que a que está na frente", eu ri.

"Tem certeza?"

Nesse momento ele se virou e a um metro de distância aquela ereção impressionante se mostrava.

Fiquei de boca aberta com a visão do pau mais lindo e reto que já tinha visto na vida. Eu já havia visto uma vez antes, mas naquela ocasião não estava duro e eu tentara não olhar. Agora, porém, eu não tinha forças para tirar os olhos daquela maravilha cuja ponta estava atravessada por um *piercing*. Dei um gemido e meus dentes morderam os lábios involuntariamente. Nacho estava com uma das mãos encostada na parede e dava gargalhadas.

"Então, o que você estava dizendo?", perguntou enquanto eu tentava superar o estado de choque. "Sinto que nos seus pensamentos você já está ajoelhada na minha frente."

Ele passou a mão pela cabeça careca para tirar a água e caminhou na minha direção. Estava tão perto que sua protuberância desapareceu naturalmente do meu campo de visão. Estremeci de decepção e fiz beicinho como uma menininha; ele pegou uma toalha e a enrolou em volta dos quadris.

"Para a cama", rosnou, rindo, e me empurrou em direção à porta.

De fato ele não transou comigo nessa noite, e, para não provocar o destino, não me beijou nem uma vez. Ficamos conversando, rindo, dando tapinhas como crianças e nos abraçando. Eu de camiseta e calcinha, ele de cueca boxer. Já estava claro quando adormeci aninhada nele. Quando acordei, no início da tarde, ele me preparou o café da manhã, me sentou na moto e me levou até o estacionamento onde seus homens haviam deixado minha putinha.

Antes de eu pôr meu capacete, ele segurou meu rosto com as mãos e me beijou com tanta ternura que tive vontade de chorar.

"Vou estar sempre por perto", disse, acionando o motor do monstro amarelo.

Ele não me perguntou como seria agora e o que eu planejava. Não perguntou nada. Ele simplesmente me deu a chance de conhecê-lo e desapareceu.

Voltei para casa. No portão, encontrei Damian zangado, agitando os braços e gritando, mas não estava interessada no sermão.

"Você ligou para ele?", perguntei quando ele finalmente ficou em silêncio.

"Não. Sua mãe disse que você estava segura e que isso não era da minha conta."

"Muito apropriado." Sacudi o dedo e segui pela entrada de carros.

Surpreendentemente, também não houve nenhuma grande briga com meus pais. Klara Biel simplesmente olhou para meus olhos sorridentes e suspirou, balançando a cabeça. Não era típico dela: sem perguntas, sem exigências de explicações — um choque.

"Dona Laura, chegamos", disse o comandante.

"Puxa, você interrompeu meus pensamentos..." Eu me espreguicei, piscando de um jeito nervoso.

Coloquei meus óculos escuros e desci a pequena escada até o pátio do aeroporto. Olhei para cima, me acostumando um pouco com a luz, e vi Massimo.

Meu marido estava encostado no carro, sorrindo para mim. Ele estava maravilhoso em um terno cinza claro leve com uma camisa branca, a brisa suave movendo levemente seu cabelo. Os ombros fortes e musculosos estavam envolvidos num paletó de corte perfeito, e seus braços compridos com as mãos nos bolsos passavam autoconfiança. Senti faltar saliva na boca.

"Olá, pequena." Os olhos do Homem de Negro deslizaram pelo meu corpo e seus dentes morderam o lábio inferior.

Ficamos parados nos olhando, mas nenhum de nós dava o primeiro passo. Eu, porque estava completamente confusa. E ele? Seus olhos mostravam medo do que eu faria se ele me tocasse.

"Vou te levar para casa", disse, abrindo a porta do carro para mim. Nossa, era tão estranho, tão formal e, à primeira vista, sem emoção. Sua atitude em relação a mim foi mais conservadora do que nos primeiros dias depois que ele me sequestrou. Eu entrei, Massimo fechou a porta, deu a volta no carro e se sentou. Os seguranças nos levaram até a entrada do terminal. Caminhamos por ele e fomos até a Ferrari estacionada no meio-fio. *A Ferrari fresca* — ri por dentro, lembrando das palavras de Nacho. Porém, quando cheguei mais perto, percebi que esse não era um dos carros que conhecia. Não podia ser uma Ferrari, até porque suas portas abriam para cima. Surpresa, olhei para meu marido, que ainda sorria enquanto esperava que eu me sentasse.

"Novo?", perguntei, enquanto olhava para aquela caranga preta e brilhante.

"Enjoei." Massimo encolheu os ombros com uma expressão brincalhona no rosto.

"Seu enjoo saiu bem caro, né?", lancei, me enfiando no carro.

O *don* se sentou no banco do motorista e ligou o motor acionando algo que parecia um botão de lançamento. Pisou no acelerador e o Lamborghini Aventador me empurrou para trás com uma força implacável. Massimo dirigia como sempre, com segurança, concentrado, mas às vezes eu o sentia me espiando. Ele não disse uma palavra. De repente, vi que passamos a saída e estávamos indo em direção a Messina. Engoli em seco. Não ia àquela casa fazia quase meio ano, desde o dia em que vira Nacho lá pela primeira vez.

Massimo parou na porta e estacionou, e fiquei me perguntando se queria entrar.

"Por que viemos aqui?", indaguei, me virando para ele. "Eu quero ir para a mansão, ver Olga e descansar."

"Olga e Domenico foram para Ibiza se divertir um pouco, e eu tenho a única chave do portão, então pode se considerar sequestrada." Ele ergueu as sobrancelhas, feliz, e abriu as portas espaciais do carro. "E deixe a bolsa aí dentro. Você não vai precisar do conteúdo dela." Ele me deu uma olhada. "Especialmente o celular."

"E se eu não quiser ser sequestrada?", perguntei, saltando do carro antes que ele pudesse dar a volta e me ajudar.

"Num sequestro isso não faz diferença."

Seu tom calmo me apavorou.

"Sequestrar significa manter uma pessoa presa contra a vontade dela, pequena."

Ele beijou minha testa, ou melhor, apenas encostou os lábios, e entrou.

Bati o pé algumas vezes e murmurei dezenas de palavrões em polonês, depois o segui.

O interior parecia diferente do que eu lembrava, e sem a grande árvore de Natal parecia ainda mais espetacular. O Homem de Negro colocou as chaves no balcão da cozinha e pegou a garrafa de vinho.

"Alguém está te esperando."

Ele colocou duas taças no balcão e pegou o saca-rolhas.

"Na sala de jantar", disse calmamente, e seu rosto sorria misteriosamente.

Curiosa, caminhei em direção ao lugar que eu só conseguia associar a fodas, e então dei um pulo. Um filhotinho de cachorro estava deitado em uma grande almofada ao lado de uma mesa de madeira.

Dei um gritinho e me inclinei sobre o cãozinho adorável e pequenino, que começou a rolar ao me ver. Era a criatura mais fofa que já tinha visto na vida; parecia um ursinho de pelúcia.

Eu o abracei e quase chorei de alegria.

"Gostou?", Massimo perguntou, me entregando a taça cheia.

"Se eu gostei? É maravilhoso e tão pequenininho, não muito maior que a minha mão."

"E depende inteiramente de você, como eu."

A voz calma de Massimo atravessou meu coração.

"Se você não cuidar dele, provavelmente vai morrer. A mesma coisa comigo."

Ele se ajoelhou na minha frente e olhou nos meus olhos.

"Sem você eu vou morrer. Todos esses dias..." Ele passou as mãos pelos cabelos. "O que eu quero dizer? ... Todas as horas, minutos, eu sentia que..." Seus olhos estavam cheios de tristeza. "Eu não consigo viver sem você... e eu não quero isso."

"Massimo, isso é o cúmulo da hipocrisia." Suspirei, abraçando o cachorrinho. "Você me deixou por muitos dias, muito mais do que eu te deixei agora."

"Exatamente", ele me interrompeu e segurou meu rosto com as mãos. "Só depois que você me deixou é que percebi que estava te perdendo. Quando eu não tinha mais controle sobre você e não podia ter você, percebi quão importante você é para mim. A coisa mais importante."

Ele me soltou, mantendo a cabeça baixa, triste.

"Eu estraguei tudo, Laura, mas prometo que vou compensar cada minuto ruim que você viveu por minha causa."

Olhei para seu rosto resignado e seus olhos que ardiam de arrependimento. Não havia nenhum vestígio do homem que eu deixara duas semanas antes. Não havia brutalidade ou raiva, apenas tristeza, desvelo e amor.

Pus a pelucinha branca no chão e me sentei em seu colo, abraçando-o. Ele me puxou para mais perto, como se quisesse se esconder em meu corpo, e seus braços me apertaram com tanta força que pude sentir cada músculo seu.

"Pequena", ele sussurrou. "Eu te amo tanto!"

As lágrimas escorreram pelo meu rosto. Fechei os olhos com força e no mesmo momento vi Nacho feliz brincando comigo. Eu o vi me beijando e me abraçando com carinho. Fiquei enjoada. O que seria melhor eu fazer? Nesse ponto, agradeci a Deus pelo juízo do canarino, que não deixou que eu me entregasse a ele duas noites antes.

Enfiei as mãos nos cabelos do Homem de Negro e inclinei seu rosto, que estava colado no meu.

"Qual é o nome?", perguntei, e quando vi que não tinha entendido, apontei para a pelucinha. "O cachorrinho. Qual é o nome dele?"

Massimo se endireitou e sorriu de leve, pegando o filhote nas mãos.

"Ainda não tem nome. Estava esperando por você."

Aquela visão me emocionou. Meu homem grande e forte abraçando uma criatura do tamanho de sua mão.

"Givenchy", declarei, firme. "A marca dos sapatos que eu amo."

Massimo revirou os olhos, desaprovando minha escolha. "Querida", ele começou, sério, me entregando a pelucinha branca, "um cachorro deve ter um nome com duas sílabas, para ficar mais fácil chamá-lo."

"Por que eu precisaria chamar por ele, já que vai ficar sempre comigo?", perguntei, tentando esconder que estava brincando. "Então o nome vai ser Prada, que é a minha marca de bolsas favorita."

Massimo balançou a cabeça e tomou um gole da taça.

"Mario Prada era um homem, e esta fofa é uma cadelinha."

"A Olga teve uma gatinha que se chamava André, então eu posso ter uma cachorrinha chamada Prada."

Beijei a pelucinha branca e ela começou a se contorcer, toda feliz nas minhas mãos.

"Viu? Ela gostou."

Massimo se sentou no tapete, encostado na parede, me observando brincar com o novo membro de nossa família mafiosa. Ele atendeu duas ligações durante esse tempo, mas não tirava os olhos de mim nem por um segundo. Era estranho vê-lo assim por tanto tempo e sentir, no fundo, que nada poderia arrancá-lo daquela sala. Ele estava calmo e relaxado.

"Como vai a terapia?", perguntei corajosamente depois de outra taça de vinho, e logo me arrependi, porque sabia que minha indelicadeza poderia deixá-lo com raiva.

"Não sei. Talvez você devesse perguntar ao meu terapeuta." Seu tom era surpreendentemente tranquilo. "Além do mais, foram só duas semanas, ou seja, quatro sessões, então não dá para esperar nenhum milagre."

Ele se levantou e desapareceu na cozinha. Voltou alguns minutos depois com dois pratos.

"Além disso, você sabe, o que eu venho estragando há mais de trinta anos não se conserta de uma hora para a outra." Ele ergueu os braços, mostrando resignação. "Maria fez macarrão com frutos do mar."

Ele colocou os pratos no balcão e segurou minha mão.

"Vamos, coma alguma coisa, senão daqui a pouco você vai ficar tão bêbada que vou ter de te carregar."

"E você não deveria beber", reclamei em tom de acusação, enquanto ele colocava a taça na mesa.

"E não estou bebendo", ele respondeu, se divertindo. "É suco de cereja e uva vermelha. Quer um pouco?" Peguei a taça e experimentei. Fiquei surpresa ao descobrir que ele não estava mentindo.

"Me desculpe", gemi. E me senti uma idiota.

"Não tem problema, pequena. Prometi que não beberia nem usaria drogas. Esse é um pequeno preço a pagar para ter você de volta."

Massimo me encarou com seus olhos negros enquanto se servia de outra garfada.

"E, quando eu quero uma coisa, no fim eu sempre consigo. Desta vez também vai ser assim." Ele se endireitou, e seu rosto adotou uma expressão sagaz.

Este era o meu *don*: forte, másculo, autoconfiante e controlado.

Ver isso me fez começar a me contorcer na poltrona. Isso não escapou à sua atenção.

"Nem pense nisso", ele sussurrou. "Nenhum de nós ainda está pronto. Tenho que consertar tudo primeiro e só depois tomar posse do que é meu."

O som e o significado dessas palavras fizeram um vórtice passar por dentro de mim.

"O que não muda o fato", continuou o *don*, "de que eu sonho entrar em você bem devagar, sentindo cada centímetro da sua bucetinha apertada."

Engoli em seco junto com a comida e quase engasguei.

Em que profundidades obscuras minha alma estava naquele momento! Eu guerreava comigo mesma. Por um lado, respeitava sua decisão e autocontrole; por outro lado, o desafio que ele estava me lançando era óbvio. Ele só esperava que eu aceitasse esse desafio.

"Estou molhada", falei sem pensar, e seu garfo tilintou no prato.

"Você é cruel", ele suspirou, empurrando a refeição inacabada para longe.

"Você não quer provar o gostinho, querido?"

Ergui uma sobrancelha de brincadeira, provocando-o.

Massimo se sentou à minha frente, seus olhos negros me penetrando e seus dentes impiedosos mordendo alternadamente o lábio inferior e o superior.

"Vá se recompor da viagem. Preciso trabalhar um pouco."

Ele empurrou a cadeira para longe da mesa, retirou os pratos e saiu.

Sentei-me atordoada e realmente impressionada com tanta autodisciplina. *Caralho! Puta que pariu!*, xinguei, empurrando para trás com força a cadeira em que estava sentada. *Ninguém quer me comer, e todos de repente estão tão controlados!*

Peguei minha pelucinha no colo e subi para nosso quarto para lavar de mim todo aquele dia.

Depois do banho, vestida com uma camiseta de renda e uma calcinha combinando, fui procurar meu marido ocupado. Claro que a escolha da roupa íntima não tinha sido casual. Eu estava perfeitamente ciente do que o *don* gostava. Não há nada pior para uma mulher do que um homem que diz que não quer ou não pode possui-la. Quando isso acontece, algo desperta em nós que nos empurra para ações insensatas destinadas a provar que ele quer e pode.

Segurando Prada nas mãos, passei pelos cômodos, pelo escritório, pelos quartos de hóspedes, mas ele não estava em lugar nenhum. Por fim, desci para a cozinha e coloquei a cachorrinha no balcão, servindo-me de outra taça de vinho. Com o canto do olho, vi um movimento no jardim e congelei de medo. Não tinha avistado nenhum segurança em volta da casa, então não era o pessoal de Massimo que rondava o terraço. Tirei a pelucinha do balcão com medo de que ela caísse e lentamente fui até as janelas.

No gramado impecável atrás da casa, meu marido, vestindo apenas uma calça larga, girava um bastão. Seu peito e cabelo estavam molhados de suor, e todos os músculos estavam tensos e cobertos por pequenas veias ressaltadas.

O que ele fazia lembrava uma luta com um oponente invisível, um pouco como se tivesse uma espada na mão.

Passei pela porta e minha companheira branca de perninhas curtas correu em sua direção.

"Prada!", gritei, com medo de que Massimo pudesse pisar nela por acidente.

O Homem de Negro parou, e, quando a cadelinha correu alegre na sua direção, ele a agarrou e veio até mim.

"Então você não vai precisar chamá-la, né?", perguntou com um sorriso malicioso, apoiando-se no bastão.

Eu o encarei encantada, pensando em como seu corpo era lindo. Minha libido estava subindo à cabeça e me empurrando em sua direção.

"O que é isso?" Apontei para o bastão quando ele me entregou a cachorrinha.

"É um *jo*. Um bastão de luta." Ele passou a mão pelo meu cabelo e eu senti seu cheiro me atingir fatalmente. "Voltei a treinar; isso me acalma." Ele girou o bastão de madeira algumas vezes. "É o jodô, uma variedade moderna de esgrima japonesa, a arte da autodefesa. Veja." Ele fez alguns movimentos com o bastão novamente enquanto assumia posições muito sensuais. "Foi criado há mais de trezentos anos, combinando as técnicas mais importantes do *kenjutsu*, ou seja, a arte da espada, do *soyutsu*..."

Interrompi sua exposição extremamente sexy pressionando meus lábios ávidos contra os dele.

"Para mim isso não tem nenhuma importância", grunhi, e ele soltou o bastão e me agarrou com mais força.

"Talvez outra coisa tenha mais importância", ele rosnou, e eu senti uma onda de desejo fluir por mim.

Meu marido, meu mafioso frio, meu protetor, o amor da minha vida, voltou para mim. Ele levantou meu corpo no ar, encaixou-o nos seus quadris e começou a andar em direção à porta.

Colocou a cadelinha gentilmente de volta na cama e, sem deixar de me beijar, foi rápido em direção ao quarto.

Fomos dominados pela loucura. Nossas mãos continuaram a vagar por nossos corpos e nossas línguas se entrelaçavam em um ritmo insano. Quando chegamos ao quarto, o *don* se sentou na cama e eu me imobilizei em seu colo. Em um movimento firme, ele puxou minha camiseta e caiu de boca no meu mamilo duro. Eu puxava seu cabelo enquanto ele chupava e mordia um mamilo de cada vez.

"Não posso." Ele me soltou de repente, se afastando de mim. "Não quero te machucar."

"Mas eu posso."

Pulei do colo dele e o puxei pela calça, que já tinha escorregado um pouco de seus quadris. Quase a arranquei dele, dominada pelo tesão louco que sentia, e então caí de joelhos, levando seu pau gigante à minha boca. Um grito selvagem escapou da boca de Massimo quando, com saudade e avidez, eu o pus fundo na garganta. As mãos do Homem de Negro passeavam na minha cabeça e seus dedos puxavam meu cabelo.

"Você tem que me dizer", Massimo ofegava. "Você tem de me dizer se dói. Você precisa..."

"Fique quieto, *don*", exigi brevemente, e depois voltei a chupá-lo com fome. Eu o devorei com gosto, saboreando cada centímetro que escorregava para dentro de mim. Embora meu marido controlasse o ritmo dos movimentos da minha cabeça, ele estava definitivamente mais delicado do que o normal. Eu sentia perfeitamente que ele se controlava e não se entregava totalmente ao que acontecia. Tirei-o da boca, me levantei e me sentei nas coxas de *don*. Minhas pernas o envolveram na cintura e afastei minha calcinha de renda e sentei em seu pau.

Massimo ficou parado, a boca aberta, sem emitir um som sequer. Ele não se movia, apenas me olhava. Seu peito subia e descia enquanto eu via seus olhos cheios de desejo e terror por mim.

"Eu quero transar com você", falei, agarrando seu cabelo e puxando-o para mim.

"Não", ele disse simplesmente.

Ele rolou e, sem sair de dentro de mim, se deitou na cama, me cobrindo com seu corpo. E continuou sem se mexer.

"Massimo!", eu o repreendi com raiva, mas seu olhar gelado me penetrou.

"Não", ele repetiu, fazendo o primeiro movimento com os quadris.

Joguei a cabeça para o lado e gemi quando o senti alcançar o lugar mais sensível dentro de mim.

"Por favor, pequena", ele sussurrou, movendo os quadris lentamente.

"Não, Massimo." Agarrei sua bunda e o puxei contra mim para que ele pudesse ir mais fundo. "Sou eu, por favor."

Por um momento ele me encarou com olhos resignados, como se estivesse pensando em alguma coisa, e então sua língua entrou brutalmente em minha boca. Mas seus movimentos dentro de mim ainda eram sutis, quase imperceptíveis. Seus lábios fodiam os meus como uma metralhadora. Depois de alguns segundos, senti seu corpo ficar tenso e seu gozo explodir dentro de mim. Massimo tirou sua boca da minha, escondeu o rosto no meu pescoço e um estremecimento sacudiu seu corpo.

"Você fez isso de propósito!" Meu tom acusador cortou o ar como uma faca. "*Don*, como você pôde?!" Ele gozou primeiro e me deixou sem nada. Tentei me livrar dele, mas ele me esmagava. Depois de um tempo, senti que ele estava tremendo de tanto rir.

"Pequena." Massimo se levantou um pouco e se apoiou nos cotovelos. "O que eu posso fazer se você tem esse efeito em mim?"

Eu o encarei furiosamente, mas depois de alguns segundos sua diversão me atingiu também.

"Acho que vou ter que achar um amante." E mostrei a língua para ele.

"Um amante?", ele perguntou, estreitando os olhos. "Nesta ilha?" E balançou a cabeça, aprovando a iniciativa. "Assim que o encontrar, eu gostaria de conhecer aquele que vai ser o homem mais corajoso de todos."

E começou a rir, me pegou e me jogou por cima do ombro.

"Eu vou te recompensar. Mas primeiro um banho."

E me deu um tapinha na bunda enquanto me carregava para o banheiro.

Fui recompensada com Massimo me chupando por quase uma hora sem parar e me fazendo ter mais de uma dúzia de orgasmos perfeitos.

Capítulo 10

Passamos os dias seguintes sozinhos, presos em nosso mundo particular de desafios: ele se esforçava para não me comer, e eu tentava de tudo para que ele me comesse. Eu o provocava o tempo todo. Massimo malhava intensamente. Às vezes eu até ficava com medo de que algo acontecesse com ele, porque, sempre que eu sentia que ele estava prestes a ceder, ele fugia para fazer exercícios. *Se continuar desse jeito, vai virar um fisiculturista*, pensei enquanto ele vestia a calça do agasalho novamente. Estava uma noite adorável e quente, perfeita para uma foda apaixonada na jacuzzi.

"Nada disso", gritei. Prada estava tentando transar com a perna de Massimo. Peguei-a e a coloquei no cercadinho.

"Deixa ela, pequena!" Rindo, Massimo me jogou no sofá. "Assim você vai se machucar."

Massimo pegou meus braços, que se agitavam no ar, e me imobilizou, apertando-os entre as almofadas macias.

"Pare com isso, Nacho!", gritei, e, quando o som da minha voz ecoou, não acreditei no meu ato falho.

As mãos de Massimo apertaram meus pulsos com tanta força que cheguei a estremecer de dor. Ele estava literalmente esmagando meus ossos.

"Está me machucando!", sussurrei sem olhar para ele.

Ele me soltou e se levantou. Saiu para a sala de jantar e voltou algum tempo depois. Pegou um vaso de flores e o jogou contra a parede.

"O que foi que você disse?!" Seu berro foi como um rugido, e toda a sala se tornou uma enorme caixa de ressonância. "Do que você me chamou?" Ele estava praticamente queimando. Pensei ter visto suas roupas se transformando em cinzas pelo fogo que emergia do seu corpo.

"Desculpe", gemi, apavorada.

"O que aconteceu em Tenerife?!"

Quando não respondi, ele veio até mim, me agarrou pelos ombros e me levantou, de forma que meus pés não tocavam mais o chão.

"Responda, porra!"

Olhei diretamente nos olhos dele.

"Nada", murmurei. "Não aconteceu nada em Tenerife."

Ele me observou atentamente por um momento e, quando se deu conta de que eu estava dizendo a verdade, me soltou. Normalmente eu não mentia, e acho que isso me manteve forte. Nada aconteceu em Tenerife, mas na Polônia sim, porque sempre me lembrava com felicidade dos momentos vividos com o canarino.

"Por que o nome dele?", perguntou, assustadoramente calmo, apoiando as mãos na borda acima da lareira.

"Sei lá. Tenho sonhado muito ultimamente com a véspera do Ano-Novo." Que resposta perfeita eu consegui arranjar. "Talvez porque eu esteja vivenciando o tempo todo, inconscientemente, o que aconteceu nas Canárias."

Sentei-me no sofá, escondendo o rosto nas mãos para que Massimo não visse a expressão em meu rosto.

"Está tudo dentro de mim ainda..."

"Em mim também", ele sussurrou e caminhou até o terraço.

Eu não queria ir atrás dele, estava com medo. Em primeiro lugar, pelo que tinha dito. Estava tudo tão bom e eu ferrei com tudo. Me perguntei por um momento o que deveria fazer, mas não tinha forças para outro confronto. Então peguei minha cachorrinha e fui para o quarto.

Me deitei do jeito que estava e brinquei com Prada por uns instantes. Por fim, adormeci.

Fui despertada por latidos baixos e estridentes. Abri os olhos, mas a luz da lâmpada de cabeceira na minha cara me fez fechá-los novamente.

"Ele te comeu."

A forma como ouvi aquela afirmação me congelou.

"Admita, Laura."

Eu me virei para o lado de onde vinha a voz. Vi Massimo nu girando na mão um copo com um líquido âmbar. Ele estava sentado em uma poltrona ao lado de uma pequena mesa sobre a qual havia uma garrafa vazia.

"Ele fez do jeito que você gosta?" E continuou: "Ele te fodeu em todos os lugares? Você deixou?". Essa pergunta me deixou sufocada como se alguém estivesse me enforcando.

O rosnado grave de sua voz era tão assustador que agarrei a pelucinha nos braços e a segurei com força, e depois perguntei:

"Está falando sério?".

Em meus pensamentos, rezei para conseguir encarar tudo o que poderia acontecer nesse momento.

"Você está me ofendendo se pensa que..."

"Pode enfiar no cu tudo o que você tem para me dizer", ele me interrompeu bruscamente. Levantou-se e se aproximou de mim. "E daqui a um minuto eu é que vou enfiar no seu cu!"

Ele terminou de beber e colocou o copo vazio de lado.

"Literalmente."

As cenas de Lagos passaram pela minha cabeça como um filme. Eu não queria uma repetição. Com a pelucinha nos braços, corri para a porta e a bati com força depois que saí. Corri como louca, escutando seus passos atrás de mim.

Ao mesmo tempo, um rugido incrível foi ouvido por toda a casa. Eu não tinha a intenção de saber o que havia acontecido. Quase caindo da escada, corri para a cozinha e peguei as chaves que estavam onde o *don* as havia deixado dias antes. Descalça, corri para a garagem e entrei no Lamborghini.

"Não tenha medo, meu amorzinho", sussurrei, tranquilizando mais a mim do que à cadelinha. Apertei o botão e, pisando no acelerador, avancei.

O carro deu um solavanco para a frente e eu fiquei apavorada com sua força. Então algo atingiu o vidro. Vi que era Massimo, fora de si, que tentava me perseguir. Lágrimas brotaram dos meus olhos, mas eu sabia que, se conseguisse me tirar de lá, ele me causaria a mesma dor que estava sentindo. O portão demorou uma eternidade para abrir. Eu dava tapas nervosos no volante, ansiosa para fugir.

"Abre, merda!", gritei, quase batendo a cabeça no volante.

Quando se abriu um espaço grande o suficiente para o carro passar, saí para a rua cantando pneu.

Olhei para o assento do passageiro e no assoalho do carro vi minha bolsa. Graças a Deus Massimo tinha dito para deixá-la ali. Enfiei a mão dentro dela e tirei o celular, ainda conectado ao carregador e com a bateria cheia. Digitei o número de Domenico e esperei. Aqueles foram os três sinais de espera mais longos da minha vida.

"Então, como está a lua de mel?"

Sua voz parecia feliz e despreocupada. Ao fundo, ouvi Olga gritando alegre para o celular.

"Ele quer fazer de novo!", gritei em pânico, embora a voz saísse com dificuldade. "Eu fugi, mas ele está me perseguindo. Se ele mandar seu pessoal atrás de mim, eles vão me levar até ele. E ele vai fazer de novo."

Domenico se calou. Eu tinha quase certeza do motivo. Minha amiga estava com ele, ainda convencida de que meu marido era perfeito.

"Diga a Olga que estou com problemas sobre qual vinho devo servir para ele no jantar."

Domenico ainda estava em silêncio.

"Diga logo isso, porra, e saia de perto dela."

Eu o ouvi fingindo que falávamos de algo divertido e repetindo o que eu havia dito. Olga se calou.

"O que está acontecendo?", Domenico rosnou no fone.

"Ele ficou de porre de novo e tentou..." Dei uma parada. "Ele tentou de novo..."

Eu chorava tanto que não conseguia falar direito.

"Onde você está?"

"Estou indo pela estrada em direção a Catânia."

"Certo, vá para o aeroporto, e embarque no avião que vai estar te esperando. Eu ligo de volta para o pessoal, porque, se ele não estiver completamente chapado, eles vão estar atrás de você."

Ao escutar essas palavras, comecei a me desesperar.

"Laura, não tenha medo. Eu vou dar um jeito nisso", assegurou-me Domenico.

"E para onde eu vou?", gritei em meio aos soluços.

"Você vem para cá. Mas por enquanto me deixe resolver tudo."

Eu corria dirigindo descalça, tamanho meu desespero, e minha companheira peluda choramingava no assento ao meu lado. Coloquei-a no colo e logo ela se aconchegou e adormeceu.

Assim que me sentei no avião, recebi um cobertor e me enrolei nele.
"Tem vodca?", perguntei, bem ciente da minha aparência: descalça, roupas esportivas e maquiagem borrada.
"É claro", ela afirmou, colocando chinelos descartáveis para mim.
"Só gelo e limão", sussurrei, e a garota assentiu e sorriu gentilmente.
Eu não costumava tomar bebidas fortes, mas também não era todo dia que meu marido tentava me estuprar. Quando o copo apareceu na minha frente, primeiro tomei os sedativos, que graças a Deus estavam na bolsa, e depois, em três goles, todo o conteúdo do copo.

"Você pode me contar o que aconteceu?", Domenico perguntou quando abri os olhos.
"Onde estou?"
Com gestos nervosos, dei um pulo para fora do colchão, tentando me levantar.
"Calma." Ele se levantou da poltrona e se sentou na cama, gentilmente me segurando.
Seus grandes olhos escuros me olharam com tristeza e eu senti o desespero me dominar. Incapaz de suportar a pressão das lágrimas nos olhos, me joguei em seu ombro, seus braços carinhosos em volta de mim.
"Eu conversei com ele ontem à noite", ele bufou. "Bem, talvez 'conversar' seja um exagero, mas, pelo que entendi, era sobre Tenerife."
Enxuguei os olhos nas cobertas.
"Estávamos de brincadeira e eu o chamei de Nacho." Baixei a cabeça e esperei pelo golpe, mas não veio. Domenico ficou em silêncio. "Não sei por que eu disse isso, juro. Mais tarde acordei, no meio da noite, e ele estava no quarto nu e bêbado, e acho que estava chapado. Acho que vi cocaína na mesa ao lado

dele." Olhei para cima, fitando-o com um olhar cheio de desapontamento e dor. "Ele queria me estuprar de novo."

As lágrimas pararam de sair, porque a dor foi substituída pela raiva.

Domenico não mudava a expressão do rosto, não movia os olhos. Como se alguém o tivesse deixado suspenso no tempo.

"Puta merda!", ele finalmente rosnou, estremecendo. "Tenho que voltar para a Sicília. Ontem mandei os rapazes verem o Massimo e descobri que ele destruiu a casa." Balançou a cabeça, como se ele próprio não acreditasse nas suas palavras. "Mas ele é o *don*, ele é o chefe da família, então não podemos prendê-lo. E, quando ele ficar sóbrio, vai entrar num avião a caminho daqui. Então..."

"Então eu vou deixá-lo", terminei a frase para Domenico. "Acabou."

Eu me levantei da cama e fui até a janela.

"Acabou mesmo. Quero o divórcio."

Minha voz estava calma e firme.

"Laura, você não pode fazer isso com ele!"

"Não posso? Me escute." Eu me aproximei de Domenico. "Como você imagina minha vida com ele depois de tudo isso? Eu fugi do meu marido descalça com minha cachorrinha no colo. Felizmente, desta vez consegui escapar. Os antigos hematomas nem cicatrizaram, e ele já queria fazer novos."

Balancei a cabeça.

"Não, não tem volta! Pode dizer isso a ele!" Sacudi os braços na frente do rosto de Domenico. "Nem o dinheiro dele, nem o poder dele, nem a porra da máfia dele vão me manter ao lado de um cara que me trata como um depósito de esperma."

"Certo." Domenico suspirou. "Mas você sabe que não tenho como impedi-lo se ele quiser se encontrar com você. Além disso, é você quem precisa contar a ele sobre a separação."

"É claro", confirmei com um aceno de cabeça. "Eu mesma vou dizer ele, mas no meu tempo. No momento estou te dando os argumentos para persuadi-lo a me deixar em paz por enquanto."

"Não sei se isso vai segurá-lo." Ele balançou a cabeça em descrença. "Acho que não vai haver uma segunda vez. Mas veremos."

Ele me entregou um copo d'água.

"Olga sabe que você veio por causa da briga. Diga a ela o que você quiser, não vou me meter." Ele passou pela porta. "Esta casa pertence à família, você tem tudo o que precisa aqui. Olga ainda está dormindo. Quando ela acordar, faça o que puder para que ela não queira me matar", disse e desapareceu pela porta.

Tomei um banho e fui procurar por Prada. Encontrei um cercadinho de cachorro na cozinha no andar de baixo. Ela estava lá dentro. Ajoelhei-me e abracei a cadelinha, agradecendo a Deus em silêncio por minha bolinha de pelos ainda estar ao meu lado. Consegui pegá-la, e não sei como teria acabado aquela noite para ela se eu não tivesse conseguido.

"Ah, que gracinha!"

O grito agudo de Olga me pegou de surpresa. Por pouco não sufoquei a cadelinha de susto.

"Me dá, me dá, me dá, me dá!" Olga bateu os pés como uma menina.

"Como você é boba!"

Coloquei Prada em seus braços e me sentei no banquinho, observando-a aconchegá-la junto ao seu corpo.

"Agora pare de querer foder comigo e me conte o que está acontecendo."

"Eu quero o divórcio." Suspirei. "E, antes que você comece de baboseira, escute o que eu tenho a dizer."

Olga colocou a cachorrinha de volta no cercadinho e se sentou ao meu lado.

"Fui para a Polônia porque o Massimo..." Mais uma vez aquela palavra não passava pela minha garganta. "Então, em Lagos...", gaguejei novamente. "Ele estava chapado e bêbado, eu voltei do banquete um pouco mais tarde, e então ele..." Respirei fundo. "Ele me estuprou."

Olga estava imóvel.

"Eu sei que parece esquisito", continuei, "afinal nós somos casados. Mas sexo feito de forma brutal e contra a sua vontade, seja qual for o jeito de encarar, é estupro. Alguns dos hematomas não desapareceram até hoje." Encolhi os ombros. "Agora que voltei para a Sicília estava tudo maravilhoso, ótimo, eu diria perfeito, até que eu o chamei de Nacho..."

"Não acredito!", ela gritou e depois respirou fundo. "O que você disse? Sério? Você teve coragem de ferrar com ele dizendo isso?"

"Ei! Está falando sério? De tudo que eu te contei, só isso te impressionou?"

"Você sabe..." Ela começou a fazer uma cara meio de desentendida. "Não entendo como pode haver alguma coisa semelhante a um estupro em um relacionamento. Bem, é claro que eu entendo o que você me diz. Mas chamá-lo de Nacho foi golpe baixo."

"Eu sei, mas foi sem querer. Na Polônia eu tinha me divertido tanto com ele que..."

"O quê?", Olga rugiu de novo e eu me assustei. "Então aquele espanhol esteve na Polônia?"

"Canarino", murmurei, desanimada. "Essa história é mais longa do que você imagina."

Olga me encarou, incrédula. Suspirei, continuando.

"Tudo bem, vou te contar tudo."

Então, mais uma vez, tive que desenrolar diante dela o quadro da minha vida pitoresca. Quando terminei de falar sobre a noite anterior e comecei a justificar a saída repentina de Domenico, Olga me interrompeu.

"A situação é essa", ela disse, e eu pensei: *Eis aqui a nova vidente Cassandra*. "Seu marido é um viciado em drogas impulsivo, brutal e imprevisível, e um alcoólatra..."

Balancei a cabeça, não inteiramente convencida.

"... e Nacho é um sequestrador sedutor, delicado e tatuado." Ela tomou um gole de seu café. "Sua história é muito unilateral, sabia? Você não quer mais ficar com Massimo e eu não te culpo. Mas lembre-se de que ele também não era como é agora."

Os cantos da boca de Olga curvaram-se para baixo. Ela fez cara de pesar.

"Você está lembrada de quando veio para a Polônia e me falou sobre ele? Seu coração estava enlouquecendo, Laura, e você falava de Massimo como se ele fosse um deus na Terra. Não se esqueça de que nós conhecemos melhor as pessoas em tempos de crise."

Ela estava certa. Eu não conhecia Nacho e não podia ter certeza de que seus demônios apareceriam com o tempo. Afinal, por mais de meio ano não tinha suspeitado de que meu marido pudesse me machucar e me levar à situação que eu estava vivendo.

"Isso está acabando comigo, Olga." Encostei a testa no tampo de vidro da mesa. "Estou sem forças."

"Você só pode estar de sacanagem! Veja onde nós estamos!" Ela abriu os braços e girou em si mesma. "Um paraíso de festas numa mansão deslumbrante, carros, barco, jet skis e sem guarda-costas." Finalizou: "Somos livres, lindas e quase magras."

"Talvez você." Eu ri. "Estou tão magra que minha bunda dói. E por que não temos guarda-costas?", perguntei.

"Você sabe." Olga ergueu uma sobrancelha. "O próprio Domenico é meu guarda-costas. Além disso, ele não é tão dramático como o Massimo."

Ela puxou o ar para pronunciar a outra frase, mas então meu celular, que estava carregando no balcão, começou a vibrar.

"É ele." Aterrorizada, olhei para Olga.

"Tudo bem, mas por que ficar tão agitada e com essa expressão... como se ele fosse pular do celular?"

Ela silenciou a campainha, mas a tela continuou a piscar.

"Laura, ele é só um cara. Se você quiser, ele vai desaparecer da sua vida como qualquer outro. Ele não é o primeiro nem vai ser o último. Além disso, se não quiser, não atenda."

"Eu não quero!", falei, negando a ligação. "Preciso fazer compras, porque cheguei aqui de pijama."

Nesse momento o celular tocou mais uma vez, e eu suspirei e rejeitei a chamada.

"Agora vai ser assim o dia todo."

Desanimada, me apoiei no balcão.

"Eu sou uma feiticeira e vou te libertar dos seus problemas." Olga pegou o aparelho, que vibrava novamente, e o desligou.

"Prontinho!", ela exclamou, feliz, colocando o celular na mesa.

"Agora vamos. Vamos nos vestir e sair. Estamos na capital das festas na Europa, o tempo está lindo e o mundo nos espera!", gritou e me puxou junto com ela, quase me fazendo bater a cara na mesa de vidro.

O fato de eu não ter nem uma calcinha comigo não fez diferença para mim. Eu sempre poderia andar sem calcinha. Mas o fato de eu não ter um par de sapatos sequer era um drama.

Felizmente, Olga usava o mesmo tamanho que eu, então em sua coleção de saltos altos de periguete consegui identificar os coturnos brancos Giuseppe Zanotti. Suspirei de alívio, e para combinar escolhi um short de cintura alta revelando metade da bunda e uma blusa solta acima do umbigo. Peguei a bolsa Prada clara e alguns minutos depois, com minha pelucinha nos braços, estava pronta para sair.

"Paris Hilton, é você?", Olga perguntou, rindo, pegando as chaves do carro e apontando para mim. "O estilo celebridade que você tinha abandonado... E esse cachorro!" Ela começou a rir.

"Ah, é? E o que eu faço com a pelucinha? Deixo aqui?" Fiz uma careta. "Ela vai ficar entediada. E fazer compras conosco é puro prazer, até para uma cadela." Sorri para ela e abri a porta.

A mansão era completamente diferente da propriedade em que ficávamos em Taormina. Formas modernas e agudas, o domínio do vidro em todos os lugares e a esterilidade de uma sala de cirurgia. Nada de cores aconchegantes. Branco, azul frio e cinza em todos os lugares. A grande sala de estar se abria para um terraço separado dela por uma parede de vidro. Ao longe havia apenas uma encosta íngreme e o mar. Na frente da casa, apenas palmeiras, cascalho branco e um Aston Martin DBS Volante Cabrio vermelho-sangue.

"Não me olhe assim", disse Olga enquanto eu virava os olhos para mais um de seus carrões extremamente ostentosos. "Temos ainda o Hummer. Prefere ir em uma perua de cachorro-quente?" Ela acenou com a cabeça, me indicando o monstro preto estacionado. Fiz uma careta de nojo e corri para a porta do passageiro.

"Sabe qual é a vantagem indiscutível deste carro?", ela perguntou enquanto eu me acomodava no banco de couro branco. "Veja." Ela apontou para um painel muito simples, elegante e descomplicado. "É um carro, não uma nave espacial, nem um avião com um milhão de botões. É um carro que qualquer mulher pode compreender."

Quão grande foi minha surpresa quando vi as lojas que foram inauguradas naquela pequena ilha. Tudo de que eu precisava estava ao meu alcance, e o remorso que me assombrava todos os dias por desperdiçar o dinheiro do meu marido se esvaneceu como a fumaça do cigarro de Olga.

Trajes de banho, túnicas, chinelos, óculos, bolsas de praia e, depois, sapatos e vestidos. Victoria's Secret, Chanel, Christian Louboutin, Prada — onde a pelucinha decidiu deixar sua marca fazendo xixi —, Balenciaga e Dolce & Gabbana, lugar que eu provavelmente comprei todos os modelos de jeans disponíveis.

"Não vai caber, porra!" Olga balançava a cabeça, empurrando as sacolas no porta-malas enquanto o belo rapaz vestido com roupas de velejar trazia as últimas. "Precisava ter trazido um tanque de guerra."

"Eu me empolguei." Dei de ombros.

"Mas tenho a impressão de que fez isso de raiva e premeditadamente. Como se o Massimo se importasse com quanto você gasta. Ele não vai nem notar." Ela pôs os óculos. "Não tem sentido."

"O que não tem sentido é desperdiçar dinheiro com roupas e sapatos", afirmei, balançando a cabeça de um jeito nervoso.

"Que se foda! O dinheiro é seu? Não! Então por que está preocupada?" Olga sentou-se ao volante. "Acho que, se você tivesse comprado um jato, talvez ele se interessasse. Não porque seria caro, mas porque você teria o seu."

Voltamos para casa e desempacotamos as compras. Mais tarde combinamos um plano de ação e alguns minutos depois recuperamos nossas forças em frente às portas do terraço.

"*Ahoy*, aventura!", gritei, correndo em direção à praia, onde havia jet skis e uma lancha estacionada em uma pequena baía.

"Nem lembro da última vez que você esteve assim", disse Olga, colocando um colete.

"Eu também, e é uma sensação muito boa, então não vou mudar de humor."

Dei a partida no jet ski e comecei a acelerar, e Olga veio rápida logo atrás de mim. Paramos em um ponto e ficamos de bobeira. Nadamos ao longo da costa observando as pessoas seminuas. Em Ibiza era careta não estar na moda, não estar bronzeado e não fazer topless.

Quase todos aqui eram lindos, chapados e muito bêbados, coisa maravilhosa! Eles se divertiam muito, como se o mundo inteiro não existisse e apenas festejar fosse importante. A certa altura, saímos para o mar e paramos a algumas centenas de metros da praia para olhar a água. As ondas passavam suaves abaixo de nós e eu queria que o tempo parasse.

"Olá!", uma voz masculina gritou. Depois, uma torrente de palavras incompreensíveis me alcançou.

"Em inglês, por favor", disse, protegendo meus olhos do sol.

Num barco a motor de porte médio, alguns espanhóis se aproximaram de nós.

"Cristo!", Olga gemeu, quando vimos seis gatões só de sunga.

Seus corpos bronzeados e musculosos untados com azeite de oliva eram quase como um espelho refletindo os raios de sol. As sungas coloridas envolviam suas bundas malhadas, e eu salivava com aquela visão.

"Querem se juntar a nós?", um deles perguntou, inclinando-se a bombordo.

"Mas nem morta!", Olga resmungou baixinho, apavorada.

"Claro que sim", gritei para eles, com um sorriso largo. "E exatamente a quem vamos nos juntar?"

"Sua idiota!", minha amiga me advertiu com sua delicadeza inata. "Eu estou para me casar!"

"Mas eu não estou te obrigando a trepar com eles", respondi, sem tirar os olhos do espanhol. "E então?", mudei o idioma para inglês e olhei sedutoramente para aquele homem gostoso.

"Hotel Ushuaia", ele falou. "À meia-noite. Até lá!"

O barco partiu e eu me virei para Olga com um sorriso alegre enquanto ela se aproximava lentamente de mim como uma tempestade de granizo.

"Você tem merda na cabeça?" Ela me empurrou com as palmas das mãos e eu caí na água.

"Qual é?", perguntei, rindo e subindo de volta no jet ski. "Era para a gente se divertir, certo? Qual o sentido de fazer isso sem você?"

"O Domenico vai me matar."

"E você está vendo o Domenico aqui em algum lugar?", lancei, abrindo os braços. "Ele está ocupado acalmando seu irmão furioso. De qualquer forma, se der problema pode pôr a culpa em mim."

Fiz cara de sonsa, liguei o jet ski e deixei Olga para trás.

Decidi tirar uma soneca antes do jantar. Quando acordei, já estava escuro. Desci para o salão onde Olga assistia televisão com a pelucinha.

"Sabia que em cada um dos cômodos das nossas casas e apartamentos você pode assistir à programação da TV polonesa?"

"E o que tem de estranho nisso?", perguntei, me sentando ao lado dela. Ainda estava meio abobalhada pelas horas de sono. "Eu ficaria surpresa se fosse o contrário."

"E você sabe quantas dessas propriedades nós temos?" Ela se virou para mim enquanto eu me acomodava no sofá branco para recuperar meus sentidos.

"Não faço ideia. E, para ser honesta, não me importo mais com isso."

Eu olhava fixamente para a televisão sem prestar atenção.

"Olga, eu sei que você não acredita no que eu disse", continuei. "Mas eu realmente quero me separar do Massimo."

"Eu entendo, mas não acho que ele vá entender tão facilmente assim."

"Nós temos bebida por aqui?", mudei de assunto, rolando de costas e olhando para ela.

"Claro, basta dizer quando quiser."

"Agora!"

Duas horas e uma garrafa de Moët Rose depois, estávamos prontas. Eu só conhecia Ibiza de relatos e informações na internet, mas bastava isso para eu saber que aqui nada que se faça é exagero, e a cor obrigatória é o branco. Então apostei num macacão Balmain dessa cor e saltos altos Louboutin. Minha roupa, embora fosse chamada de macacão, tinha pouco a ver com isso. A frente, com um decote pronunciado, parecia mais um biquíni amarrado com tiras estreitas de tecido. As costas, no entanto, davam a ilusão de um topless. Combinava perfeitamente com meu cabelo comprido, quase preto, que eu tinha lavado e escovado. A maquiagem totalmente black me deixou mais agressiva, e os lábios neutros atenuaram a coisa toda. Olga, por outro lado, decidiu se arrumar com um vestido curto de lantejoulas na cor creme, que mal cobria sua bunda e expunha completamente suas costas, com um maravilhoso drapeado na bunda.

"O carro está esperando", ela gritou, arrumando a bolsa.

"Parece que não temos seguranças."

"É, não temos, mas, quando Domenico ficou sabendo que íamos sair, ele me deu um ultimato. Então eu tive que prometer que não iríamos de táxi."

Assenti agradecida, respeitando sua preocupação e vontade de nos dar espaço.

"E supõe-se que ninguém vá nos vigiar lá dentro." Olga olhou para mim. "Supõe-se."

Em frente ao Ushuaia, centenas, ou melhor, milhares de pessoas se amontoavam tentando entrar. Fomos até a entrada VIP. Olga disse algo para o homem parado ali, e outro nos levou até um camarote branco.

Uma multidão incrível! Eu nunca havia visto nada parecido. As pessoas enchiam cada pedacinho da pista de dança. Em silêncio, agradeci a Deus pelo dinheiro do meu marido, porque me permitia ficar em um camarote com segurança. Minha claustrofobia infelizmente também se estendia às multidões. Então, se eu ficasse no meio da galera, teria um ataque de pânico certeiro.

Pedimos uma garrafa de champanhe exorbitantemente cara e nos jogamos no sofá macio.

"Por acaso nós não nos conhecemos? ..."

Meu coração acelerou e o champanhe que eu tinha posto na boca alguns segundos antes se espalhou todo pela mesa quando engasguei, pondo tudo fora.

"Olá, sou o Nacho", disse o canarino, curvando-se para Olga.

"Oi, menino."

Ficamos estacadas ali no sofá quando ele se sentou em silêncio ao meu lado e sorriu com seus dentes brancos.

"Eu disse que estaria por perto."

Alguns segundos depois, seis gostosões apareceram em nossa mesa e eu quase desmaiei com aquela ocupação.

"Você conheceu os rapazes no mar." Nacho sorriu, apontando para os pedaços de mau caminho que se sentavam perto de nós.

Ele acenou para a garçonete e algum tempo depois as bebidas não cabiam mais na mesa. "Você está muito cheirosa", ele sussurrou direto no meu ouvido enquanto sua mão passava pelo encosto do sofá atrás da minha nuca.

Acho que, se alguém ao lado estivesse assistindo àquela cena, questionaria o que essas duas idiotas estavam fazendo. Sem uma palavra, olhávamos para tudo boquiabertas, incapazes de compreender o que estava acontecendo ali.

Eu me virei para o canarino.

"Eu perguntaria o que você está fazendo aqui, mas sua aparição inesperada ao meu lado não me surpreende mais." Tentava ficar séria e fingir insatisfação. Nacho parecia estar explodindo de alegria. "Mas você pode me dizer se estou sendo seguida?"

"Está", ele afirmou sem mudar de expressão, e eu congelei de horror. "Mas desta vez é o meu pessoal que está protegendo você."

Ele arregalou os olhos e arqueou as sobrancelhas.

"Desculpe interrompê-los..." Olga se inclinou em nossa direção. "Vocês sabem que nós estamos fodidas por causa do que está acontecendo aqui, não é?" Ela mostrou a mesa com a mão e também todos os homens que se divertiam ali. "Quando Domenico descobrir..."

"Ele está vindo", disse Nacho, ainda se divertindo, e quase surtei de novo. "Sozinho." Ele me olhou de forma significativa. "Mas acabou de decolar, então ainda temos umas duas horas."

"Tem certeza?!", Olga gritou e seus olhos se arregalaram para Nacho. "Se ele me vir com esses gângsteres espanhóis, vai romper o noivado, porra!" Ela agarrou sua bolsa e se levantou. "Vamos embora!"

"Canarinos", ele a corrigiu, levemente sério.

"O carro vai te levar aonde você quiser, mas a Laura fica comigo."

Olga abriu a boca para dizer alguma coisa, mas não teve nem tempo, porque Nacho se levantou, segurou a mão dela e a beijou.

"Ela vai estar segura, mais do que com os sicilianos, porque esta é uma ilha espanhola."

Eles se encararam, se medindo com o olhar, e eu me perguntei se teria algo a dizer naquela situação.

Um momento depois, porém, decidi que não tinha nenhuma objeção real àquela incapacitação e fechei a boca antes de falar qualquer coisa. Olga se acalmou quando o careca lhe deu um sorriso radiante. Ela se sentou em sua cadeira.

"Acho que vou beber um pouco. Eu preciso", ela murmurou sem tirar os olhos dele. "E você?"

Ela se inclinou para mim e começou a falar em polonês. "Eu sei que você está zangada com o Massimo pelo que ele tentou fazer há dois dias, mas..."

"Ai, Deus", suspirei, porque sabia que Nacho entendia cada palavra dela.

"O que ele tentou fazer?", o canarino perguntou, sério, e o som da nossa língua materna na boca dele deixou Olga petrificada.

"Que porra é essa?!" Ela se encostou no sofá e entornou um copo quase cheio. "Ele fala polonês?!"

Ela olhou para mim e eu fiz uma careta, abaixei os olhos e assenti.

"O que ele queria fazer?", um som penetrante e furioso me atingiu. "Menina, estou falando com você."

Fechei os olhos e escondi o rosto nas mãos. Não tinha vontade de falar, e certamente não sobre isso.

"Acho que já vou. Tenho que tomar um banho. Você vai ficar bem?", Olga perguntou, tentando fugir da cena. Eu não reagia. "Tudo bem, já sei que você está segura. Estou indo embora. Tchau, tchau."

Quando ergui os olhos, ela já havia desaparecido. Dois dos seis companheiros do careca também sumiram.

Tentei fingir que ele não estava lá, mas, assim que descobri o rosto, ele gentilmente segurou meu queixo e o virou em sua direção.

"Minha menina, você vai me contar?", ele perguntou, os olhos verdes preocupados e zangados examinando meu rosto.

Só havia uma coisa que o faria parar de perguntar. Estendendo os braços, segurei seu rosto e lentamente o puxei para mim, beijando-o suavemente. A reação foi imediata: ele passou os braços em volta da minha cintura e me puxou para mais perto, seus lábios pressionados apaixonadamente contra os meus. Sua língua habilidosa deslizou para dentro enquanto eu abria mais a boca, lhe dando uma permissão silenciosa para aprofundar o que havia começado. Algum tempo depois ele se afastou e encostou a testa em mim.

"Foi uma boa tentativa, mas não tem essa", disse, sério.

"Hoje não, por favor." Suspirei. "Quero me embriagar, brincar e não pensar."

Olhei para ele.

"Ou melhor, sabe de uma coisa? Eu quero que você se embriague."

Seus olhos verdes assustados me encararam.

"O quê?" Ele caiu na gargalhada e cruzou as mãos atrás da cabeça. "Para quê?"

"Te explico outra hora, mas me prometa que vai ficar bêbado."

Meu tom suplicante e desesperado o surpreendeu. Ele pensou por um momento, então, por fim, segurou minha mão.

"Tudo bem, mas não aqui." Ele se levantou, disse algo para os homens que se divertiam ao lado dele e depois me arrastou pelo clube.

Ele estava praticamente correndo, abrindo caminho para nós, seus dedos entrelaçados nos meus passando uma gostosa sensação de segurança. Saímos do hotel e entramos em um jipe estiloso estacionado na rua. Pela primeira vez vi o canarino sem dirigir.

"Para onde você está me sequestrando?", perguntei, um pouco sem fôlego.

"Primeiro vamos para a mansão dos Torricelli, depois vou te dar um paraíso particular e ficar bem bêbado."

Eu sorri com suas palavras e me recostei no assento. Meu plano era simples: deixá-lo bêbado o suficiente para que ele não tivesse ideia do que estava fazendo ou do que estava acontecendo, depois tirá-lo do sério e ver o que acontecia.

Eu estava arriscando muito, mas, como minha mãe costumava dizer, o que o bêbado diz é o que o sóbrio pensa. E a todo custo eu tinha de descobrir se não estava repetindo o mesmo erro. Além disso, o champanhe que bebi antes me deu a força de que precisava, então momentaneamente eu me sentia como uma super-heroína cheia de poderes.

"Por favor", ele disse, me entregando uma garrafa de água. "Se eu vou ficar bêbado, você deve continuar sóbria. Caso contrário, podemos fazer coisas idiotas das quais vamos nos arrepender depois."

Ouvindo isso, peguei a água, obedientemente, e tomei um gole.

Entrei na mansão como um raio e, passando por uma consternada Olga, corri para o quarto e comecei a pôr na bolsa algumas coisas aleatoriamente.

"O que você está fazendo?", ela perguntou, parada na porta.

"Cacete... É muito pequena, me dê a sua mala", gritei e comecei a escolher as coisas com mais cuidado.

Não era o Massimo, era um surfista tatuado, e provavelmente eu não precisaria de Louboutins de salto. Peguei meus trajes de banho, shorts, túnicas e centenas de outras coisas, e Olga, fazendo careta, pôs uma grande mala na minha frente.

"Tem certeza de que sabe o que está fazendo?", ela perguntou, preocupada.

"Se eu não tiver certeza, nunca vou saber a resposta." Fechei o zíper.

"Tchau." Fui para a porta, puxando a mala gigantesca.

"O que eu digo para o Domenico?", Olga gritou atrás de mim.

"Que eu viajei. Ou invente alguma coisa, improvise."

Capítulo 11

O barco se movia rapidamente, mas eu não me importava com o que estava acontecendo ao meu redor.

Nacho estava comigo. Ele me envolveu em seus braços tatuados e me segurou com força. A noite estava maravilhosa, o distanciamento das luzes da ilha deixava as estrelas no céu quase como se pudéssemos tocá-las. Depois de algum tempo, apareceu no horizonte outra porção de terra adormecida na escuridão.

"Para onde estamos indo?", perguntei, meus lábios encostando na sua orelha.

"Para Tagomago, uma ilha particular."

"Como uma ilha pode ser particular?", perguntei. Ele riu e beijou minha testa.

"Já, já você vai ver."

A ilha era realmente privada, e havia apenas uma casa, ou melhor, uma propriedade nela. Linda, luxuosa e com todos os confortos. Entramos seguidos por um homem, o mesmo homem que primeiro foi nosso motorista e depois o capitão da lancha.

"Ivan", ele se apresentou, colocando minha mala ao lado. "Eu protejo aquele garoto." Apontou para Nacho, que estava ligando a luz da piscina. "E agora protejo você também, porque o Marcelo me contou o que você espera dele hoje."

Fiquei imóvel. Ele deveria me proteger porque eu queria que o careca ficasse bêbado?

"O Matos não é de beber. Quer dizer, ele bebe", corrigiu-se Ivan, "mas não é de se embriagar. Acho que nunca o vi de porre e conheço esse homem desde que ele era criança."

Isso era bem possível, porque Ivan tinha mais ou menos a idade do meu pai. Seu cabelo grisalho e a pele bronzeada o faziam parecer mais velho, mas havia algo em seus olhos azuis que não me deixava dar muita importância à sua idade.

Ele não era grandalhão, tinha estatura mediana, mas, a julgar pelos bíceps saindo de baixo da camiseta curta, ele malhava bastante.

"Por favor." Ele me entregou um chaveiro que parecia um controle remoto. Só tinha um botão. "Isso é um dispositivo antissequestro. Um tipo de alarme. Se você apertar o botão, eu vou ouvir um som."

Ele apertou, e saiu um som estridente da caixa em sua mão.

"Ai! Já entendi!"

Ele desligou o dispositivo.

"Se acontecer alguma coisa, é só apertar, que eu venho. Boa sorte."

Ele se virou e saiu.

Fiquei olhando para o chaveiro e me perguntei se teria de usá-lo. A lembrança da minha fuga de um Massimo furioso e bêbado me deixou com um nó na garganta... Só que a situação agora era outra.

"Preparada?" Nacho estava parado na minha frente com uma garrafa de tequila e uma tigela de limões. "Onde vamos fazer isso?", perguntou, brincalhão, e senti uma espécie de medo do palco.

"Estou com medo", sussurrei.

Ele pôs a tigela e a garrafa em uma mesinha, depois me puxou para perto dele, sentou e me colocou em seu colo.

"Do que você tem medo, menina? De mim?" Neguei com a cabeça. "Ou de você mesma?" Neguei novamente. "E então?"

"Tenho medo de ficar desapontada", sussurrei.

"Disso até eu tenho medo. Nunca fiquei bêbado como você espera que eu fique. Venha."

Sentei-me num banco baixo à beira da piscina, e ele pôs a garrafa e os limões na mesa e saiu. Voltou um momento depois com uma garrafa de cerveja sem álcool para mim e um saleiro.

"Vamos começar os trabalhos!", ele disse, e virou o primeiro copo. Pressionou uma rodela de limão entre os dentes. "Ivan te deu o alarme?"

Concordei em silêncio.

"Você está com ele aqui?"

Seus olhos sorridentes olharam para mim, me provocando.

"Para que eu preciso disso?", perguntei, virando a caixinha em minhas mãos.

"Na verdade para nada, mas imaginei que, se algo ruim acontecer com você por causa da bebida, isso vai te deixar mais confiante."

Ele bebeu outro copo.

"Você pode me contar sobre o que a sua amiga estava falando?"

Pensei por um momento, finalmente me levantei e fui até onde estava minha mala. Nacho não me seguiu, apenas se serviu de outro copo.

Bem, na verdade estou na ilha e só tem uma casa aqui, pensei. *Então, para onde eu correria?*

Tirei um short e uma camiseta da mala e, depois de me trocar, voltei e me sentei bem na frente dele.

"Eu vou contar, mas não agora. Agora vou te ver bebendo."

Continuamos conversando. Desta vez sobre mim. Contei a ele sobre minha família e o motivo pelo qual não gosto de cocaína. Falei sobre como gosto de dançar, mas, a cada minuto que passava, via seus olhos verdes perderem um pouco do brilho natural. Sua voz estava mais lenta e balbuciante, e eu tinha a sensação de que alguém tinha me dado um soco no estômago.

Depois ele começou a cantar em espanhol. Eu sabia que estávamos chegando perto do ponto em que eu poderia precisar do botão.

Nacho já estava cambaleando, e finalmente caiu na espreguiçadeira e passou a me olhar meio inconsciente. Ele balbuciava coisas sem sentido, então presumi que a hora havia chegado. Eu o deixei sozinho por um tempo, dizendo que ia buscar água, fui para a cozinha, e achei seu celular em cima do balcão. Liguei a câmera e comecei a gravar um vídeo.

"Nacho, sinto muito pelo que vou fazer agora, mas preciso saber como você se comporta enquanto tento te deixar com raiva com você bêbado. Sei que é uma tentativa ridícula, mas, quando você ficar sóbrio, vou te contar por que fiz isso. Veja como você está."

Virei o celular para filmar o canarino bêbado.

"Você disse que não sabia como ficava depois de beber. Bem, agora já sabe." Sorri. "E lembre-se de que tudo o que você vai ouvir agora é mentira."

Fui até ele e o ajudei a se sentar, depois me sentei no seu colo. Ele cheirava a bebida e chiclete.

"Faça amor comigo", sussurrei e comecei a beijá-lo suavemente.

"Nada disso", ele murmurou, afastando a cabeça. "Você me embebedou e quer se aproveitar de mim."

Tentei abrir o zíper de sua calça, mas ele me impediu segurando minha mão.

"Por favor, não", ele murmurou. Sua cabeça balançava de um lado para o outro, e suas pálpebras pesavam cada vez mais.

"Vou te contar o que aconteceu na Sicília. Quer saber?"

Naquele momento seus olhos se abriram e seu olhar sem fixou em mim com expectativa.

"Conte", ele rosnou, lambendo os lábios.

"Meu marido me fodeu muito, tão forte que eu perdi as contas de quantas vezes gozei", menti e agradeci a Deus que Nacho não se lembraria de nada no dia seguinte. "Ele me possuía com violência e eu ainda pedia mais."

Seu rosto se contraiu e suas mãos soltaram as minhas. Senti seu coração bater com força. Saí de cima dele, olhando para o chaveiro sobre a mesa. O canarino olhava para mim, esperando a continuação.

"Eu me entreguei a ele, e ele fez o que quis comigo. Eu o sentia em todos os lugares do meu corpo."

Passei as mãos por entre as pernas. Comecei a me acariciar suavemente.

"Até agora estou sentindo seu pau enorme. Você nunca vai ser como ele, Nacho, nenhum homem pode se comparar ao meu marido." Ri com deboche. "Perto dele, qualquer homem é nada."

Peguei seu rosto e apertei meus dedos com força, virando-o em minha direção para que ele me encarasse.

"Qualquer homem, entendeu?"

Sua mandíbula ficou contraída e sua feição ficou dura como pedra. Ele respirou fundo e, apoiando os cotovelos nos joelhos, abaixou a cabeça. Eu esperei, mas ele permaneceu calado, com a respiração ofegante.

"É isso. Eu queria te contar que trepei com meu marido."

"Entendi", ele sussurrou, me olhando com seus olhos verdes.

Meu coração quase se partiu. Uma lágrima escorria de seus olhos, uma lágrima grande e triste que ele não queria enxugar.

"O Massimo é o amor da minha vida, e você é só uma aventura. Sinto muito."

O canarino cambaleou, mas, incapaz de ficar de pé, caiu de costas na espreguiçadeira.

"O Ivan vai te levar de volta", ele sussurrou, fechando os olhos. "Eu te amo..."

Ele capotou, inerte, um braço cobrindo o rosto. Fiquei sentada ali, com lágrimas escorrendo pelo rosto. Não aconteceu nada, ele não fez nada, embora parecesse que eu havia causado um imenso sofrimento. Simplesmente se calou e adormeceu. O mais terrível, porém, foi que, justamente numa situação como aquela, ele decidiu confessar seu amor por mim...

"Ivan." Bati na porta do quarto do segurança.

Ele abriu imediatamente.

"O que houve?", perguntou.

"Nada. Pode me ajudar a levá-lo para o quarto?" Eu sorri sem graça, e ele balançou a cabeça e se dirigiu para o terraço.

Ivan era surpreendentemente forte. Carregou Nacho e jogou seu corpo apagado na cama.

"Eu cuido do resto, obrigada", agradeci, e ele se despediu e saiu.

Sentei-me ao lado de Nacho e comecei a chorar.

Eu não conseguia parar. Estava com raiva do meu egoísmo. Tinha magoado um homem que, em seu pior momento comigo, admitiu que me amava.

O sentimento de culpa me consumia por dentro. Eu estava enojada de mim mesma e da maldade a que meu ego doentio me empurrara.

Tomei um banho, depois arrastei minha grande mala para o quarto e vesti uma tanga colorida. Olhei para Nacho encolhido, seu corpo tremendo de vez em quando com um arrepio poderoso. Fui até ele e comecei a abrir sua calça, rezando para ele estar de cueca. Infelizmente, nada disso. Assim que abri o zíper, fui saudada pela tão desejada visão de seus lindos pelos. *Meu Deus, dê-me forças para não tirar vantagem desse homem lindo e bêbado.*

Lutando com o peso de seu corpo, tirei seu jeans rasgado e o cobri com o edredom, porque a visão de seu pau me incitava a fazer coisas irracionais. Fui até a cozinha e peguei uma garrafa d'água da geladeira.

Coloquei a garrafa na mesa ao lado de Nacho e deslizei para a cama, abraçando-o.

Fui despertada por um forte desejo que nascia dentro de mim. Abri os olhos devagar, e a visão pela parede de vidro quase me fez cair de joelhos. Em frente à cama, uma vista deslumbrante de Ibiza, o mar e um dia de sol despertando para a vida. Respirei fundo, sentindo dentes mordiscarem meu mamilo.

Levantei as cobertas e encontrei o olhar divertido e sonolento de Nacho.

"Estou de ressaca", ele disse. "E cheio de tesão."

Seus lábios, roçando meu peito, moveram-se para o meu outro seio. Ele encaixou todo o seu corpo entre minhas pernas.

"Mas não perdi nada da minha destreza felina", ele disse, e começou a me chupar novamente.

"Ah é?", perguntei, brincando, tentando esconder minha excitação. "Então você chama esse alvoroço todo de destreza? Até um morto acordaria com isso."

Ele sorriu maliciosamente e se ergueu para ficar de frente para mim.

"Hum... e os mortos usam calcinha?"

Sua mão direita se ergueu bem alto. Ele segurava minha tanga colorida em seus dedos e acenava com ela.

"E então?"

Os olhos verdes do canarino riam para mim.

"Você se esqueceu de quem eu sou, menina. Logo que essa ressaca horrorosa que você provocou passar, vou te provar uma coisa."

Ele se escondeu sob as cobertas, e eu congelei por não estar de calcinha.

O careca sentiu meu corpo ficar tenso e mais uma vez olhou para mim.

"Conseguiu o que queria?", perguntou com a voz séria, e eu entrei em pânico. *Será que ele se lembra?*

"Eu quero conversar", disse, tentando juntar minhas pernas e empurrá-lo para o lado.

As mãos grandes e coloridas emergiram de baixo dos lençóis me agarrando e me arrastando para junto dele.

"Sério?", ele perguntou, passando os lábios pela minha boca, e o cheiro de chiclete me invadiu.

Fechei os lábios ao perceber que era de manhã e não havia escovado os dentes. Eu o senti sorrir, sua mão esquerda se estendendo para pegar alguma coisa. Um pouco depois, ele pôs um chiclete de menta na minha boca. Comecei a mascar rapidamente, agradecendo a Deus que o cara ali no meio das minhas pernas fosse tão precavido.

"Sobre o que você quer falar?", ele indagou enquanto eu sentia a pressão de seu pau duro em minhas coxas. "Sobre a noite passada?"

Desta vez senti seu joelho fazendo uma deliciosa pressão sobre meu clitóris e não pude conter um gemido.

"Talvez queira falar sobre como você gosta do sexo com seu marido?"

Arregalei os olhos e senti meu coração acelerar.

"Nacho, eu...", foi só o que consegui dizer, pois sua língua entrou na minha boca e começou a lutar com a minha. Ele não tinha me beijado daquele jeito ainda, foi agressivo e implacável.

Senti que algo estava errado. Naquele momento ele não estava agindo como sempre agia. Tentei me desvencilhar de sua boca, mas ele me segurava.

"Se eu fosse só uma aventura, gostaria que você se lembrasse de mim como a melhor aventura da sua vida. E me despediria de você do melhor jeito possível."

Suas palavras me rasgaram ao meio. Não tenho ideia de como encontrei forças para afastá-lo de mim. Só sei que, momentos depois, ele estava deitado no chão com o edredom.

"Eu estava mentindo!", gritei, me encolhendo quando percebi que estava nua. "Eu queria saber quem você é!" As lágrimas encheram meus olhos. Eu chorava e gritava, me encolhendo toda. "Eu precisava ter certeza de que você não me machucaria se ficasse bêbado. Eu não aguentaria isso de novo."

Nacho se levantou, me enrolou no edredom e me colocou em seu colo.

"De novo?", ele perguntou, sério e calmo. "Laura, ou você me conta o que aconteceu ou eu vou descobrir por conta própria, e não sei o que será pior!"

Seus braços me apertaram com força e eu podia ouvir seu coração batendo forte.

"Você prefere que eu descubra aqui nesta ilha deserta ou com uma arma na mão?"

"Não aconteceu nada. Eu fugi."

Ele respirou fundo, mas ficou em silêncio.

"Voltei da Polônia para a Sicília e estava tudo bem. Ele queria consertar tudo e eu precisava dar uma chance a ele. Senão, eu nunca teria certeza se tinha feito a coisa certa."

A respiração dele aumentava a cada palavra minha.

"Só que, quando estávamos brincando um com o outro, eu o chamei de Nacho..."

O peito do canarino parou por um segundo e ele engoliu em seco ruidosamente.

"Mais tarde, naquela noite, acordei e ele estava sentado perto de mim. Ele queria... queria...", gaguejei. "Ele queria provar mais uma vez a quem eu pertenço. Então peguei a cachorrinha e fugi. E depois o Domenico me trouxe para cá."

Eu me libertei do seu forte abraço e me encostei na cabeceira da cama. Vi a fúria, vi Nacho se transformar totalmente e cada pedaço de seu corpo tatuado se enrijecer como aço.

"Eu preciso sair", ele disse, com calma, porém com os dentes cerrados. Pegou o celular e falou em inglês: "Ivan, prepare a arma."

Eu me senti tonta e todo o sangue foi drenado do meu rosto. *Deus, ele vai matá-lo!*

"Por favor", sussurrei.

"Vista-se e venha comigo. Não precisa levar nada." Ele se levantou e vestiu seu jeans rasgado. Estendeu a mão para me ajudar a me levantar. Coloquei um short e uma camiseta, calcei um tênis e ele me levou para fora da propriedade.

Em frente à entrada principal havia uma bancada improvisada com vários tipos de armas.

"Sabe o que é bom nesses espaços privados?", ele me perguntou, e, quando não respondi, terminou: "É que você pode fazer o que gosta e quer".

Ele me entregou os binóculos.

"Olhe para lá."

Ele apontou com o dedo e eu vi um alvo na forma de um homem a distância.

"Não tire os olhos dele", ordenou.

Ele pegou a pistola da bancada e se deitou no tapete preto no chão. Ajeitou a arma e então efetuou alguns disparos. Todas as balas atingiram a cabeça do alvo de papel. Ele se levantou e se aproximou de mim.

"Isso é o que eu faço, e é assim que eu relaxo."

Seus olhos estavam frios e carregados de raiva.

Ele trocou de arma, recarregou e efetuou mais disparos em outro alvo um pouco mais próximo. Repetiu essa ação várias vezes e eu fiquei hipnotizada, observando receosa essa demonstração meio desesperada.

"Porra!", gritou, colocando a outra pistola na bancada. "Não está funcionando, vou nadar."

Entrou em casa, um pouco depois saiu de sunga e foi em direção ao mar.

Fiquei me perguntando o que diabos eu deveria fazer em relação a mim mesma. Não consegui pensar em nada, então entrei. Fui para a cozinha, peguei o celular de Nacho do balcão e liguei para Olga.

"Como está a situação?", perguntei quando ela finalmente atendeu.

"Temos um terremoto aqui chamado Massimo", ela respondeu, e eu a ouvi sair da casa. "E com vocês?"

"Não acredito. Ele veio?", gemi, encostada na parede.

"Quando Domenico não deixou que você falasse com ele no celular à noite, ele entrou no avião e agora está destruindo tudo desde cedo. Ainda bem que você não pegou nenhuma das coisas, porque, pelo que eu entendi, tem transmissores instalados nelas." Olga acendeu um cigarro e deu uma longa tragada. "É melhor você não voltar aqui. E não me ligue." E tragou novamente. "Mas está tudo um caralho só, hein?", ela perguntou, ou melhor, quase afirmou, se divertindo.

"Você está achando isso tudo engraçado?", rosnei, incrédula.

"Claro! Você tinha de ver isto aqui agora. A casa está cheia de homens tristes e alguns equipamentos. Eles estão tramando alguma coisa. E não tenho o que comer, porque o *don* quebrou praticamente toda a louça da casa nas paredes. Que bom que encontrei uns potinhos de plástico, e consegui me entupir de café."

"Sabe de uma coisa? Ele não pode fazer vocês todos sofrerem por minha causa. Chame-o agora."

Minha voz estava segura e firme, mas havia silêncio do outro lado.

"Olga, está me ouvindo?"

"Tem certeza? Calhou que ele está justamente vindo na minha direção."

"Passe para ele", respondi. Do outro lado, ouvi o rosnado do Homem de Negro. Depois, silêncio.

"Onde você está, porra?"

Respirei fundo.

"Eu quero o divórcio."

Depois de dizer isso, quase desmaiei. Deslizei para o chão.

Massimo ficou em silêncio, mas dava para sentir que ele queimava de raiva. Agradeci o fato de minha amiga ser a futura esposa de seu irmão. Caso contrário, poderia ter terminado de forma diferente para ela.

"Nunca!", ele gritou, e eu quase dei um pulo de susto. "Eu vou te encontrar e te levar para a Sicília, e depois disso você não vai mais sair para lugar nenhum sem mim."

"Se você gritar comigo, eu desligo e só vamos nos falar através dos advogados. É isso que você quer?" Eu estava sentada no chão com as costas apoiadas na parede. "Vamos fazer isso de um jeito civilizado", suspirei.

"Ok, vamos conversar. Mas não por telefone." A voz dele estava calma, mas senti que por dentro Massimo estava fervendo. "Estou esperando por você na mansão."

"Nada disso", neguei com firmeza. "Só em locais públicos."

"Você acha que vai estar mais segura assim?", respondeu, irônico. "Devo te lembrar de que você foi sequestrada no meio da rua? Mas tudo bem, que assim seja."

"Massimo, não quero brigar com você", suspirei, escondendo a cabeça entre os joelhos. "Eu quero me separar em harmonia. Eu te amava e estava muito feliz com você. Mas não está mais dando certo."

Eu podia ouvir sua respiração pesada.

"Estou com medo de você. Mas não como no começo. Agora estou com medo de que mais uma vez você me..."

Parei de falar, porque, quando levantei a cabeça para encostá-la na parede, vi Nacho todo molhado parado na minha frente.

Ele estava de pé, pingando água, e, a julgar pelo tamanho da poça ao redor de seus pés, devia estar ali fazia algum tempo. Ele calmamente tirou o celular da minha mão e desligou a ligação, interrompendo a conversa.

"Divórcio?", ele perguntou, colocando o celular no balcão, e eu assenti.

"Ele está em Ibiza", sussurrei. "Chegou de manhã e quer se encontrar comigo."

"Divórcio?", ele repetiu e seus olhos verdes brilhavam.

"Eu não quero ficar com ele. Mas isso não significa que já quero ficar com você." Eu ri, ameaçando-o com meu dedo em riste.

O canarino se aproximou de mim e se ajoelhou, seu corpo habilmente deslizando entre minhas coxas ligeiramente separadas.

Ele me sentou em sua bermuda molhada e me segurou firme, envolvendo um braço em volta da minha cintura e descansando o outro em volta da minha nuca. Encarava meus olhos a alguns centímetros de mim, e eu podia sentir o que estava para acontecer. Os lábios salgados de Nacho se aproximaram dos meus e pararam a alguns milímetros deles, comigo sentindo somente seu hálito de menta.

Seu rosto assumiu uma expressão da maior felicidade, e seu sorriso foi a última coisa que vi antes que ele enfiasse sua língua em minha boca. Ele me beijou apaixonadamente, como se a última barreira entre nós finalmente tivesse caído. Nacho me levantou e me colocou no balcão frio. Agarrou a camiseta que eu estava vestindo e a tirou em um movimento, segurando meus peitos.

"Caramba", ele gemeu, suas mãos correndo pelo meu corpo.

"Faça amor comigo." Me ergui vigorosamente e envolvi minhas coxas em torno dele.

"Tem certeza?", ele perguntou, me empurrando um pouco para trás e olhando profundamente nos meus olhos.

Eu não tinha certeza. Ou talvez tivesse? Naquele momento, nada era o que pareceu ter sido na noite anterior. Mas não importava. Finalmente eu estava fazendo o que queria, e não o que era necessário.

"E se eu disser que não? Isso vai te fazer parar?" Ele deve ter sentido a brincadeira em minha voz. "Não estou usando calcinha."

Mordi meu lábio inferior e balancei a cabeça, cheia de intenções, olhando para ele.

"Você vai ter o que merece, menina."

Ele me puxou para fora do balcão. Me segurei nele e fomos em direção ao quarto.

"Com ou sem vista?", ele perguntou enquanto gentilmente me colocava na cama e desabotoava o botão do meu short.

"Agora eu até poderia me deitar no meio da rua Marszałkowska, em Varsóvia, e não me importaria", sussurrei, inquieta e impaciente. "Estou esperando por isso há seis meses."

Nacho riu e jogou meu short no chão.

"Eu quero olhar para você." Os olhos verdes examinavam cada centímetro do meu corpo, e uma vergonha infundada se apoderou de mim. Fechei minhas coxas ligeiramente separadas e me encolhi um pouco.

"Não fique com vergonha", ele disse enquanto se despia para mim. "Já te vi nua tantas vezes que nada no seu corpo vai me surpreender mais." Ele ergueu as sobrancelhas numa expressão divertida enquanto se aproximava.

"Ah é?" Retive sua testa com a mão, e ele continuou sorrindo para mim. "Quando foi isso?", rebati, fingindo indignação.

"Na primeira noite. Já te contei isso." Ele segurou meu pulso e empurrou a mão para abrir espaço. "Você estava sem calcinha embaixo do vestido." Ele beijou meu mamilo suavemente. "Hoje, quando estava tirando sua calcinha com os dentes..." Seus lábios se apertaram. "Quer falar mais alguma coisa ou posso finalmente experimentar o seu gosto?" Ele ficou parado acima de mim, fingindo seriedade.

"Você tem um vídeo no seu celular. Isso prova que tudo o que eu disse ontem era mentira."

"Eu sei", ele disse, deslizando para baixo pela minha barriga. "Eu vi antes de acordar você, mas, já que você queria testar minha reação, eu também queria testar a sua."

Sua língua rodeou suavemente o meu umbigo.

"Além disso, se não fosse assim, você não teria me contado o que aconteceu na Sicília."

Nesse momento seus lábios quentes pressionaram meu clitóris, sugando-o levemente.

"Que loucura!", sussurrei, enfiando a cabeça entre os travesseiros.

Seus lábios bem abertos envolviam toda a minha buceta, como se ele quisesse devorá-la. Ele beijou cada pedacinho, e eu estava impaciente e ficando cada vez mais molhada.

Suas mãos coloridas viajavam das minhas coxas, pela minha barriga, até meus peitos, que ele massageava suavemente. Mas eu não me importava com o que ele estava fazendo; eu o queria tanto naquele momento!

Quando minha impaciência atingiu o limite, ele percebeu. Me abrindo toda com seus lábios, ele meteu a língua direto em meu clitóris.

O grito que escapou da minha garganta ecoou pela casa, e Nacho começou o doce tormento no ponto mais sensível do meu corpo. Ele era calmo e comedido, e ao mesmo tempo apaixonado e ardente. A maneira extraordinária como ele me chupou causava choques elétricos pelo meu corpo. Eu me retorcia e puxava o lençol. Não queria que ele parasse nem por um segundo. Não queria que terminasse nunca. Ele era másculo sem ser brutal, apaixonante e intenso, e me enlouquecia de prazer.

"Abra os olhos", ele exigiu, fazendo uma pausa. Quando consegui abri-los, vi seus olhos nos meus. "Eu quero que você olhe para mim."

Seu joelho empurrou minha perna ligeiramente para o lado.

"Não deixe de me olhar, por favor", ele sussurrou enquanto o outro joelho fazia o mesmo, e eu o senti se aproximando. Ele entrelaçou seus dedos nos meus e pôs nossas mãos acima da minha cabeça.

"Eu vou te adorar."

Ele encostou seu pau na entrada da minha buceta molhada e eu nem conseguia respirar direito.

"Eu vou te proteger."

Assim que ele meteu, eu já estava pronta para gozar naquele segundo.

"E eu nunca vou te machucar de propósito."

Os quadris de Nacho fizeram um movimento forte e eu senti que ele já estava todo dentro de mim. Um misto de sensações indescritíveis me invadiu.

"Menina", ele sussurrou, e lenta e firmemente começou a se mover dentro de mim. "Olhe para mim."

Virei a cabeça, mal conseguindo obedecer ao seu pedido. Então seus quadris ganharam força. Ele não fazia aquilo com rapidez, mas com tanta precisão e paixão que me preenchia toda.

A boca do canarino se agarrou nos meus lábios e seus olhos ficaram fixos em mim o tempo todo. Ele fez amor comigo! Empurrei meus quadris para cima e ele gemeu, indo mais fundo em mim. Ele abaixou a cabeça e começou a beijar meu queixo e pescoço, mordendo meus ombros. Eu não aguentava aquela imobilização. Soltei meus braços e agarrei sua bunda tatuada. Seus braços me envolveram.

"Eu não quero te machucar", ele sussurrou. Havia preocupação em sua voz.

"Você não vai me machucar." Agarrando sua bunda, puxei-o com mais força contra mim.

Seus olhos mudaram radicalmente, tornando-se quase da cor água-marinha e ainda mais selvagens. Ele acelerou e, ao fazê-lo, senti que o vórtice dentro de mim começou a circular mais rápido.

Seu pau metia com tanto vigor e tesão que senti um orgasmo como um tsunami tomando meu corpo.

"É bem isso que eu quero ver", ele gemeu, seus olhos em mim. "Eu quero ver como você goza para mim, menina."

O que ele disse me arrebatou totalmente.

Comecei a gozar, e todos os músculos do meu corpo entraram em choque de puro prazer. As pulsações dentro de mim trouxeram ondas sucessivas de prazer. Seus olhos verdes ficaram enevoados e eu senti que ele também iria gozar. E então ele explodiu dentro de mim com tanta força que parecia que seu pau tinha ficado maior. Da garganta de Nacho saía apenas um som ofegante quando ele, dominado pelo prazer, gozou junto comigo.

Ele diminuiu a velocidade para nos acalmarmos, mas eu queria que já começasse de novo. A última vez que tinha feito sexo foi em Lagos, mas não tinha sentido nem uma fração do prazer que sentia agora.

Ele desabou em cima de mim, pressionando a cabeça em meu ombro, e eu acariciei suas costas molhadas de suor.

"Eu não aguentava mais me segurar", ele sussurrou, mordiscando minha orelha. "Eu sentia uma dor física por não poder estar dentro de você, e agora não tenho mais a intenção de sair."

Ele se ergueu e se apoiou nas mãos.

"Oi", ele sussurrou, beijando meu nariz.

"Oi", respondi com uma voz ligeiramente rouca. "Mas você sabe que algum dia vai ter de fazer isso, não é?"

"Eu sou Marcelo Nacho Matos, não sou obrigado a fazer nada. E, como tenho o que quero, nem mesmo uma chantagem pode me obrigar a fazer o que não quero."

Ele sorriu e mais uma vez entrou em minha boca com sua língua.

"Você vai viajar comigo?", ele indagou inesperadamente, interrompendo o beijo.

Enfiei a cabeça entre os travesseiros. Me perguntei se havia entendido o que ele quis dizer.

"Preciso conversar com você sobre o futuro enquanto seu pau latejante ainda está me dando prazer?"

"Isso me dá uma vantagem sobre você."

Ele moveu os quadris de brincadeira e eu gemi quando se enfiou mais em mim.

"E então?"

"Não é justo", sussurrei, tentando sair daquele abismo de prazer. "Qualquer declaração durante o sexo não tem validade."

Me calei, e ele, vendo isso, suspirou e se deitou ao meu lado.

"É por causa dele? Você ainda não tem certeza?"

Nacho mirava o teto e eu o encarei com tristeza.

"Eu preciso me encontrar com ele, conversar, resolver as coisas como for preciso", murmurei, me virando de lado.

"Você sabe que ele vai te levar para a Sicília, né?" Ele virou a cabeça para mim. "Vai te trancar em algum lugar, e, antes que eu te encontre, ele vai fazer coisas com você que..."

"Ele não pode me prender para o resto da minha vida."

Naquele momento, uma risada irônica escapou da garganta de Nacho.

"Você é tão ingênua, menina. Mas, como está insistindo tanto nesse encontro, não posso te proibir. Não tenho o direito. Só aceite minha ajuda, por favor, e vamos fazer do meu jeito. Só que se ele tentar te sequestrar, eu o mato sem pensar duas vezes."

Os dedos de sua mão direita se entrelaçaram nos meus.

"Agora sou todo seu e não consigo imaginar você desaparecendo de novo."

"Tudo bem", suspirei, apertando meus dedos em sua palma.

"Isso é ótimo", disse, levantando-se. "E agora, para que esse desgraçado não nos foda até o fim neste lindo dia, tenho algumas diversões para você."

"Mas eu tenho que..."

"Se ele precisar esperar um dia, isso não vai lhe fazer mal."

Nacho segurou meu queixo com os dedos e me beijou.

"Estou demonstrando grande compreensão e compostura em relação ao seu futuro ex-marido. Então não exagere, menina, por favor, senão vou pegar a pistola e dar um tiro nele, para nunca mais ouvir que você está com medo dele..."

Nacho suspirou profundamente.

"Eu sei que você não me contou toda a verdade, mas se você não quiser, não vou te obrigar."

"Eu só acho que algumas coisas não dizem respeito a você e que eu tenho de lidar com elas sozinha."

"De hoje em diante você não vai mais precisar lidar com nada sozinha, Laura", ele disse, e foi para o banheiro.

Capítulo 12

Eu estava sentada perto da ilha da cozinha com uma venda nos olhos.

Depois de entrar em uma discussão sobre meu conhecimento da culinária espanhola, ele me vendou e me forçou a fazer um teste.

"Ok, vamos começar com uma coisa fácil", disse Nacho, parado perto de mim. Depois de uns instantes, ele pôs um pouco de comida na minha boca. "Vamos fazer três testes. Se você conseguir adivinhar tudo, pode me obrigar a fazer o que você quiser. Se eu ganhar, você vai concordar com o que eu pedir, ok?"

Assenti com a cabeça, mastigando um pedaço de carne. Sem sombra de dúvida, era carne. Engoli e afirmei com voz confiante:

"Você está insultando a minha inteligência e o meu paladar. É chouriço."

"Ou seja...?", ele perguntou, beijando meu ombro nu.

"Era para ser só um reconhecimento, não uma descrição detalhada", rosnei. "Salsicha espanhola."

Ele riu e me ofereceu outra guloseima.

"Caramba, você me avalia tão por baixo assim? É jamón, presunto curado."

Mastiguei com prazer um delicioso pedaço da carne salgada.

"Daqui a pouco você vai ser um pobre coitado. Me dê a terceira coisa."

"Agora vai ser uma coisa doce", ele avisou em tom divertido, e eu abri a boca. "Queria pôr na sua boca alguma coisa que não fosse comida", acrescentou, rindo.

Um segundo depois senti seu hálito mentolado, e então sua língua rastejou suavemente para dentro.

"Você não vai se esquivar", murmurei, empurrando-o para longe da minha boca. "Vamos lá."

Mastiguei devagar a porção seguinte que ele me serviu e fiquei com cara de boba. Eu não tinha ideia do que era. E degustei, degustei, até que o gosto sumiu completamente. Era como uma combinação de abacaxi, morango e manga. Fiquei ali sentada e fiz uma careta, vasculhando os cantos da minha mente.

"E quem é que vai ser uma pobre coitada agora?", perguntou, parado atrás de mim. "O que você comeu, menina?"

"Isso não é justo!", murmurei. "Fruta, com certeza era alguma fruta."

"E o nome?"

Fiquei em silêncio.

"Desistiu?"

Arranquei a venda dos olhos e olhei para ele.

"Posso até te mostrar, porque, se não reconheceu o gosto, isso significa que você nunca viu."

Ele estendeu a mão. Segurava o que parecia ser uma grande pinha verde. Virei a fruta nos dedos, cheirei, dei umas batidinhas nela, mas ele tinha razão: nunca tinha visto nada igual.

"É uma chirimoia", ele sorriu mostrando seus dentes. "Então? Você vai ser uma mulher honrada e cumprir a aposta ou vai bater em retirada?" Ele cruzou os braços sobre o peito, me desafiando.

Pensei por um momento e, depois de lembrar do que havia acontecido uma hora antes, concluí que minha perda provavelmente teria consequências muito curiosas.

"Estou ouvindo, Marcelo. O que você deseja?"

"Você vai viajar comigo." Abri a boca para protestar, mas ele levantou a mão. "Não estou dizendo para nós morarmos juntos, mas você vai ficar comigo por um tempo."

Seu sorriso me derreteu como o sol da primavera derrete o último pedaço de gelo. Mais uma coisa me conectava com aquele pingente de gelo — olhando para Nacho, eu estava tão molhada quanto a água que pingava dele.

"Isso foi uma armação."

O canarino assentiu com a cabeça.

"Você é um estrategista, um enganador..."

"... e um assassino cruel que está nu diante de uma mulher, dando comida na sua boca. Esse sou eu." Ele abriu os braços.

Achei graça no que ele falou, mas resolvi lutar novamente.

"Você precisa de controle sobre mim?" Saí do banquinho e caminhei até ele, passando a mão sobre o peito colorido. "Você quer me subjugar? Colocar um transmissor na minha perna?" Seus olhos verdes entrando em pânico me mostraram que ele estava levando minhas palavras a sério, enquanto eu só me divertia. "Sequestrar e aprisionar? É isso que você quer?"

"Você se sente assim? Prisioneira?" Sua perna me deu uma rasteira com habilidade, mas, antes que eu caísse, ele segurou minha mão e gentilmente me colocou no chão. "Em caso afirmativo, como você se sente agora?", perguntou, se deitando em cima de mim. Apertou os olhos e eu sabia que ele tinha entrado no meu jogo.

Ele ergueu meus braços bem atrás da minha cabeça, até ficarem completamente esticados, e entrelaçou seus dedos nos meus.

"Onde está Ivan?", perguntei, sentindo o frio paralisante do chão contra meu corpo nu.

"Em Ibiza, eu acho, ou em um iate com os caras. Se você quiser, posso verificar imediatamente. Estamos completamente sozinhos aqui, menina", sussurrou, mordendo suavemente meu queixo. "Se você se acostumou com uma multidão ao seu redor, comigo vai ser o oposto."

Ele inclinou minha cabeça em direção à dele e segurou minha orelha com seus lábios, e eu murmurava contente.

"Eu valorizo a solidão; precisava dela no trabalho." Sua língua brincava em volta do meu pescoço. "Preciso estar focado e ser meticuloso. Mas desde o final de dezembro alguma coisa estava faltando." Ele abriu minhas pernas e colocou seu pau em mim. Eu gritei. "Tinha alguma coisa me distraindo", ele continuou a falar, e eu mexia os quadris, sentindo-o. "Deixei de ser preciso." Os quadris de Nacho se moviam lentamente, indo fundo dentro de mim. "Comecei a cometer erros... Posso continuar a contar?"

"Está muito interessante, não pare", respondi com esforço, meu corpo respondendo aos seus movimentos.

"Cada dia era uma tortura." Sua língua acariciava meus lábios. "Eu tinha a sensação de que estava andando em círculos." Começou a se mover cada vez mais rápido e eu gemi. "Tenho a impressão de que você está entediada."

"Ainda não, estou esperando pelo final", sussurrei, meus dentes pegando seu lábio inferior.

"Matei algumas pessoas, ganhei algum dinheiro, mas isso não me satisfazia."

Eu ofegava, ansiosa pelo fim dessa história, cujo significado eu não entendia completamente.

"Isso é terrível", comentei instintivamente, e ele foi ainda mais fundo. Estava com as costas arqueadas para senti-lo cada vez mais.

"Também acho. Foi por isso que eu comecei a procurar o motivo."

Os movimentos cada vez mais rápidos de Nacho me faziam sentir que flutuava ligeiramente. "Você não está me ouvindo", ele rosnou, fazendo graça.

"Bobagem". Abri os olhos e respirei fundo. "E aí? Qual é o final dessa história, hein?"

"Então fui procurar o que eu perdi." Seus lábios grudaram nos meus e sua língua deslizou na minha boca.

Ele me beijou profundamente, me saboreando. "Finalmente encontrei. E agora que sei o que estava faltando, não vou deixar que desapareça."

Ele ficou em silêncio e seus quadris se aceleraram impiedosamente. Seus movimentos agora eram fortes. De novo ele transou comigo, mas, por mais gentil que fosse, senti que se escondia naquele homem colorido uma grande violência.

Tentei libertar minhas mãos, mas seus dedos apertaram os meus.

"Não vou deixar que você desapareça", ele sussurrou, me beijando novamente.

"Vou gozar...", gemi quando o orgasmo começou a despertar no meu baixo-ventre.

"Estou sentindo". Ele se afastou o suficiente para ver o prazer transbordando de mim. "Porra", ele suspirou em voz alta, se unindo a mim. Suas mãos soltaram as minhas. Agarrei sua bunda e o puxei com força, cravando minhas unhas em sua pele. Minha cabeça se inclinou para trás com intensidade e eu gritei com um orgasmo tão perfeito que fui até o céu e voltei no mesmo instante.

"O jeito como você goza...", ele ofegou enquanto ainda metia lentamente. "Me deixa incapaz de me controlar."

"Isso não é bom...", suspirei. Meu corpo relaxou e minhas mãos deslizaram para o chão.

"Se você começar a me zoar, vou te fazer chegar ao orgasmo tantas vezes que não vai conseguir se segurar na prancha depois."

"O quê?" Arregalei os olhos, observando-o. "Aqui não tem ondas."

"Não, não tem, mas quero só ver se você ia conseguir dar braçadas. Além disso, vamos praticar primeiro no skate." Seus olhos brilharam com alegria infantil novamente. "Quero ver como vai ser com você, com o equilíbrio do seu corpo."

"Eu posso te mostrar isso agora", provoquei, meus quadris acelerando em um movimento circular. "Sou dançarina, não surfista."

"Vamos verificar isso também", ele disse, se divertindo e me pegando no colo.

Ele estava terminando de falar ao celular quando saí do chuveiro. Fui até ele e abracei suas costas.

"Você fez amor comigo pela segunda vez hoje. Não tem medo de a gente fazer um bebê?"

"Em primeiro lugar, eu sei que você toma pílula. Se você quiser, te dou o nome agora, tenho no meu celular." Ele se virou e me abraçou. "Em segundo lugar, caras da minha idade não se preocupam com esse tipo de coisa." Ele sorriu e eu o soquei no peito.

"Nem o Massimo sabe que eu tomo." Balancei a cabeça, resignada. "Existe alguma coisa que você não saiba sobre mim?" Eu o encarei.

"Não sei o que você sente por mim", disse, um pouco mais sério. "Não tenho ideia do lugar que ocupo aí dentro." Ele esperou por um momento que eu respondesse à pergunta não formulada e, quando continuei em silêncio, acrescentou: "Mas acho que você vai me dizer com o tempo se estou na sua cabeça ou no seu coração". Beijou minha testa, ficando imóvel por um momento. "Pronta para se mexer um pouco?" Assenti, alegre. "Então vista a calcinha e venha."

"Calcinha? E a prancha?"

"Não precisa. Você só vai dar braçadas deitada de bruços. Achei que gostaria de se bronzear", ele riu, radiante. "Eu já te disse, garotinha, não tem ondas aqui. Vista a menor calcinha que você tiver e pronto."

Ele jogou duas pranchas na areia de uma pequena praia e começou a se alongar. Obedientemente, sem disfarçar meu divertimento, eu fazia o que ele ordenava. Embora estivesse usando apenas a parte de baixo de um biquíni colorido e microscópico, eu me sentia muito confortável.

Agradeci a Deus por não ter me dado peitões, caso contrário seria impossível me exercitar como Nacho queria.

"Já está bom", ele disse, quase sério. "Qual é sua perna de base?", Nacho perguntou enquanto eu o encarava como se ele estivesse fazendo um questionamento sobre física quântica.

"O quê?"

"Você não pratica snowboard?" Assenti. "Qual perna você põe na frente?"

"A esquerda", respondi, confiante.

"Então essa é a sua perna de base", ele concluiu. "Agora deite-se!"

Ele me ajeitou na prancha e me deslocou para que eu ficasse no meio dela com os pés bem na extremidade. Em seguida foi para a dele, que estava diretamente oposta, e se deitou de modo que nos olhássemos.

"É assim que a gente dá as braçadas." Seus braços fortes e tatuados começaram a me mostrar os movimentos que eu deveria fazer na água. Os músculos tensos de seus ombros chamaram minha atenção e me distraíram a ponto de começar a babar.

"Você não está me ouvindo", ele rosnou, se divertindo.

"O quê?", perguntei, mirando seus olhos. "O que você disse?".

"Eu estava te falando sobre os tubarões." Ele estreitou os olhos ligeiramente.

"*O quê?*" Me ergui num pulo, dei um grito e fiquei ao lado dele. "Que tubarões?!"

"Deite na prancha e comece a prestar atenção." Ele começou a rir.

Aprender a ficar em pé na prancha no seco era estranho, mas eu sabia que algum dia seria útil. Nacho gritava de vez em quando para que eu prestasse atenção, mas como eu podia me concentrar no exercício se sua bunda musculosa continuava me distraindo? Não entendi muita coisa, mas pelo menos já conseguia me levantar em três movimentos. Eu esticava os braços primeiro, em seguida puxava a perna de trás e, finalmente, ficava de pé. Teoricamente simples.

Na água, descobri que até dar as braçadas era um pouco difícil para mim. Depois de cair algumas vezes, percebi que se fosse para as ondas, mesmo a menor delas me derrotaria.

Depois de meia hora, já tinha alcançado o nível de especialista em dar braçadas, e ao mesmo tempo parei de sentir os braços. Deitada inerte na prancha sobre a água, observava meu companheiro se divertindo ao mergulhar no mar. Ele era tão despreocupado, o extremo oposto de Massimo. Nacho era mais velho que o siciliano, mas conseguia agir como uma criança. Com o rosto colado na prancha, eu observava suas travessuras e pensava no que tínhamos feito naquela manhã. Por um lado, eu o queria tanto que quase podia sentir o tesão saindo de mim. Por outro, eu ainda tinha um marido. Aparentemente não por muito tempo, mas, mesmo com a decisão de me separar tomada, nada estava definido. Eu podia explodir de alegria, mas ao mesmo tempo estava ansiosa e constantemente me perguntava se era uma boa ideia voltar a correr o risco de me meter na mesma merda.

"No que a minha menina está pensando?" Ele se aproximou na água.

Levei um susto.

"Nacho...", comecei, hesitante, me erguendo um pouco. "Você sabe que ainda não estou pronta para um relacionamento, não é?" Seus olhos alegres ficaram sérios. "Não quero me juntar, não quero compromissos e com certeza não quero me apaixonar." A surpresa e a decepção em seu rosto foram como um balde de água fria para mim. Sim, esta era eu: mestra em estragar até os momentos mais românticos, a criadora de problemas eternos e a rainha dos dilemas. Quando nada acontecia e o coração dizia à mente para ficar em silêncio, o coração estava sempre pronto para ser franco e dizer algo que tornasse a atmosfera pesada e espessa como breu. Além disso, as palavras que saíram da minha boca eram um completo absurdo.

Em algum lugar profundo eu sentia uma grande necessidade de estar com Nacho. A ideia de não o ver novamente por alguns meses simplesmente partia meu coração.

O canarino olhou para mim por um momento.

"Vou esperar", ele disse, e começou a dar braçadas em direção à beira da praia.

Suspirei pesado e bati com o punho na testa algumas vezes, me punindo pela bobagem dita, então fui atrás dele.

Não sei se Nacho precisava descarregar ou se esse era seu estilo usual de nadar, mas ele avançou muito à minha frente e saiu da água. Jogou a prancha na areia, tirou o short molhado e enrolou a toalha em volta do corpo.

Quando ele se virou para ver onde eu estava, percebi que estava furioso e não conseguia disfarçar. E eu não sabia o que fazer. Talvez fosse melhor não voltar, mas não poderia ficar na água por toda a eternidade.

Fui até a praia e coloquei minha prancha ao lado da dele.

Parei na sua frente e criei coragem para encarar seus olhos verdes furiosos. Me mantive em silêncio. O que eu poderia dizer?

Sua mão deslizou silenciosamente para o cordão da calcinha do biquíni. Ele puxou um nó e soltou um lado. Fez a mesma coisa do outro, e o tecido molhado caiu na areia. Fiquei lá com meus lábios entreabertos, ofegando por ar.

"Você tem medo de mim?", ele sussurrou, lambendo os lábios e sem tirar os olhos de mim.

"Não", respondi sem hesitar. "Nunca tive medo de você."

"Quer começar a ter?" Os olhos verdes ficaram em um tom esmeraldino escuro. "O medo te excita, admita." A mão do canarino apertou um pouco em volta do meu pescoço e eu senti uma onda de calor. "Você só vai se apaixonar por mim se eu adicionar essa sensação a todo o meu leque de sentimentos?" Ele me agarrou e me rolou sobre a toalha, então se deitou em cima de mim. "Então vou fazer isso", ele rosnou.

A língua de Nacho invadiu minha boca com violência e paixão, e eu agarrei seu pescoço com força. Ele me lambia, me beijava, me mordia e seus braços fortes me esmagavam em seu abraço.

Ele arrancou a toalha de seus quadris e a jogou de lado.

"Me diga que não tem tesão por mim." Seus olhos se fixaram nos meus. "Diga que não me quer ao seu lado." Suas mãos agarraram meus pulsos e apertaram com muita força, me imobilizando. Eu gemi. "Diga que se eu for embora você não vai atrás de mim." Quando fiquei em silêncio, ele meteu seu pau duro em mim sem avisar e gritou: "Diga!".

Senti-lo dentro de mim tirou minha concentração. Eu não estava em condições de dizer mais uma palavra. "Foi o que eu pensei", ele riu com malícia. Momentos depois, ele saiu de mim e me virou, de modo que fiquei deitada de bruços. Ele abriu minhas pernas para os lados com os joelhos, agarrou meu cabelo e me puxou, me fazendo ficar de joelhos. Meu rabo de cavalo se tornou uma rédea para ele, e eu quase não conseguia respirar de tanto tesão. Nunca aquele homem gentil havia sido tão brutal comigo. Eu não sabia o que estava acontecendo quando ele beijou e mordeu meus ombros e meu pescoço. Estávamos sozinhos em uma ilha deserta e ele ia me comer na praia.

Senti água salgada pingando sobre mim quando Nacho tirou o pau e tocou meu clitóris, começando a me masturbar... deliciada por seu toque, comecei a gemer.

Ao mesmo tempo, seu pau duro encostava na entrada da minha boceta, acariciando-a suavemente. Curvei ainda mais os quadris e me aproximei dele, sinalizando para que ele começasse.

Mas ele não se movia — ficou parado. De repente ele meteu com tudo outra vez, puxando meu cabelo para trás ainda mais.

Os quadris de Nacho batiam em um ritmo frenético contra minha bunda. Ele parou de me masturbar, soltou meu cabelo e agarrou meus quadris com força. Ele me fodeu exatamente do jeito que eu queria: hábil, firme, forte e ruidoso. Os sons que saíam da minha garganta lhe deram a certeza de que aquilo que fazia me dava prazer.

"Então você não me quer, não é?", ele perguntou, parando pouco antes de me fazer gozar. "E não quer se apaixonar por mim? Você provavelmente também não precisa disso." Seus quadris começaram a se afastar de mim, mas eu não deixei.

"Você está de brincadeira?", falei com dificuldade e ele riu zombando de mim.

E continuou a recuar.

Ele se inclinou sobre mim, deixando apenas a cabeça do pau lá dentro, e falou perto da minha orelha.

"Você é minha menina?" E meteu tudo só mais uma vez, me colando nele. Um gemido escapou da minha garganta. "Você é?", começando a tortura do vaivém.

"Sim!", gritei, e ele agarrou minha bunda e meteu com força dentro de mim novamente.

Depois de outro longo e intenso orgasmo, ele se deitou em cima de mim, prendendo-me na areia fofa.

"Então somos um casal", ele disse, ofegando por ar.

"Você é terrível", respondi com uma risada depois que ele deslizou de cima de mim. "Eu te disse que tudo o que sai da minha boca quando você está dentro de mim não tem validade."

Ele me virou para ele e passou uma perna por cima de mim, me puxando para ele com seus braços.

"Você não quer ser minha namorada?", perguntou, desapontado, fazendo uma cara triste.

"Eu quero, mas..."

"Viu? Não estou dentro de você agora", disse, e antes que eu pudesse terminar, ele enfiou sua língua na minha boca.

Eu estava sentada na cozinha observando-o cozinhar. Normalmente, quando se tem uma mansão, é costume ter também um cozinheiro, mas Nacho não queria ninguém perto do fogão e da geladeira. Nem eu. Quando eu quis ajudá-lo no início, ele me colocou no balcão e, para me satisfazer, me fez gozar quatro vezes seguidas.

"Menina", ele disse, em um tom sério enquanto servia o meu prato, "amanhã vamos fazer assim..." Olhei para ele assustada e ele se sentou à minha frente. "Você deve saber que Massimo vai tentar te sequestrar; ele trouxe um pequeno exército. Posso conseguir mais gente do meu lado também, mas não acho necessário medir forças com ele." Pus a cabeça nas mãos e suspirei alto. "Pequena..."

"Não me chame assim!", gritei, me levantando abruptamente da mesa. "Nunca... mais... me chame... assim...", disse cada palavra com muita fúria, mantendo o dedo na frente de seu nariz.

Senti as lágrimas brotando em meus olhos. Tive vontade de fugir. Eu me virei e saí, parando junto à piscina. Respirava tão rápido que achei que explodiria a qualquer momento. Tinha vontade de chorar alto, mas não conseguia, e o nó na garganta também não ia embora.

"Você não precisa se encontrar com ele", ele disse, parando atrás de mim. "Foi sua decisão, e tudo o que eu quero é te manter segura. Então, por favor, não se afaste, fale comigo."

Eu me virei para encará-lo e puxei o ar para começar a gritar. Mas quando o vi parado, descalço, com as mãos nos bolsos do jeans rasgado, olhando para mim com preocupação, amoleci. Abaixei a cabeça e o nó na garganta sumiu.

"Vamos fazer assim: amanhã nós voltamos à Ibiza, você vai para o restaurante indicado por mim e vai se sentar exatamente no local que eu vou te mostrar." Ele segurou meu queixo e ergueu meu rosto. "É muito importante, Laura. Você precisa fazer exatamente como eu disser." Ele me encarou com os olhos cheios de concentração. "O Torricelli também precisa se sentar no lugar determinado. E isso é tudo." Ele puxou o celular do bolso. "Quando você atender a ligação amanhã, coloque imediatamente no viva voz." Ele colocou o celular na minha mão e me aconchegou em seu peito colorido e morno. "Se por acaso acontecer alguma coisa errada", sua voz falhou, e o pânico se apoderou de mim, "lembre-se de que vou te encontrar e te buscar."

"Nacho..." Levantei a cabeça e acariciei seu rosto. "Eu preciso falar com ele. Não vou conseguir viver sem resolver esse assunto."

"Eu entendo. E como falei antes, não posso te proibir de fazer nada, mas vou fazer de tudo para te manter segura." Ele beijou minha testa. "E quando resolvermos tudo vamos voltar imediatamente para Tenerife. Amelia está preparando uma festa de boas-vindas." Ele revirou os olhos e sorriu, bufando de leve. "Ela quase pirou de alegria quando eu contei que você iria comigo."

Hum, o que vou dizer à minha mãe desta vez?, pensei, abraçando-o. Que agora decidi tentar a vida nas Canárias com um cara que mal conheço?

Deveria também mencionar a ela que quase morri na casa do pai dele pelas mãos do cunhado do meu novo amor?

"Você gostaria de dormir sozinha esta noite?", ele perguntou, sentindo a tensão em meu corpo. Concordei com um gemido baixo. "Tem um quarto ao lado daquele onde nós dormimos. Vou estar no outro, se você precisar de mim." Ele beijou minha testa e entrou na casa.

Massimo se sentou na minha frente, seus olhos sem brilho me atravessando. Colocou as mãos sobre a mesa e esperou. Sua mandíbula ritmicamente latejando anunciava problemas, e seu olhar impassível dirigido à minha boca anunciava que nada de bom me aguardava.

"Se você acha que vai me deixar, está completamente enganada", ele falou lentamente entre os dentes cerrados. "Vou repetir o que já disse. Você ama seus pais e seu irmão? Você quer que eles fiquem seguros? Então, seja obediente, levante e vá para o carro." Ele mostrou a direção com a cabeça e eu senti nojo.

"E depois?", rosnei. "Você pretende me prender e me estuprar?" Levantei da cadeira e descansei minhas mãos sobre a mesa. "Eu não te amo mais, amo o Nacho e você pode me comer de todas as maneiras possíveis, mas fique sabendo que será sempre ele que vai estar diante dos meus olhos."

Tomado pela fúria, ele gritou alguma coisa e, me agarrando pelo pescoço, me derrubou em cima de uma mesinha de madeira. O vidro da mesa caiu, fazendo um barulho aterrorizante. Olhei em volta, mas estávamos inteiramente sozinhos no restaurante. Gemi, horrorizada, e ele rasgou minha calcinha num movimento só.

"Então vamos ver se você consegue", ele disse, abrindo a calça e imobilizando minhas mãos.

"Não quero! Não!", gritei e lutei para me libertar. "Por favor, não!"

"Ei, menina, minha querida", ouvi uma voz suave e abri os olhos. "Laura, foi só um sonho." Os braços coloridos me aconchegaram no seu corpo musculoso.

"Deus!", suspirei, as lágrimas escorrendo pelo meu rosto. "Nacho, e se ele ameaçar minha família de novo?" Eu o encarei com os olhos marejados.

"Sua família já está protegida", disse calmamente, acariciando meu cabelo. "Meu pessoal está de olho neles desde ontem. Seu irmão trabalha para Massimo, e, pelo que eu sei, lida com aquelas empresas que o Massimo não pode se dar ao luxo de perder. Portanto, acho que Jacob está seguro, especialmente porque ele triplicou os lucros do Torricelli vindos dessas empresas." Ele ergueu os braços. "Por via das dúvidas, ele também está sendo monitorado."

"Obrigada", sussurrei enquanto ele me colocava de volta sob as cobertas. "Fique comigo." Puxei seu braço e seu corpo nu ficou contra o meu. "Quer transar comigo?", perguntei em uma voz quase inaudível, enquanto me esfregava contra ele.

"Você tem uma maneira realmente peculiar de aliviar o estresse, menina. Durma", ele disse, rindo, e encostou seu rosto no meu cabelo.

Um dia lindo e ensolarado nasceu em Tagomago e desde cedo eu estava inquieta, não conseguindo ficar bem em lugar nenhum. Nacho tinha ido nadar e eu fiz o café da manhã, tomei banho e, mesmo sem precisar, estava pronta para fazer uma faxina — só para parar de pensar. *Queria que tudo já tivesse acabado*, pensei enquanto ia para o quarto.

Por um momento me senti triste ao perceber que não tinha trazido um par de sapatos de salto sequer. Mas logo pensei: *Massimo que se dane! Não preciso mais me arrumar para ele*. Entrei no quarto e olhei para a zona que era a minha mala.

No silêncio e sem emoção, não vou dar conta, disse e liguei a música.

Quando o som de Kat DeLuna e Busta Rhymes cantando "Run the Show" me envolveu, senti que voltava à vida. Sim, era disso que eu precisava: muitos baixos, muito ritmo e música. Eu dançava usando um short azul-marinho microscópico Dolce & Gabbana, tênis pretos Marc Jacobs e um cropped cinza mesclado com uma estampa de crânio de caveira. *Isso o mataria*, pensei enquanto colocava os óculos escuros aviador e começava a me contorcer com a batida da música.

De repente a casa foi toda tomada por um som de piano, seguido da voz suave de Nicole Scherzinger e sua música "I'm Done". Parei, assustada.

"Não sei dançar música agitada", Nacho disse, aproximando-se de mim. "Mas eu adorei o jeito como você rebola a bundinha." Ele segurou minha mão e a beijou.

Ele me abraçou com força. De repente toda a ansiedade se dissipou junto com todo o estresse que me sufocava desde que abrira os olhos nessa manhã.

Meu Deus, será que ele tem uma música preparada para cada circunstância?, pensei enquanto acompanhava a letra da música e percebi que era sobre mim. "Não quero me apaixonar, só quero me divertir um pouco. Mas você veio, me abraçou e agora estou acabada..." Nicole cantou. Eu sabia que ele sabia, eu sabia que ele podia sentir o que estava dentro de mim. Mas me parecia que, enquanto eu não dissesse em voz alta, estaria segura e o sentimento que tinha por ele não seria real. Ele se balançava e beijava meus ombros. Tinha uma mão na minha nuca e a outra na minha bunda. Ao contrário do que dissera, Nacho tinha um extraordinário senso de ritmo. Comecei a suspeitar de que era mentira que não sabia dançar.

"Preparada?", perguntou, sorrindo triunfante.

"Não", eu disse, caminhando até o painel de controle de som. "Agora vou tocar uma coisa para você." De novo as batidas rítmicas encheram o espaço, e ele riu das Pussycat Dolls cantando "I Don't Need a Man".

"Sério?" Ele tinha uma expressão meio grave, e então comecei a rebolar na frente dele.

Um pouco de samba, de rumba e de hip-hop. Nacho se levantou e observava divertido o show que apresentei para ele, e enquanto isso eu cantava para mim mesma que não precisava de um homem.

"Agora estou pronta", anunciei, quando a música acabou.

"Então agora você vai tomar banho comigo e eu vou te mostrar o quanto você precisa de um homem."

Mais uma vez tive que pentear o cabelo e aplicar um pouco de maquiagem. Felizmente as roupas tinham sido tiradas mais cedo, então agora estavam prontas para serem vestidas. Nacho estava no balcão, bebendo suco e falando em espanhol.

Ele usava um jeans desbotado de cor clara que pendia frouxamente na bunda e uma camiseta preta de manga curta, bem justa no peito. Olhei para baixo e sorri — ele estava de havaianas.

Um assassino e mafioso de havaianas. Ele tomou o último gole do copo, se virou para mim e encerrou a conversa.

"O celular que você recebeu ontem está funcionando bem? Está carregado e na sua bolsa?", perguntou, colocando os óculos.

"Sim, já verifiquei duas vezes. Nacho, me escute...", comecei, respirando fundo.

"Menina, me fale no avião, quando estivermos indo para casa. Agora vamos."

Capítulo 13

Cheguei meia hora adiantada no restaurante que Nacho tinha escolhido. Para ter certeza de que nos sentaríamos no lugar correto, eu deveria chegar antes do Homem de Negro.

Massimo só ficou sabendo onde e quando nos encontraríamos quinze minutos antes. Tinha de ser assim, caso contrário ele teria enviado dezenas de gorilas aqui e eu seria sequestrada quando chegasse à mesa.

Incapaz de acalmar meu coração agitado, pedi logo uma bebida para me tranquilizar. O Cappuccino Grand Café costumava ficar vazio naquela hora — a maioria das pessoas estava apagada na praia depois da farra noturna —, então os arredores também estavam vazios.

O restaurante ficava à beira da baía e eu tinha uma vista maravilhosa do morro com seus prédios históricos e do porto.

De repente o celular emitiu um som de notificação e eu quase caí da cadeira de susto. Desbloqueei a tela e li a mensagem: "Estou vendo você e quase posso ouvir seu coração batendo daqui. Se acalme, menina!"

Me acalmar. *Claro, é só me acalmar*, resmunguei baixinho, e um pouco depois veio outra mensagem. "Eu entendo polonês, não se esqueça." Meus olhos se arregalaram: ele podia me ouvir!

Tomei um gole do meu mojito, depois de me tranquilizar pela informação de que Nacho estava por perto o tempo todo.

"Oi, pequena", o som da sua voz cortou o ar e arrancou minha tranquilidade.

Quase desmaiando, virei a cabeça para ver meu marido, que, de terno preto e camisa da mesma cor, estava de pé ao lado da mesa. Ele estava de óculos, então era difícil adivinhar qual era seu humor, mas eu podia sentir a ira que emanava de seu corpo.

"Divórcio?", perguntou, sentando-se e desabotoando o paletó.

"Sim", rosnei brevemente, sentindo seu cheiro começar a atingir meus sentidos.

"O que está acontecendo, Laura?" Ele pôs os óculos na mesa, virando-se levemente em minha direção. "Isso é para ser um protesto, um teste?" Ele franziu a testa. "E o que é isso que você está vestindo? Algum tipo de rebelião?"

Fiquei em silêncio. Finalmente acontecia a conversa que eu tanto desejara, mas, ao mesmo tempo, eu não tinha absolutamente nada a dizer a ele. O garçom colocou o café na frente dele, enquanto eu ainda tentava engolir o nó que subia pela minha garganta.

"Não sei mais ficar com você", disse, respirando fundo. "Não sei e não quero. Você mentiu para mim e, acima de tudo, queria de novo..." Fiz uma pausa, ciente de que Nacho ouvia cada palavra. "Aquilo que aconteceu alguns dias atrás em Messina foi a gota d'água no nosso relacionamento", afirmei com voz firme.

"E você se surpreendeu?", ele perguntou, mudando para um tom acusador. "Você me chamou pelo nome daquele lixo, aquele que matou o meu filho!"

"É, e isso foi um ótimo motivo para você ficar chapado de novo."

Tirei os óculos para que ele pudesse ver meu olhar de ódio. "Massimo, você me deixou por quase meio ano, se deixou cair em depressão porque você mesmo não aguentou lidar com o que aconteceu com a gente." Me inclinei um pouco na direção dele. "E você não pensou, seu maldito egoísta, que eu precisava de você?! Que nós podíamos passar por tudo aquilo juntos?" As lágrimas encheram meus olhos. "Não quero mais carregar isso...", gemi, cobrindo meus olhos com os óculos novamente. "... esses seguranças, esse medo, esses controles e transmissores." Sacudi a cabeça. "Não quero ter medo quando você levar um copo à boca ou sumir na biblioteca. Não quero acordar à noite para ver se você está ali." Olhei para ele. "Me deixe ir embora, não quero nada de você."

"Não!" Aquela curta declaração me atingiu como um raio. "São vários os motivos pelos quais você vai ficar comigo. Primeiro, porque não consigo imaginar outro homem possuindo algo que me pertence. E, segundo, porque adoro estar dentro de você." Ele riu, zombando. "Além disso, acho que podemos dar um jeito em tudo. Agora termine sua bebida e se apronte. Vamos voltar para a Sicília."

"Você vai voltar. Eu vou ficar", disse com firmeza, levantando da cadeira. "Se você não assinar os papéis do divórcio..."

"O que você vai fazer comigo, Laura?" Ele ficou de pé na minha frente, elevando-se acima de mim. "Eu sou o chefe da família Torricelli e você quer me ameaçar?" Ele estendeu a mão para segurar meu ombro e, naquele momento, uma xícara ficou em pedaços.

Olhei horrorizada para as peças de porcelana que tinham acabado de explodir e meu celular sobre a mesa começou a vibrar. Atendi o celular e coloquei no viva voz.

"Ela não vai ameaçar você", disse a voz séria de Nacho ao celular. "Mas eu vou. Sente-se, Massimo, porque a próxima bala vai acertar o alvo."

O Homem de Negro, furioso, não se mexeu e, algum tempo depois, o açucareiro foi o próximo alvo atingido.

"Sente-se!", o canarino berrou, e Massimo voltou para sua cadeira.

"Você deve ser muito corajoso ou muito burro para atirar em mim", disse, num tom impassível.

"Eu não atirei em você. Só atirei no que está em cima da mesa", ele disse, e eu ouvi seu riso. "Se eu quisesse te acertar, você já estaria morto. Agora vamos ao que interessa. Laura está prestes a sair do restaurante e entrar no carro estacionado em frente à entrada. E você, Massimo, vai aceitar que ela não quer ficar com você e vai deixá-la ir embora. Do contrário, vou te provar de quantos lugares da sua ilha posso atirar em você."

"Querida, você contratou um assassino?!" Ele riu, olhando para mim. "Minha própria esposa." Ele começou a fazer barulhos de beijinhos e virar a cabeça de um lado para o outro. "Lembre-se, Laura. Se você sair daqui, não tem volta."

"Menina, levante-se e vá até o Mercedes cinza estacionado em frente ao restaurante, Ivan está esperando por você."

"Será que você pode se apresentar?", Massimo perguntou enquanto eu me levantava. "É para saber a quem agradecer pelo meu novo estado civil."

"Marcelo Nacho Matos."

Essas três palavras deixaram o poderoso corpo do Homem de Negro tenso como a corda de um arco pouco antes de a flecha ser lançada.

"Ah, tudo ficou claro agora", disse Massimo, com um tom de sarcasmo. "Sua vagabunda, como pôde fazer isso comigo?!"

"Fique frio, Torricelli, senão eu estouro sua cabeça em um segundo", Nacho rosnou. "Laura, vá para o carro agora mesmo", ele me disse.

Ao passar por Massimo, minhas pernas tremiam. Inesperadamente, ele me agarrou e bloqueou a visão do canarino, com as mãos firmemente agarradas aos meus ombros. *Ai, meu Deus, isso não vai dar certo*, pensei.

"Massimo, olhe para o seu lado direito", disse Nacho calmamente. "Temos vários atiradores."

O Homem de Negro olhou para baixo, onde seu terno preto tinha um pequeno ponto de laser vermelho. "Eu vou te derrubar se você não a deixar sair antes de eu contar até três. Um..." Os olhos de Massimo fixaram-se nas lentes escuras dos meus óculos e, quando não conseguiu atravessá-los, tirou-os de mim.

"Dois!..." O canarino fazia a contagem e meu marido olhava para mim, hipnotizado. Ele se inclinou e me beijou, e eu nem me mexi. Ah, que cheiro delicioso! Todas as lembranças se passaram diante dos meus olhos... as boas e as ruins.

"Três!" As mãos do Homem de Negro me soltaram e eu, mal conseguindo me manter de pé, atravessei o restaurante.

"Até a vista, pequena", disse enquanto endireitava o paletó e se sentava de volta na cadeira.

Quase corri para fora, onde havia de fato um carro estacionado no meio-fio e Ivan me esperando na frente dele. Olhei na direção oposta e vi Domenico encostado em um SUV preto. Ele balançou tristemente a cabeça, e eu queria rugir.

"Entre", disse Ivan, abrindo a porta para mim. Quando me sentei lá dentro, ele ocupou o assento do motorista.

"Onde ele está?", perguntei, minha voz falhando. "Me leve até o Nacho!" Eu estava com falta de ar, sentindo que um ataque de pânico se aproximava.

"Ele deve ficar em posição ainda mais um pouco e brincar de Comandos em Ação."

O carro entrou em outra rua menos movimentada e acelerou pela cidade.

"Ele vai ficar bem e não vai atirar em ninguém", disse Ivan.

"Espero que sim", respondi.

Meu coração começou a bater forte e meu corpo tremia de nervosismo. De repente, embora estivesse quente lá fora, senti um frio pungente. Me encolhi no banco de trás e puxei os joelhos até o peito.

"Você está bem, Laura?", Ivan perguntou, preocupado. "Se você quiser muito mesmo, posso te levar até ele, mas primeiro tenho de verificar se existe essa possibilidade."

"Me dê o celular. Eu ligo." Tentando não chorar, peguei o celular dele. Tensa, fiquei escutando os sinais de chamada. *Meu Deus, por favor, ele precisa atender*, rezei em pensamento, apavorada.

"Ivan?" A voz de Nacho interrompeu o zumbido constante.

"Eu preciso de você", gemi, e ele ficou em silêncio.

"Me deixe falar com o motorista."

Estendi a mão e passei o celular para a frente.

Dez minutos depois, estacionamos entre pequenas ruas históricas. Eu me ergui e me ajeitei no assento, esfregando os olhos marejados. Fiquei olhando para a paisagem pitoresca lá fora enquanto esperava. Finalmente o vi. Ele caminhava calmamente com suas havaianas e seus jeans um tanto surrados. Estava de óculos e com uma estranha bolsa angular nas costas. Abriu o porta-malas, deixou a bolsa lá e se sentou ao meu lado.

"Agora já sei por que não posso te chamar de pequena", ele sorriu radiante. "E eu prometo que não vou."

Encostada firmemente no assento, eu o encarei sem saber o que ele queria dizer com aquilo.

"Espero que nunca mais ninguém te chame de pequena de novo. Venha cá." Ele abriu os braços e eu me aconcheguei neles. "Funcionou, menina", ele sussurrou e beijou minha cabeça. "Agora você só precisa torcer para que ele seja mais sábio do que cabeça-dura. Propus a ele uma oferta irrecusável." Ele riu, sarcástico. "Melhor dizendo, foram os sicilianos que propuseram."

"Eu custei muito caro?", perguntei, me erguendo e olhando para ele.

"Muito pouco", respondeu, tirando os óculos. "Você vale muito mais, menina. O que você estava tentando me dizer lá em casa?" Ele me puxou para perto de novo e me apertou com seus braços fortes.

"Nada", sussurrei. "Para onde nós vamos?"

"Eu tenho que encontrar uns caras, e você precisa visitar um lugar antes de nós pegarmos o avião." Nacho gargalhava.

Eu me ajeitei no assento e olhei para ele, seus dentes num sorriso e seus olhos verdes fixos nos meus.

"O que você jogou no porta-malas?"

Seu rosto ficou um pouco sério com a pergunta.

"Uma pistola", respondeu sem hesitar.

"Foi você quem atirou na xícara?"

Ele assentiu.

"Como sabia que iria acertar?"

Ele riu alto e se aproximou de mim para me abraçar mais uma vez.

"Minha querida, se você desse tantos tiros quanto eu, acertaria num grão de açúcar. Além disso, eu não estava longe, então era muito fácil. Antes de ele chegar, vi pela luneta a pulsação da artéria no seu pescoço. Eu sabia que você estava nervosa."

"Ah, eu quero atirar assim também", gemi, e Nacho me abraçou com mais força ainda.

"Basta que eu saiba atirar."

O carro parou em frente a um lindo salão de cabeleireiro e eu olhei surpresa para Nacho.

"Isso é um disfarce para um lugar de encontros secretos?", sussurrei dissimuladamente.

"Não", ele riu. "É um cabeleireiro. Vou te deixar aqui."

"Como assim?" Eu o encarei, surpresa, e ele puxou minha mão, me arrastando para fora do carro.

Entramos e uma linda morena se aproximou dele e o beijou na bochecha. Ela era deslumbrante, não muito alta, e seus ombros e colo tinham tatuagens coloridas.

Ela estava parada um pouco perto demais e sorrindo cheia de intenção para ele. Fiquei com ciúme — foi como se alguém tivesse me dado uma porrada com um saco de areia. Pigarreei, segurei sua mão com mais força e fiquei na frente dele.

"Laura", me apresentei, interrompendo a tagarelice deles.

"Sim, eu sei, olá", ela respondeu com um sorriso radiante. "Eu sou a Nina. Ah, e esses são os seus apliques!", ela disse, segurando meu cabelo com os dedos e balançando a cabeça. "Me dê uma hora, Marcelo."

Fiquei meio abobada. Olhei para Nina, depois para Nacho, sem saber do que se tratava. Olhei para ele quando percebi que ia sair. E ele me disse: "Menina, eu nunca vou me meter no que você é". Ele acariciou meu rosto. "Mas, pelo amor de Deus, não suporto pensar que esse cabelo não é seu."

Comecei a rir quando finalmente entendi o que estava fazendo ali.

"Eu ia tirar mesmo. Eles me irritam." Eu o beijei suavemente. "Fazia parte da terapia, mas não preciso mais. Até daqui a uma hora." Eu me despedi e caminhei em direção a Nina, que estava me esperando na poltrona.

Depois que ela tirou todos os cabelos falsos, fiquei surpresa ao descobrir que meu cabelo estava bem comprido.

Mais uma vez, como costumava fazer, troquei de penteado com a mudança de vida.

Pedi a Nina para clarear a cor para mim, e, quando Nacho ligou para dizer que a reunião arrastaria um pouco para acabar, tive tempo para fazer algumas mudanças espetaculares.

"Quão claro?", ela me perguntou, parada atrás de mim. Em suas mãos, ela segurava uma tigelinha na qual misturava algo.

"Eu queria que eles ficassem castanhos", eu disse.

"Pelo que você contou, costuma mudar a cor do seu cabelo de forma radical e com bastante frequência, não é? Não posso garantir que você não saia daqui careca", ela disse e começou a pintar.

"Onde está minha mulher?", Nacho gritou quando entrou, e todas as clientes quase desmaiaram ao ver aquele homem forte e tatuado chamando a atenção. "Onde está a dona do meu coração?"

Eu o encarei, folheando uma revista. Ri me divertindo por ele nem mesmo ter me visto.

"E o senhor não prefere ter uma nova mulher?", perguntei, largando a revista. Sua boca aberta indicou um leve choque. "A propósito, vocês estão juntos há muito tempo?" Eu me aproximei e segurei sua camiseta, puxando-a ligeiramente. "Acho que eu posso te conquistar", ri sedutoramente.

"Cara senhora", ele disse, me abraçando e olhando para mim com admiração. "Minha mulher é insubstituível, e eu esperei muito tempo por ela", sorriu radiante. "Mas sempre é possível conferir como é beijar uma surfista."

Sua língua macia deslizou em minha boca, ignorando as mulheres que nos observavam com inveja.

Depois se afastou um pouco por uns momentos e me observou.

"Obrigado, Nina." Ele acenou para a garota colorida e praticamente me arrastou para fora do salão.

Entramos no Mercedes Gelende cor de aço e Nacho ligou o motor e os pneus cantaram.

"Estamos atrasados para chegar em algum lugar?", perguntei, achando graça e tentando pôr meu cinto de segurança.

"Sim, agora estamos", ele respondeu brevemente, sem tirar os olhos da estrada.

Saímos no pátio claro do aeroporto e quase desmaiei ao ver o avião. Era ainda menor do que aquele em que voei com Massimo. Parecia um carrinho de mão com asas em que nem mesmo uma criança poderia entrar. Fiquei parada encarando a morte alada pintada de branco e amarelo estacionada a poucos metros de distância. *Ele só pode estar doido se pensa que vou entrar nisso. E onde é que caberia ali dentro a cama que me distrai da viagem?* Um milhão de dúvidas passaram pela minha mente.

Nervosa, peguei minha bolsa e fiquei horrorizada ao descobrir que não havia colocado os sedativos.

"Eu sei que você tem medo de voar", admitiu, caminhando em direção ao que chamou de avião. "Mas desta vez você nem vai saber que está voando."

Ele se virou e ficou de pé, segurando uma bolsa preta no ombro.

"Você vai sentar na frente." E me mostrou os dentes. "E, se você quiser muito mesmo, eu deixo você pilotar." Ele se virou e subiu os poucos degraus, entrando.

Ergui as sobrancelhas e olhei para a caixinha de metal na minha frente. *Ele vai me deixar pilotar?*, repetia em silêncio suas palavras. *Porra, ele vai pilotar isso sozinho?*

Eu estava dividida. A curiosidade e minha própria convicção de que sou fabulosa, potencializada pelo novo corte de cabelo, me empurravam para o carrinho de mão com asas. Mas o horror e o ataque de pânico iminente me faziam querer fugir correndo de lá.

"Ai meu Deus!", gemi e, segurando minha bolsa com força, comecei a andar em direção à máquina.

Eu nem sequer olhei lá dentro. Tive receio de morrer de medo se olhasse para o interior microscópico.

Virei à esquerda e entrei em outro cubículo que parecia uma jaula.

"Estou morrendo", anunciei, me acomodando no assento ao lado de Nacho.

Ele estava colocando os fones e apertando um milhão de botões. "Estou tendo um infarto, um ataque de pânico, estou histérica..."

Ele se inclinou e me beijou, e seus lábios macios me fizeram esquecer de onde eu estava. Esqueci meu sobrenome, onde morava e como se chamava minha mãe.

"Vai ser legal", ele garantiu, e se afastou de mim.

"Coloque seus fones e se prepare para fazer uma coisa melhor do que..." Ele fez uma pausa, olhando para mim com ar divertido. "Eu ia dizer sexo, mas, pensando bem, sexo comigo é bem melhor..."

Ele encolheu os ombros se desculpando e um som saiu do dispositivo que eu tinha nos ouvidos.

A voz masculina dizia algo totalmente incompreensível para mim, e o canarino, ainda pressionando os botões, respondia.

Nacho girava alavancas, empurrava botões, olhava para os relógios, e fiquei ali sentada, olhando para ele como se estivesse enfeitiçada.

Será que havia algo que aquele homem não soubesse fazer?

"O que é isso?", perguntei, mostrando uma das setas.

"A catapulta", respondeu sério, sem olhar para mim. "Se durante o voo você apertar o botão vermelho ao lado dele, vai me lançar no ar."

No início eu só queria responder com um aceno da cabeça, mas então me ocorreu que ele estava me zoando.

"Eu queria que você visse a sua cara agora!" — e começou a rir. "Querida, é um medidor de combustível. Agora vamos verificar se o leme e os flaps estão funcionando."

Depois de me revelar uma completa idiota, decidi não perguntar mais nada e apenas observar como o meu homem se saía. *Meu homem*, repetia enquanto o observava. Mal tinha largado um e já tinha outro. Sacudi a cabeça, olhando para a frente. Minha mãe teria algumas palavras a dizer sobre o assunto. Começaria com "Não foi assim que eu te criei", e depois "Pense, minha filha, no que você está fazendo", e terminaria com "Mas a vida é sua." Então isso não me ajudaria muito. Suspirei pesadamente com o pensamento de uma conversa que eu, de qualquer jeito, não teria.

As turbinas começaram a roncar e eu senti como se fosse desmaiar. Que diferença faz se tenho o para-brisa na frente dos meus olhos ou se estou dentro do avião, já que meu foco está apenas no medo?

"Nacho, não vou conseguir", murmurei quando começamos a nos mover. "Me deixe sair, estou te implorando." Eu estava ficando cada vez mais ansiosa.

"Eu preciso que você me diga os valores naquele monitor." Ele apontou com o dedo. "O que vai aparecer aí. Você consegue?" Ele olhou para mim com preocupação e eu comecei a ler.

Números sem sentido piscaram na tela e eu, totalmente concentrada, passei-os a ele um por um. De repente, senti a máquina subir no ar.

"Nacho...", gaguejei, tentando recuperar o fôlego.

"Os números", ele disse, se divertindo, e comecei a ler novamente.

Depois de alguns minutos recitando os números, senti que me olhava. Virei a cabeça e vi o canarino sentado, sorrindo radiante. Seus óculos aviador marrons se elevaram ligeiramente sobre o nariz quando ele sorriu.

"Pode parar. Você agora não tem como descer."

Olhei pela janela do avião e vi apenas as nuvens abaixo de nós e o sol. Estávamos sozinhos no nada absoluto.

Ainda estava um pouco tonta, mas a felicidade que senti ao olhar para o azul ao meu redor me fez esquecer do medo.

"Sabe o que acabei de pensar?", perguntei. Ele balançou a cabeça negativamente, sem mudar sua expressão. "Que você ainda não me deu a chance de provar o seu gosto." Seus dentes se cerraram e seus lábios formaram uma linha fina.

Descansei a cabeça na poltrona e fechei os olhos.

"Eu quero ver você gozar quando sou somente eu te dando prazer."

"É sério? Foi isso que você pensou quando olhou para as nuvens?", ele perguntou surpreso. "Estou preocupado com você, menina. Sabia que as nuvens são coleções de gotículas de água ou cristais de gelo..."

"Não mude de assunto", eu disse sem levantar os olhos. "Quero te chupar, Nacho."

"Mulher", Nacho gemeu, e eu olhei para ele. "E você me diz isso quando estamos a milhares de pés acima do solo?!"

Ele passou a língua sobre os lábios e eu olhei para o volume gigante sob a calça.

"Mas estou vendo que você gostou da ideia." Fechei os olhos novamente. "A julgar pela reação." Terminei de falar e continuei a desfrutar da viagem.

Capítulo 14

Descemos no aeroporto ao sul de Tenerife, onde o carro mais extravagante do mundo estava estacionado em frente ao terminal. Nacho abriu a porta e, quando estava prestes a entrar, segurou meu pescoço e me colocou contra a carroceria. Ele não foi bruto, mas firme e apaixonado.

"Estou de pau duro desde que você me disse que quer provar meu gosto", ele falou devagar, sorrindo e esfregando seu pau duro na minha perna. Beijou meu nariz suavemente e me soltou.

Ele era o mestre da provocação. Eu parei com uma perna dentro do carro e me perguntei por que não resolver as coisas ali mesmo.

"Eu quero chupar você", sussurrei direto em seu ouvido, entrei no carro e seu sorriso triunfante desapareceu do rosto.

"Vai ficar só na vontade", ele disse, batendo a porta e contornando o carro, que parecia uma flecha preta. "Eu te disse que Amelia vai dar uma festa de boas-vindas." Ele se sentou ao volante e ligou o motor. "E depois da festa, pela minha experiência, você não vai ter forças para brincadeiras." Ele sorriu e colocou os óculos.

"Vamos apostar?", perguntei quando ele avançou, cantando pneu.

Sua risada contagiante cortou o ar. Ele não precisou dizer nada — eu sabia que tinha aceitado o desafio.

Entramos na garagem do apartamento, e embora o carro tivesse parado eu não conseguia sair. Me sentia estranha, desconfortável. Como se tivesse voltado no tempo. A última vez que estivera no mesmo lugar, seis meses antes, eu era uma grávida casada e feliz.

Mas será que era verdade? Bem, definitivamente eu estava grávida e era casada. Ainda estou casada. A questão é: será que o que eu sentia em dezembro poderia ser chamado de felicidade? Os sinais que me vinham à cabeça eram contraditórios. Por um lado, lamentava muito que toda a situação com Massimo tivesse terminado assim, mas, por outro, o cara tatuado ao meu lado era um sonho que se tornara realidade. E essa era outra dúvida que me consumia por dentro: devo dizer a mim mesma o que sinto? Talvez seja apenas curiosidade e paixão, e acabei por destruir o sentimento maravilhoso que havia entre mim e meu marido...

"Se você não quiser ficar aqui, posso te levar para um hotel", Nacho disse, com seriedade, parado junto à porta. "Laura, eu sei que o que aconteceu daquela vez foi muito doloroso para você, mas..."

"Não", respondi com confiança, e saí do carro. "Vamos?"

Eu não tinha vontade de recordar e, além disso, minha cabeça começava a doer com as recordações. Queria tomar um porre, me divertir e não pensar. Ao mesmo tempo, estava bem ciente do fato de que nessa ilha ainda enfrentaria muitas outras lembranças monstruosas.

Passei pela soleira do apartamento e, surpreendentemente, senti como se tivesse voltado para casa. Tudo estava exatamente como eu me lembrava — a única diferença era que desta vez eu queria estar aqui, e não estava sendo obrigada.

Nacho agia como se estivéssemos entrando ali pela milésima vez. Ele largou a sacola que estava segurando e abriu a geladeira. Pegou uma garrafinha de cerveja e depois digitou um número no celular e o levou ao ouvido. Não sei se estava me dando um tempo ou apenas se sentindo à vontade, mas eu não queria incomodá-lo e subi para o meu quarto.

Abri o guarda-roupa e fiquei surpresa ao descobrir que estava completamente vazio. *E essa agora*, pensei. Comecei a me perguntar onde poderia estar minha mala de Ibiza. Ele não a tinha colocado no carro, mas com certeza estava lá no avião. Olhei para as prateleiras e pensei no que faria agora sem uma única calcinha.

"Você confundiu os quartos", disse o canarino, me abraçando por trás. "Primeira porta à direita, logo atrás da escada."

Ele beijou meu pescoço e saiu.

Eu me virei e o segui lentamente. Abri a porta de seu quarto e vi que tudo havia mudado totalmente. Os móveis eram outros, a cor das paredes mudara de branco para cinza e a cama, que era plana, havia de repente ganhado colunas. Ainda era moderno e estiloso, mas os curtos tubos de metal saindo de cada canto anunciavam um plano sinistro.

"Suas coisas estão no closet." Ele abriu a porta e outro quarto apareceu. "Amelia comprou mais algumas roupas para você. Ela disse que se eu fizesse as compras você só andaria de short e havaianas." Ele encolheu os ombros. "E se você precisar de..."

"Está querendo me amarrar?", perguntei. Nacho virou a cabeça e cravou seus olhos verdes em mim. "Para que essas colunas na cama? Além disso, por que você mudou o quarto?" Apertei os olhos e caminhei até ele.

"Eu te ameacei com uma arma aqui", respondeu, baixando a cabeça e suspirando. "Eu não queria que você fizesse uma associação ruim com aquilo. Se você quiser, a gente se muda. Nunca investi em imóveis, mas verifiquei e há uns lugares ótimos em..."

Eu o cortei mais uma vez, pressionando meus lábios contra os dele. Enfiei a língua em sua boca e comecei a acariciá-lo suavemente. Nacho se abaixou o suficiente para estar na mesma altura que eu e segurou meu rosto com as mãos.

"Sim, eu quero te amarrar", ele sussurrou, e eu travei. "Para que você nunca se afaste de mim." Ele sorriu encantadoramente, apontando para a cama. "E nesses pilares as colunas são retráteis. Não estou planejando uma orgia aqui, só um bom som. Vai ser útil quando eu te incomodar de noite com os filmes." Ele beijou meu nariz. "Ou com a música. Falando nisso..."

Ele se virou, caminhando em direção ao tablet na moderna estante suspensa. "Eu adoraria ver você sacudir sua bundinha", disse, e apertou um botão. Longos alto-falantes pretos projetaram-se dos tubos de aço. De repente toda a sala se encheu de puro som. Justin Timberlake cantou "Cry Me a River". Comecei a rir, pensando em quanto tempo fazia que não ouvia aquela música.

Nacho estava se divertindo, e quando o baixo forte apareceu na música, começou a dançar, imitando o vocalista.

Abri a boca e, sem esconder meu espanto, observei-o deslizar pela sala, curtindo a música. Ele pegou um boné que estava pendurado no closet e começou a cantarolar, jogando-o habilmente de um lado para o outro. Fiquei encantada, surpresa e alegre com a performance. Em certo momento ele se aproximou de mim e, agarrando meus quadris por trás, começou a dançar comigo. Ele era demais, movendo-se suavemente com os sons sensuais, e eu o seguia. Em Ibiza eu tinha percebido que ele sabia dançar, mas não esperava que fosse tão bom.

"Seu mentiroso!", sibilei quando a música terminou e ouvi as primeiras notas da música seguinte. "Você disse que não sabia dançar!"

"Eu disse que não sabia dançar as agitadas". Ele riu e tirou a camisa. "Não se esqueça que os surfistas têm um excelente senso de equilíbrio."

Ele piscou para mim e caminhou pelo corredor até o banheiro, balançando os quadris.

Eu estava prestes a ir atrás dele, mas percebi que o resultado daquilo seria primeiro uma preliminar de meia hora, e depois mais meia hora transando no chuveiro, então desisti.

Seria a primeira vez que eu iria me apresentar aos seus amigos como a namorada do chefe. Caramba! Isso mesmo, agora ele era o chefe da família. Abalada, fui até minha parte do closet e comecei a vasculhar as dezenas de cabides. Algum tempo depois, fiquei aliviada por ter algo para vestir. Não havia camisetas coloridas ou jeans, mas vestidos, túnicas e sapatos deslumbrantes.

Obrigada, Amelia, pensei, pegando outra roupa linda. De repente fiquei consternada: se ele usasse short de novo, eu pareceria uma idiota ao lado dele.

Sentei-me no tapete e fiquei olhando fixamente para a frente.

"Ela comprou tudo direitinho?", Nacho perguntou enquanto passava por ali, enxugando a cabeça com uma toalha.

Que Deus me ajude, gemi, quando sua bunda nua e tatuada passou a poucos centímetros de mim.

Admirei meu próprio autocontrole enquanto, imóvel, o observava tirando a calça de linho cinza do cabide.

"Ei, menina! Amelia comprou tudo direitinho? As suas roupas?!", ele repetiu quando eu não respondi. Assenti sem pensar. "Que bom! Não é uma festa oficial, mas sabe como é... Desde que virei chefe, nem sempre posso aparecer como um moleque de dezoito anos."

Ele puxou a calça cinza clara por cima da bunda, e eu dei um suspiro de alívio — aquilo que não podemos ver não é tão tentador. Tirou a camisa azul-marinho do cabide e arregaçou suas mangas, que eram da mesma cor da calça. Que lindo assim todo bronzeado, elegante e tatuado. Ele calçou mocassins azul-marinho. Enquanto fechava o relógio, olhou para mim:

"Meu bem, parece que você teve uma paralisia e... espere aí..." Ele se aproximou de mim e limpou o canto da minha boca. "Sua saliva está escorrendo!" Ele riu e, me pegando pelos ombros, me levantou. "Para o banheiro!" Deu um tapinha na minha bunda e eu, balançando a cabeça, fui para o chuveiro. Como era meu hábito, tomei um banho frio por precaução, com cuidado para não estragar meu cabelo. Nina tinha apenas clareado um pouco e penteado de forma a parecer uma desordem sexy aparentemente aleatória. Parada na pia, descobri que os armários do banheiro estavam cheios de cosméticos. *Amelia, querida!* Pintei bastante os cílios e maquiei levemente o rosto em tom dourado. Eu parecia fresca, natural e, acima de tudo, limpa. Quando entrei no quarto, Nacho não estava lá. Fiquei até um pouco feliz com isso, pois pude escolher em paz o que gostaria de usar para me apresentar ao mundo. Optei por um vestido curto de alças na cor areia, com as costas de fora, para o qual encontrei sandálias que combinavam perfeitamente, com uma tira no tornozelo. Escolhi uma bolsinha azul-marinho para combinar com tudo e pus uma pulseira de ouro larga.

Senti que estava pronta.

Desci a escada e vi Nacho inclinado sobre o notebook. Quando me ouviu, fechou-o, se virou e ficou de boca aberta. O vestido não era justo, era bastante solto e cobria meu corpo de forma sexy.

"Você vai ser minha para sempre", ele disse, com um sorriso radiante.

"Isso é o que veremos...", respondi, jogando o cabelo de maneira descontraída.

Ele riu e se aproximou de mim, e seu braço colorido me levantou do último degrau, me colocando no chão. Ele me observava com os olhos ligeiramente estreitados, e então passou a língua suavemente sobre meus lábios entreabertos.

"Vamos." Pegou a chave e, entrelaçando seus dedos nos meus, foi para a porta.

"Você estava bebendo", eu disse, repreendendo-o. "E quer dirigir?!"

"Menina, foi só uma cerveja pequena, mas se quiser pode dirigir."

"E se a polícia nos pegar?!" Meu tom era um pouco agressivo.

"Sabe de uma coisa?", perguntou, correndo o nariz pelo meu rosto. "Se você quiser, arranjo um comboio da polícia para te acompanhar. Você ficaria mais calma assim?" Ele ergueu as sobrancelhas fazendo graça. "Vou repetir mais uma vez: sou Marcelo Nacho Matos e esta é a minha ilha." Ele abriu os braços e começou a rir. "Agora, se você não tem mais nenhum questionamento, podemos ir, porque Amelia vai acabar com a bateria do meu celular. Ah, e por falar em celular..." Ele tirou um iPhone branco do bolso e me entregou. "É o seu novo celular, com a lista de contatos já copiada e número restrito." Ele encolheu os ombros se desculpando. "Não vou conseguir recuperar o resto: suas roupas, o computador e o que sobrou na Sicília." Seu olhar desapontado me atravessou.

"São apenas objetos", eu disse, guardando meu celular. "Tenho outras preocupações maiores que essas", acrescentei, e ele parou, pasmo, e depois se aproximou de mim.

"Quais?", ele franziu a testa, sem saber o que eu queria dizer com aquilo. "Quais são suas preocupações?", suspirou.

"Olga, o casamento dela, o divórcio, minha empresa." Balancei a cabeça. "Quer que eu continue?"

"Já tenho as soluções para a maioria delas". Ele pousou os lábios na minha testa. "A única coisa que não posso planejar é a sua estadia no casamento dela, mas podemos discutir isso outra hora. Vamos."

Quando entramos na propriedade dos Matos, senti o que tinha em meu estômago chegar até a garganta. Não imaginava que reagiria com tanta emoção por estar ali. Eu meio que esperava irmos para aquele lugar, mas, quando chegamos lá, tive uma vontade quase incontrolável de vomitar. As imagens daquele dia passaram pela minha mente como um filme.

Mas é só um lugar, uma casa, expliquei para mim mesma.

"Meu bem", a voz do canarino me trouxe de volta à realidade, me tirando das divagações desagradáveis.

"De novo você está parecendo que teve uma paralisia", disse, preocupado. Quando o carro parou, ele agarrou minha mão.

"Estou bem... é só... esta casa." Fiz uma pausa, olhando para o palácio na minha frente. "Fico me lembrando dele me batendo..."

"Filho da puta!", ele berrou e eu levei um susto enorme. "Todos os dias penso nisso e toda vez tenho vontade de me matar pelo que você passou." Seu rosto parecia frio e seus olhos, cheios de ódio. "Menina, eu vou te proteger do mundo inteiro, eu prometo. Só me perdoe, por favor." Ele abaixou a cabeça. "Não é o momento para esta conversa, mas você precisa saber que em breve vamos conversar sobre isso."

"Laura!" O grito de Amelia quebrou o silêncio constrangedor que se seguiu às palavras dele.

"Não espero nenhuma declaração sua. Já ouvi muitas", tranquilizei-o quando saí do carro. Quase no mesmo momento, a bela loira se jogou em meus braços.

"Oi, garota!" Eu a beijei e ela me agarrou. "Você está divina", elogiei, afastando-a ligeiramente de mim.

"Você também", ela gritou, alegre, e pegou a mão de seu irmão, que acabara de se aproximar de nós. "Estou certa em dizer que agora vocês são um casal e eu finalmente tenho uma irmã e Pablo tem uma tia?" Nós dois ficamos em silêncio, espiando um ao outro. "O que o Marcelo vai dizer, eu já sei, mas estou mais interessada no que *você* tem a dizer. Estão mentindo para mim de novo?"

Fiquei observando-a e, por fim, peguei a mão de Nacho, enfiei meu braço sob o dele e dei um beijo suave e lento em seus lábios. O canarino não tirava os olhos de mim, e mais uma vez o mundo deixou de existir.

Hipnotizados mutuamente, ficamos ali por um tempo.

"Nós vamos tentar", disse, ainda olhando para ele. "Mas não garantimos resultados." Ergui as sobrancelhas, sinalizando que minha resposta era mais para ele do que para ela.

"Ah, meu Deus! Vocês estão loucos um pelo outro." Amelia deu um gritinho, cruzando as mãos como se estivesse rezando. "Mas chega disso. Precisamos de uma bebida. Além disso, Marcelo, Ivan quer falar com você quando tiver um minuto." Ela me puxou pela mão até a entrada.

Quando pisei na soleira, fiquei surpresa e admirada. Em minhas lembranças, aquela casa parecia diferente.

De fato eu estivera ali por apenas alguns instantes, mas sempre lembramos do local onde vivemos um trauma. Caminhamos pelo longo corredor e Nacho, com as mãos nos bolsos e um sorriso radiante, me seguia. Soltei a mão de sua irmã e passei meus braços em volta da cintura do meu homem, abraçando-o.

"Vocês mudaram alguma coisa por aqui? Parecia menos moderno e..."

"Mudamos tudo", ele explicou, com um sorriso. "A casa inteira foi mudada, embora você só tenha visto uma pequena parte dela. Logo após o acidente." Ele acenou com a cabeça para Amelia, que não estava ciente de que seu ex-futuro marido tinha sido meu algoz. E que toda a situação tinha sido uma tentativa de assassinato, não um acidente. "Mandei reformar toda a mansão. Estava toda ferrada e eu também não tinha os melhores vínculos com ela."

"Marcelo é o chefe agora." A loira estava feliz. "E finalmente a família vai entrar em uma nova era."

"Amelia, não fique tão interessada no que nós fazemos, certo?", ele a advertiu em tom sério, e ela virou os olhos ostensivamente. "Cuide de criar seu filho. E, por falar nisso, cadê meu afilhado?"

"No quarto dele com as babás, cães e gatos."

Ela olhou para mim. "Marcelo acredita que as crianças criadas com animais se desenvolvem melhor." E, apontando para o irmão, acrescentou: "Mas o chefe é ele", acrescentou depois de um momento, sorrindo radiante.

"Exatamente!", ele gritou, me apertando contra ele. "E não se esqueçam disso." Olhou para mim. "Vocês duas!"

Chegamos ao fim do emaranhado de corredores e vi a parte dos fundos do jardim. Uma enorme piscina de três níveis em forma de círculos interconectados descia pela encosta rochosa. Em torno dela havia gazebos de madeira com toldos, espreguiçadeiras e poltronas. Mais adiante estavam os sofás, dispostos em um quadrado e com uma lareira no meio. Ao lado deles ficava um bar maravilhoso, comprido e iluminado, e a poucos metros de distância, no chão de concreto, com grama em volta, uma mesa para cerca de trinta pessoas.

Só que com certeza havia mais gente do que isso. Principalmente homens, mas também algumas moças, que se divertiam na água ou bebericavam preguiçosamente. Todos eram jovens, estavam descontraídos e não pareciam muito com gângsteres.

"Olá!", Nacho gritou, levantando as mãos enquanto todos olhavam para nós.

Ouvimos gritos, aplausos, assobios e vivas. O canarino me puxou, me apertou com força e cumprimentou todas as pessoas, que, passado algum tempo, se aquietaram. Quando a música parou, Amelia entregou ao irmão o microfone que ela havia tirado do DJ.

"Vai ser em inglês, porque a escolhida do meu coração só está começando a aprender espanhol", ele explicou, e eu abaixei um pouco a cabeça, envergonhada por todos aqueles olhares.

"Obrigado por terem vindo aqui neste cu do mundo, mas espero que a fartura de bebida compense a fadiga de todos." Os convidados começaram a gritar e assobiar novamente.

"Aqueles que não ficarem completamente satisfeitos podem levar para viagem. E agora gostaria de apresentar a vocês a Laura, que — sinto muito, senhoras — conquistou a mim e ao meu coração. Obrigado pela atenção e divirtam-se." Ele terminou jogando o microfone num de seus amigos, e então colou seus lábios quentes nos meus. Toda a multidão ergueu as taças e houve outra salva de palmas e gritos ao nosso redor.

Como eu estava envergonhada! Aquela ostentação em sua fala era desnecessária, mas ao mesmo tempo completamente natural. O canarino tinha esse estilo de vida e eu não tinha o direito de culpá-lo por isso. O beijo continuou por mais um segundo, e senti os olhares curiosos se afastando de nós. A língua de Nacho vagou por muito tempo em minha boca, depois ouvi a música novamente e os convidados voltaram a se divertir.

"Você tinha que fazer desse jeito?", perguntei, quando ele lentamente se afastou de mim.

"Você está linda demais hoje", disse, erguendo as sobrancelhas. "Precisei marcar o terreno, pois em pouco tempo algum dos meus amigos iria colar em você e eu teria que matá-lo." Ele sorriu e eu revirei os olhos.

"Eles não parecem perigosos." Sacudi os ombros enquanto olhava para a multidão.

"Porque nem todos são perigosos. Alguns são surfistas, outros são amigos da Amelia, e apenas um pequeno grupo é de funcionários."

"Mas todo mundo sabe quem você é?", perguntei, mordendo o lábio, e ele assentiu. "Então nenhum cara vai querer falar comigo?" Ele encolheu os ombros, um sorriso malicioso no rosto.

"A menos que seja por cortesia ou se ele for declaradamente gay." Ele me puxou para onde Amelia se mexia nervosamente num pé e noutro. "Vamos beber."

Observei Nacho em seu hábitat e fiquei aliviada ao descobrir que ele era o mesmo com as pessoas e comigo. Não ficava fingindo nada, ria, era engraçado e dizia bobagens.

Passado algum tempo, comecei a distinguir os amigos dos funcionários, embora não fosse fácil. O careca estava cercado de pessoas muito semelhantes a si mesmo. Os surfistas tinham cabelo comprido, tatuagens e eram muito bronzeados. Os funcionários, por outro lado, pareciam touros enormes ou eram caras magros com um olhar suspeito. Mas todos pareciam bastante normais, pessoas descontraídas que se conheciam muito bem e se divertiam bastante.

Como sempre, Nacho tomou um gole de cerveja e eu me servi de taças seguidas do meu adorado champanhe. Eu não queria ficar bêbada, especialmente porque Olga não estava comigo; ela era um amortecedor de segurança para mim nas festas. Pensar nela me deixou triste. Amelia era uma ótima opção para ser minha amiga, mas ninguém poderia substituir Olga. *Eu deveria ter ligado para ela*, pensei, e me virei, indo para um canto.

"O que houve?", Nacho perguntou, me pegando pela cintura e encostando os lábios na minha orelha.

"Eu preciso falar com a Olga", afirmei, bem triste.

"Convide-a para vir aqui." Aquela curta declaração me deu um friozinho na barriga. "Desde que Domenico a libere, ela pode vir amanhã. Eu cuido de tudo."

Ele beijou minha testa e me soltou, e eu fiquei com os olhos parados nele.

Bum! Naquele momento eu me apaixonei. Se eu tinha dúvidas sobre ter ou não sentimentos por aquele cara, elas simplesmente desapareceram por completo. Ele estava conversando com seus amigos e eu não conseguia dar um passo. Como se algo em mim tivesse se quebrado lá dentro. Segurei as abas de sua camisa e, ignorando o fato de que estava interrompendo sua conversa, puxei-o de um jeito que seus lábios encontraram os meus de forma perfeita. Os homens que presenciaram a cena deram uma reclamada e depois caíram na gargalhada quando o beijei avidamente e de forma bastante vulgar. Ele segurou minha bunda com uma das mãos e, com a outra, o meu pescoço. Ele era ideal, perfeito, maravilhoso e meu.

"Obrigada", sussurrei, me afastando dele, e um sorriso dançava em seus lábios.

"Mas o que foi que eu disse?!", ele perguntou, divertido, voltando para seus amigos. E quando eu estava me afastando, deu um tapinha na minha bunda. Entrei em casa e me sentei no sofá do hall. Peguei meu celular e digitei o número.

"Oi", eu disse quando Olga atendeu. Houve um silêncio que durou alguns segundos.

"Você está bem?", ela quis saber, quase em um sussurro.

"Claro! Por que não deveria?"

"Porra, Laura!", ela suspirou. "Quando Massimo voltou para a mansão, por pouco ele não matou todos nós. Domenico me contou o que aconteceu. Esse seu Nacho está bem fodido. Eu compreendo tudo, mas atirar no *don*?"

Eu a ouvi caminhando para algum lugar.

"Olguinha, ele não atirou no *don*, atirou no açucareiro." Fiz uma pausa e logo depois caí na gargalhada, achando engraçada a minha afirmação. "Bem, ele queria assustá-lo e acho que conseguiu."

"Ele conseguiu emputecê-lo", ela disse, com firmeza e mais alto do que antes. "Bom, eu saí da casa porque sabe-se lá se estavam me escutando. Mas fale."

"Você pode vir para cá?" Eu a ouvi novamente andando. "Estou em Tenerife." Ela respirou fundo para dizer alguma coisa. "Mas eu juro que desta vez não vou te patrocinar outro amor. Por favor." Eu parecia estar num estado lamentável, embora não me sentisse assim. Eu sabia que só a pena poderia persuadi-la a conversar sobre a viagem com Domenico.

"Você sabe que eu vou me casar em duas semanas?", ela perguntou, em um tom que revelava que estava lutando com seus pensamentos.

"Exatamente! E você não deveria passar algum tempo com a dama de honra para preparar tudo? Olha, você já tem o vestido, e precisamos conversar sobre a empresa. Embora eu não saiba se ela ainda é minha... Devíamos pensar nessas coisas, e não faz sentido fazer isso pelo celular. Domenico vai entender." Fiz uma careta ao dizer isso, porque, se eu estivesse no lugar dele, em hipótese alguma eu a deixaria viajar.

"Caralho, você está sempre inventando alguma coisa!" Eu sabia que ela estava balançando a cabeça nessa hora. "Certo, eu falo com ele amanhã."

Hesitei por um momento, não sabia se deveria fazer a pergunta que estava em minha mente, mas a curiosidade prevaleceu.

"Como ele está?", murmurei. Fui tomada por uma culpa sem sentido.

"Massimo? Não sei. Depois que ele disparou um pente inteiro de balas e explodiu o jet ski, desapareceu. Até Domenico mandou tudo se foder, e disse que não iria com ele. Voltamos para a Sicília e acho que ele ficou em Ibiza. Conto tudo quando chegar, porque agora estou vendo o olhar ardente de Domenico e não acho que isso passe sem uma boa chupada no sorvetão."

"Eu amo você." E comecei a rir.

"E eu falo com você amanhã à noite. Me mande seu número e eu te ligo depois de falar com ele."

Ao retornar ao jardim, ouvi a gritaria e os aplausos mais uma vez. Passei pela soleira e vi Nacho em pé no palco, acalmando com as mãos a multidão abaixo da mesa do DJ.

"Vocês sempre me fazem dessas", disse, rindo. "Bem, já que vocês percorreram um longo caminho, eu vou tocar. Mas só uma música."

Vou tocar? Ele sabe tocar alguma coisa? Parei no patamar de pedra do lado de fora da porta e observei. O canarino rapidamente me procurou nos arredores, já que eu estava parada mais atrás da multidão, e me encarou com seus olhos verdes.

"Vou tocar uma coisa meio banal." Ele fingiu estar envergonhado, olhando para os pés. "Há algum tempo uma moça escreveu um livro chamado *Cinquenta tons de cinza*, e depois alguém decidiu fazer um filme. Uma história boba sobre um bundão autoritário viciado em sexo e controle. Bem, cada um de nós provavelmente conhece alguém assim, então é uma história de vida." Mais uma vez seu olhar me atravessou completamente. "Eu pessoalmente conheço pelo menos um." Balancei a cabeça com um sorriso sarcástico. "Mas o que se pode fazer? Os italianos também precisam existir." A multidão caiu na gargalhada e aplaudiu.

"Desculpe, Marco, você é legal." Ele apontou o dedo para um de seus amigos e acenou com a mão, como se estivesse dizendo para ele dar o fora. "Mas voltando à música..." Naquele momento, Amelia apareceu no patamar, entregando um violino ao irmão. "Tem esse cara, o Robert Mendoza, e ele fez um arranjo para violino de uma música daquele filme, 'Love Me Like You Do'." Nacho pegou o instrumento e o colocou no ombro. "Conheçam meu lado sentimental", disse, e os aplausos se espalharam.

O DJ colocou uma faixa de fundo suave e ele começou a tocar sem tirar os olhos de mim. Minha boca ficou mais aberta do que costumava ficar para fazer um boquete. Esse cara podia fazer qualquer coisa! Ele flutuava suavemente por entre os sons, sentindo a melodia. Meneava o corpo e seus dedos habilidosos se moviam pelas cordas. O arco dançava em sua mão direita e eu sentia como se cada parte de mim fosse explodir. Os braços fortes seguravam delicadamente o delicado instrumento de madeira e a alegria transparecia no rosto do meu homem.

De repente meus pés começaram a andar sozinhos. Eu não aguentava mais nem um minuto sem seu toque.

Ele tocava e me observava caminhar em sua direção. O violino conectado a um cabo não permitia que ele desse um passo. Mas não me importava nem um pouco, nem com aquela centena de completos estranhos que me olhavam como se eu fosse uma bruxa que deve ser queimada. Eu ia guiada e atraída por seu olhar, e mais cabeças se viraram em minha direção. Finalmente cheguei lá e fiquei a um metro dele, e ele se virou para mim, ainda tocando. Estava encantada, atordoada e totalmente confusa. A música explodiu mais uma vez chegando ao refrão e eu sorri. Não havia mais nada que eu pudesse fazer. Eu estava feliz. Meu homem tocava para mim e, embora todas as garotas na festa pensassem que era para elas, eu tinha certeza de que era para mim. Nacho tocou a última nota com calma. Ele deixou o violino e o arco e ficou esperando. Todos os convidados também. Eu me lancei em sua direção e, saltando sobre ele, envolvi-o com minhas coxas. Ele me abraçou e todos os convidados começaram a bater palmas novamente.

Suspeitei que meu vestido curto não estivesse mais cobrindo minha bunda nesse momento, mas, quando Nacho me beijava daquele jeito, eu poderia até estar nua no meio da multidão.

"Você sabe tocar violino!", sussurrei.

Meu sorriso estava largo, e ele continuava me segurando nos braços. "O que mais você pode fazer?", bufei de leve. "Ou será que devo perguntar o que você não pode fazer?!"

"Eu não posso fazer você ficar perdidamente apaixonada por mim." Seus alegres olhos verdes me estudaram atentamente. "E eu também não consigo deixar de ter uma ereção quando seguro sua bunda nas mãos." Ele sorriu e eu correspondi o sorriso. "Tenho que te colocar no chão agora, porque todo mundo está olhando e tenho medo de que meu pau duro chame a atenção." Ele gentilmente me pôs no chão, me colocou na frente dele e levantou a mão para se despedir da multidão.

Assim, sua apresentação chegou ao fim. O DJ colocou outra música e todos voltaram a se divertir.

"Venha cá." Puxei sua mão e comecei a arrastá-lo para a entrada da casa. Eu corria pelos corredores e ele ria enquanto me seguia.

"Você tem ideia de para onde está indo?", ele perguntou quando fiz outra curva.

"Não tenho a mínima ideia, mas sei o que eu quero fazer", respondi, olhando de um lado para o outro.

Nacho me agarrou pela cintura e, me jogando por cima do ombro, virou na direção oposta. Não me opus e não me defendi. Eu podia ver que ele estava tentando tornar minha tarefa mais fácil e sabia exatamente para onde deveria ir. Ele subiu as escadas monumentais e foi devagar para o segundo andar. Em seguida, abriu uma das muitas portas existentes. Entramos e com um chute ele a fechou.

"Eu quero fazer amor", ele disse, erguendo meus braços.

Beijou minha boca com apetite, me acariciou com os lábios, as mãos segurando firmemente meus pulsos. Ele me excitava, mas o álcool fervente em minhas veias me empurrava em uma direção completamente diferente da submissão.

Eu sabia que ele seria terno e muito sutil, mas meu lado sacana queria se satisfazer. Cerrei meus dentes no lábio inferior do canarino e ouvi um silvo suave.

Ele ficou aturdido e logo se afastou um pouco de mim.

"Não vamos fazer amor", eu disse em um sussurro, deslizando para fora de suas mãos.

"Não?", ele perguntou, com ar divertido, e deixou que eu me soltasse e o encostasse na porta fechada.

"Não", confirmei, e comecei a desabotoar sua camisa.

Estava escuro no quarto, mas eu sabia exatamente o que estava diante dos meus olhos. Sua respiração ficava cada vez mais rápida enquanto minhas mãos se moviam para baixo. Eu podia sentir seu hálito de menta, que me deixava cada vez com mais dificuldade de engolir a saliva. Algumas mulheres sentem o cheiro dos feromônios, outras adoram o cheiro de água de colônia, mas eu ficava excitada com o cheiro de menta do homem diante de mim. Tirei sua camisa e lentamente deslizei meus lábios sobre seu corpo, acariciando cada pedacinho. Ele cheirava a oceano, sol e seu próprio e maravilhoso odor. Cerrei os dentes no mamilo do canarino e um som que nunca tinha ouvido antes saiu de sua garganta. Um rosnado e um suspiro ao mesmo tempo me mostravam que ele definitivamente gostava do que eu estava fazendo. Aumentei um pouco a pressão enquanto chupava seu mamilo e ele passava suas mãos no meu pescoço.

"Menina, não me provoque, por favor." A voz quase inaudível foi como um aviso.

Me movi devagar em direção ao outro mamilo e, ignorando completamente o que tinha acabado de ouvir, afundei os dentes mais profundamente. Nacho fez um som de incômodo e suas mãos apertaram meu pescoço.

Passeei pela sua barriga com meus dentes, deslizando cada vez mais para baixo até me ajoelhar. Suas mãos longas ainda seguravam meu pescoço enquanto eu lentamente lambia seu corpo tatuado e abria o zíper.

"Eu quero te chupar", falei enquanto puxava sua calça para baixo.

"Você é vulgar", ele sussurrou.

"Ainda não cheguei lá", provoquei, e o abocanhei todo de uma vez.

O som que encheu o ar foi como de alívio. A voz baixa do canarino me fez sentir seu tesão e sua alegria. Ignorei o fato de que suas mãos apertavam meu corpo cada vez mais forte e me deliciava como seu pau. Eu chupava forte, profunda e rapidamente. Mal podia esperar para sentir seu sabor. Nacho não me ajudava; pelo contrário, até me atrapalhava, tentando desacelerar um pouco o movimento dos lábios que envolviam seu pau. O fato de ele me fazer resistência, combinado com o álcool circulando em minhas veias, me fazia querer ser agressiva com ele por razões que eu desconhecia. Agarrei as mãos que seguravam meu pescoço e as empurrei contra a porta, dando a ele um sinal claro para mantê-las lá. Depois, agarrei com firmeza a base do seu pau com a mão direita e apertei, lambendo e chupando a cabeça.

"Não se mexa, Marcelo", rosnei, e o engoli novamente até o fim.

"Eu odeio esse nome na sua boca", ele gemeu.

Eu fodia seu pau com meus lábios, sentindo-o se contorcer contra a porta e percebendo as primeiras gotas de suor escorrendo por sua barriga. Ele resmungou alguma coisa em espanhol, em polonês e acho que em alemão, e eu me deliciava com cada segundo da tortura que lhe proporcionava. Deslizei minha mão livre para trás e cravei as unhas em sua bunda musculosa e tatuada. Ele gritou e bateu com os punhos na superfície de madeira, que tremeu com a força do golpe. Acelerei mais uma vez, sua boca entreaberta ofegando por ar.

De repente, uma luz brilhou na sala. Um pouco confusa, fiquei imobilizada com seu pau na minha boca e olhei para cima.

Os olhos esmeralda estavam fixos em mim, e a mão de Nacho desceu do interruptor que havia pressionado um momento antes.

"Eu preciso te ver", ele murmurou. "Preciso..."

Eu não me importava com o que ele tinha a dizer. Como a mais puta das prostitutas, sem tirar os olhos dele, retomei meu trabalho. Lambi, mordi e exibi a aparência mais promíscua que tinha em meu repertório. Suas mãos queriam se soltar da porta, mas, assim que o fizeram, parei e ele socou de novo a madeira, resignado. Quando me convenci de que logo sentiria as primeiras gotas de sua porra na língua, ele me agarrou, me levantou e me colocou bem na sua frente.

"Eu tenho que meter dentro de você", ele gemeu, me perfurando com um olhar selvagem.

"Fique parado e não se mova", rebati. Eu o segurei pelo pescoço e bati sua cabeça contra a porta.

"Não", ele disse entre os dentes. Além de me agarrar, também estava me apertando.

Segurando-nos com força e nos medindo com os olhos, ficamos encarando um ao outro. Ambos estávamos ofegantes. O canarino deu um passo à frente e me empurrou mais para dentro do quarto, embora eu tentasse resistir. Recuei sem ter ideia do que estava atrás de mim até que minha bunda descansou em algo macio.

Nacho soltou meu pescoço, agarrou meus ombros e me jogou contra a cama enorme e macia. Assim que minhas costas tocaram o colchão, ele agarrou minhas coxas e me puxou para que meus pés quase descansassem no chão. Arrancou a camisa e caiu de joelhos, completamente nu, se atirando de boca na minha boceta molhada. Eu gritava, agarrando sua cabeça careca. Seus lábios me chupavam com deliciosa avidez. Ele não tirou minha calcinha, só a afastou para o lado, e enfiava a língua cada vez mais fundo. Eu me contorcia e arranhava seu pescoço, e ele atacava meu clitóris com crescente brutalidade.

"Eu quero provar seu gosto", gemi, quando senti os dedos do canarino deslizarem para dentro de mim.

"E você vai, eu prometo." Ele se afastou um pouco para cumprir a promessa, mas depois continuou o movimento rápido dentro de mim.

Sua língua era perfeita e ele me chupava e metia seus dedos ao mesmo tempo, a ponto de me deixar louca de prazer. Então ele inesperadamente parou e me rolou de bruços, tirando minha calcinha num só movimento.

Fiquei surpresa com a firmeza e o temperamento do homem que nunca tinha usado a força contra mim antes, exceto naquela vez na praia. Ele tirou meu vestido e os sapatos e se deitou sobre mim. Entrelaçou seus dedos nos meus e esticou meus braços acima da minha cabeça. Eu estava ajoelhada mas sem encostar no chão, e meu corpo estava de bruços sobre a cama. Nacho então separou minhas coxas com as dele e seus dentes afundaram no meu pescoço.

"Laura, você sabe quem eu sou?", ele perguntou, em voz baixa e fria.

"Sei", sussurrei, meu rosto pressionado contra as cobertas.

"Então por que você me provoca para ser violento? Eu tenho que provar para você que consigo te comer?"

"Eu quero..." Minha voz quase inaudível foi completamente abafada por sua respiração pesada.

A mão do canarino segurou meu cabelo. Ele se ergueu ligeiramente. Ele os envolveu em volta do pulso e me puxou para trás ao mesmo tempo que metia de uma só vez em mim... nesse momento eu gritei. Não era ele, ou pelo menos não foi assim que o conhecera. Ele estava tão diferente que Massimo apareceu diante dos meus olhos.

Eu queria dizer a ele para parar, mas não consegui fazer minha voz sair. Ele estava metendo com força e, pouco depois, senti um tapa arder na minha bunda enquanto ele me segurava pelos cabelos e metia sem parar.

Alguns segundos depois ele me deu outro tapa na bunda e mais outro. A dor se misturava com o prazer, e me perguntei o que estava sentindo. Por um lado ele fazia exatamente do jeito que eu gostava, e por outro eu queria chorar com a lembrança do que havia passado não fazia muito tempo.

De repente, Nacho soltou meus cabelos como se sentisse que algo estava errado. Ele me virou de frente e me empurrou para cima na cama para que eu ficasse toda deitada. Segurou meu rosto nas mãos e começou a me beijar suavemente, mas com paixão.

Eu o senti metendo novamente em mim, mas desta vez com calma e excepcional ternura.

"É isso que você realmente quer, menina?", ele perguntou, sem parar de mover seus quadris. "Eu posso ser o que você quiser, mas preciso saber que você confia em mim e que vai me dizer quando já chega. Eu não quero te machucar." Seus lábios roçaram meu nariz, bochechas e olhos. "Eu adoro cada pedacinho de você, e, se precisar sentir dor, eu te faço sentir dor, mas você precisa saber que só vou fazer isso por amor." Mais uma vez seus lábios encontraram os meus e eu senti aquele maravilhoso sabor de menta. "Eu te amo... E agora goze para mim." Os olhos calmos cor de esmeralda ardiam em fogo vivo, e eu sentia seu pau latejar dentro de mim.

Ele uniu seus dedos aos meus mais uma vez e puxou nossas mãos cruzadas atrás da minha cabeça. Seus movimentos se tornaram mais rápidos e mais fortes. Ele sabia que eu não precisava de muito. Não sei como, todas as vezes ele sabia quando eu estava para gozar. Aqueles olhos verdes, as tatuagens, o fato de saber ser gentil e de, apesar de ir contra si mesmo, poder se tornar um bruto, cada parte daquele cara incrível me excitava. Nacho abaixou a cabeça e mordeu meu lábio, e eu gemi involuntariamente. Ele fez isso ainda mais forte de novo, e então seus lábios se moveram, ele começou a morder meu pescoço e ombro. Eu me contorcia sob ele, que me comia com avidez.

"Vamos, menina, para mim", ele sussurrou, e um sorriso amplo tomou conta de seu rosto.

Comecei a me encurvar mais e mais. Senti que estava perdendo o controle sobre meu corpo.

"Nacho!", sussurrei quando o orgasmo se espalhou pelo meu corpo, tirando meu fôlego.

O canarino mais uma vez pegou meu rosto nas mãos e beijou minha boca profundamente, com força, selvagemente. Tentava respirar, mas não conseguia, quase quis me afastar, sufocada por seu beijo. Quando pensei que tinha acabado, ele acelerou mais uma vez e outra onda de prazer se derramou por mim. Meu corpo se arqueou e todos os meus músculos se contraíram enquanto eu gritava dentro de sua boca e gozava maravilhosamente.

"Agora já chega", ele disse, divertido. Nacho começou a acalmar seu corpo enquanto me silenciava.

Saciada e extasiada, me joguei na cama. Agradeci a Deus por não ter tido a ideia de um penteado elaborado, porque agora pareceria uma cerca viva atropelada por um trator.

"Eu ainda não terminei", ele disse, beijando meu nariz. "Mas eu queria que você pudesse respirar um pouco. Venha cá."

Nacho se deitou ao meu lado, mas com os pés para o lado da minha cabeça, e balançou o dedo convidativamente.

"Agora termine o que começou."

Meia nove... agora? Quando eu mal sinto as pernas?, pensei.

Olhei para ele um pouco surpresa e ainda pensava no que fazer quando ele segurou meus quadris e os colocou sobre seu rosto. Sua língua deslizou direto para o meu clitóris. Nacho gemeu e eu me ajeitei para abocanhar seu pau duro diante de mim.

A visão de seu pau duro mais a língua deliciosa dele me chupando me deixaram com um tesão louco outra vez. Me apoiei nos cotovelos, segurei seu pau e comecei a chupá-lo com força ao mesmo tempo que o masturbava. Meus movimentos deixavam o canarino se contorcendo e gemendo. Admirei sua capacidade de concentração, porque ele continuava a me chupar maravilhosamente, mesmo comigo fazendo nele um boquete intenso.

Logo em seguida, finalmente tive aquilo pelo que estava esperando havia tantos meses: senti sua porra doce e maravilhosa escorrer pela minha garganta... Nesse momento ele parou de me chupar e mordeu a parte interna da minha coxa. Nacho gozou gritando alto enquanto eu o chupava até a última doce gota. O único arrependimento era não poder ver seus olhos verdes naquele momento. Continuei a passar meus lábios em seu pau até o momento em que Nacho parou de me morder e relaxou.

"Satisfeita? ...", ele perguntou, ainda ofegante. "A dona do meu coração finalmente conseguiu o que queria?"

Eu me ergui, passei uma perna por cima dele e me sentei em sua barriga. Propositalmente limpei a boca com o dedo e, quando vi o largo sorriso no rosto do canarino, também sorri.

"Agora sim." Eu sorria enquanto acariciava suas tatuagens. "Você me fez esperar muito tempo."

"E você me fez esperar mais ainda", respondeu, me segurando e puxando em cima dele. "Eu realmente quero te fazer feliz, menina." Os dedos de Nacho acariciaram minhas costas. "Mas às vezes tenho medo de te machucar e depois você querer fugir de mim."

Ergui a cabeça e olhei para ele, não entendendo muito bem o que ele queria dizer. A preocupação e o medo espreitavam em seus olhos verdes. Ele estava claramente triste.

"Você está falando do Massimo?" Ele olhou para baixo e começou a brincar com meus cabelos. "Nacho, com ele foi uma coisa completamente diferente..."

"Você nunca me contou exatamente o que aconteceu."

Suspirei chateada quando ele olhou para mim.

"Porque eu sei que você não ia gostar de ouvir, e eu realmente não estou com vontade de falar sobre o que aconteceu." Eu queria sair de cima dele, mas ele me puxou mais para perto.

"Ei, aonde vai?" Ele estava um pouco irritado. "Eu não vou deixar você ir a lugar nenhum enquanto estiver triste ou insatisfeita. E vai ser sempre assim, então não fuja, só fale comigo."

Os braços do canarino me apertaram com mais força quando fiquei em silêncio.

"Menina...", ele arrastou a última sílaba, e eu me soltei sobre ele resignada.

"Você fica me obrigando a falar sobre o que eu preferiria nem pensar, logo depois de transar comigo." Ele esperava, tenso, os olhos fixos em mim.

"Nacho, me solte!", sibilei, irritada e tentei sair de novo, mas suas mãos não me largavam. "Porra, Marcelo!", gritei, me afastando dele.

Surpreso com minha explosão, ele me soltou e eu dei um pulo para fora da cama. Cheia de fúria, peguei meu vestido. O canarino virou de lado e apoiou a cabeça no braço dobrado. Ele ainda esperava por uma resposta e me olhava com mais seriedade do que a situação exigia. Na verdade, não sei por que fiquei com raiva. Ele estava preocupado e eu, emburrada. Mas eu não queria falar sobre o assunto, e muito menos pensar naquilo.

Pus o vestido e vesti a calcinha com raiva.

"Vamos?", perguntei, ajeitando meu cabelo no espelho pendurado na parede.

"Não", ele respondeu, decidido, levantando-se da cama. Passou por mim e pegou sua calça.

"Nós vamos conversar." Ele se virou e olhou para mim. "Agora!"

Fiquei surpresa com seu tom e ainda mais com sua firmeza. Acho que por um momento esqueci que estava lidando com um assassino cruel e não com um marido bundão que eu poderia manipular.

"Você não pode me obrigar a falar. Além disso, eu bebi e não quero conversar com você estando bêbada."

"Você não está mais bêbada", ele declarou, fechando o zíper. "Já está sóbria, ou melhor, você suou todo o álcool." Ele ajeitou a camisa nas costas e se sentou na cadeira. "Sou todo ouvidos."

Fiquei fincada ao chão com meus delicados saltos altos e não conseguia acreditar no que via. Ali estava meu amante carinhoso e gentil, transformado em um mafioso dominante e implacável. Fechei os olhos um pouco, me perguntando o que deveria fazer. Ele supostamente tinha motivos para esperar uma explicação e estava preocupado comigo. Por outro lado, ele estava me forçando a fazer algo que eu não queria naquele momento.

"Marcelo..."

"Não me chame assim", ele rosnou. "Você só me chama de Marcelo quando está com raiva de mim, e você não tem motivo para isso agora."

Suspirei, cerrei os dentes e fui para a porta.

No entanto, quando peguei na maçaneta, descobri que estava trancada. Me virei cruzando os braços sobre o peito, olhando para as costas do canarino, que nem mesmo olhou para trás. Comecei a bater o pé no chão e o barulho do salto se espalhou pelo quarto. Nem mesmo aquele som irritante fez Nacho se mexer. Dei alguns passos e fiquei de frente para ele. Estava sério, preocupado e concentrado, e seus olhos verdes me olhavam com expectativa.

"E então?", perguntou, erguendo as sobrancelhas.

"Ele me estuprou!", eu disse lentamente com os dentes cerrados. "Está satisfeito?!" Meu grito se espalhou por toda a casa. "Ele simplesmente me fodeu de todas as formas possíveis, como punição. Era isso que você queria ouvir?!" Uma torrente de lágrimas escorreu dos meus olhos.

O canarino se levantou e se aproximou de mim, querendo me abraçar, mas eu ergui os meus braços, como sinal para que não me tocasse. Eu estava tremendo incontrolavelmente e a última coisa que queria fazer era tocar em alguém que não fosse minha mãe.

Nacho ficou parado na minha frente, os punhos cerrados e a mandíbula apertada. Eu estava sufocando com o choro e ele, com a fúria. Sua respiração parecia um vulcão prestes a explodir. Ficamos um de frente para o outro, dominados pelas emoções, e me perguntei como era possível que, apenas poucos minutos antes, estivéssemos sorrindo depois de termos transado maravilhosamente.

"Venha comigo." Ele agarrou meu pulso e me puxou em direção à porta. "Em cada fechadura tem um bloqueio", explicou, apontando para um pequeno botão no topo do batente da porta. "Para sair, você tem que apertar."

Ele me arrastava pelo corredor e eu mal conseguia acompanhá-lo. Soltei o pulso e me curvei para tirar os sapatos. Quando desamarrei as alças e as sandálias caíram no chão, ele as pegou na mão e, me agarrando novamente, me puxou para a escada.

Passamos por pessoas que tentaram nos parar por um momento, mas Nacho as ignorou e continuou em frente. Descemos dois andares e minha claustrofobia tomou conta de mim — o estreito corredor abaixo da propriedade deixou minha cabeça girando e minha respiração presa na garganta. Parei, me encostei contra a parede e baixei os olhos. Fiquei olhando para o chão, esperando que a visão me acalmasse. O careca olhou para mim, e, quando viu que não era mais um dos meus acessos de raiva, me agarrou pela cintura, me pôs nas costas e continuou seu caminho. De repente ele entrou por alguma porta e me colocou no chão. Ergui os olhos e fiquei aturdida. Estava em uma sala de tiro.

Nacho foi até uma das cabines e me entregou os fones de proteção. Depois, foi até um armário embutido na parede e meu sangue gelou novamente. O armário de concreto de vários metros estava coberto com armas de diversos tipos. Nunca tinha visto tamanha quantidade.

Fuzis, pistolas e até mesmo o que parecia ser um minicanhão — tinha de tudo.

"Eu também quero", disse, estendendo minha mão.

Ele olhou para mim por um momento, claramente considerando alguma coisa, e, vendo que minha expressão não havia mudado, me entregou uma pistola do armário.

"Esta é uma Hammerli X calibre 22. É bonita, acho que vai te agradar." Ele estendeu a mão e me presenteou com uma arma com cabo cor de framboesa. "É automática, a alça de mira traseira é ajustável na vertical e na horizontal." Ele recarregou o objeto de metal, mostrando do que estava falando. "O pente é para dez munições e está carregado. Pegue." Ele me entregou a arma e eu a agarrei e destravei com firmeza. Em seguida, caminhei para minha posição.

Eu me virei para ele, fiquei em posição e coloquei os fones. *Vou agir como um bravo cossaco*, pensei. O rosto de Nacho se iluminou ligeiramente ao me olhar e ao ver o que ele mais gostava. Ele puxou outra arma do armário e parou ao meu lado.

"Assim que você estiver pronta", disse, e afastou nossos alvos até uma boa distância.

Inspirei profundamente, depois de novo, e diante dos meus olhos vi a cena que estava contando ao canarino um momento antes: uma noite em Portugal. Volto para o apartamento depois de beijar o careca pela primeira vez. Vejo Massimo de porre e ele me... Senti dor no peito, depois, lágrimas nos olhos, e finalmente fui dominada pela raiva e pela fúria. Uma respiração profunda e tiros seguidos perfuraram o ar. Atirei no alvo pendurado na minha frente, como se massacrá-lo fosse apagar o que havia acontecido.

"Acabou." Sacudi a mão para ele. "Quero munição."

O rosto de Nacho mostrava surpresa, mas ele caminhou até o armário, atendendo ao meu pedido. Um momento depois ele colocou uma caixa na minha frente.

Com as mãos trêmulas, pus a munição no carregador e, quando terminei, descarreguei minhas emoções no alvo novamente. Abaixei a arma, recarreguei o pente e comecei a atirar novamente.

"Ei, menina." O sussurro suave e o toque de sua mão me tiraram do abismo da raiva. "Já chega, amor." Ele colocou suas mãos nas minhas e tirou a arma delas. "Vejo que você precisava mais do que eu. Venha, vou te colocar para dormir."

Abaixei a cabeça e o deixei me pegar nos braços e me levar para o quarto.

Eu estava deitada toda encolhidinha na cama esperando Nacho terminar de tomar banho. Havia uma hora que não trocava nenhuma palavra com ele. Ele me deu banho, me vestiu, me colocou na cama e eu só ficava olhando para a parede. Quase do mesmo modo como quando ele salvou minha vida e me levou para a casa da praia.

"Laura", ele disse, sentando-se na cama. "Sei que esse assunto é difícil para você, mas quero encerrá-lo de uma vez por todas." Sua bela bunda enrolada em uma toalha preta desapareceu da minha vista. "Eu quero matar o Massimo." O tom sério fez meu coração gelar. "Mas só vou fazer isso se você deixar. Sempre executei pessoas por dinheiro, nunca por motivos pessoais, mas desta vez eu quero mesmo tirar a vida dele." Ele segurou minha cabeça entre as mãos e se inclinou ligeiramente. "Basta dizer sim e o homem que te machucou vai desaparecer deste mundo."

"Não", sussurrei e me afastei dele. "Se alguém tiver de matá-lo, serei eu." Enfiei o rosto no travesseiro e fechei os olhos. "Tive chance e motivo para fazer isso mais de uma vez, mas não tenho intenção de ser como ele. E não quero ficar com um homem que me lembre dele", sussurrei.

O silêncio dominou o quarto enquanto o canarino digeria minhas palavras. Por fim ele se levantou e saiu, fechando a porta, e eu adormeci.

Capítulo 15

Acordei com dor de cabeça, mas não era de ressaca e sim pelas emoções vividas na noite anterior.

Olhei em volta e percebi que provavelmente tinha dormido sozinha. *Viu só? Está começando de novo*, suspirei, pegando a garrafa de água que estava na mesinha de cabeceira.

Comecei a prestar atenção no quarto. Na noite anterior não tinha tido tempo nem oportunidade para isso. Móveis escuros e modernos, formas retangulares, muitos espelhos e um monte de fotos.

Vidro combinado com madeira clara e metal, couro e pedras. Um enorme painel feito com uma só peça de vidro dava para o oceano e a maravilhosa beira do penhasco. Diante dele havia sofás retangulares na cor cinza — como se o panorama tivesse de substituir uma televisão que não existia ali em lugar nenhum.

Me levantei para poder desfrutar da vista deslumbrante. E, realmente, o que vi tirou o meu fôlego! No jardim lá embaixo, Nacho, usando seu habitual jeans rasgado, estava deitado em uma espreguiçadeira e segurava Pablo nos braços, se divertindo com ele, levantando-o para o alto. O bebê também se divertia puxando as próprias orelhas e colocando as mãozinhas na boca.

Ah!, gemi, encostando-me na moldura da janela.

Ele era lindo, perfeito... e vê-lo com o bebê me tocou e me fez desejá-lo ainda mais.

Lembrei do que tinha acontecido na noite anterior e bati a testa contra a parede. *Meu Deus, como fico idiota quando bebo!* pensei. Hoje, sóbria, tudo parecia completamente diferente. Fiquei envergonhada. Armo um escândalo quando ele só quer me proteger, e o comparo ao homem que ele mais odeia no mundo.

Tomei o banho mais rápido da minha vida e, pondo uma camiseta de Nacho, corri escada abaixo. Passei pela porta do jardim e pus os óculos que encontrei na mesinha da entrada. O canarino não me via, porque estava sentado de costas, mas assim que cruzei a porta, ele virou a cabeça e olhou diretamente para mim. Caminhei calmamente até ele com a cabeça baixa em sinal de arrependimento.

"Eu consigo sentir você", ele disse, levantando-se da espreguiçadeira e me beijando na testa. "Este é o Pablo, o garotinho que virou meu mundo de cabeça para baixo."

O garotinho loiro estendeu as mãozinhas para mim e eu, instintivamente, o peguei no colo. Ele se aninhou em mim trançando os dedinhos em meus cabelos ainda molhados.

"Nossa!" Nacho gemeu enquanto eu beijava o malandrinho. "Quero ter filhos com você." O sorriso em seu rosto brilhava mais do que o sol em um dia de verão.

"Pare com isso." Virei as costas para ele e fui em direção à mesa cheia de comida. "Um divórcio espera por mim, um confronto com minha amiga, meu namorado quer matar meu marido e você aqui me falando de filhos", afirmei de bom humor e sentei Pablo na cadeirinha perto da mesa. "E, para deixarmos tudo claro...", disse, levantando o dedo quando ele estava a poucos centímetros de mim.

"Você disse *meu namorado*", ele me interrompeu quando eu ia começar a discussão. Ele me abraçou. "Isso significa que somos oficialmente um casal?" Ele tirou meus óculos para me olhar nos olhos.

"Oficialmente você é o amante de uma mulher casada", disse, fazendo graça e erguendo as sobrancelhas.

"Quem disse? Ele nunca foi seu marido." Nacho mordeu delicadamente meu nariz e sorriu. "Eu vou ser." Pôs em mim os óculos que havia tirado. "Me desculpe". Ele pousou os lábios na minha testa e suspirou pesadamente. "Eu não devia ter te pressionado ontem à noite."

"Foi a última vez", comecei séria, recuando um pouco. Levantei o dedo novamente. "Foi a última vez, Marcelo Nacho Matos, que você dormiu em uma cama onde eu não estou." O pânico momentâneo deu lugar a um amplo sorriso novamente. "Ou eu vou me divorciar de você antes que você peça a minha mão em casamento", acrescentei brincando, e ele ficou sério.

"Então você aceita?", ele perguntou, se afastando um pouco novamente.

"O quê?" A surpresa no meu rosto era quase palpável.

"Ser minha esposa!"

"Nacho, por favor." Baixei os braços, impotente. "Espere eu me divorciar primeiro, te conhecer, e me pergunte de novo daqui a um tempo." Seu semblante entristeceu e ele ficou sério. "E agora estou morrendo de fome. Cadê a Amelia?"

"Você não quer ficar comigo?", ele continuou.

"Olhe aqui, menino tatuado, quero te conhecer, me apaixonar por você e ver como vai ser. Posso?" A irritação se misturava em mim com divertimento.

"Eu sei que você está apaixonada por mim", ele afirmou com um largo sorriso e empurrou minha cadeira para trás. "E usando a minha camiseta você parece a mais sexy do mundo, então agora só vai andar por aí com elas." Ele beijou o topo da minha cabeça, depois enfiou as mãos pelas mangas da camiseta e segurou meus peitos.

"Vocês ficam de sacanagem aí na frente do bebê?". A voz de Amelia atravessou o ar como uma chicotada. Nacho lentamente retirou as mãos e as colocou na cadeira onde eu estava sentada. "Pobre Pablo", ela disse, brincando, pegando o filho nos braços. "E coitada da mamãe do Pablo, porque não tem ninguém para ficar apalpando os seios dela." Ela lançou ao irmão um olhar provocador, e ele ergueu o dedo em advertência.

"Caçulinha, não me irrite!", ele rosnou muito sério e se sentou ao meu lado. "Cuide do bebê, faça compras, se ocupe com o que quer que você goste de fazer, mas nem se atreva a olhar para algum babaca ou vou ter que matá-lo."

Amelia revirou os olhos e pegou a mamadeira para alimentar o pequeno.

"Marcelo, você não machucaria nem uma mosca." Ela mostrou a língua para ele e ajeitou o filho nos braços. "Acho que você entrou de cabeça demais nesse negócio de gângster." Ela começou a rir. O canarino respirou fundo para dizer alguma coisa, mas minha mão em sua coxa o impediu de comentar as palavras da irmã. Ele se serviu de ovos mexidos no prato e, olhando furiosamente para Amelia, começou a comer.

"Você a controla demais", eu disse em polonês, bebericando meu chá com leite.

"Eu não a controlo, não. Só não quero que se apaixone por outro idiota", ele respondeu, colocando o garfo de lado. "Além disso, agora, ela deveria se concentrar na criança, em si mesma e em tomar conta da mansão, não em buscar emoções. Ela passou por muita coisa recentemente. Precisa se recuperar." Ele me encarou com um olhar sério e limpou a boca com o guardanapo de linho.

"Você fica tão sexy quando está mandão", mordi o lábio e me aproximei dele. "Eu queria te fazer um boquete embaixo da mesa agora." Minha mão apertou sua coxa, e o pau em sua calça dançou de forma tão espetacular que o jeans subiu ligeiramente.

"Laura, você está ficando vulgar", ele me advertiu enquanto tentava segurar o sorriso. "Temos uma agenda tensa hoje, então nem pense em bobagem. Apenas coma."

"Tem outra coisa bem mais tensa aqui..." Eu sorria e acariciava sua pica totalmente dura.

"Já estão vocês fazendo isso de novo, e além disso falando polonês para eu não entender nada." Amelia nos olhou torto. "Safados! Eu queria dizer que estou com uma baita ressaca e que a minha libido está subindo pelas paredes, então..."

"Chega!" O punho de Nacho atingiu a mesa e eu até dei um pulo. "Eu vi aquele merdinha se apresentando para você ontem e juro que se não fosse pelo fato de ter negócios com o pai dele ele já estaria morto e enterrado."

"Ah, você está de implicância." Inabalável, ela continuava a alimentar o bebê com calma enquanto seu irmão saía do sério. "A gente se beijou uma ou duas vezes uns anos atrás e você fica aí fazendo um escândalo. Vamos, Pablo, vamos sair daqui, porque o titio está prestes a vomitar o café da manhã de raiva."

Quando ela passou, se inclinou ligeiramente para que Nacho beijasse o menino na cabeça. Ela piscou para mim e nos deixou a sós.

"Eu não gosto quando você faz assim", disse, me virando para ele, quando ele começou a comer novamente.

"Bobagem." Ele pegou o pão sem nem olhar para mim. "Você adora quando eu faço assim. Agora que ela se foi, vá para debaixo da mesa." Um largo sorriso apareceu novamente em seu rosto, mas quando empurrei minha cadeira para trás e me ajoelhei, deu uma ligeira desanimada. "Vai fazer isso enquanto eu como?", ele perguntou, surpreso, enquanto eu abria o zíper da calça.

"Vou fazer rapidinho, prometo", expliquei, enfiando seu pau duro em minha boca de uma vez só.

E foi rápido, mas mesmo assim um funcionário nos atrapalhou duas vezes. Minha sorte é que Nacho possui a habilidade de ficar quieto quando necessário e fazer duas coisas ao mesmo tempo.

O careca dispensou o pobre rapaz que queria falar com ele mais uma vez e com uma pressa urgente. Comia os ovos mexidos com grande dificuldade e, quando terminou, mandei que bebesse pelo menos um suco. Ele engasgou algumas vezes, até que consegui terminar meu trabalho embaixo da mesa. Depois me acomodei educadamente na cadeira para continuar minha refeição.

"Você é impossível", ele suspirou de olhos fechados, inclinando a cabeça para trás.

"O que vamos fazer hoje?", perguntei, como se nada tivesse acontecido.

"Transar", ele respondeu, sem pensar por um momento.

"O quê?" Surpresa, virei a cabeça.

"Vamos para o Teide", ele riu e pôs os óculos que estavam sobre o balcão. "E vamos transar lá." Ele arqueou as sobrancelhas, sorrindo. "Vou resolver uma coisa lá e você vai ligar para a Olga e perguntar se o Domenico vai deixá-la sair da ilha."

Nacho apoiou as mãos na mesa e empurrou a cadeira para trás para se levantar.

Nesse momento o funcionário que havia tentado se aproximar anteriormente reapareceu na porta. Como não ouviu nenhuma palavra de protesto, se aproximou. Ele segurava um pacote grande. O canarino olhou para ele e o homem disse algumas palavras em espanhol, entregando-lhe a caixa. Matos olhava uma hora para mim, depois para a caixa que ele tinha nas mãos e, quando o homem saiu, sentou-se na poltrona.

"Este pacote é para você", explicou, em tom sério, e seu rosto mostrava um evidente desconforto. "Não sei de onde veio, mas sei de quem é." Ele cravou os olhos verdes e ficou imóvel, pensando seriamente em alguma coisa. "Menina, deixe que eu abro." Ele esperava pela minha confirmação e eu neguei.

"Nacho, ele não iria querer me matar." Peguei o pacote, coloquei-o na minha frente e comecei a rasgar o embrulho. "Ele não é tão psicopata assim", disse, jogando o papel no chão. Uma caixa apareceu diante de meus olhos com o logotipo da Givenchy. "Sapatos?!", me surpreendi e abri a tampa.

Ao ver o que estava dentro da caixa, a comida que havia ingerido dez minutos antes veio até a garganta. Mal tive tempo de me afastar da mesa e vomitar na grama. Caí de joelhos, e convulsões sacudiram meu corpo.

Eu não conseguia respirar, me sentia fraca e vomitei mais pedaços de comida não digerida. O canarino se ajoelhou ao meu lado, segurando meu cabelo, e, quando parei de vomitar, ele me entregou um guardanapo de linho para limpar a boca e um copo de água.

"Ele não é um psicopata?!", perguntou. Nacho me levantou do chão e me sentou em uma cadeira de costas para a mesa. "Porra, eu disse que abriria pra você!", ele rosnou, batendo com as mãos na mesa.

Eu estava tremendo, incapaz de acreditar no que vi dentro da caixa. Minha cadelinha, minha querida pelucinha branca. *Como um homem podia ser tão cruel? Como um animal indefeso podia ser tratado assim?* As lágrimas encheram meus olhos e eu não conseguia respirar.

Ouvi Nacho rasgando um papel e, sem saber o que poderia ser, olhei para ele, que lia um bilhete.

"Filho da mãe", ele falou lentamente entre os dentes e amassou o papel.

Estendi a mão, sinalizando que eu também queria ver. Ele me encarou por um momento, hesitante, mas me deu o papel amassado. Desamassei-o e li.

"Você fez o mesmo comigo..." O texto curto e a carnificina que vi na caixa me fizeram correr da cadeira e vomitar novamente na grama.

"Laura." Mais uma vez as mãos fortes me levantaram do chão. "Minha criança... vou te levar para o quarto e chamar um médico."

Esgotada, não me opus quando ele me pegou nos braços e me levou para dentro de casa. No quarto, Nacho me cobriu e fechou as cortinas com o controle remoto. Logo depois, as pequenas lâmpadas ao lado da cama se acenderam.

"Eu não quero um médico", gemi, virando de lado e enxugando as lágrimas dos olhos. "Estou bem... eu acho."

Acomodei a cabeça no travesseiro e olhei para ele.

Nacho se sentou ao meu lado, acariciando suavemente meu cabelo. "Mas que diabos foi aquilo?!", perguntei, furiosa. "No seu mundo costumam mandar uma cabeça de cavalo, não um cão esquartejado, não é?"

O canarino bufou de raiva, balançou a cabeça, e em seu rosto pude ver uma tentativa de conciliação. "No meu mundo existe um oceano, paz e uma prancha", suspirou. "Meu bem, vou repetir o que te disse ontem. Eu posso..."

"Não!" Meu tom firme fez Nacho abaixar a cabeça, resignado. "Esse animal não tinha culpa de nada, e não consigo acreditar que ele possa ser assim tão cruel."

"Eu pensei que você já soubesse com quem está lidando, já que ele te estuprou", disse, e imediatamente se arrependeu das palavras que saíram de sua boca. "Meu Deus, me perdoe", ele gemeu.

Fiquei deitada por um tempo, olhando para ele com espanto, então, furiosa, pulei da cama e, sem dizer uma palavra, fui para o closet. Ele me seguiu.

"Amor...", ele começou, e eu levantei minha mão para silenciá-lo. "Laura, eu...", ele gaguejou enquanto eu colocava meu short e uma camiseta. "Menina, espere." Ele segurou meu ombro e eu tirei sua mão.

"Porra... me deixe... em paz!", disse entre os dentes. "E não me toque, ou vou perder o controle rapidinho", gritei sem refletir. "Por que diabos fui te contar isso?!" Dei com a mão na testa. Não podia acreditar que ele tinha mencionado aquilo. "Agora, toda hora você vai me lembrar disso... Obrigada, Nacho." Calcei os tênis e agarrei minha bolsa. "Me dê um carro", pedi, estendendo a mão.

"Amor, você não conhece a ilha e está nervosa. Melhor não dirigir nesse estado."

"Me dê a merda da chave do carro, porra!", gritei bem na cara dele, tremendo de raiva.

O canarino respirou fundo e cerrou os dentes.

Ele caminhou em direção à porta, coloquei meus óculos e fui atrás dele.

Pouco depois estávamos na garagem, onde havia vários carros enfileirados. Nacho digitou um código no que parecia ser um armário e me encarou.

"Grande ou pequeno?", perguntou, acenando com a cabeça para os carros.

"Tanto faz", rosnei, batendo o pé com impaciência.

"Ok, venha. Vou configurar a navegação para depois você saber como voltar para casa." Ele pegou as chaves e se dirigiu para a garagem, em seguida, entrou no gigante Cadillac Escalade preto. "A casa número um é o apartamento, a casa número dois é a mansão. Quer que eu grave mais algum lugar para você?" Ele olhou para mim com olhos inexpressivos e minha fúria se transformou em desespero.

Eu não tinha ideia do que esperava. Talvez esperasse que ele fosse mandão e não me deixasse ir a lugar nenhum. Ou talvez que ele simplesmente me fodesse para que eu esquecesse os últimos trinta minutos. Já que eu não sabia o que queria, como ele poderia saber?

"Se precisar de ajuda, ligue para o Ivan." Ele saiu, foi em direção ao portão e então desapareceu.

"Puta que pariu!", murmurei enquanto entrava no carrão. Liguei o motor e quase bati nos outros veículos ao sair. Momentos depois eu estava correndo pela garagem.

Era estranho saber que ninguém estava me seguindo, tomando conta de mim ou me protegendo. Não me sentia particularmente ameaçada, mas havia uma imagem no fundo da minha cabeça que me assombrava desde o café da manhã. Fui subindo cada vez mais, seguindo as placas com as palavras Teide. Eu queria ficar sozinha e o vulcão parecia ser a melhor ideia.

Levei menos de vinte minutos e finalmente cheguei ao lugar sob as nuvens. Estacionei e olhei para a montanha coberta de neve na minha frente. Uma visão de fato assombrosa: rochas, deserto, neve e uma cratera no meio da ilha quente.

Me apoiei confortavelmente, peguei meu celular e liguei para Olga.

"Você sabe o que o puto do Massimo fez?", comecei, quando ela atendeu.

"Você está no viva voz e o Domenico está comigo."

"Que ótimo! Será que o seu irmão psicopata não podia superar tudo numa boa?" Fez-se silêncio e eu fechei os olhos. Senti as lágrimas brotando. "Ele mandou para mim a minha cadela esquartejada numa caixa dos meus sapatos favoritos..."

"Caralho!", rosnou Domenico, e ouvi ao fundo o grito de Olga. "Laura, eu não consigo controlá-lo. Nem sei onde ele está. Ele largou todo mundo e sumiu."

"Domenico, preciso muito da Olga", suspirei, e do outro lado novamente se fez silêncio. "O que aconteceu hoje... meu Deus, o que aconteceu nos últimos dias... Eu preciso que ela fique comigo ou vou enlouquecer." Um soluço descontrolado saiu da minha garganta.

"Você sabe em que situação me coloca?", ele perguntou baixinho, e eu quase pude ver a expressão em seu rosto. "Quando o Massimo descobrir que eu deixei, ele vai enlouquecer."

"E ele que se foda!", Olga gritou. "Domenico, minha amiga precisa de mim, então eu vou lá de qualquer maneira. Agradeço a sua opinião, mas o seu irmão, ele que vá tomar no cu!" Quase pude vê-la sacudindo as mãos na cara do seu noivo naquele momento.

"Nossa! Tudo bem, e eu lá posso dizer alguma coisa?!", o siciliano suspirou. "Vou te colocar em um avião amanhã, então avise o seu...", fez uma pausa e pigarreou, "... Marcelo que o nosso avião vai pousar em Tenerife. Só não se esqueça de uma coisa, Laura: ela já tem noivo e não precisa de outras aventuras."

A risada de Olga ecoou no receptor e eu ouvi que ela o beijava e murmurava alguma coisa.

"Ok, vadia, vou transar com meu futuro marido porque vejo que ele quer me comer agora de um jeito absurdo para que eu não pense em nenhuma bobagem."

Os dois gritaram tchau e desligaram, e eu fiquei sozinha.

Depois de falar com minha amiga, a raiva passou. Sentia tristeza ao pensar que pela primeira vez tivera uma discussão com Nacho. Na verdade eu tinha armado o escândalo do ano, porque não chamaria aquilo de discussão. Liguei para o número dele e aguardei. Infelizmente, ninguém atendeu. *Será que ele ficou muito ofendido?*, pensei enquanto colocava o celular no banco do passageiro. Liguei o motor, apertei "casa dois" no GPS e parti.

Estacionei em frente à propriedade e entrei em busca do canarino. Eu não era mestra em me locomover pela casa, então, depois de um tempo, me senti completamente perdida. Em busca de ajuda, liguei para Amelia. Depois de uma curta conversa, descobri que ela estava ali por perto e, quando eu descrevi onde estava, cinco minutos depois fui resgatada.

"Você sabe onde o seu irmão está?", perguntei enquanto ela me conduzia pelo corredor.

"Vocês discutiram", ela suspirou, virando os olhos. "Foi o que eu pensei quando o vi surtando pela casa, e você não estava em lugar nenhum. Acho que ele está na casa da praia."

Aquela informação quase tirou a força das minhas pernas. Lembranças maravilhosas passaram pela minha cabeça. Os momentos que passamos naquele lugar ermo me fizeram perceber que era ali mesmo que estava, em Tenerife.

"Amelia, você pode pôr o endereço no GPS?", pedi, mordendo o lábio com nervosismo.

"Claro!"

Dez minutos depois eu estava saindo da mansão dos Matos novamente, mas desta vez descendo a colina.

O mapa me mostrou que eu estaria no local em cerca de uma hora, então tinha tempo para pensar e planejar o que eu faria e diria quando visse Nacho. Infelizmente, nada me vinha à cabeça. Eu não tinha certeza se deveria me desculpar com ele — por quê? Na verdade, eu tinha motivos para estar chateada, mas minha reação não tinha sido a melhor. Mais uma vez, fiz o que fazia melhor em uma situação difícil, ou seja, fugir. Dirigindo aquele carro gigante, prometi a mim mesma que nunca faria isso de novo. E não seria só com Nacho, mas com toda a minha vida. Percebi que já tinha fugido o suficiente e que era hora de enfrentar toda a minha fúria e meus demônios.

Quando cheguei à areia depois da longa jornada, meu coração acelerou. Na última vez que estivera ali, havia sentido primeiro um terror imenso, e depois uma tristeza dilacerante por deixar o paraíso. Ali tinha sido o lugar onde o sequestrador atrevido me beijou pela primeira vez, e foi bem ali que eu me apaixonei pelo meu algoz. Estava tudo exatamente como eu me lembrava: a casa de madeira e a churrasqueira na varanda, onde ele fez o jantar. A praia, o oceano e as ondas. Quando vi a motocicleta encostada numa palmeira, tive certeza de que meu homem estaria em algum lugar por perto. Subi a escada e, antes de segurar a maçaneta, respirei fundo algumas vezes. *Simplesmente entre lá e pronto. Sem desculpas e sem esperar por um pedido de desculpas, simplesmente entre e veja o que acontece.* Inspirei, expirei e atravessei a porta.

Vaguei pelos cômodos e fiquei desapontada ao descobrir que ele não estava em lugar algum. O celular e uma garrafa de cerveja recém-aberta estavam na mesa. Tomei um gole — estremeci, estava quente. Eu poderia supor que a cerveja estava ali já fazia algum tempo. Suspirei e saí. Sentei-me na escada e comecei a me perguntar o que faria quando ele voltasse. E então me ocorreu: como estou neste lugar isolado e pretendo fazer as pazes com o namorado, vale a pena surpreendê-lo um pouco.

Voltei para dentro e, depois de um banho rápido, enrolada apenas em um cobertor, sentei-me na escada novamente. Encostei em uma grade e fiquei observando o oceano. As ondas grandes iam e vinham, e pensamentos sem sentido surgiram em minha mente, de que talvez alguma coisa tivesse acontecido com ele. Bem, com certeza, depois de tantos anos na prancha, não seria naquele dia que ele iria se afogar só para me irritar.

Balancei a cabeça, afugentando as bobagens, e esperei. Os minutos e as horas se passaram e finalmente meus olhos se fecharam.

Senti mãos úmidas puxarem o cobertor com o qual estava coberta. Um pouco assustada e ainda meio adormecida, tentei me levantar. Mas as mãos me seguraram e me deitaram no chão de madeira. Com as pálpebras semicerradas, pude ver que já estava escuro lá fora. Inspirei o ar e senti o cheiro familiar de chiclete — o que me garantiu que o homem que me acariciava suavemente com os lábios era Nacho.

"Eu estava te esperando", sussurrei enquanto sua língua vagava pelo meu pescoço.

"Fico feliz com isso", ele respondeu e bem devagar enfiou a língua na minha boca.

Eu gemia enquanto agarrava sua bunda e fiquei encantada ao descobrir que ele estava completamente nu. Estendida no cobertor, puxei-o sobre mim para poder sentir todo o seu corpo. Estava molhado e salgado, e todos os seus músculos estavam duros e tensos, o que indicava que ele devia ter surfado por muito tempo.

"Me desculpe, menina", ele sussurrou, afastando-se um pouco. "Às vezes sou bem idiota, mas vou aprender."

"Não vou mais fugir de você." Abri os olhos e mirei a figura que eu mal podia ver acima de mim. "Às vezes preciso pensar e faço isso melhor quando estou sozinha." Encolhi os ombros me desculpando.

"Está falando sério?!" Seu sorriso brilhou na escuridão. "Então temos mais em comum do que pensei." Ele me beijou com força novamente. "Depois eu massageio suas costas", disse, com a voz divertida, "se eu fizer amor com você neste chão."

"Espero que você não massageie só as minhas costas."

Eu o puxei para perto, tentando beijá-lo.

"Talvez os joelhos também." Ele me virou de bruços e me levantou de tal modo que fiquei empinada na frente dele. "Ah...", suspirou longamente enquanto acariciava minha bunda. "Vou ajeitar você e dessa maneira poupar seu corpinho delicado." Ele me suspendeu e eu, surpresa, até dei um gritinho. Ele me pôs ao lado da coluna de madeira que sustentava o telhado e separou minhas coxas com as pernas.

"Você é tão pequena." Eu o ouvi rir enquanto beijava minha nuca. "Mas vou dar um jeito nisso logo, espere aqui." Ele deu um tapinha na minha bunda, saiu e voltou logo depois, me colocando numa plataforma de madeira.

"Uma caixa de cerveja?" Sorri olhando para baixo. "Que criatividade!"

"Por culpa da sua preferência." Ele começou a beijar minha nuca novamente. "Mandei encherem a adega..." As mãos do canarino seguravam meus peitos. "A geladeira...", e enquanto ele falava, sentia o seu pau duro se esfregando na minha bunda. "O banheiro..."

"Por que precisamos de vinho no banheiro?" Ofeguei quando seu dedos deslizaram pelo meu clitóris.

"Equipei o banheiro com todos os cosméticos possíveis, temos um guarda-roupa, conexão de internet de alta velocidade na casa, para que não tenhamos que nos mexer daqui." Ele cerrou os dentes no meu ombro e eu sibilei. "Eu também comprei um presente para você, mas você só vai ganhar se for boazinha e empinar bem essa bundinha." Ele apertou meus quadris para que eu me inclinasse mais. "Segure firme, menina, aqui ó." As mãos de Nacho seguraram as minhas, apontando para o lugar onde deveriam ficar.

Ele apertou meus dedos, entrelaçando-os em torno da coluna. Então puxou a mão colorida da minha mão e desceu pelo meu ombro e costas, até agarrar o quadril.

"Você tem uma bundinha tão adorável!", sussurrou, enquanto delicadamente me abria. "Toda vez que entro em você, quero gozar na mesma hora." Ele concluiu a frase, e seu pau lentamente deslizou para dentro de mim.

O canarino gemia e me apertava com as mãos, e, naquele momento, minhas mãos agarraram a madeira com força. Eu estava sob o controle de suas metidas lentas, que entravam fundo em mim e me enlouqueciam. Então, Nacho começou a trepar rápido, e eu me mexia e gritava a cada metida dele. Suas mãos me seguravam, me apertando cada vez mais. Depois de um início fazendo amor, a situação mudou para uma foda selvagem. Nossos gemidos abafavam o som das ondas na praia, e as metidas fortes de Nacho cortavam ritmicamente o ar quente ao nosso redor. Ele dominava, meu Deus, e o fazia com tanta concentração, ternura e amor que eu não era mais capaz de segurar o orgasmo.

"Eu preciso ver você", ele falou, ofegante, quando estava prestes a gozar.

Ele me pegou pela cintura e me carregou para a área iluminada pela pálida luz do quarto. Nacho me pôs no sofá, ao lado da lareira, e se ajoelhou na minha frente, me puxando um pouco para baixo para que pudesse entrar em mim novamente. Me segurou pela nuca com a mão direita e pôs a esquerda nos meus quadris. E, sem tirar os olhos de mim, começou a me comer de novo.

Eu gemi, afundando a cabeça nas almofadas. "Mais forte!" Ergui os quadris, querendo ele ainda mais dentro de mim, e o orgasmo me tomou completamente. Eu gritava tão alto que não ouvia mais nada, só minha própria voz. Nacho se aproximou e deslizou a língua na minha boca aberta, abafando o som. Momentos depois ele também começou a gozar, e nossos lábios se uniram apaixonados. Não sei por quanto tempo ele me beijou, mas quase perdi completamente o fôlego.

Nacho então se afastou, mas continuou dentro de mim. Com dificuldade, abri os olhos para vê-lo.

"Durma, menina", ele sussurrou e gentilmente me levantou, indo para o quarto.

"Eu gosto de fazer as pazes com você", disse, me agarrando a ele. "Mas não quero brigar mais, então vamos descobrir outros motivos para a reconciliação."

Mesmo que eu não o enxergasse, eu sabia que ele estava sorrindo enquanto seus olhos verdes me encaravam.

"Eu te amo." Ele me cobriu com um edredom e se aninhou em mim.

"Eu sei." Segurei sua mão. "Eu sinto isso..." Beijei a mão dele e adormeci.

Capítulo 16

Meus pés não paravam quietos de ansiedade enquanto esperava ao lado do carro no terminal VIP. Estava muito quente e eu, usando um short minúsculo, havaianas e um top microscópico, brilhava sob o sol de verão. Os braços tatuados me abraçaram por trás e me puxaram para ele. Suspirei e descansei minha cabeça no ombro de Nacho. Como ele não tinha me deixado dormir na noite anterior e, de manhã cedo, fomos para a praia e ele me obrigou a surfar, eu estava exausta. Os lábios do canarino, deslizando pela minha face, encontraram os meus e a língua mentolada se enfiou na minha boca. Com a cabeça inclinada para o lado, como adolescentes, eu e o careca ficamos nos lambendo em público.

"Você me chamou aqui para eu ver os dois adolescentes transando ao ar livre?", disse Olga, se divertindo.

Me afastei do meu gato e olhei para a direção de onde vinha a voz. Minha amiga estava de um jeito que até fiquei sem palavras. Vestida com uma calça larga de linho, um top minúsculo combinando com os saltos altos não muito bicudos, ela estava extremamente chique. Seu cabelo estava preso em um coque alto e elegante e ela carregava uma pequena bolsa Chanel na mão. Eu ainda estava encostada no peito de Nacho, seus braços coloridos me enlaçando.

"Chamei você porque preciso conversar." Dei um passo à frente e a abracei. "Que bom que você está aqui", sussurrei enquanto ela beijava meu rosto.

"Bem, já estou acostumada com você me arrastando pelo mundo." Ela me soltou e estendeu a mão para o canarino. "Oi, Marcelo. Ou Nacho? Como devo te chamar?"

"Como preferir." Ele a puxou e beijou seu rosto, bem à vontade. "Estou feliz em ver você na minha ilha. Obrigado por ter vindo."

"Você sabe... eu meio que não tive escolha." Ela me indicou com a cabeça. "Essa aí é mestra em chantagem emocional. Além disso, meu casamento está chegando e precisamos organizar algumas coisas."

O canarino suspirou pesadamente e abriu a porta do carro, convidando-nos a entrar.

Passamos a tarde juntos, nós três. Eu queria que Olga conhecesse Nacho e assim ela também entenderia minha decisão.

Bebemos vinho na praia enquanto víamos o careca surfando, almoçamos em um pequeno restaurante adorável em uma área remota e, finalmente, fomos para a mansão.

Nacho mostrou a Olga o quarto dela, beijou minha testa e disse que era hora de ele ir trabalhar, enquanto eu poderia ficar à vontade com minha amiga. Adorei que ele me deu espaço, respeitando minhas necessidades e o desejo de ter minha própria vida.

Me divertiu muito saber que ele tinha preparado uma festa do pijama para podermos passar a noite juntas, só nós duas. O quarto estava decorado com balões com os logotipos das melhores marcas de moda do mundo, e nas camas havia lindos agasalhos da Chanel — provavelmente ele não os havia escolhido, porque eram estilosos demais para o gosto do careca. O champanhe rosê gelava em lindos baldes de gelo e as mesinhas estavam cheias de guloseimas. Muffins coloridos, algodão-doce, frutos do mar, canapés — parecia um pouco com uma festa de aniversário da princesa. Ele até colocou uma jukebox e uma máquina de caraoquê lá. Como se não bastasse, descobrimos que no terraço adjacente ao quarto havia uma jacuzzi com duas mesas de massagem e um botão para chamar os massagistas.

Olga coçou a cabeça e olhou para tudo ao seu redor sem acreditar.

"Quando ele estava surfando com seu corpo colorido divino, pensei que seu motivo fosse o sexo", ela começou, após um momento. "Depois, quando ele me fez rir até chorar com a história sobre as aventuras no Caribe, fiquei convencida de que era por ele ser uma criança presa no corpo de um homem." Ela olhou em volta, apontando para tudo que nos rodeava. "Mas agora estou completamente pasma e pronta a acreditar que ele é perfeito." Ela olhou para mim enquanto eu estava encostada na parede. "Lembre-se, Laura, alguma coisa ruim ele deve ter." Ela assentiu com convicção.

"É...", eu disse, prolongando a palavra, "talvez o fato de ser o cabeça de uma família de mafiosos. E um matador de aluguel." Levantei o dedo indicador. "Ou o fato de ter tatuagens na bunda também." Eu ri quando seus olhos se arregalaram.

"Ah, você está me zoando!", ela gemeu. "E por que você foi me contar isso?"

"Sabe, até agora não conheci nada do lado ruim dele. Sou tratada com tanta gentileza e amor, ao mesmo tempo que tenho total liberdade: sem nenhum segurança como sombra — não que eu saiba. Posso andar de moto, surfar. Se eu quisesse saltar de paraquedas, provavelmente ele não se importaria. Ele não me proíbe nada, não me obriga a fazer nada e só é explosivo com a irmã mais nova." Sacudi os ombros. "Mas ela não dá a mínima, então não é uma ameaça."

"Mas o Massimo também era assim, não é?" Ela me olhou interrogativamente.

Suspirei e entreguei a ela o agasalho rosa.

"Não inteiramente... o Homem de Negro era maravilhoso, mas intransigente e autoritário. Além disso, não estou dizendo que foi ruim com ele. Foi quase perfeito até a véspera de Ano-Novo. Mas, não importa como vejamos, fui forçada por ele a fazer a maioria das coisas. Olhe só, o casamento, o bebê, todas as viagens... O que quer que estivéssemos fazendo, eu não podia decidir nada. Se sentava na poltrona e pegava minha taça. Agora estou livre, e o cara ao meu lado me faz sentir como se fosse uma eterna adolescente."

"É exatamente assim com Domenico." Ela trocou de roupa e se sentou na minha frente. "Ele sente muito tudo isso: você ter ido embora, o desaparecimento de seu irmão. Ele e Mario estão cuidando de tudo agora. A casa parece assombrada." Ela balançou a cabeça. "Estou pensando em mudar de lá e Domenico não se importa, então..." Ela silenciou, encolheu os ombros e tomou um gole.

"E a empresa?", perguntei, conformada.

"Está indo muito bem. A Emi cuida de tudo, a coleção está pronta de acordo com suas orientações. No geral sem alterações, mas você precisa pensar sobre o que fazer depois."

Balancei a cabeça, distraída.

"É melhor me contar como vai ser o casamento", Olga disse de repente, e eu, ao pensar que teria de ir para a Sicília, senti o conteúdo do meu estômago subir para a garganta. "Bem, você sabe. Você é a dama de honra, junto com o Massimo..."

"Ai, ai, eu sei." Encostei a testa na mesa ao lado da cadeira na qual estava sentada.

"Você não vai fazer isso comigo, Laura!", ela retrucou, me pegando pelos cabelos. "Veja se aquele seu canarino pensa em alguma coisa, não me importo, mas você tem que estar lá." Ela cruzou os braços sobre o peito. "Além disso, não sei se o Massimo vai voltar até lá. Domenico diz que ele anda agitando pelos bordéis mexicanos, por isso pode acabar pegando doenças venéreas." Ela ergueu as sobrancelhas, achando engraçado.

Quando ela disse isso, senti uma pontada estranha no meio do peito. Antes disso, nunca pensara no que Massimo fazia com outras mulheres. E talvez fosse hipocrisia da minha parte, mas não pude deixar de sentir bem no fundo uma pontada de ciúme.

"Vamos tomar um drinque", ofereci, pegando minha taça.

"Nada disso, querida." Ela se inclinou ligeiramente. "Vamos tomar um porre!"

Depois de duas horas e quatro garrafas, estávamos tão bêbadas que não conseguíamos nos levantar para mudar a música, que ficou repetindo na caixinha de som. Nos deitamos no tapete macio, rolando de tanto rir, e nos lembramos de nossos anos juntas. A conversa foi bem pouco construtiva, porque nenhuma ouvia a outra, mas ambas tinham muito a dizer. A certa altura, Olga, tentando se levantar, se agarrou na mesa, que virou no chão seguida pelo abajur e tudo que estava em cima. O estrondo e os estalos do vidro se quebrando nos deixaram um pouco alertas, mas não o suficiente para conseguir nos pôr em pé. Então continuamos deitadas como dois sacos de batatas.

No entanto, alguns segundos depois, Nacho entrou no quarto como um furacão. Vestia apenas uma calça de moletom folgada. Ele segurava pistolas nas duas mãos. Ficamos estáticas com aquela visão, e, quando ele percebeu o jeito como estávamos, apenas sorriu.

"Que bagunça vocês fizeram, meninas."

Tentávamos parecer decentes, mas, rodeadas de garrafas vazias e cheias de restos de comida, parecíamos tudo menos damas.

Ficamos olhando para ele, rindo, enquanto Nacho enrolava algodão-doce no dedo.

"Querem ajuda para levantar?", perguntou, rindo, e nós aceitamos.

Primeiro ele se aproximou de Olga e a ergueu facilmente nos braços, depois a colocou na cama. Em seguida voltou para me buscar.

Ele me abraçou com força e, ainda me segurando nos braços, sentou-se na outra cama.

"Que porre, hein?" Ele beijou minha testa, olhando ora para mim, ora para Olga. "Amanhã vocês vão estar que nem mortas, sabem disso, né?"

"Acho que vou vomitar", disse minha amiga entre os dentes.

"Quer que eu te leve para o banheiro ou prefere um balde?"

O careca me colocou sob as cobertas com um largo sorriso.

"Um balde", ela murmurou, rolando para o lado.

Nacho trouxe tudo de que Olga poderia precisar: um balde, água e uma toalha. Quando viu que ela havia adormecido, ele se sentou ao meu lado, tirando meu cabelo do rosto.

"E você? Está se sentindo bem?", perguntou, preocupado. Assenti de leve, porque tinha medo de que, se falasse, também começaria a vomitar.

"Da próxima vez, vocês só vão receber sucos de frutas e vegetais." Ele beijou meu nariz. "Porque pelo jeito as duas juntas não sabem festejar."

Não sei por quanto tempo ele ficou olhando para mim, mas quando adormeci pude sentir suas mãos acariciando meu cabelo.

"Acho que quero morrer." A voz rouca de Olga me acordou. No mesmo momento, senti um enorme martelo batendo na minha cabeça.

"Puta que pariu!", gemi, pegando a garrafa de água. "Que ideia mais fodida nós tivemos!"

"Ai, um balde." Olga se deu conta, e eu me lembrei vagamente de como ele tinha chegado ali. "Ui, eu vomitei nele." Achei graça em seu comentário incrivelmente perspicaz e, quando comecei a rir, o martelão atingiu novamente a minha cabeça.

"Nacho trouxe para você", me lembrei, tentando não me mexer.

"Você se lembra?", ela gemeu e balançou a cabeça. "Acho que andamos demolindo algumas coisas", ela falou lentamente entre os dentes um pouco depois.

Olhei para as ruínas da mesa, das lâmpadas e para o pedaço do bufê. "Com certeza demolimos, e ele entrou aqui com armas para nos salvar. E salvou, só que carregando a gente e colocando na cama."

"É um querido!", ela sibilou e levou a garrafa de água à boca. "Ei, tem uma babá eletrônica na mesa ao meu lado." Olhei para ela com um olho só e fiquei surpresa ao descobrir que Olga estava certa. "Seu cara estava nos bisbilhotando", trovejou, acusando-o e inundando tudo em volta com água.

"Sabe de uma coisa? Acho que, se ele quisesse nos bisbilhotar, a gente não ficaria sabendo."

Levamos quase uma hora para nos arrastar para fora da cama.

Até tentamos tomar uma ducha, mas só ficamos na intenção. Colocamos nossos óculos de sol e, ainda vestidas com os lindos agasalhos cor-de-rosa, descemos as escadas para o jardim. Mais uma vez a visão de Nacho com Pablo nos braços me desarmou. Ele estava de bermuda, com uma das mãos segurando o bebê adormecido no peito nu e, com a outra, segurando o celular. Nós duas suspiramos e ele se virou e sorriu.

"Laura, acho que estou apaixonada", Olga gemeu baixinho, babando um pouco.

"Eu sei", suspirei. "Ele com essa criança é um assunto dos mais sérios."

Com as pernas cambaleando, como convém a duas garotas meio embriagadas, fomos em direção à mesa. O careca terminou de falar e gentilmente deitou o pequeno em um sofá a poucos metros de distância na sombra.

"Ele finalmente pegou no sono", disse, beijou minha cabeça e nos indicou o lugar à mesa.

Havia comprimidos nos dois pratos e os copos estavam cheios de uma gosma verde.

"Minhas senhoras, sugiro que bebam até o fim." Ele empurrou as duas cadeiras para trás. "A menos que vocês prefiram soro na veia." Ele riu e, quando me sentei, outro beijo pousou no topo da minha cabeça. "São eletrólitos e glicose misturados com alguma coisa nojenta." Ele arreganhou as gengivas e mostrou os dentes. "Mas o médico disse que isso vai manter vocês vivas."

"O que é isso?", perguntou Olga, colocando a babá eletrônica ao lado do copo.

Nacho foi até o outro lado da mesa e se sentou à nossa frente.

"É a babá eletrônica do Pablo." Nacho tentou ficar sério, mas não conseguiu. "Olga, você caiu da cama três vezes."

Ele despejou um pouco de suco em um copo e tomou um gole. "E, toda vez que eu ouvia um estrondo no seu quarto, achava que tinha acontecido alguma coisa e corria para lá como, como... o Rambo." Ele caiu na gargalhada. "Então eu decidi facilitar a minha vida e pus essa escuta, para ver se você estava dormindo bem."

"Porra, que vergonha!", gemeu Olga, tentando tomar o punhado de comprimidos.

"Você está exagerando. Vergonha foi lá em Lagos, quando vocês tentaram sair bêbadas do restaurante." Ele se recostou na cadeira e cruzou as mãos atrás da cabeça. "Tive pena de vocês, mas não podia ajudar, porque, você sabe... eu era só um sonho ali." Ele piscou para mim e eu retribuí sorrindo.

"Meu Deus, você viu isso também?" Minha amiga estava de óculos escuros, mas eu sabia que ela estava olhando de esguelha. "Eita! Você deve ter uma ótima opinião sobre nós!"

"O jeito como sua amiga é me diz muito sobre vocês duas", ele disse a Olga, sem tirar os olhos de mim. "Além disso, você tem menos de setenta anos e gosta de se divertir, e não tem nada de errado com isso." Ele tomou outro gole. "E ver uma gatinha vomitando no seu agasalho cor-de-rosa é realmente muito engraçado."

Olga tirou uma minipanqueca da mesa e jogou na careca dele.

"Gostei dele", afirmou em polonês, virando-se para me encarar. "Gostei mesmo dele." Ela sorriu.

"Obrigado", respondeu Nacho, também em polonês, e Olga deu um tapa na própria cabeça com a mão aberta, porque esquecera que ele entendia polonês. "Eu também gosto de você", Nacho continuou. "Mas agora bebam tudo, senhoras. O lodo verde está esperando por vocês." Ele riu e apontou o dedo em direção a casa. "Por via das dúvidas, o balde está ali."

Olga ficou comigo alguns dias. Ela conheceu Amelia e, como eu, se apaixonou pela loira quase imediatamente.

Nós a escondíamos de Nacho quando ela bebia vinho conosco. Um dia, quando ele percebeu o que estava acontecendo, como justificativa e para distraí-lo, fiz um boquete rápido na sala de tiro. Supostamente ela era adulta e poderia fazer o que quisesse, mas ele tratava a irmã como uma criança e a proibia de praticamente tudo que adultos comuns fazem.

Nesses dias, continuei aprendendo a surfar. Olga resolveu aprender também e reclamava que a roupa de neoprene a apertava, que a prancha era muito grande e pesada e que suas mãos doíam. Então ela tentou apenas uma vez. Mas quando eu estava na água ela fazia companhia a Amelia e Pablo. Eu tinha de tudo que precisava: uma amiga querida, muito sol e um cara que a cada dia ocupava mais espaço no meu coração. Claro que eu não ia dizer isso a ele. Tinha medo de que, se ele tivesse certeza de que já me tinha, parasse de se esforçar tanto por mim e tudo mudasse.

Na última noite com Olga, jantamos em um dos restaurantes da orla. Amelia ficou com Pablo, mas eu sabia que Nacho a tinha dispensado porque queria conversar. Ao terminamos a sobremesa, ele suspirou profundamente.

"Ok, vamos conversar sobre o que vai acontecer daqui a uma semana", disse, sério, e colocou o guardanapo sobre a mesa. "Não vou esconder que preferiria que Laura não fosse para a Sicília. Mas não posso proibi-la de fazer isso." Coloquei a mão em sua coxa e olhei para ele com gratidão. "Eu gostaria de discutir a proteção dela com Domenico. Não consigo imaginá-la indo para lá sem meu pessoal." Nacho inspirou fundo novamente. "Pelo menos oito pessoas e nada de bebida alcoólica." Ele me olhou, me advertindo. "Eu entendo que é o seu casamento, Olga, mas quero manter o mais alto grau de segurança possível. Então, dê uma festa aqui ou em qualquer outro lugar do mundo, mas não lá." Seu tom era gentil, mas firme.

"E por que você não pode ir com ela e protegê-la no local como um dos meus convidados?", Olga perguntou, pousando o copo.

"Não é tão simples assim", ele suspirou e cobriu o rosto com as mãos por um momento. "Somos grupos criminosos, mas temos um código próprio cujas regras devemos seguir." Ele virou os olhos e balançou a cabeça. "Eu trabalho com muitas famílias que também fazem negócios com o Massimo. Então, a minha presença na Sicília seria uma ostentação e um desrespeito elementar grandes demais para os Torricelli. Os outros grupos não veriam isso como uma preocupação, mas como uma declaração de guerra." Ele ergueu os braços. "Já é suficiente o fato de eu tirar a esposa dele, o que na certa não passou despercebido por aí." Ele sorriu tristemente. "Por favor, ligue para seu noivo e pergunte se ele pode discutir a questão da segurança comigo agora."

Olga atendeu o pedido dele e, pouco depois, passou o celular para o careca, que se desculpou conosco e se afastou em direção à praia.

"Você disse a ele que o Massimo provavelmente não vai ao casamento?", ela perguntou, bebendo seu vinho.

"Sim, mas isso não o acalmou." Dei de ombros. "Além disso, nem você nem eu temos certeza disso. Nem mesmo Domenico sabe se o irmão vai voltar a tempo. E Nacho prefere prevenir a remediar."

Cerca de vinte minutos depois, o canarino voltou à mesa e entregou o celular a Olga.

"Sua bateria acabou", ele disse, acenando para o garçom e pedindo outra cerveja. "Bem, é assim que vai ser: Laura, você vai voar para a Sicília no meu avião, mas infelizmente não vou ser o piloto. Você vai ficar na casa que eu comprei e vai ser protegida por dezenas de pessoas. Embora isso não seja nada comparado ao exército que os Torricelli têm lá." Ele se virou para mim e segurou minha mão. "Amor, eu sei que o que eu vou dizer parece ruim, mas você não pode comer ou beber nada no casamento. Você só vai poder colocar na boca o que os seus seguranças te oferecerem." Ele deu uma olhada em Olga. "Confio em Domenico e sei que ele não vai fazer nada de errado, mas as pessoas podem receber ordens completamente diferentes. E não queremos abrir as portas do inferno." Ele abaixou a cabeça. "Por favor, me entenda."

Acariciei suas costas e beijei sua têmpora. Via o quanto toda essa situação lhe custava.

"Eu gostaria que você estivesse em Tenerife logo no domingo de manhã. Vamos só passar pelo sábado e isso vai acabar, e então...", ele sorriu e ergueu uma sobrancelha.

"Tudo bem", disse Olga. "Mas ela vai poder me ajudar com os preparativos?"

"Sim, mas concordei com Domenico que isso seria em um local neutro, e não na propriedade como originalmente previsto." Ele olhou para ela com seriedade. "É um acordo, Olga. Todos nós devemos neste momento mostrar flexibilidade."

"Sim, e tudo por minha causa." Abri os braços. "Porque eu queria mudar de vida e aproveitar para mudar tudo à minha volta." Calei a boca, pegando meu copo. "Olga, talvez..."

"Nem comece, porra!" Ela ergueu a mão. "Nada vai acontecer com você lá, e é assim que eu penso. Do contrário, vou ficar viúva no dia do meu casamento, porque mato Domenico se ele deixar de cuidar de alguma coisa." Ela assentiu. "Agora chame aquele garçom e me dê outra garrafa."

Aquilo me deixava triste: melhor dizendo, me consumia de culpa, e nem a bebida conseguia me acalmar. As pessoas mais importantes da minha vida estavam sentadas naquele momento ao meu lado e conversando calmamente, mas eu queria cair no choro.

O canarino sentia que meus pensamentos estavam em outro lugar e, de vez em quando, tentava melhorar meu humor. Quando nada deu certo, ele se levantou e caminhou silenciosamente até o garçom.

Nós o observamos, surpresas.

Quando ele subiu no pequeno palco e um homem da equipe lhe entregou um violino, um largo sorriso apareceu em meu rosto, o que não escapou de sua atenção. Ele piscou para mim e colocou o instrumento no queixo.

"Não me diga que ele vai tocar!", Olga gemeu.

Os primeiros sons da música se espalharam pela sala enorme e as pessoas que jantavam ficaram em silêncio. John Legend, "All of Me". Mais uma vez Nacho me fazia com essa música entender alguma coisa — desta vez ele decidiu declarar seu amor por mim. Olga estava hipnotizada e ele tocava olhando apenas para mim. Quando entrou nas notas altas no final do refrão, havia lágrimas em meus olhos. Eu não conseguia controlá-las, simplesmente as deixei escorrer pelo rosto. Ele viu e também sabia que não significavam tristeza. Olhando para mim, continuou me acariciando com a melodia até que lentamente chegou ao final da música, que, embora durasse alguns minutos, era muito curta. Lentamente ele desacelerou as notas até apenas restar o silêncio. As pessoas começaram a aplaudir e o canarino fez uma reverência e devolveu o violino ao garçom, dando um tapinha em suas costas.

"Porque tudo em mim ama tudo em você", ele citou o início do refrão e me beijou com seus lábios macios.

Por um momento ele ignorou Olga, que parecia estar tendo uma apoplexia, e, por fim se afastou e se sentou ao lado dela.

"Vinho, Olga?", ele ofereceu, pegando a garrafa.

Minha amiga apenas gemeu e respirou fundo, depois ficou balançando a cabeça, agitada.

No dia seguinte eu me despedi dela como se nunca mais fosse vê-la. Ficamos no pátio do aeroporto, ambas chorando alto. Nacho tentava me puxar para dentro do terminal. Quando finalmente conseguiu, ele me abraçou e me levou até seu ostentoso carro.

"Eu preciso viajar para o Cairo. Gostaria que você viesse comigo."

"Por que você precisa ir?"

"Eu tenho um contrato", disse ele, impassível, como se estivesse falando sobre uma entrega de pizza.

"Ah tá...", respondi, distraída, sentando-me no banco do passageiro.

"Não vamos ficar muito tempo, dois dias no máximo." Ele fechou a porta e deu a partida.

"Só dois dias para matar um homem?!" A consternação em meu rosto o divertia.

"Meu amor, toda a preparação leva muito mais tempo, mas só vou me certificar de que tudo saia bem e puxar o gatilho." Ele pensou por um momento. "Embora neste caso provavelmente também aperte alguns botões." Ele mostrou os dentes num sorriso.

"Não consigo entender isso de você conseguir sorrir ao pensar em matar um ser humano!", respondi, balançando a cabeça.

Nacho saiu da estrada e parou no acostamento, e eu olhei para ele com surpresa.

"Menina, se você não quer saber a resposta para uma pergunta, então não pergunte." Ele me olhava gentilmente, sorrindo com delicadeza. "Além disso, não tente entender, não faz sentido. É só o meu trabalho. Vou e faço o que tenho de fazer. Só te digo uma coisa: eles não são boas pessoas." Ele assentiu com a cabeça. "Então? Vamos nadar um pouco?"

Boquiaberta com a mudança repentina de assunto, respirei fundo, tentando me acalmar.

Ver pessoas mortas não era minha rotina diária, mas, por outro lado, o que eu poderia fazer? Eu sabia desde o início que Nacho não era um contador ou um arquiteto...

Como era difícil para mim acreditar nos meus próprios pensamentos. No entanto, tendo vivido com pessoas como Massimo e Nacho por quase um ano, tive de mudar meu ponto de vista.

No caminho, logo percebi que estávamos indo para nosso esconderijo secreto.

O oceano estava extremamente agitado naquele dia, mas Nacho disse que eu poderia lidar com isso. Então, ganhei uma prancha que tinha o dobro do tamanho da dele e confiei nele quando disse que ainda não era hora de uma menor. Eu adorava quando ele me ensinava, mas gostava ainda mais de vê-lo se exibindo para mim. Depois do que ouvi no carro um momento antes, fiquei de mau humor. No entanto, depois de descansar um pouco e de curtir a vista, fui até o quebra-mar. Me virei e esperei.

Eu observava o oceano com atenção e, quando via uma onda grande e perfeita, me apressava. Estava dando mais impulso e subindo na prancha quando ouvi o canarino gritar algo. Não entendi o que era, estava feliz por ter conseguido ficar de pé novamente. De repente, outra onda dobrou atrás de mim e me jogou na água. Eu batia as pernas, tentando nadar para a superfície, mas senti que a cordinha presa ao meu tornozelo estava emaranhada. Eu não conseguia me movimentar.

As ondas sucessivas me jogavam para o fundo. Perdi a noção de onde estava a superfície. Entrei em pânico. Lutava para me libertar até sentir a prancha bater na minha cabeça. Meus ouvidos zumbiram e a respiração não passava pela garganta. No mesmo momento, braços fortes me levantaram e me jogaram sobre a prancha. Nacho se inclinou sobre mim e desatou a corda que restringia meus movimentos. Enquanto isso, minha prancha, que quase me afundou e que parecia uma seta amarela, flutuava até a margem.

"Você está bem?", ele perguntou, ofegante, seus olhos aterrorizados examinando cada parte do meu corpo. "Amor, você precisa ter cuidado com a corda. Ela é longa e pode ficar emaranhada."

"Ah, é? Não diga!", respondi em um tom quase engraçado, cuspindo o resto de água salgada.

"Por hoje chega. Vamos, vou te dar comida." Ele me colocou na prancha e começou a, literalmente, me rebocar até a praia.

"Não estou com fome. Acabei de tomar bastante água."

Ele deu um tapinha na minha bunda com ternura e minha respiração começou a se acalmar. Eu me sentia segura com ele.

Nacho acendeu a churrasqueira e se vestiu exatamente como fez naquela noite, muitos meses antes, quando preparou as iguarias tiradas da geladeira. Eu observava seu peito nu e a bunda que se projetava ligeiramente por baixo do jeans rasgado.

"Você disse naquela vez que só queria transar comigo." Ao me ouvir, ele me olhou atentamente. "Por que disse isso?"

"O que eu deveria fazer?", ele perguntou, encolhendo os ombros. "Eu estava apaixonado por você e achava que se eu te magoasse você se afastaria de mim, e fazendo isso eu não arruinaria a sua vida e a minha." Ele se aproximou e se apoiou nos dois braços da poltrona em que eu estava sentada. "Além disso, eu ouvi quando você me chamou de grosso do caralho quando saiu." Ele beijou meu nariz suavemente. "Sabe de uma coisa? Foi a primeira vez que uma mulher me rejeitou. Eu não sabia como agir." Ele se levantou e bebeu um gole de cerveja.

"Ah, é! Nunca falamos sobre o seu passado." Ergui uma sobrancelha, curiosa. "Como era sua vida amorosa, senhor Matos?"

"Tem alguma coisa queimando na churrasqueira", soltou, apontando para a comida, e praticamente correu até lá.

"Essa não!" Dei um pulo e o segui. "Não tem nada queimando além do chão onde você está pisando. Pode falar."

Dei um tapa na sua bunda e fiquei com os braços cruzados sobre o peito, esperando pela história.

"Nunca tive um relacionamento sério, se é isso que você quer saber."

Eu me aninhei em suas costas enquanto ele fingia colocar comida na grelha. "Eu te disse em dezembro que sempre quis uma mulher que fosse diferente de todas as outras."

Ele se virou para mim e me abraçou com força. "Finalmente encontrei." Beijou minha testa. "Então devíamos conversar sobre o que aconteceu."

"Mas não há mais nada sobre o que conversar, Nacho." Descansei o rosto no seu peito. "O que aconteceu foi tudo um acidente. Se você quer saber se eu o culpo por isso, a resposta é não. Eu suponho que tinha de ser assim."

Silenciei por um momento, ouvindo seu coração bater.

"Se eu sinto pesar por não ter tido meu filho?", continuei. "Não sei o que é ter filhos, mas sei que tudo na vida acontece por um motivo." Levantei a cabeça, olhando para seus olhos verdes. "E já que não temos uma máquina do tempo, por que ficar se perguntando se tivesse sido assim ou assado..." Fiquei na ponta dos pés e beijei seu queixo. "Só posso te contar o que eu penso agora."

Os olhos de Nacho ficaram grandes e brilhantes.

"Agora estou feliz e não mudaria nada, gosto de estar com você, me sinto segura e...", interrompi, sem querer falar demais.

"E...?", ele me encorajou.

"E agora seu peixe está realmente queimando." Beijei seu peito musculoso e tatuado e fui me servir de mais vinho.

Jantamos em silêncio, olhando um para o outro e sorrindo de vez em quando. Sentimos que não precisávamos de palavras; gestos bastavam. Quando ele punha a comida na minha boca e acariciava suavemente meus lábios, a eletricidade fluía pelos nossos corpos. Era algo mágico, romântico e totalmente novo.

Larguei o garfo e descobri, admirada, que tinha bebido uma garrafa de vinho. Estava um pouco tonta, mas não bêbada, então me levantei para pegar outra garrafa. O canarino se levantou, segurou minha mão e me arrastou em direção à praia. Curiosa, eu o segui na escuridão, ouvindo apenas o mar batendo contra a areia.

Quando saímos do alcance das luzes da casa, ficou tudo completamente escuro. Nacho soltou meu pulso, pôs a mão no zíper e deixou a calça cair no chão. Então, sem dizer uma palavra, tirou minha camiseta e se ajoelhou para tirar minha calcinha. Enquanto eu estava nua na frente dele, ele pegou minha mão novamente e me levou para a água, que estava quente, suave e absolutamente escura. Eu estava com medo, mas sabia que ele estava comigo e ciente do que estava fazendo. Ele me segurou pela cintura, me enroscou nele e, me segurando pela bunda, começou a ir cada vez mais fundo.

Quando a água estava já na metade de suas costas, ele parou. Ficou lá, não falava, não se movia, apenas ouvia. "Quero passar o resto da minha vida com você, menina, e sei o que você está prestes a dizer", ele sussurrou. Respirei fundo para dizer alguma coisa. "Mas eu só queria que você soubesse disso", ele terminou de falar e, segurando meu pescoço, trouxe seus lábios para mais perto dos meus. "Você não precisa dizer o que sente", ele disse suavemente, seu hálito de menta me paralisando. "Eu sinto você, Laura." Sua língua deslizou em minha boca e eu colei nele, abraçando-o com minhas coxas. "Dois mundos que eu amo", ele disse, beijando meus ombros. "O oceano e você."

Nacho rapidamente me segurou e com um movimento hábil me penetrou.

"Minha nossa!", sussurrei enquanto ele me acariciava novamente com um beijo.

A água fazia meu corpo ficar sem peso. Ele poderia fazer qualquer coisa comigo. Sentia seu pau latejando e seus movimentos suaves alcançando todos os pontos em mim.

Inclinei a cabeça para trás e olhei para o céu. Infinitas estrelas faziam com que nada pudesse se assemelhar com o que eu estava sentindo naquele momento. Meu Deus, estava tudo perfeito: ele em mim, o calor, a água suave. Era como se tudo tivesse sido planejado cuidadosamente, até a disposição dos corpos celestes acima de nós.

Ele me afastou um pouco dele, me deitou sobre o mar quase calmo e acariciou ora meu peito, ora meu clitóris com a mão livre. Os dedos do canarino apertavam meus mamilos, beliscando-os ligeiramente, e seus olhos brilhantes fixos em mim me levavam à loucura.

Estava prestes a gozar quando ele me virou de costas para ele e eu pude sentir seu pau duro me pressionando. Outra vez, com muita habilidade, Nacho meteu em mim, o que normalmente seria impossível sem a água ao nosso redor. Segurando meu peito com uma mão, com a outra fazia círculos suaves ao redor do meu clitóris. Seus dentes mordiam minha nuca, pescoço e ombros, e ele ondulava no mesmo ritmo do oceano.

Eu sentia o prazer subir do baixo-ventre e o meu interior se contrair ritmicamente. Eu gemia alto e descansava a cabeça nos ombros duros de Nacho. Ele sabia muito bem, ou melhor, sentia o que estava para acontecer, então metia cada vez mais.

"Relaxe", ele sussurrou. "Deixa eu te dar prazer."

As palavras provocaram uma explosão. Cravei as unhas no antebraço que segurava meu peito e gozei.

"Eu preciso ver você", ele sussurrou quase no fim do meu orgasmo e me virou para encará-lo novamente. "Menina...", ele gemeu, me beijando avidamente mais uma vez. Dominada pelas emoções e excitada ao limite, outra onda de prazer tomou meu corpo e nesse instante nós dois gozamos juntos.

Estávamos imóveis, os olhos quase invisíveis fixos um no outro, e eu queria que o tempo parasse. Que não houvesse aquela merda de casamento, Massimo, a máfia e tudo que pudesse estragar o que havia entre nós dois naquele instante.

Me segurando em seus braços coloridos, ele se virou e começou a voltar lentamente em direção à praia.

"Não", gemi, abraçando-o com mais força. Nacho parou.

"Não quero nada além disso. Vamos ficar aqui. Não quero saber do que está acontecendo agora. Se não sairmos daqui, nada daquilo vai acontecer."

O careca se distanciou o suficiente para me encarar e penetrar em cada pedacinho de minha alma com seu olhar.

"Eu vou estar por perto, menina, não tenha medo." Ele me abraçou e saiu da água.

Ele colocou meu corpo trêmulo na varanda e o enrolou em uma toalha enorme, então novamente me pôs no colo. Me levou para tomar banho, lavou a água salgada e depois me vestiu com outra de suas camisetas. Um pouco depois, me enfiou sob as cobertas e me cobriu com seu corpo. Adormeceu com o rosto no meu cabelo molhado.

Eu me espreguicei e estiquei o braço para o lado para abraçar meu homem, mas sua metade da cama estava vazia. Assustada, abri os olhos e vi o celular no travesseiro e um bilhete ao lado: "Ligue para mim". Eu o peguei e, rolando de costas, digitei o número do canarino.

Ele atendeu ao primeiro toque.

"Vista-se e vá para a praia", foi a resposta.

Eu não tinha vontade de sair da cama, mas aquele tom quase imperioso dele... Abri bem os olhos e me espreguicei mais uma vez, depois me levantei. Escovei os dentes, vesti um short microscópico, camiseta branca com alças — sem sutiã — e tênis Converse.

Eu me sentia completamente à vontade ali. Naquele nosso santuário, eu poderia até andar nua. Amarrei o cabelo em um coque meio solto para que alguns fios caíssem com graça sobre meu rosto, coloquei meus óculos e abri a porta.

Quando vi Nacho parado ao lado de dois cavalos pretos, dei o maior sorriso.

"Você os roubou de alguém?", perguntei, achando engraçado, e caminhei até ele, que me recebeu com um beijo na boca.

"Tempestade e Relâmpago. Eles são nossos."

"Nossos?", repeti, surpresa, e ele mostrou uma fileira de dentes brancos. "E nós temos mais?"

"Sim, alguns...", ele pensou por um momento. "Mais 23, 25 ao todo, mas virão mais em breve."

Ele deu um tapinha no animal enorme e ele aninhou a cabeça no peito de Nacho. "São frísios, cavalos de carga holandeses. Eles são muito fortes e já foram usados como cavalos de guerra. Eles gostam de meter...", fez uma pausa, olhando por cima dos óculos, "... os cascos na areia, e hoje não vão puxar carga, vamos só montá-los. Venha aqui."

O enorme cavalo preto tinha uma crina longa e a cauda espessa e maravilhosa. Ele parecia um grande pônei de conto de fadas.

"Como você sabe que eu sei montar?", perguntei enquanto me aproximava e segurava as rédeas.

"Sinto nos seus movimentos que você está familiarizada com a equitação", ele ergueu as sobrancelhas, se divertindo.

Enfiei a perna no estribo e dei um impulso com força. Me acomodei na sela. Nacho acenou com a cabeça, aprovando, e fiquei surpresa também ao ver que não tinha precisado de ajuda. Não cavalgava fazia muito tempo, mas aparentemente era como andar de bicicleta — você nunca esquece.

Puxei as rédeas e comecei a me familiarizar com o cavalo, dei a volta e, por fim, fiquei na frente de Nacho.

"Quer conferir se consigo manter o ritmo na cela?" Movimentei as rédeas de couro em minhas mãos, dei um grito e parti galopando pela praia.

Estava vazia, era ampla e, naquele momento, toda minha. Virei a cabeça e observei o canarino, se divertindo, pular na sela e correr atrás de mim. Eu não queria fugir dele, apenas provar que podia.

Diminuí a velocidade para o cavalo trotar e para que Nacho pudesse me alcançar. Enquanto observava sua aproximação, me deleitava com a visão dele cavalgando em minha direção.

"Olha só", ele disse, com satisfação, me acompanhando. "Não imaginei que veria essa cena."

"O quê? Você achou que seria outra coisa para me ensinar?"

"Sinceramente, sim." Ele balançou a cabeça, rindo. "Mas vejo que é você quem pode me ensinar."

Cavalgamos lentamente sobre a areia molhada, na qual os cascos dos cavalos afundavam. Nem sabia que horas eram, tinha esquecido de olhar meu relógio quando saí da cama. Mas provavelmente não muito tarde, porque não estava quente e o sol ainda estava baixo no horizonte.

"Eu tinha uns dez anos quando meu pai me levou para um haras." Sorri com a lembrança. "Minha mãe, histérica, não gostou muito dessa ideia, porque uma menininha num cavalo grande significava para ela a invalidez permanente. Mas meu pai ignorava aquele mau agouro e me levava para as aulas. E assim, por quase vinte anos, tenho montado esses lindos animais de vez em quando." Acariciei as costas da égua. "Você cria cavalos?"

"Eles me relaxam." O sorriso gentil em seu rosto traía sua fraqueza por aqueles animais. "Minha mãe gostava muito deles e, ao contrário da sua, era ela quem me colocava na sela. Após sua morte, por muito tempo eu não quis ir ao haras. Só que, quando meu pai anunciou que iria vendê-lo, fui contra e prometi cuidar dele. Mais tarde descobri que era um negócio bastante lucrativo, e até o chefão se convenceu da ideia de manter os cavalos conosco." Ele suspirou e parecia pôr para fora as lembranças. "Assim, minha linda menina, também temos alguns pôneis para você." Ele me deu um de seus sorrisos infantis mais uma vez e então disparou a galope.

Nacho não era um homem introvertido e misterioso; bastava fazer uma pergunta para obter uma resposta. Mas havia emoções que ele escondia ou simplesmente não queria mostrar. Duas almas viviam nele, e cada uma delas o tornava a pessoa mais especial que já conheci. Sorri com o pensamento de que ele era unicamente meu e corri atrás dele.

Capítulo 17

Ficamos no Cairo por três dias e agradeci a Deus por ter sido só isso. Nunca senti tanto calor na vida como no Egito. Nacho tinha que "trabalhar", então tive muito tempo para mim. No Egito, o canarino não permitiu que eu circulasse livremente sem proteção, então fui para quase todos os lugares com Ivan.

Ele não era um homem falante, mas respondia pacientemente às minhas perguntas. Visitei as pirâmides, embora isso seja um exagero, porque minha claustrofobia me impedia de entrar. Mas do lado de fora vi tudo perfeitamente. Fomos a uma mesquita, ao Museu Egípcio e, claro, obrigatoriamente, às compras. O pobre Ivan mostrou muita calma e paciência, então eu o recompensei com uma tarde na piscina.

Depois de passar aqueles dias no Cairo e nos arredores, eu me convenci de que o Egito não é um bom país para uma mulher como eu viver, e a palavra "mulher" é crucial aqui. O islamismo professado pela maioria da população restringe demais os direitos das mulheres, com tantas proibições que eu mal posso acreditar, muito menos aceitar.

Mas a pior coisa que descobri nesse país surpreendente, com uma cultura diferente para mim, é uma instituição conhecida como guardiã da moralidade. Trata-se de uma polícia moral que pode, aparentemente, condenar à morte, até mesmo por alguém fazer sexo com um homem que não seja o próprio marido. Pensando nisso, fiquei um pouco assustada. Afinal, eu transava com meu amante e isso me fazia sentir ainda mais ameaçada do que antes. Além disso, muitas das senhoras locais pareciam nos vigiar o tempo todo. Envoltas em lenços, elas apenas seus olhos ficavam à mostra, ou nem isso. Nacho me implorou durante uma hora que eu cobrisse os ombros e joelhos para não me destacar na multidão, então, por uma questão de paz, eu cedi. Mas o canarino era razoável. Se ele fosse um tirano, eu teria levado uma porrada na cabeça ou ele me apedrejaria.

Não haveria nenhum problema se estivéssemos em um resort turístico. Mas a capital é uma história completamente diferente. A maior vantagem do lugar onde passei esses dias era o clima. A incandescência descia do céu, não vi nenhuma nuvem e meu corpo se bronzeou com um único dia de sol. A água da piscina do Four Seasons estava agradavelmente fresca, e o serviço não dava a mínima ao ver meus pequenos seios nus. Infelizmente o vestido que esperava por mim na Sicília exigia que eu tomasse sol sem sutiã, então eu tinha que fazer topless.

É claro que esse argumento não convenceu Ivan e ele não deixou passar sem uma videochamada com meu namorado, que corria em algum lugar do deserto... Eu disse que ele cuidasse dos próprios negócios e prometi uma noite cheia de emoções, e depois disso continuei a aproveitar o sol. Como era bom saber que em um minuto ele estaria aqui suando de raiva e me mandando me vestir.

Mal tínhamos voltado a Tenerife e lembrei que em dois dias deveria viajar de avião novamente. Me senti mal ao visualizar tudo que deixaria para trás. Por outro lado, estava feliz, porque havia uma chance de conseguir pegar algumas coisas pessoais. Antes de partir, Olga prometeu que pelo menos empacotaria meus pertences da Polônia e tentaria encontrar meu computador.

Desde a manhã de sexta-feira, Nacho ficou andando agitado no apartamento. Nunca o vira tão nervoso. Bateu na geladeira, gritou com as pessoas no celular, até que, em certo momento, saiu de casa, mas voltou logo depois. Eu não queria me intrometer, então fiz uma pequena mala, carreguei-a para baixo e coloquei-a junto à parede.

"Puta merda!", ele gritou, parando na minha frente, e eu levantei uma sobrancelha para ele, encarando-o como se ele fosse um idiota.

"Menina, eu não vou deixar você ir. Não faz sentido. Depois de ameaçar o cara com vários tiros eu agora tenho que deixar você ir para a ilha dele?!" Balancei a cabeça, olhando para a fúria em seus olhos verdes. "A Olga vai entender, tenho certeza de que ela vai perdoar sua ausência. Não consigo rastrear aquele filho da puta", ele gemeu desanimado e inspirou mais ar para continuar falando.

"Meu bem", eu o interrompi, segurando o rosto do canarino em minhas mãos. "Ela não tem outras amigas e eu sou sua dama de honra. Não vai acontecer nada, fique tranquilo. Combinamos tudo, vou ficar na sua casa, com seus seguranças, vamos passar uma despedida de solteira bebendo vinho em um quarto trancado a sete chaves." Assenti, afirmando aquilo para mim mesma. "E no dia seguinte vamos nos arrumar, vamos naquele casamento e eu volto em seguida, certo?"

Ele suspirou, baixou os braços e ficou parado, olhando para o chão. Vê-lo assim tão inseguro me cortou o coração, e as lágrimas brotaram de meus olhos. Eu não tinha ideia de como ajudá-lo. Mas sabia que também não poderia falhar com minha amiga.

"Nacho, não vai acontecer nada, entendeu?" Levantei seu queixo para que ele olhasse para mim. "Falo com Olga e Domenico todos os dias; Massimo sumiu. O pessoal de confiança de Domenico vai proteger o casamento e eu estarei com um monte de seguranças seus. Não se preocupe mais com isso." Eu me aproximei mais dele e pressionei a língua contra seus lábios apertados.

Senti que ele não estava com vontade e nem no clima para romance. Por dois dias quase nem havia me tocado, mas eu não queria saber e não planejava viajar sem antes dar uma boa trepada.

Eu o virei e o empurrei brutalmente contra a parede, agarrando seus pulsos como ele costumava fazer. Seus olhos perplexos observavam enquanto eu deslizava pelo seu corpo, indo até o zíper.

"Eu não quero", ele grunhiu, tentando me impedir.

"Eu sei", rebati, sorrindo. "Mas *ele* quer."

Cutuquei com o nariz o volume por baixo da calça.

Então, as mãos fortes e coloridas me levantaram do chão e me carregaram para a ilha da cozinha.

Ele me colocou em cima dela, mas a delicadeza estava fora de questão.

Com um movimento, ele abriu o botão do meu short, puxou-o e o jogou no chão. Depois agarrou minhas coxas e começou a me puxar para fora do balcão, liberando seu pau duro com a outra mão.

"Você vai ter o que quer", ele disse, sorrindo com os dentes cerrados.

"Espero que sim", falei, e mordi meu lábio inferior enquanto esperava que ele metesse em mim.

Dessa vez meu homem não foi gentil, exatamente como eu esperava que ele fosse. Senti toda a sua raiva e frustração, tudo o que vinha enchendo sua cabeça por vários dias, cada emoção. Ele foi apaixonado, brutal, implacável, perfeito. Me pegou no balcão como queria — tão forte quanto tinha vontade. Ele me fodeu em todas as posições possíveis, mostrando grande amor e carinho. Ele ouvia, sentia, e cada movimento seu era por mim e para mim. Sem dor, sem agressão descontrolada, apenas com os sentimentos que eu precisava conhecer. Fiquei me perguntando se era necessário provocá-lo para conseguir tal comportamento. Mas, se ele podia ser assim, isso fazia parte dele.

Estávamos no pátio do aeroporto: ele não queria me largar e eu não queria que me largasse — ambas as coisas dificultaram um pouco minha ida. Nacho segurou meu rosto com as mãos, me observando com seus olhos verdes e me beijando de vez em quando. Ele não disse nada, não precisava; eu sabia exatamente o que se passava em sua cabeça.

"Vou estar de volta em dois dias", sussurrei, quase ouvindo a respiração impaciente do piloto.

"Minha menina...", ele começou, seu tom me assustando. "Se alguma coisa der errado..."

Coloquei o dedo em seus lábios para silenciá-lo e encarei com confiança seus olhos preocupados.

"Eu sei." Enfiei a língua em sua boca mais uma vez e ele me levantou no ar sem afastar os lábios. "Lembre-se, eu sou só sua", disse, quando ele finalmente me soltou e fui para a escada. Eu sabia que, se me virasse, correria para ele e não haveria mais viagem. E então Olga iria me matar.

Já tinha tomado um calmante e, respirando fundo, subi na morte alada. Tentei não pensar em onde estava e, surpreendentemente, me saí muito bem, porque meus pensamentos giravam em torno do homem que eu ainda podia ver pela janela. Ele estava triste, ou talvez com raiva, com as mãos nos bolsos da calça jeans. Sua camiseta branca esticada no peito quase explodia com o ar que ele puxava para os pulmões. Ah, meu Deus, como eu queria sair dali! Acho que nunca quis tanto uma coisa na vida. Queria correr para fora, me jogar nos braços dele e ignorar todo o resto. Tinha desejo de agir como uma completa egoísta.

Se fosse outra pessoa, eu o faria. Mas, infelizmente, Olga esteve sempre à minha disposição cada vez que eu a chamava, e desta vez eu tinha a oportunidade de retribuir isso.

A comissária de bordo me trouxe uma taça de champanhe, que peguei da bandeja e bebi. Eu sabia que combinar remédios com álcool era uma ideia terrível, mas, para fazer os comprimidos agirem mais rápido, eu bebi.

O dia estava prestes a terminar na Sicília quando deixei o terminal. Entrei em um carro blindado e escoltado por um veículo à sua frente e mais dois atrás. Acho que, quando o presidente dos Estados Unidos visita um país, sua proteção é menos ostensiva.

Meu celular começou a tocar assim que o liguei, e a voz suave de Nacho tornou minha jornada para casa agradável. Não conversamos sobre nada em particular, só falamos bobagens, que tiraram minha atenção do lugar onde estava. Infelizmente a visão do Etna fervilhando e fumegando me deixou sem ar várias vezes, principalmente porque nos dirigíamos para Taormina. Felizmente para mim, os carros deixaram a rodovia em uma direção que eu não conhecia e subiram a encosta do vulcão. Minutos depois, estacionamos em frente a um muro enorme e meus olhos se arregalaram. Era uma fortaleza completamente diferente do estilo do canarino.

"Meu bem, que fortaleza é essa?", perguntei enquanto ele me contava sobre suas façanhas no skate naquele dia.

"Oba, vocês já chegaram!", ele riu. "Eu sei que parece um pouco com uma base militar, mas pelo menos assim é fácil proteger a casa, ou melhor, seu conteúdo." Ele fez uma pausa. "Meu pessoal é formado por especialistas que conhecem muito bem a área. Você está mais segura aí do que num bunker." Ele estava sério e calmo. "Ivan está dirigindo?" Confirmei, sorrindo ligeiramente. "Por favor, minha menina, ouça-o em tudo. Ele sabe cuidar do que é mais valioso."

"Não fique paranoico, careca!", brinquei.

"Careca?", ele começou a rir. "Algum dia vou deixar meu cabelo crescer só de sacanagem, e você vai ver como um cara pode ficar horrível. Agora jante, porque eu acho que você não pôs nada na boca hoje além do café da manhã. E do meu pau."

Eu podia sentir seu ar de diversão infantil e mexia minhas pernas de alegria por meu bom humor ter voltado.

"Falei com Domenico", continuou. "Olga vai estar com você em uma hora. Toda a mansão está à sua disposição. Divirta-se."

Coloquei meu celular na bolsa, mas antes quase o beijei. *Como alguém pode ser tão perfeito assim?*

Pouco depois, Ivan abriu a porta para mim. A casa era, claro, enorme, com dois andares e rodeada por um lindo jardim.

As aleias bem cuidadas se estendiam no meio de uma vegetação magnífica e se escondiam em túneis feitos de árvores. Eu não tinha certeza se era o lugar mais seguro do mundo, mas, como o matador de aluguel disse que sim, eu não iria discutir com ele. O surpreendente sobre a edificação é que não combinava com nada ao redor. Forma moderna, arestas vivas e dezenas de terraços desprotegidos que pareciam gavetas abertas. Um cubo branco, muito branco, excepcionalmente branco.

Todos os homens saltaram para fora dos carros e de repente me senti encurralada. Não havia só uma dúzia deles, eram algumas dúzias. Vários deles saíam dos cantos, alguns estavam na casa, alguns mais na encosta perto dos muros. Um verdadeiro exército. Eu me perguntei para que servia tudo aquilo, mas rapidamente me lembrei de onde estava e de quem poderia estar lá.

"Não tenha medo", Ivan me tranquilizou, apoiando a mão nas minhas costas. "Marcelo gosta de exagerar." Ele deu uma gargalhada enquanto me conduzia para dentro.

Como era de esperar pelo que vi do lado de fora, a casa era extremamente moderna. Formas angulares de vidro e metal. No andar de baixo havia uma grande sala de estar com teto alto até o segundo andar, forrada de ladrilhos brancos, e, próximo ao sofá, um espelho d'água com alguns centímetros de altura. Ao lado, uma mesa de jantar com doze cadeiras e pufes em forma de esfera.

Mais à frente, uma vista maravilhosa do terraço e da encosta do vulcão e, à direita, a inacreditável cozinha chamava a atenção. Claro, o meu namorado que gostava de cozinhar tinha de ter equipamento da mais alta qualidade. A lareira era gigantesca, um buraco retangular na parede, que se transformou em uma coluna de fogo com a ajuda de um botão mágico. Não consegui deixar de pensar nos motivos daquela lareira, mas minha mente teve algumas ideias, e eu, horrorizada, segui em frente. Subi a escada e vi um enorme espaço livre com paredes de vidro. *Onde está a privacidade aqui?*, pensei, e então Ivan apertou um botão na parede e o vidro ficou completamente leitoso. Em cada um dos quartos onde entrei havia apenas uma cama moderna e uma televisão. Cada um deles também tinha seu próprio banheiro e guarda-roupa.

Guiada pelo meu tutor, cheguei ao final do corredor, e, quando ele abriu a porta ali, vi um espaço maravilhoso, acolhedor e muito escandinavo. Uma grande cama branca de madeira estava no centro, depois poltronas macias de cor creme e tapetes macios.

Sim, definitivamente, aquele era o quarto do dono da casa.

Havia fotos de Amelia, Pablo e Nacho na cômoda. E, ao lado, uma foto minha. Curiosa, peguei a fotografia, que, definitivamente, não reconhecia. Nela eu estava loira e... grávida. Só podia ser um quadro de um filme. Eu estava sentada no balcão da cozinha do canarino e olhava para ele. *Então, devemos ter câmeras na casa*, pensei.

Não fiquei completamente surpresa com esse fato. Coloquei o porta-retrato de lado e movi a foto de Nacho para que ficasse bem ao lado da cama. Com aqueles olhos verdes sorridentes me olhando da mesinha de cabeceira, eu tinha a ilusão de sua presença.

Uma sensação estranha: estar na Sicília, mas com o coração em Tenerife.

Se alguém tivesse me dito alguns meses antes que eu estaria onde estava agora, eu teria apostado minha vida e, obviamente, morrido.

"Bêbada!", Olga gritou, saindo correndo do carro. "Oi, vadia", ela me abraçou e eu me senti tranquila.

"Claro que estou exagerando com esse negócio de ficarmos bêbadas, mas podemos provar um pouquinho. Porque, você sabe, amanhã eu tenho que parecer como um milhão de dólares, e não um cocô de cachorro."

"É, eu sei", respondi com um sorriso enquanto a levava para casa. "Nacho se certificou de que nós tenhamos o que provar. Como estão as coisas?" Coloquei o braço em volta dela e lhe mostrei o caminho para o terraço nos fundos da mansão.

"Do caralho! Tudo organizado perfeitamente, melhor ainda porque não tenho que fazer nada, tem gente para tudo." Ela parou na mureta. "Cacete, Laura! Tem tantos deles assim?! Quando entrei, eles verificaram tudo, fiquei até esperando que fossem olhar minha calcinha."

Encolhi os ombros pedindo desculpas e a puxei junto comigo.

Na verdade não bebemos naquela noite, apenas molhamos a boca com champanhe. Conversamos sobre tudo, principalmente sobre o que havia acontecido no último ano, percebendo o quanto nossa vida havia mudado. Quando ela falava sobre Domenico, eu sentia certeza em sua voz. Ela tinha um amor estranho, mas enorme por ele. Eles se davam bem, se divertiam como amigos, discutiam como um casal e transavam como amantes. Tinham sido feitos um para o outro. Ele, aparentemente suave e completamente conciliador, se transformava em fúria implacável quando ela exagerava, o que sempre a reconquistava.

Ela o amava e não havia dúvida sobre isso.

No sábado de manhã, cercadas pelo meu exército, nos dirigimos ao hotel onde nos prepararíamos para a cerimônia. Sentada na cadeira do cabeleireiro, bebi mais uma garrafa de água que Ivan me entregou. Eu também tinha à minha disposição suco, chá gelado e uma caixa inteira de outras bebidas que vieram comigo no carro. Nacho não me ligou desde que sua doce risada me acordou pela manhã. Logo depois, meu namorado me lembrou que eu estaria com ele no dia seguinte. Eu sabia que se pudesse ele não teria desligado, mas ele queria me dar — apesar da situação específica — pelo menos um mínimo de espaço, então ele torturava Ivan. O pobre homem atendia o celular a cada quinze minutos, cerrando a mandíbula antes de falar a primeira palavra. Ele provavelmente nunca tinha visto seu chefe tão paranoico, mas Nacho não estava acostumado a não estar sozinho no controle da situação.

O canarino era um perfeccionista que preferia ficar dois dias acordado a deixar que algo desse errado.

"Alô-ô, Laura... já é a terceira vez que estou perguntando!" A voz de Olga me sacudiu e o maquiador quase arrancou meu olho com o pincel.

"Puta que pariu, não berre desse jeito!", rosnei. "O que você quer?"

"Este coque não está muito alto? E muito liso?" Ela esfregou o cabelo, tentando afofá-lo. "Acho que não está bonito, tem que fazer outra coisa..." Ela se virou de espelho para espelho. "No geral estou parecendo uma merda, vou tomar um banho e vamos começar de novo. Meu Deus, isso não tem cabimento, eu não quero me casar." Ela me agarrou pelos ombros. Estava à beira de um ataque histérico. "Por que perder minha liberdade? Existem tantos caras no mundo, depois ele vai me fazer um filho..." Ela falava sem parar e seu rosto estava branco como cera. Levantei a mão e lhe dei um belo tapa na cara, que a deixou em silêncio, olhando para mim com ódio. Todos os funcionários puseram as mãos na cabeça e ficaram esperando o que viria a seguir.

"Mais uma vez?", perguntei calmamente.

"Não, obrigada, uma vez já é o suficiente", ela disse num quase sussurro, voltando para a cadeira e respirando fundo. "Tudo bem, vamos baixar um pouco essa estrutura e vai ficar lindo."

Uma hora depois, a própria Emi estava abotoando o vestido de Olga.

Isso era bastante peculiar, porque a noiva havia roubado seu namorado. No entanto, fiquei aliviada ao descobrir que minha ausência tinha sido boa para elas, que estavam se dando perfeitamente bem. Ela terminou e eu vi minha amiga em toda a sua glória. Estava encantadora. Eu mal conseguia segurar o choro. O longo traje cinza claro se estendia vários metros atrás dela. Não era um corte original — um vestido comum, sem alças e solto da cintura para baixo —, mas aqueles cristais... As pedras brilhantes formavam linhas, se entrelaçavam, pendiam e reluziam, criando algo semelhante a uma imagem luminosa no tecido. A maior parte delas estava nos seios, depois cada vez menos para baixo, até se dissolverem completamente na região dos pés, criando a ilusão de um *ombré*. Acho que a estrutura toda pesava uns cem quilos, mas Olga não estava nem aí para isso, queria ser uma princesa e era. Tanto que ela insistiu em usar um diadema, ao que repliquei com uma gargalhada explosiva. Quando descobri que ela estava falando sério, desisti para não estragar sua fantasia. Antes, também ouvira algo sobre uma coroa semelhante às dos czares russos, mas consegui tirar essa ideia da cabeça dela. Ainda bem, senão pareceria um baile a fantasia e não um casamento.

Não fosse aquela porra de tiara, todo o estilo seria muito vintage, e eu morreria de alegria. Adoro vestidos de noiva em uma cor diferente do branco, e esse era espetacular, multicamadas e muito incomum, apesar da aparente simplicidade.

"Vou vomitar", Olga disse, agarrando meus pulsos.

Peguei calmamente o cooler que antes continha vinho e, olhando para ela impassível, coloquei-o sob sua boca.

"Vá em frente", sugeri, acenando com a cabeça de forma tranquilizadora.

"Puta merda, mas você é..., você sabe...", ela bufou, tentando chegar até a porta. "Nunca tem nem um pouco de compaixão", ela murmurou.

"Nós duas sabemos que, se eu mostrar alguma preocupação, você vai ficar histérica." Olhei de soslaio e fui atrás dela.

Os carros estavam estacionados na entrada, dois da minha segurança e três dos Torricelli. Um deles era para nos levar à igreja, e os demais destinavam-se aos cavalheiros tristes. Domenico tinha relutado, mas concordou que o motorista fosse um dos homens do *canarino*. No entanto, alertou que o segurança do carro deveria ser da Sicília. Agora todos aqueles homens se mediam de cima a baixo, tentando ficar a par da situação.

Igreja da Madonna della Rocca. Senti uma fraqueza quando subimos a colina. Até tinha boas lembranças desse lugar, mas, na situação atual, eu não queria recordá-las de forma alguma. Eu sabia que o casamento não aconteceria em nenhum outro lugar, mas saber e ver são duas coisas diferentes.

Mario, o *consigliere* de Massimo, me cumprimentou com um sorriso sem graça e, quando fiquei de pé a seu lado, beijou meu rosto.

"É bom ver você, Laura", ele disse, endireitando o paletó. "Embora as coisas tenham mudado um pouco."

Eu não sabia bem o que dizer, então fiquei parada, admirada com o cenário que se desdobrava diante dos meus olhos. *Logo isso tudo vai acabar*, repetia mentalmente enquanto esperava do lado de fora da igreja até o pai de Olga ficar ao lado dela e, juntos, entrarem.

Quando tudo estava pronto, me virei para a noiva e a abracei com força. "Eu amo você", sussurrei, as lágrimas dançando nos olhos dela. "Vai ser legal, você vai ver." Ela assentiu e eu segurei o braço que o idoso siciliano me ofereceu, deixando-o me levar até a igreja.

Atravessamos a porta e paramos no altar, onde, sorrindo, Domenico esperava. Ele beijou meu rosto e sorriu mais ainda. Olhei ao redor do interior microscópico e a sensação de déjà-vu não me deixava em paz. Os mesmos rostos tristes dos gângsteres, a mesma atmosfera. A única diferença era a mãe soluçante de Olga, que, embora tentasse, não conseguia se recompor.

De repente, "This I Love", do Guns N' Roses soou nos alto-falantes, e eu sabia que minha amiga já estava se afogando em lágrimas. Sorri ao pensar no turbilhão de emoções que ela vivia, pelo medo de ser o foco das atenção, então voltei os olhos para a entrada da igreja.

Quando ela apareceu na porta, Domenico quase teve um infarto. Olga, sem esperar que o pai a conduzisse ao futuro marido, atirou-se em seus braços e começou a beijá-lo loucamente. O pai balançou os braços resignadamente e abraçou a mãe, que não conseguia conter a emoção.

Ignorando todos os que estavam reunidos ali, os noivos se beijavam muito, e se não fosse o fato de a música ter acabado, provavelmente teriam continuado.

Ofegantes e muito felizes, eles subiram juntos no altar, e o padre fez um pequeno aceno repreendendo os dois. Ele estava pronto para começar a cerimônia quando Massimo apareceu na porta da capela.

Minhas pernas bambearam. Tremendo, afundei na cadeira. Mario me segurou pelo cotovelo e Olga, apavorada e confusa, observou o Homem de Negro se aproximar de mim. Ele estava cativante. Um smoking preto e uma camisa branca combinavam perfeitamente com um bronzeado muito escuro. Estava descansado, calmo e sério.

"Acho que meu lugar é aqui", disse, e Mario deu um passo para trás, me deixando sozinha com ele.

"Oi, pequena", disse.

Ao escutar essas palavras, tive vontade de vomitar, fugir e morrer ao mesmo tempo. Não conseguia respirar, meu coração batia rápido e eu me sentia gelada. Ele estava aqui, ao meu lado e, ai, como cheirava bem. Fechei os olhos, tentando me acalmar. Por fim, os noivos se voltaram para o padre, que deu início à cerimônia.

"Você está linda", sussurrou Massimo, inclinando-se um pouco para a frente, pegando minha mão e a pousando em seu antebraço.

Quando ele me tocou, uma corrente elétrica percorreu nossos corpos, e eu, como se tivesse me queimado, puxei meus dedos e os abaixei para que ele não pudesse alcançá-los novamente.

Minha respiração acelerada transparecia no vestido justo e decotado enquanto o padre lia as palavras sagradas para o casal. Eu não conseguia ficar de pé e não podia ignorar meu marido parado ao meu lado. Mas também não podia me permitir ser fraca, porque, se ele percebesse, tiraria vantagem disso.

Tive a impressão de que aquela meia hora demorou séculos. Rezei para que os segundos passassem mais rápido. Eu sabia que o canarino já tinha sido avisado sobre o retorno do Homem de Negro e provavelmente estava louco de ansiedade e raiva. Meus segurancas tinham ficado do lado de fora da igreja, então eu não tinha ideia do que estava acontecendo e, acima de tudo, o que mais iria acontecer.

Eu olhava disfarçadamente para o Homem de Negro. Ele estava concentrado, com as mãos levemente abaixadas e coladas à cintura, ouvindo. Imaginei que aquela postura era pose, já que volta e meia eu podia sentir seus olhos ardentes em mim. Como era possível ser tão bonito?

Aparentemente ele estivera por aí, andando nas baladas, devastando seu corpo, mas, naquele momento, parecia que tinha passado por uma verdadeira metamorfose — de semideus em deus. A barba bem aparada me lembrava os tempos em que eu adorava coçá-la, e o cabelo mais comprido do que o normal, bem penteado, mostrava que já estava se preparando para esse momento há muito tempo.

"Você está gostando do que vê?", perguntou de repente, olhando para mim. Por mais que eu quisesse, não conseguia parar de olhar para ele. Fiquei muda. "Ele nunca vai atrair você dessa maneira", ele sussurrou e virou o rosto em direção ao altar.

Eu quero sair daqui! Abaixei a cabeça. Nervosa, puxei o ar com tudo, sentindo uma pressão no peito.

Finalmente, a cerimônia terminou. Todos os convidados, da mesma forma como na vez anterior, foram para a festa, e nós permanecemos na capela para assinar os documentos. O Homem de Negro, com um sorriso radiante, beijou e parabenizou os noivos enquanto eu tentava ficar longe dele.

"Seu trapaceiro de merda", rosnei, agarrando o cotovelo de Domenico. Eu o puxei um pouco de lado. "Você disse que ele não viria."

"Eu disse que ele tinha sumido. Mas não podia impedi-lo de vir ao casamento." Ele segurou meus ombros e encarou meus olhos apavorados. "Está tudo de acordo com o combinado com os espanhóis. Nada vai mudar, fique calma..."

"Eu queria apresentar a Ewa", ouvi.

Me virei e vi Massimo segurando o braço de uma linda mulher de olhos escuros. Ela estava ao lado dele com um sorriso radiante, aninhando-se em seu ombro, e uma sensação de ciúme atravessou meu corpo como uma espada.

Mas, afinal, fui eu que o deixei. Eu não podia culpá-lo e nem tinha o direito de sentir o que estava sentindo, mas, puta que o pariu, é sério? A garota deslumbrante com longos cabelos negros apertou minha mão e me cumprimentou. Eu não sei o quanto eu parecia uma idiota, mas, considerando meu choque, provavelmente devia ser muito. Ewa não era alta, por isso se parecia comigo de uma forma ilusória. Pequena, elegante e muito sutil. Está bem... ela não se parecia nada comigo.

"Nós nos conhecemos no Brasil e..."

"E eu pirei por esse cara maravilhoso", ela concluiu, e Olga e eu viramos os olhos ostensivamente.

Dei as costas para eles, incapaz de suportar a pressão dos sentimentos que acertaram meu corpo, e fui assinar os papéis.

"E os problemas são águas passadas", disse Olga, alegre, ao meu lado. "Ele tem alguém, você tem alguém, divórcio e vida que segue", afirmou.

"Olguinha, porra!", retruquei lentamente, com os dentes cerrados. "Ele encontrou uma periguete em três semanas. Que foda, nós somos casados!"

"Isso se chama hipocrisia", ela disse, séria. "Além disso, é uma ótima notícia para você, porque existe uma grande chance de que tudo acabe bem. Continue assinando esses pedaços de papel e vamos embora."

"Mas como..." Parei, sabendo a bobagem que eu ia dizer.

"Laura, me escute." O tom sério de Olga não significava nada de bom. "Decida-se, merda! Ou seu surfista, ou seu marido. Você não pode ter os dois." Ela me olhou de lado. "Não vou dar conselhos, porque não sou imparcial e preferiria que você ficasse comigo. É a sua vida, então faça o que acha que vai ser bom para você." Ela assentiu de forma reconfortante.

Fiquei ao lado de Ivan, esperando que Olga e Domenico terminassem de ser fotografados. Por fim, Ivan me entregou o celular. Respirei fundo algumas vezes e coloquei na orelha.

"Como você está, menina?", Nacho perguntou, com a voz preocupada.

"Está tudo bem, amor", sussurrei, dando um ligeiro passo para o lado. Olga me seguiu com graça. "Ele está aqui."

"Eu sei. Que merda!", o canarino rosnou. "Laura, eu te peço, por favor, siga o que combinamos."

"Ele está com uma mulher, parece que desistiu", informei, no tom mais indiferente que pude.

Naquele momento me virei e vi Massimo, sorrindo, conduzindo sua acompanhante até o carro.

Massimo abriu a porta para ela e, quando a mulher entrou, a beijou no topo da cabeça. Cerrei os punhos, com raiva. Então ele deu a volta no carro e, antes de entrar, cheio de graça, parou e me encarou com seus olhos negros. O celular quase caiu da minha mão. Sem perceber, abri a boca para inalar mais ar, tentando respirar fundo. O sorriso malicioso que dançou em seus lábios quase me fez desmaiar.

"Laura!", a voz de Nacho fez eu me recompor.

Voltando-me para o lado do mar, balancei a cabeça.

"E aí, menina, o que está acontecendo? Fale comigo."

"Nada, estava só pensando." Cravei os olhos no chão e fiquei esperando o motor da Ferrari roncar para me garantir que estava segura. "Eu já queria estar perto de você", disse, e dei um suspiro de alívio quando escutei o ronco, que depois começou a desaparecer gradativamente. "Olga está chegando, preciso ir. Ligo no caminho para o aeroporto." Eu me virei e caminhei na direção de Ivan. Devolvi o celular a ele.

"Ele está fingindo", disse o segurança, pegando o celular de minhas mãos. "Torricelli está fingindo, Laura. Cuidado com ele."

Eu não tinha ideia do que ele queria dizer, então apenas balancei a cabeça e entrei no carro, completamente abstraída. Minha cabeça estava explodindo em pensamentos, e o vestido longo e estreito me pressionava cada vez mais. Cada grampo enfiado no meu cabelo preso para cima me beliscava, e a fúria selvagem se espalhava pelo meu corpo e levava minha mente para longe.

"Preciso de uma bebida", disse. "Temos alguma aqui?"

"Marcelo proibiu que você beba", respondeu Ivan, com calma.

"Estou cagando para as proibições! Temos bebida ou não?"

"Não." A resposta foi curta e insatisfatória.

Apoiei a cabeça no vidro e olhei fixamente para fora, digerindo minha raiva.

Havia dezenas de seguranças, carros praticamente blindados e até policiais em frente à entrada do imóvel onde aconteceria a festa. Domenico e Olga não quiseram dar a festa no hotel porque sonhavam com uma celebração no jardim. Assim, uma tenda gigantesca foi montada em uma grande área perto do mar e decorada de forma que parecia ter saído de um conto de fadas. Fiquei ali, esperando calmamente pelos noivos, até que me senti observada. Eu conhecia bem a sensação e sabia quem veria se me virasse. Levantando um pouco a bainha do vestido, virei para a direita e fiquei imobilizada: Massimo estava parado como um enorme poste a alguns centímetros de mim com as mãos nos bolsos. Os olhos negros frios estavam cravados em mim, e o lábio mordido entre os dentes implorava por misericórdia. Eu conhecia aquela visão, aquele ritmo e aquela boca. Também conhecia seu gosto e sabia o que podia fazer. Ele deu um passo e parou, quase me tocando.

Ivan pigarreou e deu alguns passos, se aproximando com mais cinco homens.

"Mande os seus cachorros se afastarem", disse Massimo, olhando para as seis pessoas atrás de mim. "Eu tenho mais de cem homens do meu pessoal aqui, isso é ridículo." Um sorriso sarcástico apareceu em seus lábios. "Domenico e Olga mudaram o rumo e foram para um matinho qualquer, então nós temos um momento, vamos conversar." Ele me deu o braço e, por alguma razão desconhecida, eu o segurei. "Só há uma saída na mansão", gritou para os seguranças. "É lá que vocês vão ficar esperando."

Ivan recuou, me lançando um olhar sério, e deixei que Massimo me conduzisse até o jardim.

Senti seu calor, seu cheiro e seus músculos fortes se contraindo sob o paletó. Caminhamos em silêncio pelos labirintos e eu senti como se tivesse voltado no tempo.

"A empresa é sua", ele disse depois de um momento. "Nunca me pertenceu, então você pode transferi-la para as Ilhas Canárias e operar de lá." Fiquei surpresa de que ele estivesse falando justamente sobre a empresa, e mais ainda que o fizesse com tanta calma. "Não quero falar de divórcio hoje, mas vamos voltar a esse assunto depois do casamento. Presumo que você vá ficar alguns dias, não é?" Ele se virou para mim e seu olhar gentil me derrubou completamente.

"Vou voltar para Tenerife depois da meia-noite", eu mal consegui dizer, presa pelo poder de seus olhos negros.

"É uma pena. Eu queria acertar tudo logo, mas, já que você está com tanta pressa, vamos pensar nisso outra hora."

À sombra das palmeiras havia um lindo mirante com um banco, para o qual ele me conduziu. Eu me sentei e ele se sentou ao meu lado. Estávamos olhando para o mar e eu não podia acreditar na sua transformação.

"Você salvou minha vida, baby, e depois me matou", ele gemeu miseravelmente, e eu evitei olhá-lo. "Mas isso me fez encontrar Ewa e voltar à vida, largar as drogas e fazer algumas aquisições lucrativas." Ele me olhou com ar divertido. "Você realmente me salvou de mim mesmo, Laura."

"Fico feliz com isso, mas aquilo que você fez com a pelucinha..." Fiz uma pausa, sentindo a bile subir pela minha garganta. "Nunca pensei que você pudesse ser esse monstro", disse, numa voz quase inaudível e entrecortada.

"O quê?", ele perguntou, surpreso, virando-se para me encarar. "No mesmo dia em que você foi embora, eu a enviei para a mansão dos Matos."

"Eu sei, porra. Eu recebi a caixa com o animal todo em pedaços", retruquei furiosamente.

"O quê?" Ele deu um pulo e ficou na minha frente como se não entendesse o que eu dizia. "Mandei pessoalmente um homem com o cachorro vivo numa caixa de transporte." Ele mordeu o lábio novamente. "Sim, eu queria que ela te lembrasse de mim e te machucasse. Mas..."

"Você não matou Prada?" A situação estava começando a me afligir. "Preste atenção, eu recebi a cadela toda mutilada em uma caixa dos sapatos que eu amo junto com um bilhete."

"Pequena", ele se ajoelhou na minha frente, segurando minhas mãos. "Eu sou um monstro, é verdade, mas por que machucaria um cachorro do tamanho de uma caneca de café?" Ele ergueu as sobrancelhas e esperou. "Você realmente acha que eu fiz isso?" Ele cobriu a boca com a mão e pensou por um momento. "Matos, aquele filho da puta." Ele se levantou e riu. "É, eu deveria esperar por isso... A qualquer custo." Ele balançou a cabeça. "Você sabe o que ele me disse quando você saiu do restaurante em Ibiza?" Senti vontade de desmaiar de novo, mas minha curiosidade era maior que tudo naquele momento. "Que ele iria provar a todo custo quão indigno eu era do sentimento que você teve por mim." Ele riu com tristeza novamente. "Ele é inteligente, eu o subestimei."

Um zumbido invadiu minha cabeça... Nacho? O homem tatuado e delicado machucaria uma criatura tão indefesa e minúscula? Eu não podia acreditar.

O Homem de Negro viu que eu estava lutando com meus pensamentos, puxou o celular do bolso e ligou para alguém, então disse algumas palavras em italiano e desligou. Depois de alguns minutos em silêncio olhando distraídos para o mar, um homem grande apareceu no gazebo.

"Sergio, o que você fez com o cachorro que eu mandei levar para Tenerife?", ele perguntou, sério, mudando para inglês.

"Eu o entreguei na mansão dos Matos, como fui instruído." O homem confuso olhou para ele e depois para mim. "Marcelo Matos disse que Laura não estava e que ele iria receber."

"Obrigado, Sergio. Isso é tudo", Massimo resmungou e apoiou as mãos na balaustrada, e o homem se afastou.

"Laura!", o grito de Olga me tirou do meu entorpecimento. "Vamos."

Eu me levantei e oscilei um pouco, me sentindo tonta. O Homem de Negro pulou e me amparou.

"Está tudo bem?", ele perguntou, preocupado, olhando nos meus olhos.

"Nada está bem!"

Afastei seu braço e, levantando a bainha do vestido, comecei a andar em direção à minha amiga.

Ficamos em frente à entrada da tenda maravilhosa e Massimo me deu seu braço. Ele não me forçou a segurá-lo, não pediu, só deu o braço e esperou. Eu o segurei delicadamente e nós quatro caminhamos em direção à multidão. As pessoas gritavam e batiam palmas enquanto Domenico fazia um discurso. Parecíamos uma grande família feliz. Os cavalheiros estavam nas laterais e nós mostrávamos falsamente os dentes. Quanta energia me custou fingir felicidade naquele momento. Os aplausos cessaram e os sicilianos nos conduziram a uma mesa posta em um pequeno mezanino nos fundos da tenda.

Antes de me sentar, peguei uma taça de champanhe da bandeja ao passar pelo garçom e a esvaziei. Olga me olhou surpresa e Ivan deu um passo à frente. Eu o parei com um gesto e acenei para que recuasse e ele obedientemente executou o comando. O garçom me entregou outro copo cheio e eu entornei, sentindo que isso acalmava meus nervos. *Sim, bebedeira*, pensei, deliciando-me com os efeitos do champanhe seco.

Após alguns minutos, Domenico agarrou a mão de Olga e a conduziu até a pista para a primeira dança.

Enquanto isso, acenei de novo para o garçom, porque minha taça já mostrava o fundo.

"Você vai ficar de porre", Massimo disse, inclinando-se para mim.

"É isso que eu pretendo fazer", murmurei, acenando com a mão. "Não se preocupe. Vá se divertir com a sua Ewa."

O Homem de Negro riu, segurou meu pulso e me puxou para a pista de dança.

"Vou te entreter, porque você está prestes a ficar bem bêbada."

Passei pelos seis homens da minha segurança e Ivan balançou a cabeça, enquanto observava eu me aconchegar em Massimo. Não me importava, eu estava tão furiosa com toda essa gangue das Canárias que adoraria levá-los todos para o inferno.

"Tango", o Homem de Negro sussurrou, beijando meu ombro. "O seu vestido tem a abertura perfeita."

"Eu estou usando calcinha", disse, lambendo os lábios de forma provocante. "Desta vez posso fazer loucuras."

O álcool ingerido e a raiva que sentia fizeram desse o melhor tango da minha vida. Como sempre, Massimo me levava com perfeição, me segurando com firmeza em seus braços.

Depois que a dança terminou, todos, incluindo os recém-casados, nos deram uma salva de palmas estrondosa. Nós nos curvamos dignamente e voltamos para a mesa.

"Laura, telefone", Ivan disse, se aproximando de mim e me entregando o celular.

"Não estou com vontade de conversar", anunciei, bêbada e fechando os olhos. "Diga a ele que...", pensei por um momento enquanto minha mente embriagada se inundava de pensamentos. "Me dê aqui, eu mesma vou dizer."

Peguei o celular, me levantei da cadeira e me dirigi para a saída.

"Menina?", a voz suave se derramou na minha cabeça.

"A qualquer custo?", gritei irritada. "Como você pôde, seu idiota estúpido?! Você já me tinha de qualquer maneira, eu já estava apaixonada por você, então para que mostrar sua superioridade em relação a ele? Era pouco para você?" Eu me agachei, sentindo a onda de vômito que rapidamente vinha depois de beber uma garrafa de champanhe em vinte minutos. "Você matou minha cadela, porra, e só fez isso para destruir o Massimo. Como você pôde?" Lágrimas corriam pelo meu rosto e, quando senti mãos em mim, me afastei.

Ivan, surpreso, estava ao meu lado e olhava para mim.

"Você abusou, Nacho!", gritei e joguei o celular contra o chão, deixando-o em pedacinhos. "Você não é mais necessário", rugi para o segurança, que tentou dizer alguma coisa.

Fiquei tonta e senti o champanhe bebido retornar à minha boca. Virei-me para a pequena cerca e comecei a vomitar na grama perfeitamente cortada.

De repente, Massimo e seus homens apareceram perto de mim. O siciliano me abraçou com força, segurando-me de pé.

"Senhores, acho que vocês estão livres agora. Podem deixar a propriedade", ele rosnou para Ivan enquanto mais convulsões sacudiam meu corpo.

Todos os homens ficaram parados por um momento, olhando um para o outro. Por fim, os canarinos avaliaram sua força, decidiram que a derrota era inevitável e se retiraram. Ouvi a batida da porta de um carro, e então dois veículos escuros partiram em alta velocidade.

"Meu Deus, pequena", sussurrou Massimo, me entregando um lenço. "Vou te levar para casa."

"Leve Ewa para casa", murmurei.

"Minha esposa é mais importante", ele riu. "E eu não me lembro de ter nenhuma outra além de você."

Eu não estava em condições de lutar com ele, especialmente porque, se começasse a me sacudir, provavelmente vomitaria em tudo ao redor.

Capítulo 18

O som do celular me acordou. Aninhada em braços fortes, sorri. *Acabou*, pensei, e abri os olhos. A mão que me abraçava perto do peito musculoso não tinha um único desenho. Ao notar isso, acordei de uma vez, espantando o resto do sono, e me dei conta de onde estava. Dei um pulo mas nem saí da cama, pois a mão enorme me jogou no colchão.

"Deve ser para você", Massimo disse, me entregando o celular. O nome Olga aparecia na tela.

"Olá, mãe...", murmurei, confusa.

"Meu Deus, você está viva", ouvi o alívio em sua voz. "Você desapareceu tão de repente e eu queria saber se tinha viajado sem se despedir e para onde tinha ido." A voz dela estava alegre. "Depois que você saiu com o Massimo mais cedo, eu entendi que você tinha feito sua escolha. Estou muito feliz que tenha voltado...", ela tagarelava toda animada, não me deixando dizer nem uma palavra.

"Você está nos incomodando, vá cuidar do seu marido", disse Massimo, com ar divertido, tomando o celular da minha mão e desligando-o em seguida.

"Senti sua falta", ele disse, com ar carente, seu pau enorme encostando na minha coxa. "Gosto de transar com você quando está bêbada, porque você fica completamente desinibida." Massimo me beijou e eu tentei me lembrar do que havia acontecido na noite anterior; mas em vão.

Quando percebi que estávamos nus e que tudo me doía, pus as mãos no rosto.

"Ei, pequena!", ele puxou minhas mãos para que eu o visse.

"Sou seu marido, nada de extraordinário aconteceu." Ele imobilizou meus pulsos quando, mais uma vez, tentei me esconder atrás das mãos. "Vamos deletar as últimas semanas da nossa memória, certo?" Ele olhou para mim, ansioso. "Agi como um babaca, então você tinha o direito de fugir e..." Ele balançou a cabeça de um lado para o outro, "... tirar proveito da sua liberdade. Mas agora tudo vai ser resolvido. Eu vou cuidar disso."

"Massimo, por favor", gemi, tentando sair de baixo dele. "Eu preciso ir ao banheiro."

O Homem de Negro rolou para o lado, libertando meu corpo, e eu, envolta em uma fronha, atravessei o quarto. Não sei por que estava com vergonha, já que ele provavelmente havia me fodido por várias horas. Mas de alguma forma eu não me sentia confortável.

Que merda estou fazendo? Olhei no espelho para minha maquiagem borrada e os cabelos desgrenhados; tinha nojo de mim mesma. A última coisa de que me lembrava era de falar com Nacho e depois... um buraco negro. Então, eu realmente não sei o que fiz, mas provavelmente não foi nada sensato. Suspirei e liguei o chuveiro.

Enquanto estava sob a água quente e tentava conter uma terrível dor de cabeça, me perguntei o que deveria fazer agora.

Voltar para o marido, falar com Nacho ou talvez apenas ignorar os dois e cuidar de mim mesma? Porque, como o último ano me mostrava, os homens tinham virado minha vida de cabeça para baixo.

Entrei no closet depois de dar uma espiada em Massimo, que estava nu, encostado na janela e falando ao celular. *Ah, essa bunda,* pensei. O babaca mais lindo do mundo. Me aproximei da minha parte do closet e comecei a vasculhar as gavetas à procura de calcinhas e camisetas.

Então minha atenção foi desviada para a estante com sapatos. Estava limpa e arrumada como sempre, e todos os pares separados por cor. Todos eles, exceto as botas de cano longo, que moravam tranquilamente em suas caixas elegantes.

Não acreditei ao ver as botas Givenchy no chão. Elas não estavam na caixa e Olga me garantiu que não tinha entrado no nosso andar porque a porta estava trancada e era Massimo quem tinha a chave. Fiquei olhando para as botas claras caídas ao lado do armário até sentir que alguém me observava.

"Hum... não pensei que você entraria aqui tão cedo."

Eu me virei para ele e o vi se aproximando de mim, segurando a tira do meu robe em suas mãos.

"Não tem importância." Ele ergueu os braços. "Você tinha só que dispensar aqueles idiotas e estar aqui. Eu disse que você não iria me deixar, que eu te traria para casa e então nunca mais a deixaria sair."

Minha mão desferiu um golpe com força nele. Tentei correr, mas ele me agarrou e me derrubou no tapete macio em segundos, prendendo meus pulsos. Massimo estava sentado sobre meus quadris, satisfeito com o que via. Com uma das mãos ele segurava as minhas unidas para o alto, e com a outra acariciava meu rosto quase com ternura.

"Minha pequena, tão ingênua." Ele sorria. "Você realmente acreditou que Ewa era alguém importante para mim e que eu iria me divorciar de você por causa dela?" Ele beijou minha boca e eu cuspi em seu rosto. "Bem, estou vendo que estamos passando para um nível completamente diferente." Ele lambeu os lábios e me puxou para o alto. "Vamos discutir as novas regras quando eu voltar da reunião. Enquanto isso você vai se ocupar de... ficar deitada." Ele me jogou na cama e se sentou em cima de mim novamente. "Pensei muito em como desacreditar aquele imbecil tatuado." Ele alcançou a viga da cama e puxou uma corrente de trás dela. "Olhe o que eu tenho aqui!" Ele acenou com uma venda na minha frente. "Mandei instalar outro equipamento na mansão. Eu sei que você gosta dessa diversão." Eu me sacudia na cama, tentando impedi-lo de me acorrentar, mas não fui forte o suficiente.

Pouco tempo depois eu estava presa às quatro colunas, e ele vestia a calça, satisfeito, enquanto olhava para o meu corpo nu e estirado na cama.

"Eu amo ver isso." Ele ergueu as sobrancelhas com evidente satisfação. "Eu poderia meter em você agora, não fosse o fato de ter de ir lá explicar a Domenico e Olga que estamos juntos novamente e que logo vamos estar reconciliados por muito tempo e com grande intensidade. Como um bom marido, vou trazer café da manhã para você e outras coisas." Disse, vestindo uma camiseta preta. "Caso contrário, um deles vai vir aqui, e então vou ter que deixar de ser tão legal." Ele apertou os olhos enquanto olhava entre minhas pernas mais uma vez. "Fique deitada bem boazinha que eu já volto."

Ouvi a porta se fechar e as lágrimas inundaram meus olhos. *Meu Deus, o que foi que eu fiz?* Completamente embriagada, acreditei em toda a história que ele me apresentou e engoli a mentira mais ridícula do mundo — que o melhor cara que já tinha conhecido poderia machucar minha cachorrinha. Fiquei ali deitada, gritando de raiva, e, quanto mais pensava no que tinha acontecido, mais em pânico ficava. Traí Nacho, gritei com ele, mandei seus homens embora e me deixei ser presa sem pensar. Agora o canarino pensa que voltei para o Massimo, então não há chance de ele vir me buscar.

 Olga e Domenico vão acreditar em tudo que esse tirano disser, principalmente porque atendi aquela porra de telefonema da Olga e porque estava enciumada na igreja no dia anterior. Sem falar de ficar agarrada com meu marido na pista de dança e de caminhar ao lado dele. Eu batia com a cabeça no travesseiro, porque era a única coisa que eu conseguia mover. Aquele puto nem mesmo me cobriu com um edredom quando saiu, então fiquei lá deitada, nua e algemada, como uma escrava sexual esperando por seu dono.

"Está vendo, querida?", o Homem de Negro disse quando voltou e ficou olhando no meio das minhas pernas. "Estamos juntos de novo, sua amiga não cabe em si de contentamento, meu irmão deu um suspiro de alívio, você deu a todos nós um imenso prazer com o seu retorno." Ele puxou as cobertas de baixo de mim e me cobriu. "O médico vai estar aqui em um minuto para pôr um soro na sua veia. Você precisa se fortalecer um pouco depois da noite passada."

"Que porra é essa? Pra que eu preciso de soro?", gritei. "Me solte!"

"Não seja vulgar", me advertiu, afastando uma mecha de cabelo do meu rosto. "Não é apropriado para uma futura mãe." Ele sacudiu o dedo para mim e saiu antes que eu pudesse dizer alguma coisa. "Eu te dei sedativos ontem", ele gritou do banheiro. "Tenho de cuidar do seu organismo, para que fique forte e pronto para um bebê."

Cravei o olhar no teto, sentindo o pânico me dominar. Se eu já havia me sentido escravizada e presa antes, isso não era nada comparado ao que estava experimentando naquele momento. Ao pensar que Massimo me faria um filho, que eu nunca mais estaria com meu namorado tatuado e que não voltaria para o que havia deixado em Tenerife, as lágrimas começaram a correr novamente pelo rosto. Eu gritava.

O Homem de Negro, vestido de terno, sentou-se ao meu lado e olhou para mim.

"Por que você está chorando, pequena?"

Será mesmo que ele está falando sério?, pensei enquanto o encarava fixamente. Eu estava vazia por dentro e me sentia letárgica, como se estivesse caindo no sono, mas vendo tudo, ou melhor, entrando em coma, sem conseguir falar, me mexer e, por um momento, até respirar.

Então, alguém bateu na porta lá embaixo, e um momento depois o médico estava sentado ao meu lado. O mais interessante é que ele ficou completamente surpreso com a posição em que me encontrou. Isso me convenceu de que não via dessas coisas por aqui.

"O médico vai te dar uns sedativos, você vai dormir e, quando acordar, tudo vai ficar bem", disse o *don*, acariciando minha bochecha. Em seguida, saiu do quarto.

Olhei de um jeito idiota para o médico, que, me ignorando completamente, enfiou uma cânula na veia. Então, puxou algo do frasco e eu apaguei.

Os dias seguintes foram todos iguais, exceto pelo fato de acordar sem as amarras. Não havia sentido em usá-las, porque os medicamentos que Massimo constantemente me dava me impediam de deixar a cama. Meu marido me alimentava, me dava banho e me fodia como se eu fosse uma marionete. O mais assustador é que não o incomodava nem um pouco eu não participar ativamente do que ele fazia. Eu chorava muitas vezes durante o sexo, e depois de uma semana ou mais — supunha, porque não tinha ideia de quantos dias tinham se passado desde que estava ali — eu apenas olhava fixamente para a parede. Às vezes fechava os olhos e pensava em Nacho. Eu me sentia bem então. Mas não queria dar a Massimo a sensação de que sorria por causa dele, então eu simplesmente desligava.

Todos os dias eu rezava para morrer.

Certo dia, acordei excepcionalmente revigorada e forte, e minha cabeça não pesava como nos dias anteriores.

Me levantei da cama, o que também foi um choque para mim, porque antes a tontura nem me deixava erguer a cabeça do travesseiro. Sentei-me na beira do colchão e esperei o mundo parar de girar.

"É bom ver você em boa forma", o Homem de Negro disse, saindo do closet e beijando minha cabeça. "Domenico e Olga viajaram de lua de mel. Vão ficar duas semanas fora."

"Eles estavam aqui o tempo todo?", perguntei, confusa.

"Claro, mas eles achavam que você estava em Messina, porque é lá que nós moramos, lembra?"

"Massimo, como você pôde fazer isso?", perguntei. Pela primeira vez desde o dia da festa do casamento, comecei a pensar com lógica. "Com o que você vai me ameaçar desta vez?" Estreitei os olhos quando ele ficou na minha frente, abotoando seu terno preto.

"Com nada", ele respondeu com um encolher de ombros. "Veja só, já chantageei você com a morte de seus pais, e mesmo assim você se apaixonou por mim em menos de três semanas. Você acha que não é capaz de me amar de novo? Eu não mudei, pequena..."

"Mas eu sim", respondi calmamente. "Eu amo o Nacho, não você. Eu penso nele quando você mete seu pau dentro de mim." Fui até ele, com ódio no olhar. "Sonho com ele quando adormeço e digo bom-dia para ele quando acordo. Você tem meu corpo, Massimo, mas meu coração ficou em Tenerife." Eu me virei para finalmente ir ao banheiro sozinha. "E eu prefiro tirar minha própria vida antes de trazer ao mundo um ser que dependa de você."

Massimo não suportou mais: agarrou meu pescoço, me arrastou para a parede ao lado e me bateu contra ela. A fúria que o envolveu deixou seus olhos escuros completamente negros e um filete de suor escorreu por sua testa. Depois de uma semana deitada, eu estava muito fraca, então simplesmente me deixei ficar suspensa no ar, sem os pés tocarem o chão.

"Laura!", Massimo começou a falar e lentamente me colocou no chão.

"Você não pode me proibir de cometer suicídio", afirmei, com lágrimas nos olhos, enquanto ele afrouxava um pouco o aperto no pescoço. "É a única escolha que você não pode controlar, e isso te irrita muito, não é?" Dei um sorriso. "Portanto, esteja preparado, porque não vou aguentar isso por muito tempo."

O rosto do Homem de Negro ficou com uma expressão de desespero e tristeza, e Massimo se afastou de mim. Os olhos frios se fixaram nos meus e eu tive a sensação de que ele finalmente tinha entendido.

"Massimo, eu te amei e você me deu muita felicidade", continuei, esperando uma reação positiva. "Mas acontece que acabamos nos afastando um do outro." Encolhi os ombros e deslizei pela parede para me sentar no tapete. "Você pode me manter aqui e fazer todas essas coisas terríveis comigo, só que vai chegar uma hora em que você não vai querer um fantoche, mas paixão, e eu não vou te dar isso." Abri os braços, em desamparo. "Por quanto tempo você vai querer foder um cadáver?" Ele ficou em silêncio e apenas me observou. "Na verdade nem tem a ver com sexo, mas com o que eu sou para você. Você pode ter qualquer mulher na Terra. A Ewa, por exemplo."

"Ela é uma prostituta", ele rosnou. "Ela foi instruída a desempenhar um papel, que foi perfeitamente cumprido."

"Foi você que matou a nossa cadela?", perguntei, surpreendendo-o com a mudança repentina de assunto.

"Foi." Ele me atravessou com o olhar impassível. "Pequena, eu mato pessoas olhando nos olhos delas, então que problema haveria em matar um animal?"

Sentei-me no chão, balançando a cabeça. Eu não conseguia acreditar que sabia tão pouco sobre ele. As lembranças dos primeiros meses pareciam uma enorme mentira naquele momento. Como é possível que eu não tivesse percebido que ele estava fingindo? O cara na minha frente não passava de um monstro, um tirano. Como ele conseguiu fingir amor e afeto por tanto tempo? Ou talvez tenha sido eu que não quis ver a verdade.

"Vou te dizer o que vai acontecer nas próximas duas semanas." Ele se aproximou de mim e me levantou do chão. "Você pode fazer o que quiser, mas um dos meus homens vai com você. Está proibida de ir até o cais e de sair da propriedade." Ele ajeitou as mangas da camisa e fixou seus olhos negros em mim novamente. "Já que você está planejando tirar sua própria vida, o que, é claro, eu não vou permitir, o homem que te proteger vai ter treinamento médico e poderá prestar socorro." Massimo suspirou, segurando meu rosto. "Na véspera do Ano-Novo alguma coisa morreu dentro de mim, me perdoe." Ele me beijou a boca com suavidade e saiu.

Fiquei atônita, sem entender muito bem suas mudanças de humor. Uma hora ele queria me matar, depois me aterrorizava e ameaçava, e então me pareceu ter visto novamente o cara que eu amei. Tomei banho e me arrumei um pouco, coloquei um short e uma camiseta e me deitei na cama. Liguei a televisão, mas nada me chamava a atenção. Basicamente, a mansão não tinha segredos para mim. Eu conhecia perfeitamente o jardim e toda a área ao redor também. Se Nacho tinha conseguido me sequestrar apesar da segurança, eu também poderia escapar apesar dela.

Pedi o café da manhã no meu quarto. Queria paz e sossego sem saber de Massimo ou de um troglodita qualquer me vigiando. Comi e me senti ainda melhor. Empolgada com a esperança de escapar, fui em busca da minha salvação. A única saída era um terraço suspenso no segundo andar. Olhei para baixo e cheguei à conclusão de que uma queda daquela altura tinha grande chance de terminar em morte, ou, certamente, em uma deficiência física permanente, então abandonei rapidamente a ideia de sair dali amarrando lençóis.

Vasculhei o apartamento até que finalmente tive uma ideia brilhante. Se ele podia fingir, eu também podia. Talvez eu não conseguisse em tão pouco tempo como ele conseguiu comigo, mas havia uma chance de eu baixar sua guarda em um ou dois meses. No entanto, Nacho iria esperar? Ele iria querer me ouvir depois de eu nem tê-lo deixado falar? Será que eu ainda tinha alguém para quem correr? Mais uma onda de lágrimas inundou meus olhos. Me enrolei no edredom e, aninhando a cabeça no travesseiro, adormeci.

Acordei e já tinha anoitecido. Dormir o dia inteiro era uma forma inútil de achar que, ao acordar, eu não teria mais meus problemas. Virei a cabeça e vi Massimo sentado na poltrona, olhando para mim. Antes era uma visão comum, especialmente quando ele voltava à noite me fazendo uma surpresa.

"Ei", sussurrei com a voz rouca, fingindo ternura. "Que horas são?"

"Eu estava quase te acordando. Logo vão servir o jantar. Eu gostaria que você jantasse comigo."

"Tudo bem. Só vou me arrumar um pouco", disse, fingindo ser uma esposa cordata.

"Eu quero conversar", ele me informou, levantando-se. "Te vejo no jardim em uma hora." Massimo se virou e saiu.

Ele quer conversar... Mas ainda há alguma coisa a ser discutida? Afinal, já recebi as instruções. Olhando torto, fui ao banheiro. Achei que esse jantar seria o momento perfeito para começar a colocar meu plano em ação. Mesmo que Nacho me ignorasse, eu iria fugir para a casa dos meus pais ou para mais longe. Pelo menos estaria livre. Depois iria contar tudo para a Olga, ela iria contar para o Domenico e talvez ele conseguisse fazer alguma coisa a respeito disso tudo. Se não, eu simplesmente desapareceria.

Procurei no armário o vestido preto quase transparente que tinha usado no meu primeiro jantar com Massimo. Claro, não podia deixar de usar lingerie vermelha e pintei meus olhos num tom escuro. Arrumei o cabelo em um coque simples e calcei sapatos de salto altíssimos. Sim, eu estava maravilhosa, perfeita e exatamente como meu marido gostaria de me ver. Exceto, talvez, por ter ficado dopada por dias, eu parecia uma viciada.

Respirei fundo e comecei a descer as escadas. Assim que abri a porta, um homem grande, ou melhor, enorme, curvou-se diante de mim espalhafatosamente. Fiquei de boca aberta, incapaz de acreditar que uma pessoa pudesse ser tão grande.

Logo depois, fui pelo corredor e o ogro me seguiu.

"Meu marido mandou você me seguir?", perguntei sem nem mesmo me virar.

"Sim", o homem grunhiu.

"Onde ele está?"

"No jardim, esperando pela senhora."

Está certo, pensei enquanto caminhava com confiança, o som dos meus saltos anunciando o cataclismo iminente. *Você quer se divertir, Torricelli? Pois eu vou me divertir mais com você do que você pensa.*

Passei pela porta e o ar quente atingiu meu rosto. Fazia muito tempo que não saía da casa climatizada, então não estava ciente da temperatura lá fora.

Fui andando devagar, sabendo que, embora estivesse sentado de costas, ele podia me ouvir e provavelmente me sentir. Havia velas na grande mesa, seu brilho iluminando com delicadeza a mesa lindamente posta. Quando eu estava quase lá, meu marido se levantou e, virando-se para me encarar, ficou imobilizado.

"Boa noite", sussurrei ao passar por ele.

Ele me seguiu e puxou a cadeira para eu me sentar, e do nada surgiu um funcionário servindo champanhe. Massimo apertou os olhos e se sentou com elegância ao meu lado. Mesmo que naquela hora eu o odiasse mais do que tudo no mundo, não podia deixar de notar que ele estava lindo. Calça de linho clara, quase branca, camisa desabotoada da mesma cor com as mangas arregaçadas e um rosário de prata. Que hipocrisia para um homem tão cruel e tão diabólico usar um símbolo divino.

"Você está me provocando, pequena", sua voz baixa me arrepiou. "Bem como quando... Também está querendo me provocar agora?"

"Estou alimentando as lembranças", disse, erguendo as sobrancelhas e me servindo de um pedaço de carne

Eu não estava com fome alguma, mas infelizmente meu papel exigia que eu agisse com relativa normalidade, então me forcei a pôr uma garfada na boca.

"Pequena, tenho uma proposta para você", ele disse, se encostando na poltrona. "Me dê uma noite com você, mas uma como se eu a realmente te possuísse. Depois você estará livre."

Meus olhos se arregalaram e meu garfo tilintou no prato.

Massimo ficou sério e esperou que eu falasse.

"Acho que não entendi", murmurei, consternada.

"Eu queria sentir mais uma vez que você é minha. Então, depois, se você quiser, pode ir embora." Ele pegou seu copo e tomou um gole. "Eu não posso te prender. Na verdade, eu não quero. E sabe por quê? Porque a verdade, Laura, é que você não é e nunca foi minha salvação. Você não apareceu nas minhas visões quando eu levei um tiro e quase morri. Eu simplesmente tinha visto você naquele dia." Estreitei meus olhos e olhei para ele com surpresa. "Na Croácia, há mais de cinco anos, isso te diz alguma coisa?"

Ele se aproximou um pouco mais e eu enrijeci. Na verdade, tínhamos estado na Croácia: Martin, Olga e eu, alguns anos antes. Essa lembrança fez meu coração acelerar.

"Você mentiu o tempo todo. É bem o seu estilo...", falei sem refletir, acreditando que estava blefando e que seu pessoal tinha obtido a informação.

"Nem tudo. Descobri por acaso." Ele cruzou as pernas e se sentou mais confortavelmente. "Quando perdemos nosso bebê", sua voz falhou ligeiramente e Massimo pigarreou, "eu deixei de funcionar normalmente. Mario fazia de tudo para me trazer de volta à vida. Eu era necessário. Principalmente depois que Fernando morreu baleado e todas as famílias começaram a olhar com desconfiança para mim. Foi quando Mario inventou de eu fazer hipnose."

Mais uma vez, olhei para ele sem acreditar.

"Eu sei que parece ridículo, mas para mim não fazia diferença. Ele poderia até me matar." Massimo ergueu os braços. "A terapia deu resultado em pouco tempo, e em uma das visitas eu vi. Eu vi a verdadeira você."

"Como você sabe que não era só mais uma das suas projeções?", perguntei, ofendida, como se a salvação dependesse de mim. Um segundo depois me arrependi, pensando em como aquilo teria soado. Mas o que ele estava dizendo era tão absurdo que me interessou.

"Está sendo penoso para você?", ele quis saber, e eu o encarei com indiferença, bufando com ar de sarcasmo. "Pequena, meu coração também se partiu quando percebi que não foi o destino, mas o puro acaso que te colocou na minha cabeça." Massimo abriu as mãos teatralmente. "Me perdoe. Você estava em uma festa em um dos meus hotéis naquela ocasião, estava dançando com uma garota e Martin estava lá também. Nós tínhamos saído de uma reunião e estávamos no terraço um andar acima. Vocês estavam se divertindo." Ele tomou um gole e olhou para meu rosto apavorado. "Era um fim de semana e você estava usando um vestido branco."

Apoiei as costas na cadeira com força, tentando acalmar minha respiração. Eu me lembrava daquele dia, foi um pouco antes do meu aniversário, mas como diabos ele poderia saber, ou, mais estranho ainda, lembrar depois de todos esses anos? A expressão de choque não saía do meu rosto.

"Existe uma coisa na hipnose chamada regressão, que permite que você volte a qualquer parte da sua vida. Tivemos de voltar para a cena da minha morte." Ele se inclinou para mim. "Momentos depois de te ver, eu já estava quase morto." Eu o encarava com horror, me perguntando se esse era outro de seus joguinhos ou se era verdade, afinal.

"Por que está me contando isso?", lancei secamente.

"Para explicar por que eu não dependo de você. Você era só um sonho irreal, a última imagem salva, uma lembrança, e até pouco específica." Ergueu os braços. "Vou te liberar, porque não preciso de você. Mas antes disso quero, pela última vez, possuir você como minha esposa. Não pela força, mas porque você também quer. Então você vai estar livre. A escolha é sua."

Pensei um pouco e não podia acreditar no que acabara de ouvir.

"Que garantia você vai me dar de que essa não é outra farsa?"

"Vou assinar os papéis do divórcio antes e retirar todos os funcionários da propriedade." Ele me empurrou o envelope que estava ao lado dele. "São os documentos", disse, e puxou um celular do bolso. "Mario, leve todos para Messina", ele disse em inglês para que eu entendesse.

"Vamos dar um passeio." Ele se levantou e me deu a mão.

Larguei o guardanapo e estremeci, segurando a mão que ele me estendeu. Massimo me conduziu pelo jardim até chegarmos à entrada da garagem, onde os funcionários estavam entrando nos ônibus. Assisti com surpresa indisfarçável às dezenas de pessoas entrando neles e partindo.

No final, Mario saiu, acenou para mim e entrou em um Mercedes preto. Nós estávamos sozinhos.

"Eu ainda não sei se é um truque." Balancei a cabeça.

"Então vamos verificar."

Massimo me conduziu por cantos e recantos, e eu, com meus sapatos na mão, o segui calmamente. Levamos quase uma hora para dar a volta em tudo que pertencia ao *don* e, na verdade, não havia uma alma viva em lugar nenhum.

Voltamos para a mesa, onde ele serviu champanhe para nós dois e olhou com expectativa.

"Está bem." Abri o envelope, dando uma olhada em seu interior. "Vamos supor que eu concorde. Qual é a sua expectativa?"

Examinei os papéis escritos na sua língua materna e fiquei aliviada ao descobrir que ele não estava mentindo. É verdade que não entendia todos os parágrafos, mas parece que desta vez meu marido decidira agir como tinha prometido.

"Por uma noite, eu gostaria de recuperar a mulher que me amou." Ele olhou para a haste da taça, girando-a nas mãos. "Quero sentir que você me beija com amor e transa comigo porque quer isso, e não por obrigação." Ele suspirou profundamente e voltou seu olhar para mim. "Você vai conseguir se lembrar de como é quando eu te dou prazer?"

Engoli a saliva, que ia ficando cada vez mais espessa, e analisei sua proposta. Pus de lado os papéis que segurava e olhei para ele — que realmente estava falando sério.

Ponderei sua proposta. Me imaginar transando com ele me apavorava e me paralisava. Por outro lado... já tinha feito tantas coisas com ele que talvez uma noite não fizesse diferença para mim. Algumas horas e eu iria embora para sempre; uma vez, centenas de lembranças, muito esforço e estaria livre.

Eu o encarei me perguntando se eu era tão forte assim, e se minhas habilidades de atuação me permitiriam desempenhar meu último papel com ele. Mesmo sendo um homem tão bonito, ele me enojava. O ódio que queimava meu corpo me impulsionava mais a um assassinato do que a gestos ternos para com aquele homem. A razão, entretanto, venceu o coração, e o cálculo frio venceu as emoções. *Você consegue*, eu me encorajei.

"Está certo", respondi calmamente. "Mas nada de me amarrar, prender, me drogar, acorrentar." Inclinei a cabeça para o champanhe. "E sem álcool."

"Ok", ele assentiu e estendeu a mão para mim. "Mas vamos fazer isso no lugar que eu escolher."

Eu me levantei, calcei os sapatos e ele me conduziu pela casa. Meu coração batia furiosamente enquanto caminhávamos pelos corredores juntos. Eu sabia exatamente qual lugar seria o primeiro. Comecei a sentir náuseas com o que estava para acontecer.

Quando chegamos à biblioteca, ele fechou lentamente a porta e caminhou até a lareira. O enjoo aumentava pelo nervosismo, e eu tremia como se fosse fazer aquilo pela primeira vez. Me senti como uma prostituta prestes a se entregar ao seu cliente mais odiado.

Ele gentilmente segurou meu rosto nas mãos e se aproximou um pouco mais, como se esperasse permissão. O ar saía pela minha boca entreaberta, secando meus lábios.

Lambi-os involuntariamente, e o gesto fez Massimo gemer e forçar a língua para dentro da minha boca. Senti a eletricidade fluindo por nossos corpos, uma sensação estranha em relação ao homem que eu odiava. Retribuí o beijo, lutando contra a náusea, e ele foi mais fundo, sentindo minha aprovação. Fez um movimento me virando e, beijando meu pescoço e nuca, deslizou a mão pela minha coxa e depois até minha calcinha de renda.

"Adoro isso", ele sussurrou, me acariciando levemente, e senti todos os pelos do meu corpo se arrepiarem. Esse tipo de conexão é como uma droga para mim.

Ele virou meu rosto e de novo me beijou profundamente. Seus longos dedos deslizaram em mim, separaram os pequenos lábios e pressionaram meu clitóris. Orquestrei um gemido escapando da minha garganta, e isso o fez sorrir. Eu estava fingindo que aquilo influenciava meus sentidos exatamente como antes. Ele começou a me masturbar e eu o beijei avidamente.

"Eu quero sentir você", ele sussurrou, me jogando contra o sofá macio.

Com um movimento, ele escorregou do sofá, abriu o zíper e entrou em mim. Eu gritei, empurrando a cabeça nas almofadas, e ele agarrou meus quadris com firmeza e começou a me comer loucamente. Eu me contorcia e o arranhava, o olhar frio fitando meus olhos turvos se afastando cada vez mais. Fechei os olhos, incapaz de suportar o que ele estava fazendo comigo. De repente vi o rosto de Nacho. O rapaz sorridente, divertido e tatuado que me tratava quase com reverência sempre que podia me tocar. Senti uma dor aguda no baixo-ventre. Continuei tentando interpretar a mulher em êxtase. Mas não conseguia abrir os olhos, não queria, porque então a torrente de lágrimas que estava se formando sob minhas pálpebras explodiria como um vulcão. E então todo o plano iria para o inferno. Eu sentia o pau duro dentro de mim, implacavelmente me rasgando por dentro. Deus do céu, que tormento!

"Não consigo", sussurrei. E comecei a chorar compulsivamente.

Massimo parou, seu rosto mostrando preocupação e choque. Por um momento ele não se moveu um centímetro até que recuou e se levantou, fechando o zíper.

"Vá dormir", ele disse entre dentes, e eu fechei as pernas e me encolhi em posição fetal. "Nosso contrato acaba de ser cancelado." Ele deu as costas para mim e caminhou até a escrivaninha.

Mal consegui me levantar do sofá e saí da sala com as pernas bambas. Atravessei o labirinto de corredores e entrei em nosso quarto. No closet, tirei o vestido, coloquei uma camiseta e uma bermudinha de malha. Deitei enrolada no cobertor e, ainda soluçando, aconcheguei a cabeça no travesseiro. Sentia vergonha e ódio de mim mesma. Eu era burra e ingênua se achava que aquele homem tinha honra. Fiquei ali chorando e me perguntando qual morte seria a mais branda para mim. Fechei os olhos. De repente, uma mão enorme tapou minha boca e não consegui gritar.

"Menina", essa palavra fez outra onda de lágrimas tomar conta de mim. Desta vez não era de desespero, mas de esperança.

Ele tirou a mão da minha boca, me dando controle do fluxo de oxigênio, e eu me agarrei ao meu salvador. Ele estava ali, eu podia senti-lo, o hálito mentolado invadindo meu rosto enquanto eu me aconchegava nele.

"Desculpe, desculpe, desculpe...", eu repetia entre lágrimas enquanto seu peito subia e descia muito rapidamente.

"Depois", sussurrou, tão baixo que eu mal pude ouvi-lo. "Laura, temos que fugir."

Eu não conseguia deixá-lo sair de meus braços. Não agora, quando eu finalmente o tinha ao meu lado e cada respiração dele me dava convicção de que ele era real. Ele tentou me afastar, mas sem sucesso; não havia força que me colocasse longe de Nacho naquele momento.

"Laura, ele pode chegar logo."

"Todos os funcionários da casa foram levados para Messina", gaguejei em meio às lágrimas. "Estamos sozinhos".

"Infelizmente não." O que ele disse me deixou sem fôlego.

"Todos os seguranças estão esperando a um quilômetro daqui. Temos literalmente alguns minutos, ele mentiu para você de novo."

Ergui o rosto e, embora não pudesse ver os olhos verdes, eu sabia que Nacho estava olhando para mim.

"Você ouviu tudo?", perguntei, imaginando que ele sabia de tudo que fizera meu coração se partir em milhões de pedaços.

"Agora isso não importa. Vista-se, menina." Ele se levantou comigo e gentilmente me empurrou em direção ao closet.

Não acendi a luz. Instintivamente, peguei meu short e os tênis que estavam na prateleira. Praticamente corri para o quarto, temendo que, se não me apressasse, ele desapareceria.

A mão do canarino me segurou, me arrastou para o banheiro e fechou a porta. A luz pálida que iluminou o cômodo me permitiu finalmente vê-lo. Ele estava vestido como soldado infiltrado, todo de preto e com o rosto pintado. Tinha um fuzil nas costas e pistolas nos coldres dos suspensórios. Tirou uma pistola e me deu.

"Você tem que sair pela porta principal. O resto está trancado." Ele desbloqueou e recarregou a arma. "Se você encontrar alguém, atire. Não hesite, atire logo. Entendeu?" Ele apertou a arma nas minhas mãos e observou, esperando a confirmação. "É a única maneira de sairmos daqui e voltarmos para casa."

"Para casa", repeti, derramando lágrimas mais uma vez.

"Laura, você precisa ficar tranquila. Eu vou estar com você. Lembre-se, ninguém vai atirar em você." Nacho me beijou e o toque de seus lábios me fez parar de chorar.

Assenti e caminhei em direção à escada.

Abri a porta e olhei em volta no escuro. Ninguém estava ali. Apoiando o lado do corpo contra a parede, eu me movi ao longo do corredor, ouvindo passos atrás de mim, mas eles não ressoavam.

Eu estava prestes a recuar e voltar para o apartamento, mas me lembrei de Nacho dizendo que estaria comigo, e segui em frente com confiança. Apertava a arma nas mãos, com medo de ter de usá-la em algum momento.

Quando venci o primeiro andar, fiquei um pouco aliviada por não ter encontrado ninguém. Lenta e silenciosamente, desci a escada quase correndo. Eu sabia que estava a apenas um passo da liberdade.

Então a porta da biblioteca se abriu e um feixe de luz se espalhou pelo corredor. Massimo ficou alguns metros à minha frente, e eu endireitei os braços e apontei a arma para ele. O Homem de Negro ficou mudo e petrificado enquanto me observava com fúria.

"Eu não acredito", ele articulou depois de alguns segundos. "Nós dois sabemos que você não ousaria." Ele deu um passo e, quando apertei o gatilho, um apito surdo saiu do silenciador.

O vaso sobre a mesa se estilhaçou e o *don* parou no meio do caminho.

"Não se mova", disse entre os dentes. "Eu tenho tantos motivos para matar você que não preciso de mais um", afirmei, confiante, embora minhas mãos tremessem tanto que não acertaria nem a parede ao meu lado. "Você é um degenerado doente e vil que eu odeio. Estou deixando você, então, se quiser viver, entre na porra da biblioteca e tranque a porta", rosnei, e ele riu enquanto colocava as mãos nos bolsos.

"Fui eu quem te ensinou a atirar", disse, quase com orgulho. "Você não vai me matar, você é fraca demais." Ele deu um passo à frente e eu fechei os olhos enquanto me preparava para apertar o gatilho.

"Ela talvez não", a voz de Nacho soou bem atrás da minha orelha, e então eu senti seu hálito de menta, "mas eu vou, e terei o maior prazer em fazer isso."

Outro cano apareceu por trás da minha cabeça e uma mão forte me deslocou para o lado.

"Massimo, quanto tempo esperei por isto!", disse o canarino ao passar por mim. "Eu te avisei em Ibiza e vou manter minha promessa."

Ele não movia um músculo e eu podia sentir sua ira. O careca me deu a mão e, quando a segurei, ele me mudou de posição, me empurrando levemente para a frente.

"Vá lá para dentro", disse, apontando para o Homem de Negro. "Laura, corra para a garagem. Ivan está esperando por você lá. Não olhe para trás, não recue, apenas corra até ele."

Meu coração estava acelerado e minhas pernas se recusaram a obedecer. Eu estava ao lado dele e a última coisa que queria era deixá-lo sozinho.

"Nacho...", sussurrei.

"Vamos falar sobre isso em casa", ele disse, sem tirar os olhos de Massimo e me empurrando para o hall.

Dei um passo, mas algo ainda me segurava perto dele.

"A semana passada foi perfeita", o Homem de Negro disse, olhando para mim. "Fazia muito tempo que eu não fodia assim. Adoro o cuzinho dela." Massimo encostou no batente da porta.

"Laura, corra", Nacho rosnou.

"Eu trepei com Laura como se ela fosse um animal, semiconsciente e indefesa, e ela continuava choramingando e pedindo mais", ele riu com crueldade. "Matos, por favor, nós dois sabemos que você não vai sair daqui vivo."

Não aguentei: num impulso, dei uma coronhada na cara de Massimo. E quando, atordoado pelo golpe, ele caiu dentro da biblioteca, respingando sangue, fechei a porta.

"Ou vou com você ou fico com você", disse, pegando o canarino pela mão.

Nacho me puxou e começou a correr. Segundos depois, ouvi a porta da biblioteca se abrir com um estrondo atrás de nós. Já estávamos na escada quando soou o primeiro tiro. Marcelo corria e eu tentava acompanhá-lo. Quase podia ver a porta da saída quando Mario apareceu à nossa frente.

Nós paramos e, antes que Nacho pudesse levantar sua arma, a pistola apontada para ele escureceu meu mundo.

"Por favor", gemi com pesar, e o velho olhou para mim. "Não quero ficar aqui, não quero que isso continue..." Minha voz falhou e as lágrimas correram pelo meu rosto ouvindo os passos de Massimo no andar de cima. "É um monstro, tenho medo dele."

Tudo o que eu ouvia era a respiração de Nacho e os passos se aproximando.

E então Mario abaixou a arma, suspirando pesadamente, e saiu do caminho.

"Se o pai dele estivesse vivo, isso nunca teria acontecido", ele deixou escapar e se escondeu no corredor escuro, abrindo caminho para nós.

O canarino agarrou meu pulso novamente.

Enquanto corríamos para fora, Ivan se aproximou, acelerado, e me jogou nas costas dele, disparando em direção ao cais.

Capítulo 19

Abri os olhos devagar. Estava com medo do que poderia ver. Eu me lembrava perfeitamente da noite anterior, mas só até o momento de entrar no barco. Depois, nada mais. Será que algo dera errado e eu veria Massimo surgindo como um pesadelo e meu local de execução novamente? Respirei fundo e olhei para o quarto, e uma onda de lágrimas inundou meus olhos.

Nosso santuário, a casinha na praia, o sol brilhando através das persianas de madeira e o cheiro maravilhoso do oceano derramando-se pela janela aberta.

Me virei e vi Nacho sentado na poltrona. Ele estava inclinado para a frente, cobrindo a boca com as mãos. Seus olhos verdes me encaravam e ele estava em silêncio.

"Me desculpe", deixei escapar novamente de mim aquelas palavras que eu iria repetir pelo resto da vida.

"Eu tenho uma proposta para você", ele disse, tão sério que fiquei com medo do que ele diria. "Nunca mais vamos falar sobre isso." Ele engoliu em seco e franziu as sobrancelhas. "Tenho noção do que você enfrentou, então, se você ainda quer que eu não atire nele, nunca mais fale sobre isso." Ele se endireitou e apoiou as costas na poltrona. "Bem, a não ser que você tenha mudado de ideia."

"Se eu tivesse mudado, eu mesma teria atirado na cabeça dele ontem à noite", suspirei, sentando e me encostando na cabeceira da cama. "Nacho, tudo o que aconteceu agora na Sicília foi por minha culpa. Por causa da minha burrice total." Seu olhar me interrogava. "Acreditei em todas as mentiras do Massimo e pus você em perigo. Mas ele planejou tudo tão bem...", gemi. "Eu entendo se você não quiser mais ficar comigo."

"Você disse que estava apaixonada por mim". O tom calmo soou no quarto.

"O quê?", perguntei, sem ter ideia do que ele falava.

"No dia do casamento da Olga, quando você estava gritando comigo no celular, você disse que tinha se apaixonado por mim." Ele parecia um pouco mais animado, esperando minha reação.

Fiquei encarando o lençol e comecei a mordiscar minhas unhas, não tinha ideia do que dizer a ele. Minha defesa tinha acabado de desabar e o homem sentado ao lado me despiu das mentiras que eu alimentava para mim mesma. Eu não queria estar apaixonada por ele, tinha medo, e o que mais me apavorava era ele descobrir isso.

"Menina", disse Nacho, sentando-se na cama. Ele ergueu meu queixo com o dedo.

"Eu estava de porre e sob o efeito de sedativos", retruquei, sem saber o que mais poderia dizer.

O canarino ergueu as sobrancelhas com ar divertido e surpreso, cravando seus olhos verdes em mim.

"Ah, então não era verdade?" Os cantos de sua boca se curvaram suavemente.

"Meu Deus!", sussurrei e tentei abaixar a cabeça novamente, mas ele me impediu, não permitindo que eu não olhasse para ele.

"E então?"

"Estou tentando me desculpar com você por ter me comportado como uma total cretina e você me pergunta se eu estou apaixonada por você?"

Ele assentiu com um largo sorriso.

"Você é burro se ainda não percebeu o que eu sinto por você."

Seu humor alegre tomou conta de mim.

"Claro que eu percebi, mas quero que você diga em alto e bom som." Ele deslizou a mão no meu rosto, acariciando-o suavemente.

"Marcelo Nacho Matos", comecei bem séria, e ele recuou um pouco, "há bastante tempo, suponho, e certamente há algumas semanas", fiz uma pausa, e ele esperava ansioso, "estou louca e completamente apaixonada por você."

O sorriso que cruzou o rosto do canarino foi o maior que eu já tinha visto. "E o que é pior para você, a cada dia que passa, eu me apaixono mais ainda." Encolhi os ombros. "Não posso evitar, é culpa sua."

As mãos coloridas me seguraram pelos tornozelos e me puxaram para baixo de forma que, segundos depois, eu estava deitada com a cabeça no travesseiro novamente.

O corpo tatuado pendia a alguns centímetros de mim, e os olhos verdes olhavam para meu rosto.

"Eu te quero tanto", ele disse, tocando meu lábio. "Mas você precisa ser examinada por um médico. Tenho medo de que seu corpo esteja muito fraco."

Suas palavras fizeram as lembranças dos últimos dias passarem pela minha cabeça como um furacão. Tentei não chorar, mas as lágrimas correram lentamente pelo meu rosto. E, quanto mais eu pensava naquilo, mais me sentia culpada. E finalmente me veio na cabeça o pior: Massimo tinha feito tudo aquilo com um propósito específico e eu não tomara minhas pílulas. O horror que se estampou no meu rosto fez Nacho se erguer e se sentar ao meu lado.

"O que houve?", Nacho perguntou, tocando meu rosto, mais branco que cera.

"Meu Deus!", sussurrei, escondendo o rosto com as mãos.

"Fale, menina, fale!" Ele puxou minhas mãos do rosto e me encarou.

"Eu posso estar grávida, Nacho", disse, e quase podia ver a dor física que aquelas palavras lhe causaram.

Ele cerrou a mandíbula e olhou para o chão, então se levantou e saiu do quarto. Fiquei ali deitada, assustada com minhas conclusões, e, quando a porta se abriu novamente, ele estava lá, vestido com bermudas coloridas.

"Vou nadar um pouco", disse, e se dirigiu para a saída. Bateu a porta com tanta força que ela quase caiu do batente.

Será que isso vai acabar algum dia?, pensei enquanto sacudia a cabeça e cobria o rosto com a coberta. Infelizmente não conseguia me esconder da minha própria mente, que me golpeava com a pergunta: *o que vai acontecer se...?* Eu tinha apenas uma resposta: não vou permitir que nada me conecte com aquele monstro.

Peguei o celular que Nacho havia deixado ali e comecei a navegar na internet para obter ajuda. Depois de meia hora, descobri que havia esperança para mim, e não era algo particularmente invasivo. Existiam medicamentos que podiam resolver o problema. Dei um suspiro de alívio e recoloquei o celular do canarino na mesinha de cabeceira. Mas Deus me ama um pouquinho, porque, se não me deu sorte na vida, pelo menos Ele me deu uma cabeça pensante que funcionava muito bem. Agora era apenas questão de tranquilizar Nacho.

Fui até o armário e vesti uma tanga minúscula e uma camiseta colorida de surfe. Escovei os dentes e prendi o cabelo para trás em um coque alto. Pegando a prancha, fui para a praia.

O oceano estava muito agitado, como se sentisse o clima do seu Poseidon que cortava as ondas — concentrado e incrivelmente sexy. Amarrei a cordinha no tornozelo, corri para a água e comecei a remar sobre a prancha.

Quando cheguei ao local onde as ondas quebravam, sentei-me na prancha e esperei. Eu sabia que Nacho tinha me visto quando eu estava nadando, mas queria que ele mesmo decidisse quando deveria se aproximar de mim. Felizmente ele não me obrigou a esperar muito, porque poucos minutos depois já estava sentado ao meu lado, olhando calmamente para mim.

"Me desculpe", novamente as palavras saíram da minha boca e ele revirou os olhos.

"Você pode parar com isso?", ele perguntou, um pouco irritado. "Laura, será que dá para entender que eu não quero mais pensar nisso, e cada vez que ouço um 'me desculpe' relembro tudo?"

"Vamos conversar sobre isso, Marcelo."

"Que merda! Não me chame assim!", ele gritou e eu me assustei, quase caindo na água.

Sua reação violenta me deixou fervendo e, para evitar uma discussão, deitei-me na prancha e comecei a nadar em direção à margem.

"Menina, me desculpe", o canarino gritou, mas eu não tinha a intenção de parar.

Nadei até a praia e joguei a prancha na areia, desatei a cordinha e corri para casa. Parei no balcão da cozinha, me apoiando nele. Estava sufocando de raiva e murmurava palavrões. Então, mãos fortes me viraram e eu senti o frio da geladeira nas minhas costas.

"Quando você desligou o celular", ele começou, encostando sua testa em mim, "eu pensei que meu mundo estivesse desmoronando. Eu não conseguia nem respirar, não conseguia pensar." Ele fechou os olhos. "Depois, quando Ivan me ligou e me contou o que aconteceu, fiquei ainda mais assustado. Ele disse que você estava bêbada e provavelmente chapada, que você não queria ouvi-lo e que Torricelli tinha levado você para a mansão. Então eu pensei por um momento que você queria voltar para ele." Ergui o olhar, incapaz de acreditar no que ele dizia. "Não me olhe assim", ele disse, recuando um pouco. "Você acreditou que eu tinha esquartejado seu cachorro. Fui para a

Sicília, mas a casa dele é um puta bunker, e o exército que ele reuniu esperando por mim complicava mais ainda a situação." Ele se sentou no balcão, olhando para mim. "Demorei um pouco mais que o normal para preparar tudo. Além do mais, o comportamento de Domenico e Olga me confundiu um pouco." Sacudiu os braços. "Eles estavam calmos, fazendo tudo normalmente. Eu hesitei." Ele baixou a cabeça. "Aí eles viajaram e eu consegui ouvir uma das conversas de Massimo. Tudo ficou claro e em um dia organizei toda a ação para te trazer de volta."

"Você ouviu nossa conversa no jardim?", perguntei, e ele ficou em silêncio, olhando para os pés. "Você ouviu?!", gritei quando não respondeu.

"Ouvi", ele quase sussurrou.

"Nacho." Fui até ele, segurando seu rosto e beijando-o suavemente. "Era a única maneira de ele me deixar ir embora. Você sabe que eu não faria isso por querer." Olhei para ele, mas tudo o que vi em seus olhos verdes foi um vazio. "Estou com medo", sussurrei. "Estou com medo de que, depois disso tudo, você se afaste de mim, e você tem o direito de fazer isso." Eu me virei, esfregando as têmporas. "Eu vou entender, Nacho, é sério."

Dei um passo para entrar no quarto e me trocar, e então seu braços fortes e tatuados me alcançaram. O canarino me pegou no colo, envolvi as pernas nele e ele me carregou para a saída.

"Você está apaixonada por mim ou não?", ele perguntou, sério, passando pela porta.

"Caramba, quantas vezes vou ter que te dizer isso?" Olhei para ele, brava.

"Tantas vezes quanto for necessário para o *apaixonada* se transformar em *eu te amo*", ele disse e me deitou em uma espreguiçadeira larga e macia atrás da casa. "Vou fazer amor com você aqui, se você me permitir." Ele sorriu e me beijou suavemente.

"Eu sonhava com isso todos os dias." Tirei a camiseta molhada numa puxada. "Não houve um segundo em que você não estivesse comigo." Eu o puxei para um beijo ardente.

Sua língua quente e mentolada acariciava a minha, e as mãos tatuadas alcançaram a bermuda molhada que apertava sua bunda musculosa. Ele a tirou sem interromper o beijo, e com o canto do olho vi que estava pronto.

"Acho que você está feliz em me ver", disse. Levantei as sobrancelhas fazendo graça e ele se endireitou e parou acima de mim.

"Abra a boca... por favor", pediu, com um sorriso, e pegou seu pau grosso com a mão direita.

Eu me deitei confortavelmente, obedecendo ao pedido.

Nacho se ajoelhou, uma perna de cada lado da minha cabeça, e com um gesto pediu que eu deslizasse um pouco mais para baixo. Eu estava praticamente deitada quando ele se aproximou e me deixou beijar a cabeça dura do seu pau. Eu ansiava para tê-lo inteiro na boca, e tentava me mover com esse objetivo.

"Devagar", ele sussurrou e me deu seu pau duro outra vez, lentamente deixando-o descansar na minha língua. "Posso enfiar mais um pouquinho?", perguntou, com um sorriso malicioso, e eu assenti. Ele enfiou um pouco mais e eu comecei a chupar involuntariamente. "Mais um pouco?" Respirando cada vez mais forte, ele esperou pela permissão.

Agarrei sua bunda e o puxei para junto de mim, de forma que seu pau escorregou pela minha garganta.

"Deixe essas lindas mãozinhas ficarem aí", ordenou, apoiando-se no encosto da espreguiçadeira. A cada momento que passava, ele metia mais fundo.

Cheirá-lo, saboreá-lo e vê-lo ali me deixavam doida de prazer. Cravei minhas unhas em sua bunda tatuada, querendo senti-lo ainda mais. Nacho sibilou e, me olhando pelas pálpebras semicerradas, enfiou totalmente o pau e parou de mexer os quadris.

Eu tentava engolir a saliva, mas não conseguia. Seu volume me sufocava, tornando impossível respirar.

"Pelo nariz, menina", ele disse, gracejando, quando sentiu que eu estava sufocando. "Não se mexa."

Com um notável movimento gracioso, ele girou 180 graus, sem puxar seu pau para fora da minha boca, e, logo depois sua língua estava deslizando sobre minha barriga em direção às coxas. Ele me sufocou de novo com seu comprimento, ficando por cima de mim num 69.

Bem como da primeira vez em que fiz um boquete nele, com a diferença, porém, de que agora eu estava embaixo.

Seus dedos agarraram as laterais da tanga e lentamente começaram a deslizá-la para baixo. Eu não aguentava mais de vontade de que ele metesse a língua dentro de mim, e, como estava completamente imobilizada, só conseguia expressar meus desejos chupando-o. Como já estava enlouquecendo de tesão, eu fazia o boquete com toda a minha força e habilidade.

No entanto, surpreendentemente, isso não o impressionava de forma alguma.

Ainda no seu próprio tempo, ele puxou a tanga minúscula lentamente pelas minhas pernas. Quando o martírio terminou, ele abriu minhas coxas o máximo que pôde e caiu de boca no meu clitóris. Dei um grito abafado, e Nacho saboreava avidamente o meu gosto. Sua língua me penetrava e lambia toda a minha buceta molhada. Seus dentes mordiam o clitóris de vez em quando.

Meu Deus, aqueles lábios maravilhosamente carnudos foram feitos para satisfazer uma mulher. Ele lambeu dois dedos e os colocou dentro de mim, e eu, atordoada com a sensação, levantei os quadris. Com a mão livre, ele segurou meu corpo que se contorcia e com a outra atacou impiedosamente. Comecei a sentir o vórtice que tanto amava girando dentro de mim, e tudo ao redor passou a perder a clareza. Nada mais me interessava, nada era importante, meu homem estava me levando ao limite do prazer e era exatamente nisso que eu queria me concentrar. Eu já estava começando a gozar quando o movimento entre minhas pernas parou e ele se virou para mim.

"Você está distraída", ele disse, com um sorriso cativante, lambendo os lábios.

"Se você não voltar agora a fazer o que interrompeu, vou ficar brava." Ele riu e saiu de cima de mim. Minha a expressão patética denunciava minha grande decepção. "Nacho!", rosnei, ressentida, enquanto ele se arrumava entre minhas pernas.

"Estou quase gozando", ele sussurrou, entrando em mim. Joguei a cabeça para trás e um grito mudo saiu de mim. "E você também." Ele começou a meter e eu me senti voar para longe. "Você sabe muito bem que eu preciso ver você." Ele me beijou e começou a me comer em um ritmo insano.

Ele mergulhou uma perna na areia e dobrou o joelho da outra, que estava apoiada na espreguiçadeira em que me fodia. Pegou meu tornozelo e o apoiou em seu ombro para que ele pudesse ir mais fundo. Beijava meu pé e a panturrilha enquanto me observava, e o tesão e o amor irradiavam dele.

Quando seu pau acionou o gatilho que eu tanto esperava, comecei a gozar. Na mesma hora, puxei seu rosto e enfiei a língua em sua boca o mais fundo possível, ficando imóvel depois por alguns momentos. O corpo de Nacho ainda estocava o meu e eu senti quando ele gozou. Estávamos com os músculos tensos pelo orgasmo, e nossos corpos se fundiram em um, respirando no mesmo ritmo. Algum tempo depois, reduzimos os movimentos lentamente até pararmos e ficarmos olhando um para o outro.

O canarino caiu em cima de mim, beijou meu ombro e se aninhou nele.

"Estava com saudade", sussurrou.

"Eu sei, eu também", respondi enquanto acariciava suas costas.

"Tenho um presente para você esperando na mansão." Ele se ergueu, sem sair de dentro de mim, e me olhou alegre. "Mas podemos continuar aqui, se você quiser."

"Eu quero." Abracei-o e fiquei me deleitando com o som das ondas quebrando na praia.

Passamos vários dias em nosso santuário. Nacho não estava trabalhando, não fazia nada além de cuidar de mim. Ele cozinhava, fazia amor comigo, me ensinava a surfar e tocava violino. Nós tomávamos banho de sol, conversávamos e brincávamos como crianças. Ele trouxe os cavalos algumas vezes, e, uma vez, depois de eu pedir muito, até me levou ao haras. Fiquei observando-o cuidar dos cavalos, vendo o jeito como os limpava e falava com eles. Os animais se aconchegavam nele, sentindo grande amor e gratidão por seus excelentes cuidados.

Mas chegou o dia em que acordei sozinha e o encontrei sentado no balcão da cozinha. Assim que os olhos verdes me olharam, eu soube que nossa fuga tinha chegado ao fim. Não fiquei zangada nem senti rancor. Eu sabia que ele tinha obrigações que havia negligenciado por minha causa.

Fomos nadar pela última vez. Depois me vesti sem reclamar e voltamos. Estacionamos na entrada da garagem e, quando desci, sua mão delgada segurou a minha. O sorriso infantil em seu rosto mostrava que ele estava tramando alguma coisa.

"Seu presente", disse, sorrindo, "está esperando por você no nosso quarto." Ele ergueu as sobrancelhas. "E, já que você não tem ideia de onde está, vou te levar." Olhou de esguelha. "Antes que minha irmã descubra que você está aqui e grude em você, me impedindo de te dar o presente."

Ele me puxou, passou por uma porta enorme e entrou.

Tentei registrar na memória fotográfica por onde passávamos para não me perder e lembrar pelo menos a localização de um quarto. Especialmente porque só esse me interessava.

Subimos a escada para o segundo andar, depois para o terceiro e o quarto. Isso mesmo, o palácio dos Matos era impressionante, mas o que vi no sótão superou a mais louca imaginação.

Uma parede inteira era de vidro e avançava para a costa de penhascos e o oceano. Algo incrível. O cômodo era gigantesco, devia ter uns duzentos ou trezentos metros quadrados, tinha paredes de madeira clara e as tábuas largas também emolduravam o teto. Os sofás de canto de couro na cor creme se conectavam, formando algo como um quadrado, no centro do qual estava uma bancada branca, brilhante e de vários níveis. Lâmpadas pretas altas estavam penduradas preguiçosamente atrás dos sofás, acima da bancada futurista. Mais adiante havia uma mesa com seis cadeiras e, sobre ela, lírios brancos maravilhosos. No final do mezanino, uma cama gigante com vista para todo o estúdio. Me virei e vi que havia uma parede de vidro leitoso. Atrás dela ficava o banheiro. Graças a Deus o banheiro tinha uma porta normal.

Enquanto eu me acalmava um pouco, olhando em volta, ouvi um barulho estranho. Espiei por trás do vidro leitoso e fiquei muda. Nacho trazia na coleira um pequeno bull terrier branco.

"Um presente", disse, com um sorriso amplo. "Na verdade ele é o meu pequeno substituto: protetor e amigo em um só." Ele ergueu as sobrancelhas e eu fiquei surpresa. "Eu sei que não é uma bolotinha fofa, mas os bull terriers também têm suas vantagens." Ele se sentou no chão ao lado do cachorro, que subiu em seus joelhos e começou a lamber seu rosto. "Vamos, diga alguma coisa, porque estou achando que você não gostou." Aquela cena inesperada tocou meu coração. "Meu amor", ele começou em um tom calmo, "eu pensei que poderíamos nos conhecer melhor justamente cuidando de um ser vivo por quem somos os responsáveis." Ele fez uma pequena careta ao não ver nenhuma reação em mim.

Me aproximei deles e me sentei no chão. O fofucho branco desceu do colo do canarino e se aproximou de mim, hesitante. Primeiro lambeu minha mão, depois saltou e babou todo o meu rosto.

"É ele ou ela?", perguntei, afastando um pouco o porquinho branco.

"Claro que é ele", disse, indignado. "É forte, grande, mau..." Naquele momento o cachorro se jogou nele e começou a lambê-lo, abanando o rabo muito feliz. "Tudo bem, algum dia vai ser." Resignado, virou o cachorrinho e começou a coçar sua barriga.

"Você sabia que os cachorros se parecem com seus donos?" Ergui as sobrancelhas. "E qual é a ocasião para esse presente?"

"Arrá! Veja só, minha querida." Ele deu um pulo e me puxou para si. "Daqui a exatos trinta dias é o seu aniversário." Ele sorriu. "O trigésimo." Revirei os olhos ao ouvir essa declaração. "Este ano foi difícil para você."

Abaixei a cabeça, confirmando. "E vou fazer com que termine como um conto de fadas, não um pesadelo." Beijou minha cabeça e me abraçou por um momento. "Certo, agora vamos para a casa da Amelia, porque sinto que meu celular vibrando está prestes a explodir."

Nos sentamos à mesa para uma refeição tardia. Todos rimos e brincamos, e não pude deixar de pensar no que Nacho tinha dito. Um ano havia passado. Incrível que aqueles 365 dias tivessem voado tão rapidamente. Lembrei do dia em que fui sequestrada, ou melhor, da noite em que acordei. Sorri tristemente com aquela lembrança, não fazia ideia de como tudo acabaria. Lembrei do momento em que vi Massimo, tão lindo, imperioso e perigoso. Depois, as compras em Taormina e todos aqueles ardis, suas tentativas de me subjugar e minhas objeções. Todo o jogo parecia inocente para mim agora. A viagem a Roma e o escândalo no clube, que quase me custou a vida.

Olhei para o canarino, que estava contando alguma coisa aos amigos enquanto comia rodelas de banana. Naquele dia no Nostro, eu ainda não sabia que o destino acabaria por me unir ao cara mais maravilhoso da Terra. Mordisquei o presunto seco, pensando em como tinha sido feliz depois.

Quando fiz amor com o Homem de Negro pela primeira vez, e depois ele sumindo. E, claro, o bebê... Essa lembrança me fez sentir mal e instintivamente pus a mão na barriga: mais uma vez carregava um dentro de mim... O suor frio que senti nas costas esfriou todo o meu corpo, mesmo com os trinta graus que fazia lá fora.

A mão do canarino apertou a minha.

"O que foi, menina? Vai desmaiar?", ele sussurrou, beijando minha têmpora.

"Estou me sentindo tonta", respondi, quase sem olhar para ele. "Parece que o retorno à realidade não foi bom para mim. Vou me deitar." Me levantei, dando um beijo na careca dele, e me despedi dos convidados.

Entrei no quarto, peguei o celular de Nacho da estante e liguei para Olga. Eu sabia que sua lua de mel estava quase no fim e não queria estragar isso, mas por outro lado eu precisava muito dela. Liguei e desliguei umas dez vezes. Acabei desistindo e fui tomar banho.

Os dias seguintes foram uma luta comigo mesma. Por um lado, queria ir ao médico e acabar logo com aquilo; por outro, eu sentia tanto medo que não tinha condições de me obrigar a fazer nada. Ou Nacho se esquecera de toda a conversa ou estava fingindo que ela não existira, porque nunca mais voltou ao assunto.

Finalmente, quando me recompus e venci meus medos, marquei uma consulta — sem Nacho saber. Vestida com short e camiseta, desci até a garagem, onde o minitanque me esperava. Na mesma hora, minha bolsa começou a vibrar.

"Que porra aconteceu agora?", Olga perguntou quando atendi. "Aquele déspota quase jogou Domenico para fora do avião e depois eles sumiram. Estou em casa, mas o seu andar está todo trancado. Onde você está? Estão brigando de novo?" Fiquei em silêncio, incapaz de acreditar que ela não sabia de nada.

"Olguinha, está tudo meio fodido", gemi, me escondendo dentro do carro. "Não me acertei com o Massimo. Ele planejou tudo e me sequestrou de novo."

"O quê?!", seu grito rasgou meus tímpanos. "Que merda! Que sacana! Me conte!"

Contei a ela toda a história, escondendo a parte em que meu marido me estuprou por dias. Achei que seria desnecessária a culpa que eu a faria sentir.

"Manipulador do caralho!", ela suspirou. "Laura, eu tinha certeza de que vocês tinham realmente se acertado. Porque, você sabe, lá no casamento eu fiquei até um pouco surpresa, mas o seu ciúme e a cena que armou com o canarino..." Havia pesar em seu tom. "E aí, quando você entrou na Ferrari dele, quase fez um boquete nele quando ele te abriu a porta." Ela suspirou pela centésima vez. "O que você acha que eu deveria pensar? E aí você atendeu o celular, e ele estava tão radiante que eu pensei que tudo tinha voltado ao normal. Lembra quando falamos que talvez o Nacho fosse só um capricho?" Balancei a cabeça, concordando. "Bem, eu achei que você tinha chegado a essa conclusão graças à tal da Ewa e toda aquela situação. Você sabe, o casamento, Taormina, a igreja, as lembranças..."

"Tudo bem", disse para interrompê-la, pois não queria ouvir mais nada. "Só me diga uma coisa: o Massimo estava com o Mario?"

"Sim." Essa palavra tirou uma pedra do meu coração. "Por que você quer saber dele?"

"Eu não te contei o mais importante. Foi o Mario quem nos deixou escapar." Descansei a testa no volante. "Eu estava apavorada que Massimo fosse matá-lo."

"Bem, ele não matou, pelo menos até agora. Mas sabe de uma coisa? Vou interrogar o Domenico, para ele me dizer qual é a situação e depois te conto. E como está aí com o Nacho?" Fez uma pausa ao terminar a pergunta.

"Muito bom, de verdade", disse. "Bom, saber que a namorada de porre deu a bunda para outro homem não o deixa muito feliz, mas ele sabe que tinham me drogado. O que não muda o fato de que eu o traí."

"Besteira!", ela gritou. "Laura, nem se atreva a cair nessa. Eu sei bem o que vai acontecer. Você vai se enfurnar na cama, vai ficar revivendo tudo e criando outros problemas." Seu tom desanimado quebrava meu coração. "Me escute: vá se ocupar de alguma coisa. Olha, talvez fosse bom assumir o controle da empresa remotamente. Entre em contato com a Emi. Ela está fazendo um puta trabalho."

"No momento eu tenho que ir ao médico." Fez-se silêncio no celular. "Infelizmente eu posso estar grávida dele."

"Puta que pariu!..." O sussurro de Olga chegou aos meus ouvidos. "Bom, então esse seu filho, nesse caso, vai ter um priminho." Levei um susto tão grande que bati com a cabeça no encosto do carro. "Estou grávida, Laura!"

"Ah, meu Deus!" Lágrimas brotaram dos meus olhos. "E só agora você me diz?"

"Ah, eu descobri por acaso, quando estávamos nas ilhas Seychelles."

"Minha querida, estou tão feliz!", solucei ao celular.

"Bem, eu também, mas imaginei que te contaria isso pessoalmente, você sabe. Pensei que estaria aqui comigo." Me senti culpada ouvindo as palavras dela.

"Olga, vou fazer um aborto. Não quero que nada me ligue àquele psicopata."

"Pense mais um pouco, querida. E primeiro descubra se há mais alguma coisa a considerar, e depois me avise."

Uma batida na janela me fez dar outro pulo no assento e o celular caiu no chão. Nacho estava parado atrás da porta do carro, suas sobrancelhas levantadas com surpresa. Peguei o celular e me despedi de Olga, depois abri a janela para falar com ele.

"Oi, menina, aonde você vai?", ele perguntou, levemente desconfiado. Ou pelo menos me pareceu que seu tom não estava normal.

Eu olhei para baixo e vi nosso cachorro ainda sem nome se esfregando em suas pernas.

"Vou comprar alguma coisa para a fera", e apontei para o bichinho. "Estou com vontade de dar uma volta."

"Está tudo bem?" Ele pousou as mãos na porta e apoiou o queixo nela, olhando para mim com preocupação.

"Falei com a Olga." Ele se ergueu um pouco. "Eles voltaram das Seychelles e..."

"E...?", Nacho me encorajou.

"E tiveram momentos maravilhosos, mas infelizmente o retorno à realidade a assustou um pouco." Encolhi os ombros. "Mas ela está bronzeada, revigorada e apaixonada, assim como eu." Dei um beijinho na ponta do nariz dele. "E agora eu vou indo, amor." Sorri para ele da forma mais alegre que consegui. "A menos que você queira vir comigo." Rezei mentalmente para que ele recusasse.

"Tenho que me encontrar com o Ivan. Vamos para a Rússia em uma semana."

Nacho se enfiou pela janela e me deu um longo beijo de língua. "Lembre-se de que ele é um macho forte, um matador e o líder do bando", Nacho sorriu radiante. "Nada cor-de-rosa, lacinhos ou ossinhos coloridos." Ele flexionou seus bíceps, mostrando-os para mim. "Força e poder, caveiras, armas."

"Seu bobo!" Comecei a rir e pus meus óculos escuros.

"Quando você voltar, me diga como foi com o médico", ele gritou, indo embora, e eu fiquei paralisada.

Merda, merda, merda... Bati a cabeça no volante. Ele sabia, o tempo todo sabia e esperava, e eu, como uma idiota, tentei forçar uma mentira inútil. Baixei as pálpebras, respirando profundamente. Estou arruinando meu relacionamento com ele, se é que ainda se pode chamar de relacionamento. Irritada e furiosa comigo mesma, engatei a marcha e acelerei pela entrada da garagem.

Capítulo 20

Sentei-me no confortável sofá da sala de espera da clínica particular e mordisquei as unhas. Estava nervosa, com vontade de arrancar os cabelos, mas também um pouco triste por tudo aquilo. O médico, depois de conversar comigo, pediu uma coleta de sangue e informou que o resultado sairia em cerca de duas horas. Eu não tinha forças para dirigir, não conseguia pensar, então fiquei ali sentada, olhando distraída para os pacientes que iam e vinham.

"Laura Torricelli." Todo o meu corpo tensionou ao ouvir o nome que estava na minha carteira de identidade.

Porra, a primeira coisa que vou fazer amanhã é voltar para o meu nome de solteira, murmurei enquanto caminhava em direção ao consultório.

O jovem médico olhou os resultados, suspirou e balançou a cabeça. Depois olhou para o computador, tirou os óculos e, finalmente, cruzando as mãos, disse:

"Dona Laura, o resultado do seu exame de sangue mostra claramente que a senhora está grávida."

Achei quer fosse desmaiar. Meu coração estava batendo forte como se estivesse prestes a sair do peito e meu estômago revirou. O médico viu que eu realmente ia desfalecer, então chamou a enfermeira. Os dois me colocaram no sofá e levantaram minhas pernas. *Quero morrer o mais rápido possível*, fiquei repetindo mentalmente, tentando voltar ao normal. O médico me dizia alguma coisa, mas tudo que eu podia ouvir era o sangue latejando na minha cabeça.

Depois de alguns minutos, me recuperei e mais uma vez me sentei na cadeira em frente ao médico.

"Eu quero me livrar dessa gravidez", afirmei, incisiva, e os olhos do jovem se arregalaram. "E o mais rápido possível. Li que há comprimidos que posso tomar para me livrar desse problema."

"Problema?", ele perguntou, surpreso. "Dona Laura, quem sabe não seria melhor primeiro conversar com o pai da criança ou com uma psicóloga? Infelizmente, devo aconselhá-la a não dar esse passo."

"Doutor!", comecei, um tanto ríspida. "Vou me livrar dessa criança com ou sem a sua ajuda. Só acho que, por causa do procedimento a que fui submetida no início deste ano, é melhor fazer com a supervisão de um médico."

"O que a senhora está me pedindo para fazer é ilegal neste país."

"Para aliviar sua consciência", interrompi, "vou dizer apenas que essa criança é fruto de um estupro e não quero ter nada a ver com o estuprador. E antes que você diga que devo denunciar o caso à polícia, gostaria de dizer que essa possibilidade não existe. Bem, você vai me ajudar ou não?" O jovem médico ficou pensativo. Sua ansiedade era praticamente palpável.

"Tudo bem, volte amanhã. A senhora vai ficar conosco por um ou dois dias. Vamos dar os medicamentos e depois faremos uma possível intervenção, se necessário." Agradeci educadamente e saí.

Entrei no carro e comecei a gritar, as ondas de choro se espalhando pelo meu corpo como um oceano agitado: uma vinha, depois outra, sem parar, até eu não ter mais forças para soltar a voz. Liguei o motor e comecei a dirigir sem saber para onde queria ir. Estava passando pelo calçadão e senti uma necessidade avassaladora de solidão, assim como quando soube da minha gravidez anterior. Da mesma forma que antes, eu precisava ver o oceano.

Estacionei perto da praia dos surfistas e coloquei meus óculos escuros enquanto caminhava para a água.

Sentei-me na areia e continuei a chorar, olhando fixamente para o oceano. Eu queria morrer, não conseguia imaginar como contar a Nacho tudo aquilo. Tive medo de que ele não conseguisse olhar para mim como antes.

"Menina", sua voz quente deixou meu corpo todo tenso. "Vamos conversar."

"Não quero!", rosnei, tentando me levantar, mas suas mãos me fizeram sentar de novo. "Além disso, o que você está fazendo aqui?" Indignada, tentei me libertar dele.

"Não vou esconder que os carros têm GPS, e depois que você agiu de forma tão estranha em casa, me perdoe, eu queria saber o que estava acontecendo. O que o médico disse...?"

Sua voz falhou nesse momento. Acho que antes de perguntar ele já sabia a resposta, por me ver naquele estado.

"Eu tenho um procedimento marcado para amanhã na clínica", murmurei, minha cabeça quase na areia. "Preciso tirar uma coisa de dentro de mim."

"Você está grávida?" Seu tom era calmo e carinhoso. "Laura, fale comigo", ele exigiu quando fiquei em silêncio. "Mas que merda!", gritou. "Eu sou o seu homem, e não pretendo ficar assistindo você sofrer sozinha. Se você não se permitir ser ajudada, vou fazer isso contra a sua vontade."

Ergui para ele os olhos marejados e Nacho tirou meus óculos. "Menina, se não falarmos agora, vou ligar para o médico e ele vai me contar tudo." Ele olhava com expectativa.

"Estou grávida, Nacho!" E mais uma vez gritei enquanto ele me abraçava com força. "Juro por Deus que não queria isso. Me desculpe."

Ele me silenciou, me pôs em seu colo e me aninhou em seus braços tatuados. Eu me sentia segura com ele. Sabia que poderia parar de ter medo porque ele não me deixaria.

"Vou cuidar disso amanhã, e tudo vai acabar em dois dias."

"*Nós* vamos cuidar disso", ele me corrigiu, me beijando na testa.

"Nacho, me deixe fazer isso sozinha. Não quero você lá, embora eu saiba como isso soe cruel." Olhei para ele com pesar. "Por favor, quanto mais você se envolver nessa situação, mais culpa eu vou me sentir. Quero tirar isso da cabeça e terminar o assunto com aquele filho da puta de uma vez por todas."

Ele assentiu e me abraçou ainda mais forte.

"Vai ser como você quiser, amor. Só não chore mais."

Ao chegarmos em casa, tentei agir normalmente, mas não foi fácil. De vez em quando eu me escondia em algum lugar para chorar, e adoraria poder me esconder num canto e só sair de lá quando tudo tivesse passado. O canarino via minha luta e tentava não manifestar como tudo aquilo o estava matando, mas infelizmente ele fingia tão mal quanto eu.

Graças a Deus o dia passou rápido e terminou com uma longa e solitária caminhada com meu cachorro, que me ajudou muito.

No dia seguinte, acordei muito cedo e fiquei surpresa ao descobrir que Nacho não estava mais na cama. Tínhamos dormido juntos e abraçados, mas nós dois não estávamos nos sentindo confortáveis com aquilo. Era como se Massimo estivesse deitado entre nós, nos empurrando para longe um do outro.

Tomei um banho e vesti a primeira coisa que encontrei no armário. Não me importava com a aparência que eu teria naquele dia. Não queria pensar, não queria sentir, queria acordar dali a dois dias e me sentir aliviada. Arrumei uma pequena mala com os itens essenciais e fui tomar o café da manhã. Infelizmente meu namorado também não estava lá, nem o cachorro ou Amelia. *Bem, eu queria fazer tudo sozinha, não queria? Então é isso.* Resignada, me sentei à grande mesa e, ao ver a comida, fiquei enjoada. Preferia olhar para longe. Estava mais pronta para matar de fome aquela coisinha inocente dentro de mim do que deixar o fruto daqueles eventos horríveis destruir minha vida. Estremeci com o pensamento, e o gole de chá voltou; antes que pudesse me levantar, coloquei tudo para fora. Limpei a boca e suspirei pesadamente olhando para a mancha não muito grande no chão. *Acho que não quero beber mais nada*, gemi.

Na gravidez anterior, os vômitos vieram bem depois. Ou talvez eu fosse tão suscetível a sugestões que minha própria consciência estivesse me deixando enjoada. Balancei a cabeça e voltei para dentro de casa.

Uma hora depois eu estava em meu carro, dirigindo para a clínica. Tinha colocado o celular no silencioso e não queria falar com Nacho naquele momento. Já sabia perfeitamente que ele estava em seu esconderijo do lado do mar. E talvez estivesse surfando, bebendo cerveja, andando a cavalo e solitário, sentindo sua dor. Lamentei que todas essas emoções o tocassem por minha culpa, mas não tinha como modificar isso tudo. Amelia não sabia de nada, mas Olga! Tive a ideia de ligar para ela e digitei seu número na hora. No dia anterior, por causa de todas as emoções, havia esquecido completamente de ligar para ela.

"Puta merda, finalmente!", ela rosnou e eu sorri com o som de sua voz. "E aí?"

"Estou indo para a clínica." Ouvi um suspiro no receptor. "Amanhã já deve estar tudo acabado."

"Então é isso mesmo?", Olga disse, e eu respirei fundo novamente. "Minha querida, sinto muito."

"Pare com isso, Olguinha", sussurrei com a voz falhando. "Não sinta pena de mim. Além disso, não quero falar sobre o assunto. Melhor me dizer o que você descobriu."

"Ah, o Mario está vivo e bem, porque o Massimo não sabia que ele estava na casa. Pelo menos foi o que concluí. Então você não precisa se preocupar com ele. O Homem de Negro está com o nariz quebrado. Parece que você fodeu com a cara dele com a coronhada." Ouvi uma risada animada no celular. "E você fez muito bem. Ainda falta dar um chute nos ovos dele, daqueles bem dados. Bem, parece que ele não está mais atrás de você. Domenico o convenceu de que isso é coisa de gente desesperada e que não convém ao chefe da família." Suspirei de alívio. "Mas você sabe como é com ele; nunca dá para ter certeza absoluta de nada."

"Pelo menos uma boa notícia", disse enquanto descia para o estacionamento. "Olga, vou desligar, me envie energias positivas. Espero que você possa vir aqui para que eu possa dar um abraço na gravidinha. Ah, e como você está?" Eu me senti culpada por estar concentrada apenas no meu problema de um jeito tão egoísta.

"Ah! Maravilhosa! O sexo está melhor do que nunca e Domenico me ama ainda mais do que antes, só falta me carregar no colo. Perdi peso, meus peitos cresceram. Bem, só vantagens." Eu podia ouvir a alegria em sua voz. "Laura, vou te ver perto do seu aniversário."

"Porra, o aniversário", gemi enquanto estacionava. "Eu ganhei um cachorro."

"Outra vez?"

"Bem, só que agora é um cachorro, não uma pelucinha indefesa. É um bull terrier." Eu a ouvi puxar o ar para dizer alguma coisa. "E isso não é nada, ganho presentes todos os dias. Diversos: kart com pista de corrida, prancha de surfe, curso de voo de helicóptero", eu ri. "Olga, eu amo você. Daqui a dois dias a gente conversa de novo."

"Eu também amo você", ela gemeu tristemente.

"Se cuide!", falei com a voz embargada.

Pus o celular de lado, respirei fundo e segurei a alça da minha bolsa com força. *Vamos lá*, pensei.

O médico estava fazendo um ultrassom intravaginal enquanto eu tentava me sentir à vontade naquela situação incômoda fisicamente e emocionalmente.

"Muito bem, dona Laura, a senhora vai tomar um comprimido e o sangramento vai começar." Ele continuava olhando para o monitor. "Depois nós veremos se a cirurgia é necessária ou não." Eu olhava fixamente para o teto. "O feto já está bem grande, afinal já é a sétima semana. Mas vamos ver como seu corpo reage..."

Eu nem estava ouvindo o que ele dizia, porque não me importava, mas de repente acordei da letargia:

"O quê?", perguntei, surpresa. "Que semana?"

"Por volta da sétima, eu suponho." Ele apertou os botões do dispositivo como se estivesse medindo algo.

"Doutor, não é possível, porque eu fiquei..."

Naquele momento eu percebi! A criança não era de Massimo. Nacho era o pai!

Quase chutei a mão com o ultrassom que me examinava e me ergui com tanta velocidade que fiquei um pouco tonta. Me sentei confusa com o médico me olhando, surpreso.

"Doutor", comecei, me apoiando no encosto. "O senhor tem certeza de que o bebê não tem só umas três semanas?"

Espantado, ele fez que sim com a cabeça.

"Cem por cento de certeza. O feto é muito grande e os exames de sangue mostram que os níveis hormonais estão de acordo com..."

Não ouvi mais nada, não tinha por que ouvir. Deus do céu, o bebê não era do tirano. Era fruto da convivência com o rapaz tatuado, que vai ser papai! Sorri largamente e o médico ficou sem entender nada.

"Obrigada, doutor, mas nem a cirurgia nem o comprimido serão necessários. Está tudo bem com o bebê?" Ele assentiu, com uma cara de bobo. "E posso ter uma foto e uma descrição?"

Saí correndo da clínica para o meu carro. Nem bem tinha entrado e já liguei para o careca, que não atendia. *Provavelmente está nadando*, pensei enquanto dava a partida. Em seguida, programei o GPS para o nosso esconderijo.

Meu humor e atitude mudaram drasticamente. As lágrimas corriam pelo rosto novamente, mas eram de felicidade. Não sabia se era uma boa hora para ter um filho, a gente se conhecia tão pouco... Mas o mais importante é que era filho dele. Eu via o quanto ele amava Pablo e agora iríamos lhe dar um priminho. Seriam criados juntos. E também o garoto da Olga... *Caramba, é isso!*, gritei e digitei o número da minha amiga. Ela atendeu no segundo toque. "Olga, estou grávida!", gritei, feliz, e ela ficou em silêncio.

"Cacete, sério isso? Não diga! Laura, você está bem?" Ela não entendia o que estava acontecendo. "Eles te deram algum remédio? O que houve?", perguntou, apavorada, com uma voz ligeiramente trêmula.

"O bebê é do Nacho!" Após um momento de silêncio, ouvi um grito alto no celular. "O Massimo podia tentar o quanto quisesse que eu já estava grávida!"

"Não acredito, Laura", eu a ouvi chorando. "Nós vamos ser mães juntas..."

"Sim!", gritei com um largo sorriso. "E os nossos filhos vão ter a mesma idade. Fantástico, não é?"

"O Nacho já sabe?", ela perguntou depois de darmos gritinhos juntas.

"Estou justamente indo me encontrar com ele. Ligo para você amanhã quando me acalmar um pouco."

Acelerei, furiosa por não ter um botão de teletransporte para já estar ao lado dele. O trajeto parecia mais longo que o normal, mas finalmente cheguei. Desci do carro, corri pela areia e vi a motocicleta encostada em uma palmeira. Isso significava que ele estava lá. Eu não tinha ideia de como contar a novidade — direto ou aos poucos?

Parei no meio do caminho. *E se ele não quiser filhos?* Isso pode se virar contra tudo que eu queria que acontecesse e, em vez de contribuir, destruir tudo entre nós.

Então me lembrei de que na piscina, quando estávamos no Tagomago, ele disse que não tinha medo de uma possível gravidez, porque, como disse, *na idade dele já estava na hora*. Eu tinha perguntado sobre minhas pílulas anticoncepcionais, mas ele me apressou para mudar de roupa e irmos nadar. Impulsionada por esse pensamento, comecei a correr.

Entrei na casa e o vi sentado no chão, encostado contra os armários da cozinha. Ele me olhou surpreso e pôs de lado a garrafa de vodca que estava em sua mão.

Assustada com o fato de ele estar bebendo, fiquei paralisada por um momento, e ele se levantou e cambaleou, se agarrando na geladeira.

"O que você está fazendo aqui?", ele perguntou, quase com raiva. "E a cirurgia?"

"Eu não podia fazer...", disse, olhando para ele, um pouco sem palavras ao ver o estado em que se encontrava. "Este bebê...", comecei, e ele se moveu em minha direção.

"Que merda!", ele gritou, me interrompendo e jogando a garrafa contra a parede. "Não aguento isso, Laura." Ele correu para fora de casa e foi em direção à água. Estava tão bêbado que mal conseguia mover as pernas. As lágrimas brotaram dos meus olhos e minha voz ficou embargada com a ideia de ele nadar assim.

"É seu filho!", gritei. "É seu bebê, Nacho!"

Eu sentia o vento quente em meus cabelos enquanto corria com meu conversível ao longo da costa da praia. Os alto-falantes tocavam *Break free*, com Ariana Grande, que se encaixava na minha situação como nenhuma outra no mundo. *If you want it, take it*[3] — ela cantava —, e eu balançava a cabeça para cima e para baixo a cada palavra, então aumentei a música ainda mais. Hoje era meu aniversário. Hoje, teoricamente, estava um ano mais velha do que ontem. Hoje eu deveria estar deprimida, mas a verdade é que nunca me senti tão viva. Quando parei no semáforo, o refrão estava começando. Os baixos explodiam ao meu redor e meu ótimo humor me fazia cantar junto com ela. *This is... the part... when I say I don't want ya... I'm stronger than I've been before...*[4] — gritei junto com Ariana, agitando os braços para tudo quanto é lado. Um rapaz cujo carro parou ao lado sorriu sedutoramente e, se divertindo com meu comportamento, batucou no volante no ritmo da música. Provavelmente, além da música e do comportamento incomum, minha roupa também chamou a atenção dele, já que não estava vestindo muita coisa. O biquíni preto combinava perfeitamente com meu carro Plymouth Prowler violeta.

3   Se você quer isso, pegue.
4   Esta é... a parte... em que digo... que eu não quero você... Eu sou mais forte do que era antes.

Aliás, tudo combinava com esse meu lindo, incomum e sensacional carro — presente de aniversário do meu homem, que, obviamente, não me presentearia só com um carro, embora eu já imaginasse que seria o último da lista.

Tudo tinha começado um mês antes: todos os dias, por causa do meu aniversário, eu recebia um presente. Trigésimo aniversário, portanto trinta dias de presentes — essa era a ideia dele. Revirei os olhos pensando nisso e arranquei com o carro quando o sinal ficou verde. Estacionei, peguei minha bolsa e me encaminhei para a praia. O dia estava muito quente, no meio do verão, e eu realmente queria conferir quanto sol eu seria capaz de suportar e quanto conseguiria me bronzear. Beberiquei meu chá gelado e caminhei, enfiando os pés na areia quente.

"Feliz aniversário, senhorinha!", meu homem gritou, e, quando me virei para vê-lo, fui surpreendida com uma garrafa de champanhe sendo aberta em mim.

"Nacho, ficou louco?!", gritei, rindo, enquanto tentava escapar daquela surpresa, infelizmente sem sucesso. Ele me encharcou todinha e só parou quando a garrafa já estava vazia, então se lançou sobre mim e me jogou na areia.

"Tudo de melhor para você", ele sussurrou. "Eu te amo."

Naquele momento, sua língua deslizou sem pressa em minha boca enquanto ele me envolvia em seus braços fortes e tatuados. Eu gemia, me agarrando a ele, abrindo as pernas e deixando que ele ficasse no meio delas.

Suas mãos agarraram as minhas e me prenderam no chão macio. Nacho se afastou o suficiente para me olhar nos olhos.

"Tenho uma coisa para você." Ele moveu as sobrancelhas, alegre, e se levantou, me arrastando com ele.

"Jura?", murmurei, revirando ironicamente os olhos por trás dos óculos escuros. Ele estendeu a mão para mim, e seu rosto ficou sério.

"Eu queria...", ele gaguejou, e eu o encarei, achando graça. Então ele respirou fundo, ficou de joelhos e disse, estendendo uma caixinha para mim: "Case comigo". Nacho sorria, e seu sorriso reluzia tanto quanto seus olhos. "Eu queria dizer alguma coisa inteligente, romântica, mas na verdade gostaria mesmo era de dizer uma coisa que te convencesse."

Respirei fundo e ele levantou a mão para me silenciar.

"Antes de dizer qualquer coisa, Laura, pense duas vezes. Uma proposta de casamento ainda não é um casamento, e um casamento não é a eternidade." Ele cutucou levemente minha barriga com a caixinha. "Lembre-se de que eu não quero te forçar a nada, não vou te obrigar a nada. Você diz 'sim' se quiser."

Ele ficou em silêncio por um momento, esperando por uma resposta, e, quando não a recebeu, balançou a cabeça e continuou: "Se você não aceitar, vou mandar Amelia falar com você e ela vai te atormentar até o dia da sua morte".

Olhei para ele animada, apavorada e feliz ao mesmo tempo.

"Ok, estou vendo que esse argumento também não te agrada." Ele olhou para o oceano e depois de um tempo os olhos verdes voltaram para mim. "Então aceite por ele." Ele beijou minha barriga e apoiou a testa nela. "Lembre-se: uma família consiste em pelo menos três pessoas." Ele ergueu o olhar. "Pelo menos. O que não significa que vou parar nesse serzinho." Ele sorriu e segurou minha mão.

"Eu te amo", sussurrei. "E queria dizer 'sim' desde o início, quando você começou a falar, mas, já que você não me permitiu falar nada, deixei que você me convencesse." Seus olhos brilhavam como o sol. "Sim, vou me casar com você."

Epílogo

"Mas que droga, Luca!" Olga pulou da espreguiçadeira e sua correria chamou a atenção de todos os banhistas.

"Seu pestinha, venha aqui!" Desistindo, ela se ajoelhou na areia e o adorável garoto de olhos escuros se jogou em meus braços.

Enrolei uma toalha nele, coloquei-o no meu colo e comecei a limpar seu cabelo.

"Ele finge que não entende polonês", ela reclamou, se ajeitando e pegando uma garrafa d'água. "Mas assim que eu começo a falar em italiano a reação é imediata, certo?" Com os dedos, apertou de leve o nariz do anjo escuro que se enroscou em mim.

"Não fique nervosa. Não é aconselhável na gravidez", recomendei, rindo, olhando para Olga. "Vá com a mamãe", sussurrei na orelha de Luca, e ele se jogou em cima dela.

Ela o abraçou com ternura e começou a apertá-lo, e o menino ria e a puxava. Olga finalmente o largou, e ele, fazendo pouco-caso de suas proibições, correu para a água.

"Ele é idêntico ao Domenico. Também não dá a mínima para o que eu digo." Balançou a cabeça, resignada. "Nem posso acreditar que já está tão grande. Lembro do dia em que ele nasceu."

Havia um toque de nostalgia em sua voz.

"É... eu também." E me lembrei de como ela quis matar todos nós.

Infelizmente, mesmo desejando muito, eu não pude estar junto com ela naquele dia. No entanto, ela pediu que Domenico fizesse uma videochamada. Com o notebook atrás da cabeça dela, para que eu ajudasse no parto, morrendo de medo. Olga gritava, batia em Domenico, insultava a mim, ao médico, depois chorava. O parto não foi muito longo. Para nossa felicidade, duas ou três horas depois Luca nasceu. O menino mais lindo que eu já tinha visto.

"Esse pirralho vai acabar comigo", Olga suspirou, e depois de um momento gritou. "Luca!" O Domenico em miniatura começou a correr para a água novamente. "Aquele lá o estragou tanto que não consigo mais lidar com ele." Ela se sentou, colocando os óculos escuros. "O padrinho, é claro, não estou falando do meu marido." Olhei para Olga com os olhos arregalados.

"O Massimo está dificultando as coisas para você?" Ela negou, balançando a cabeça. "Ah, você tem que entendê-lo. Ele vê o Luca como o filho que não teve. Mas, se continuar saindo com aquelas prostitutas, ele vai acabar tendo um. O lado bom disso é que ele quase não visita a mansão", ela suspirou. "Mas, quando vai, Luca ganha uma Ferrari em miniatura. Ele comprou uma pista de corrida recentemente, dá para acreditar? Um menino de quatro anos! Comprou uma lancha também, mas isso ainda não é nada. Ele convenceu Domenico a fazer Luca aprender outros idiomas... quatro, só pra começar!", ela gritou. "Além disso, ele toca piano e também treina caratê e tênis, porque os esportes ensinam a ter disciplina."

Balancei a cabeça, incapaz de acreditar que já haviam se passado cinco anos desde o divórcio, que foi a coisa mais difícil da minha vida, especialmente porque Nacho e Massimo se odeiam. A assinatura dos documentos foi simples, mas o caminho percorrido até aquele dia foi um inferno.

Exatamente no dia do meu aniversário, Massimo finalmente percebeu que eu o havia deixado e que tinha me apaixonado por outro. Fazia exatamente 365 dias que ele me sequestrara e nesse exato dia o casamento oficialmente chegou ao fim.

Qualquer pessoa normal enviaria documentos de uma forma convencional. Mas não Massimo, afinal ele tinha que mostrar para todo mundo quão rico e poderoso ele era. Assim, quatro homens de cabelo grisalho vieram a Tenerife, colocaram toneladas de documentos na minha frente e explicaram o que havia neles.

No início eu disse ao Homem de Negro que não queria nada dele e que não aceitaria um centavo, mas ele insistiu: era uma das condições para ele falar comigo sobre minha liberdade. Afirmou que, depois de tudo o que vivenciei, eu merecia — coisa que ele deixou bem clara — segurança para o futuro e uma compensação. E isso também significava que eu não deveria depender financeiramente de Nacho, mesmo que já não dependesse. Afinal, logo que nos separamos Massimo rapidamente trabalhou para que a empresa — que tinha me dado — fosse minha de vez.

"Mamãe!" O grito doce fez com que eu me erguesse e visse as mãozinhas amadas esticadas para cima. "Papai me mostrou um golfinho", ela disse enquanto eu a pegava no colo e me sentava com ela em meus braços.

"Ah é?!" Inclinei a cabeça com entusiasmo indisfarçável. Stella deu um pulo e correu em direção ao mar. Ela era uma criança extremamente ativa, assim como seu pai.

Será que algum dia vou ficar entediada com essa visão?, pensei, olhando para meu marido, que caminhava em minha direção com nossa filha nos braços. Pendurada nele como um macaquinho, a menininha loira de olhos castanhos dava beijos molhados nele. Ele carregava a prancha em um dos braços e Stella, carinhosamente, no outro. Seu corpo molhado e tatuado não se parecia em nada com a figura de um homem de quase quarenta anos. Ele se movia e seus músculos definidos pelo mar eram uma linda visão.

"Admiro você por deixá-la surfar com ele", disse Olga, com seriedade, forçando um pedaço de banana na boca de Luca. "Eu provavelmente ficaria louca de medo. Ele a coloca na prancha e ela vive caindo na água." Ela acenou com as mãos. "Isso não é para mim de jeito nenhum."

"Ela não cai, ela pula. E quem diria que nós seríamos mães tão diferentes?" Eu ri, sem tirar os olhos do meu homem. "Pelo que me lembro, era para eu ser a mãe em pânico, e você aquela que ia deixar os filhos acenderem cigarros e fumarem."

"O melhor seria trancá-los num porão até eles atingirem a maioridade." Ela pensou um pouco. "Ou melhor, até fazerem trinta anos."

De repente uma sombra se fez diante de mim e os lábios macios e salgados se colaram aos meus. Com nossa filha nos braços, Nacho se apoiou com uma das mãos no encosto da espreguiçadeira em que eu tomava sol e me beijou apaixonadamente.

"Vocês vão traumatizar a garota, seus pervertidos", disse minha amiga.

"Não fique com ciúme", Nacho a advertiu, sorrindo de orelha a orelha. "Se Domenico parasse de teimosia e viesse com você, você também sentiria uma coisa gostosa na boca."

"Ah, vá se foder!", ela respondeu, sem nem olhar para ele, e eu mentalmente agradeci a Deus pelo fato de nossos filhos falarem várias línguas, menos o inglês. "Meu marido não pode estar aqui por ser um fiel Torricelli." Ela encolheu os ombros, ofendida.

"Ah", disse o careca, sarcástico, sentando-se na minha espreguiçadeira. Ele pegou uma toalha e começou a enxugar Stella. "Então quer dizer que você não é uma boa esposa da máfia porque está traindo a família com os gângsteres das Canárias?", perguntou.

"Se eu estiver traindo a família com alguém, é com esta encantadora polonesa." Ela baixou um pouco os óculos, olhando para mim e depois para ele. "E o fato de ela estar casada acidentalmente com um gângster espanhol é outra questão completamente distinta."

"Canarino", nós a corrigimos quase em coro, e Nacho acariciou meu queixo, sorrindo e me beijando suavemente mais uma vez.

Luca, vendo Stella sair da água, se agarrou a ela como um band-aid. Os dois se davam bem, como irmãos. Ele mostrava conchas, seixos, cuidava dela. Às vezes, quando eu olhava para ele, via que ele me lembrava mais Massimo do que Domenico. Aqueles olhos negros olhando para mim com frieza e superioridade... Era só uma criança, mas eu sabia que o *don* o estava preparando para ser seu sucessor. Olga, é claro, não admitia para si mesma esse pensamento, mas eu sabia por que ele os mantinha na mansão.

A verdade é que Domenico, graças ao irmão e ao seu trabalho, era um homem extremamente rico, por isso poderia pagar com tranquilidade por uma casa, um castelo ou mesmo uma ilha particular.

Mas, infelizmente, estando constantemente sob a influência de Massimo, não conseguia viver sem ele. Por isso convenceu Olga de que ficar na mansão era a melhor ideia, até porque era a casa onde se conheceram. Minha amiga, vivendo com o siciliano, havia se tornado uma mulher romântica e uma boneca gentil. Iludida com essa história, concordou.

"Ser mãe solteira é tão difícil." A voz de Amelia me tirou dos meus pensamentos. Ela colocou sua caríssima bolsa sobre a espreguiçadeira ao meu lado, ao mesmo tempo que jogava a toalha molhada de Nacho na areia.

Eu me virei, observando com divertimento que dois seguranças carregavam uma montanha de brinquedos atrás dela, além de cestas de comida e bebida alcoólica, outra espreguiçadeira e uma barraca de praia — todas "coisinhas" necessárias.

"Sim, especialmente com as três babás contratadas 24 horas por dia, a cozinheira, as empregadas, o motorista e aquele seu lacaio, que se atreve a dizer que é seu namorado", retrucou Nacho, enfiando o chapéu da filha na cabeça dela.

"Será que a gente não pode comprar esta praia?", Amelia perguntou, completamente indiferente ao que ele disse. "Eu não teria que carregar tudo isso pra cá todas as vezes."

O careca revirou os olhos e balançou a cabeça, irritado, depois se aproximou de mim. Montou na espreguiçadeira e se deitou em cima de mim, me esmagando. Seus lábios beijavam os meus, e eu quase podia sentir as duas mulheres nos encarando.

"Nós vamos fazer um filho esta noite", ele sussurrou entre beijos. "Vamos fazer amor até você me dizer que conseguimos." Seus olhos verdes riram quando ele começou a se esfregar sensualmente em mim.

"Ah, não!", as meninas gritaram quase simultaneamente, e Amelia começou a atirar objetos nele.

"Vocês são repugnantes! Não na frente das crianças", Olga protestou.

"Elas nem estão olhando!", disse Nacho, se levantando e apontando o dedo para os três, preocupados com algum bicho enterrado na areia. "Além disso, eu já te disse", falou para Olga, "dê um jeito naquele siciliano bravo." Depois se virou para a irmã: "E você...", ele pensou por um momento, "comece a tomar qualquer porcaria para tirar a libido. Se funciona para os homens, deve funcionar para você também."

Ele pegou a prancha e foi para a água.

"Ele ainda não o aceita?", perguntei, olhando para Amelia, e ela balançou a cabeça tristemente.

"Dois anos que estamos juntos e ele ainda nem aperta a mão dele para cumprimentá-lo", ela suspirou, desanimada. "Achei que, já que ele o contratou na empresa, pelo menos os dois conversariam, mas nada disso." Ela se deitou de bruços na espreguiçadeira. "Diego é um dos melhores advogados da Espanha. Ele é bom, honesto…"

"Ele trabalha para a máfia", acrescentou Olga, com sarcasmo.

"Ele me ama." Amelia a ignorou. "E me pediu em casamento!" Ela estendeu a mão, mostrando um anel grande e lindo.

"Marcelo vai matá-lo." O som da voz de Olga perfurou meus ouvidos mais uma vez.

"Vou falar com ele", prometi, consolando-a. *Hoje à noite*, pensei, *acho que a situação vai ser a mais favorável*. "Você leva Stella?"

Olhei para Amelia e ela assentiu.

"Não entendo por que você não tem uma babá." Olga arregalou os olhos em desaprovação. "Não sei o que seria de mim sem a Maria. Só de pensar que Luca pudesse interromper minha orgia com meu marido me faz tremer de terror."

"Pois veja só, e eu ainda trabalho." Ergui as sobrancelhas, fazendo graça. "Por falar em trabalho, vou abrir outra butique na sexta-feira, desta vez na Gran Canaria. Você vem? Vai ter festa, surfistas." Rebolei o quadril. "A linha de roupas para eles vende melhor que a italiana. Quem diria!"

"A Klara vem?", Olga amarrou a canga e pegou outra barra de chocolate. "Na companhia dela me sinto como no colégio." Eu ri e, fingindo estar triste, assenti.

Desde que presenteei meus pais com uma propriedade como garantia de uma velhice feliz, podia desfrutar de sua companhia quantas vezes quisesse. Eles moravam a apenas uma hora de barco de nós, na Gran Canaria.

Papai começara a se apaixonar por pesca marítima e passava os dias no mar. E mamãe, bem… ela nunca deixava de estar deslumbrante. Na terceira idade, também descobriu um talento artístico até então desconhecido e começou a criar esculturas de vidro únicas, que, para minha surpresa, vendiam muito bem.

A princípio pensei que eles pudessem se mudar para Tenerife, mas essa proximidade com minha mãe poderia atrapalhar não só meu casamento, mas também os interesses de Nacho.

Felizmente, a fama de Marcelo e do que ele fazia não era tão grande como no caso de Massimo, então colocá-los a algumas centenas de quilômetros de distância foi mais do que suficiente.

"É bom conversar com vocês, mas vou me mexer um pouco." Estendi a mão para trás da espreguiçadeira e peguei a camiseta rosa que combinava com a roupa de surfe que usava. "Vou nadar um pouco e vocês cuidem das crianças."

Peguei minha prancha e me dirigi para o mar.

"Como é possível que você tenha um corpo assim na sua idade?", gritou Olga, que se sentia péssima se comparando comigo.

"Movimento, querida." Primeiro apontei o dedo para a prancha, depois para o meu marido cortando as ondas. "Movimento!"

Beijei a cabeça de Stella, que estava fazendo um castelo de areia com os meninos, e fui para a água.

Sim, minha vida estava definitivamente completa. Tudo o que eu amava estava ali. Olhei para o Teide coberto de neve, depois para as meninas que acenavam alegremente para mim, até que, enfim, meus olhos se fixaram no rapaz tatuado na água: ele estava sentado na prancha, flutuando nas ondas e esperando... esperando por mim.

FONTE More Pro
PAPEL Pólen Soft 80 g/m²
IMPRESSÃO Geográfica